佐藤道生 著

句題詩論考

王朝漢詩とは何ぞや

勉誠出版

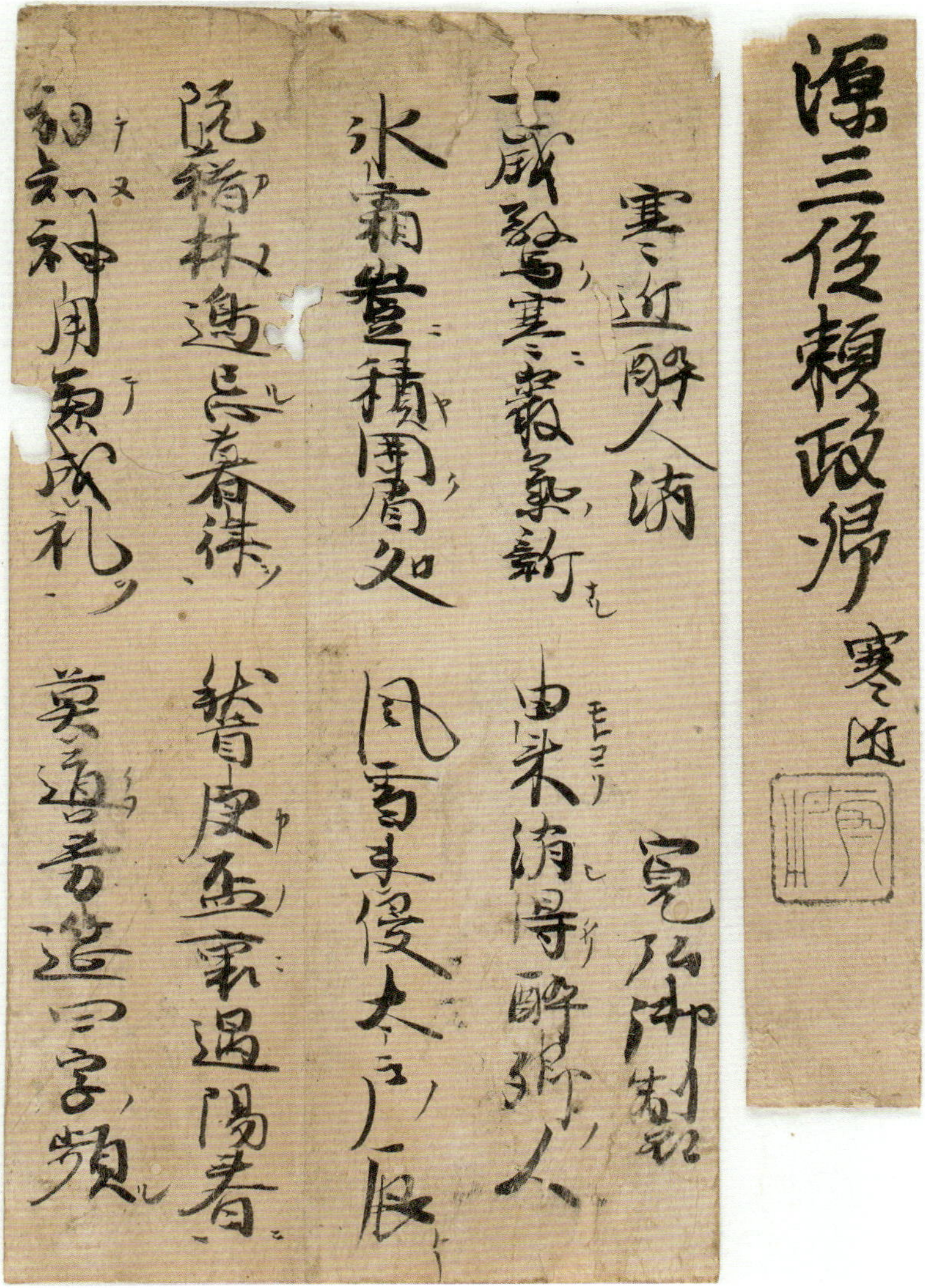

〔佚名漢詩集〕断簡。一条天皇の句題詩を見ることができる。
第3章「句題詩の展開」73頁を参照されたい。

前言

寛弘二年（一〇〇五）五月十三日庚申の夜、左大臣藤原道長は自邸で詩会を催した。出された詩題は「未飽風月思」。これは中唐の詩人元稹の「苦雨」という詩の一句から取ったものである。当時の詩会ではこうした漢字五文字から成る詩題が設定されることが多く、古句の題であることに因んで、これを句題と呼びならわしていた。次に掲げるのは、儀同三司藤原伊周がそのとき作った句題詩である。

未飽風月思　　未だ風月の思ひに飽かず

風月結交非古今　　風月に交はりを結ぶは古今に非ず

相思未飽毎年心　　相ひ思ふこと未だ飽かず 毎年の心

感時無止吹花色　　時に感じては止むること無し 花色を吹くを

逢友応求出霧陰　　友に逢ひては応に求むべし 霧陰より出づるを

文路春行看不足　　文路の春行 看れども足らず

詞江秋望老弥深　　詞江の秋望 老いて弥いよ深し

美哉丞相優遊趣　美《うるは》しきかな丞相優遊の趣き

詩酒興中聞法音（于時三十講間故有此興）　詩酒の興中 法音を聞く（時に三十講の間、故に此の興有り。）

（風月を詩歌に詠むことにまだ飽き足りない。

風や月といった自然の景物と好みを結ぶことは今に始まったことではない。風月を詩歌に詠むのは毎年のことで、未だ嘗てそれに飽きたことはない。時節に感ずれば、花に吹く春風を愛でる思いを失わず、友に逢えば、霧の晴れ間から姿を現した秋の月をいっしょに眺めたくなる。春風そよぐ山路を歩けば、目にする景色は詩想をかき立て、いくら見ても見飽きることがない。川面に浮かぶ秋の月を眺めれば、その景色を詩歌に託したいという思いは年を取るに従って深まってゆく。それにしても酒を飲みながら詩を作っている最中に法華三十講のありがたい法《のり》の声が聞けるとは、左大臣の思いついた遊宴の趣向はすばらしい。）

この一首は詠まれた直後に『本朝麗藻』巻下に収められ、その後、頷聯・頸聯が『類聚句題抄』に、頸聯が『新撰朗詠集』巻下（文詞）に収められた。当初から秀句の誉れの高かったことが窺われるが、それではこの詩の何処が優れているのだろうか。大方の読者は、詩意の取りにくさから、これが本当に秀句なのかと首をかしげているのではないかと思う。現代と古代とでは文学上の常識や約束事が異なるのであるから、詩意が理解しにくいのは当然だが、しかし逆に言えば、句題詩のような大昔の文学作品を正しく読み解くためには、今ではすっかり忘れ去られてしまった当時の文学的常識や文学的価値観を呼び戻す必要があるということである。本書はそのような観点から、句題詩という平安・鎌倉期に盛行した文体について多角的に考察を加えたものである。

全十八章、第一章から第十四章までを本論として句題詩それ自体を論じ、第十五章から第十八章までを餘論として句題詩に関連する事柄を論じた。句題詩という文体が一般には勿論のこと、学界に於いても未だ周知されていないので、各章の初めには必ず行論の前提として、その構成方法について説明を加えている。重複の譏りを免れないが、一書に収めるに当たって、その部分を削除することは敢えてしなかった。どうか御寛恕いただきたい。尚、前著『三河鳳来寺旧蔵 暦応二年書写 和漢朗詠集 影印と研究』（勉誠出版、二〇一四年）に収める論文九篇も句題詩に関わる内容を持っている。併せて参照していただければ幸いである。

ここ十数年の間に書いた拙稿を通覧してみて、あらためて実感したのは、句題詩の構成方法が当時の（儒者の）学問体系の中で極めて大きな比重を占めていることである。『江談抄』一つを取ってみても、そこには句題詩に関わる言談が溢れかえっている。儒者たちの句題詩に対する関心の深さを思い知らされるのである。しかしながら、本書はその点をそれほど深く掘り下げているわけではない。今ようやく鉱脈に辿り着いたというところで、さらに一歩踏み込んでの本格的研究はこれからだという思いを強くしている。

平安・鎌倉期の漢詩というと、現代の日本人には殆ど馴染みのない文学であろう。とりわけ句題詩は読まれることのなかった不幸な古典文学作品である。しかし、一、二篇でも読んでみれば、そこに表現されているものが和歌に共通する日本の伝統的な美であることに気づくであろう。本書が句題詩という魅力ある文学を身近に感じてもらえる端緒となれば、著者にとって望外の喜びである。

本書の編集には、勉誠出版の吉田祐輔氏のお手を煩わせた。厚く御礼申し上げる。

平成二十八年八月十七日

佐藤道生

目次

1　句題詩概説

一、句題詩の構成方法

平安時代を通じて、貴族たちの催す公私の宴席では詩を作ることが重んじられていた。詩は外来の文学であるが、中国の文化を摂取することに努めていた我が国ではこれを文学の第一義としていたのである。しかも我が国は中国初唐に顕著に見られる君臣唱和の形態を詩作の規範としていたから、詩宴（詩会と同義。詩会は宴と不可分の関係にあるのでこのように呼ぶ）では主催者、或いは主賓（当時は尊者と言った）に倣って出席者全員が同一の詩題で詩を賦することが慣例であった。詩題（当時は題目と言った）は早くから漢字五文字に定まる傾向にあり、これを句題と呼んだ。詩題はあくまでも句題が正《せい》体であり、他を無題と呼んでこれと区別した。また詩宴では詩体は主として七言律詩が用いられた。

詩宴に先立って詩題を撰定する役目の者を題者と言い、題者は古人（中国の詩人）の五言詩から一句を採って詩題とした。また時代が下るにつれ、古句に準えて題者が詩題を新たに作ることもあった。詩宴は社交の面を強く持っていたから、自ずと詩題は皆が共有できる季節感や年中行事に関わるものが求められた。詩宴の催される内裏や貴族の邸宅には広大な庭園があり、出席者は当日その美しい山水を眼前に楽しむことができる。そこで題者は庭園の中からその季節に最もふさわしい景物を切り取って句題としたのである。句題詩の実例を次に見ることにしよう。

寛治四年（一〇九〇）四月十九日、堀河天皇は父白河上皇の鳥羽殿に行幸し、その翌日、競馬御覧に続いて、天皇主催の詩宴が北殿西廊で催された。この間のことは行幸に扈従した藤原師通の日記『後二条師通記』に簡単な記録がある。詩宴に招かれたのは大臣公卿五人、殿上人七人、儒者十人、文章生三人であった。幸いこのときの詩二十三首を『中右記部類紙背漢詩集』に、詩序を『後二条師通記』『本朝続文粋』に見ることができる。その中から大江匡房（一〇四一―一一一一）の詩を次に掲げよう。

　　松樹臨池水
仙家池水正泓澄
松樹臨来殊有情
草聖《臨池水》帯煙《松樹》残月暗
波臣《臨池水》衣《去声》緑《松樹》晩風清
亜枝《松樹》瀉色《臨》金塘裏《池水》
密葉《松樹》浸陰《臨》玉岸程《池水》
勝地宸遊看不飽
千秋万歳幾相迎

　　松樹　池水に臨む
仙家　池水　正に泓澄《わうちよう》たり
松樹臨み来りて　殊に情《こころ》有り
草聖　煙を帯びたり　残月暗し
波臣　緑を衣《き》たり　晩風清し
亜枝　色を瀉《そそ》く　金塘の裏
密葉　陰を浸す　玉岸の程
勝地　宸遊　看れども飽かず
千秋　万歳　幾たびか相ひ迎へむ

松が池のほとりに立っている。

ここ鳥羽離宮は池水がひろびろと澄みわたっている。そのほとりには松が立っていて、この景色はまことに趣き深い。そのむかし草聖と讃えられた後漢の張芝はこのような松生うる池のほとりで、月あかりもほの暗い中、ひたすら書の稽古に励んだのであろうか。いま波臣（魚の異名）は水面に映る松のみどりを着込んで、さわやかな夕風の吹きわたる池を泳ぎまわっている。低く垂れた松枝《まつがえ》はその緑を池水にそそぎ、密に繁った松葉はその姿を池水にひたしている。白河・堀河両皇はこの見あきることのない仙境のような勝地をともに遊覧され、千年万年と尽きることのない松の如き齢をお迎えになられることであろう。

『後二条師通記』によれば、この日、題者となった匡房が用意した詩題は「微風動夏草（微風 夏草を動かす）」、「松樹臨池水」の二題であった。ともに実景をふまえた初夏にふさわしい詩題である。前者には風を天子に、草を人民にたとえて治世の安泰である寓意が、後者には松が常緑樹であることから、天子の齢を永遠なれと寿ぐ意図が籠められている。天皇と上皇とが臨席する詩会であることを十分考慮に入れた詩題であると言えよう。この中、当日選ばれたのは後者であった。句題は一般的に二つの事物による複合題である。すなわち題中には二つの実字（名詞）が含まれる。この「松樹臨池水」ならば「松」と「水」（或いは「池」）との組み合わせである。また時として一方の事物に並列構造を有する二字熟語、例えば「山水」「花酒」「遠近」などの語が用いられることがある。このような二字熟語を当時「双貫語」と呼んだ。例えば「松竹有清風（松竹に清風有り）」という句題であれば「松竹」という双貫語と「風」との組み合わせである。その場合、句題には三つの実字が含まれることになる。

当時一般に用いられる詩体はこの例のように今体の七言律詩であった。それ故、詩人は押韻、平仄、頷聯・頸聯を対句にする等、今体詩の規則にしたがって詩を作ればよかったが、句題詩の場合、このほかに本邦独自に慣例化した規則（構成方法）が存在した。(1) すなわち釈良季の作文指南書『王沢不渇鈔』によれば、一首を構成する首聯（当時は発句と呼んだ）・頷聯（胸句）・頸聯（腰句）・尾聯（落句）は機能上それぞれ「題目」「破題」「本文」「述懐」と規定されていた。頸聯はまた「譬喩」「比興」と言われることもあった（『作文大体』）。

まず首聯では句題の五文字を全てこの中に詠み込まなければならない。尚且つ句題の文字は首聯以外で用いてはならない。匡房は句題を上三字と下二字とに分け、下句のはじめに「松樹臨」を、上句の中ほどに「池水」を配置している。首聯を「題目」と称するのはこのためである。

次に頷聯・頸聯では対句を用いて、各聯の上句下句ごとに題意を敷衍することが求められる。これを「破題」と呼ぶ。このとき題字（詩題を構成する五文字）をそのまま用いたり、題字と同義の文字を用いたりしてはならない。「破題」の方法は基本的に語の置き換えである。題字を、その文字から連想する別の語に置換して、題意を表現するのである。また、どちらかの聯では故事（当時は本文と言った）を用いて破題することが望ましく、その場合は「破題」と言わずに「本文」と言う。『王沢不渇鈔』では頷聯を「破題」、頸聯を「本文」と厳格に規定しているが、実際は必ずしもそうではなく、頷聯に故事を用いる場合もあり、また両聯ともに故事をふまえることなく表現することもあった。肝腎なことは頷聯・頸聯において題意が都合四度繰り返して敷衍（破題）される点である。詩人のいちばんの腕の見せ所はこの頷聯・頸聯の破題にあった。『和漢朗詠集』、『新撰朗詠集』、『和漢兼作集』などの秀句選を繙けば、句題詩の頷聯・頸聯が他に比して圧倒的に多く摘句されていることに気づくであろう。詩人たちは句題の文字、とくに実字（名詞）を詠み落とすことなく、いかに巧みに破題するかという点に最も心を砕いたのである。この当時、詩人としての評価は、破題のための語彙をどれほど豊富に持っているかによって決まったと言っても言い過ぎではない。

この詩では頷聯が「本文」に当り、故事を用いて上句、下句ともに上四字（草聖帯煙、波臣衣緑）で題意をあらわしている。上句の「草聖」とは草書に優れていた後漢の張芝のことで、彼には池を墨池に見立てて書の稽古に励んだという名高い逸話があった。『後漢書』張芝伝の李賢註所引、王愔の『文志』に「尤好草書。臨池学書、水為之黒。韋仲将謂之草聖也。（尤も草書を好む。池に臨みて書を学ぶ、水之れが為めに黒し。韋仲将、之れを草聖と謂ふなり）」とあり、また『蒙求』320「伯英草聖」の古註に「後漢張芝、字伯英、善草書絶妙。時人謂曰、臨池学書、池水尽黒。韋誕曰、伯英草聖。（後漢の張芝、字は伯英、草書を善くすること絶妙なり。時人謂ひて曰はく、池に臨みて書を学ぶ、池水尽くに黒し、と。韋誕曰はく、伯英は草聖なり、と）」とある如くである。したがって「草聖」の語はこの故事を媒介として句題の「臨池水」を言い換えたことになる。逆に言えば、破題に用いる故事の本文中には句題の文字（傍点）が含まれていなければならないのである。「帯煙」の「煙」は新緑が煙ったように見えることを表す語で、これ一字で松を示す（『文鳳抄』巻八・松）。したがって「草聖帯煙」の四字で題意を充足している。

頷聯下句の「波臣」が魚を意味するのは、『荘子』外物篇に見える所謂「轍鮒の急」の故事に拠る。その故事とは次のような内容である。荘周が食べるものに困って監河侯のところに粟を借りに行ったとき、侯は「もう少しで租税が入るところなので、入ったら三百金ほど貸してあげよう」と言った。それを聞いた荘周は憤慨し、次のようなたとえ話をして、あてにならない物を頼りにすることを拒否した。

周昨来、有中道而呼者。周顧視、車轍中有鮒魚焉。周問之曰、鮒魚来、子何為者邪。対曰、我東海之波臣也。君豈有斗升之水而活我哉。周曰、諾。我且南遊呉越之王、激西江之水而迎子、可乎。鮒魚忿然作色曰、吾失我常與、我無所処。吾得斗升之水然活耳。君乃言此、曾不如早索我於枯魚之肆。

（周昨《きのふ》来りしに、中道にして呼ぶ者有り。周顧視すれば、車轍の中に鮒魚有り。周之れに問ひて曰はく、鮒魚来れ、子何為《なんす》る者ぞや、と。対へて曰はく、我れは東海の波臣なり。君豈に斗升の水有りて我れを活かさむや、と。周曰はく、諾。我れ且に南のかた呉越の王に遊び、西江の水を激して子を迎へむとす、可ならむか、と。鮒魚忿然として色を作して曰はく、吾れ我が常與を失ひて、我れ処る所無し。吾れ斗升の水を得なば然らば活きむのみ。君乃ち此れを言ふは、曾て早く我れを枯魚の肆《いちくら》に索《もと》めむに如かじ、と。）

荘周は昨日来る道すがら轍《わだち》のくぼみで苦しむ鮒魚に呼び止められた。鮒魚は自らを「東海の波臣」と名乗り、今にも干上がりそうなので、わずかな水でもよいから恵んで欲しいと荘周に懇願する。荘周は、よし来た、自分はこれから南に旅して、帰りに西江の水をたっぷり運んできてやろう、と答える。そう言われた鮒魚は、何を悠長なことを言っているのか、今差し迫って自分に必要なのはほんのわずかの水なのだ、と荘周を非難したというのである。これが「波臣」の語の背後にある故事である。本文中には「波臣」に必要不可欠な物として「水」の語が示されている。それゆえ上句と同様に、「波臣」の語が句題の「（池）水」を言い換えたことになるのである。「衣緑」の「衣」字には「去声」という作者自身による注記がある。これは「衣」が平声の「ころも」（名詞）の意ではなく、去声の「きる」（動詞）の意であることを喚起するためのものである。「波臣衣緑」（魚が緑衣を着る）とは松の緑が池水に映ったさまを譬えた表現であり、これまたこの四字で題意を言いおおせている。この二句一聯は故事を用いての秀逸な破題であると言えよう。尚、「波臣衣緑」は慶滋保胤の秀句「淵客紆緋応自怪、波臣衣錦欲何帰。（淵客は緋を紆《まと》ひて応に自ら怪しむべし、波臣は錦を衣て何《いつ》くにか帰らむと欲する）」（『新撰朗詠集』蓮167）の下句に学んだものである。

頸聯は「破題」に当る。「破題」の方法が基本的に語の置き換えであることはすでに述べた。ここでは「松樹」を「亜枝」「密葉」に、「臨」を「瀉色」「浸陰」に、「池水」を「金塘裏」「玉岸程」に言い換えることによって題意を敷衍している。

一首のしめくくりが尾聯である。ここに至って詩人ははじめて自らの思いのたけを述べることが許される。それ故にこの聯を「述懐」と称する。しかしそれも題意をふまえての内容でなければならない。ここで匡房は「松樹」の常緑に関連づけて天子の遐齢を寿いだのである。以上が句題詩の構成方法である。この例からも明らかなように、句題詩は終始題意に沿った詠み方が求められる。このような構成方法は凡そ村上朝に生成され始め、一条朝頃までには詩人たちの間に定着していたと思われる。句題詩の構成方法は一見煩雑なように思われるが、基本線を守りさえすれば無難に一首を作ることが可能である。これはまさに画期的な方法であったと言えよう。この構成方法が確立したことによって、誰しもが容易に詩人となり得る環境が整い、詩人の増加、延いては詩宴の盛行が促進されることとなったのである。

二、「本文」の構成方法

本節では句題詩の構成方法の中、故事を用いて破題する「本文」についての理解を深めるために、具体例をもう一つ挙げることにしたい。『和漢朗詠集』立秋（205）に慶滋保胤の「一葉落庭時（一葉庭に落つる時）」と題する句題詩の摘句が収められている。この詩は菅原文時の没後、その旧宅で行なわれた詩会で賦したものである。句題は白居易の「新秋」（1121）の一句に拠ったもので、「葉」と「庭」とを組み合わせた題と見ることができる。

鷄漸散間秋色少　　鷄の漸く散ずる間に秋の色少なし
鯉常趨処晩声微　　鯉が常に趨《わし》る処に晩べの声微かなり

この摘句は対を成しているので七言律詩の頷聯か頸聯かの何れかであり、破題しなければならない一聯である。下句の「鯉」は孔子の息子、孔鯉を指す。「鯉常趨処」には『論語』季氏篇に見える「嘗独立。鯉趨而過庭。曰、学詩乎。対曰、未也。不学詩無以言。（嘗て独り立てり。鯉趨りて庭を過ぐ。曰はく、詩を学びたるか、と。対へて曰はく、未だし、と。詩を学ばずんば以つて言ふこと無し）」が本文（故事）としてふまえられている。文中に「鯉」が「趨」った場所として「庭」の語が示されているので、「鯉常趨処」は句題の「庭」を言い換えたことになる。先に説明した句題詩の「本文」の構成方法に従って保胤も句を作っていることが知られよう。「晩声微」が句題の「一葉落」を言い換えた表現であることは言うまでもない。

それでは上句にはどのような故事がふまえられているのであろうか。下三字の「秋色少」が句題の「一葉落」を言い換えた表現であるから、必然的に上四字の「鷄漸散間」に「庭」に関する故事がふまえられていると考えられる。『和漢朗詠集』には平安後期以降、多くの註釈書（所謂「朗詠註」）が著されたが、上句の故事に触れる朗詠註は見当たらない。近代の註釈書に至り、柿村重松の『和漢朗詠集考證』（目黒書店、一九二六年）が初めてこの句の典拠を白居易の「過元家履信宅（元家の履信の宅に過《よ》きる）」詩（2799）の首聯「鶏犬喪家分散後、林園失主寂寥時。（鶏犬 家を喪ひて分散せし後、林園 主を失ひて寂寥たる時）」であると指摘した。これ以降の註釈書は全て柿村註に従ってこの句を解釈している。元稹の死後に訪れたその旧宅で、かつて飼われていた鶏や犬がいなくなっていたことに衝撃を受けて一層の寂しさを感じたと詠じた詩句は、たしかに保胤が先師文時の死を悼んだ詩句の典拠として相応しい。しかし果たして保胤は白居易のこの詩句を典拠としたのであろうか。句題詩の「本文」の構成方法に則るならば、典拠とされる本文の中に「庭」の文字が含まれていなければならないが、それはない。白詩には尾聯に「前庭」の語が見られるが、「鶏犬」との繋がりをそこに見出すことはできない。

保胤が典拠としたのは実は漢の劉安の故事である。すなわち漢の淮南王劉安が仙薬を服して昇天した時、庭に残された薬を鶏犬が舐め、後れて昇天したという故事で、白居易の「鶏犬喪家分散後」の句もこれを典拠としている。『藝文類聚』仙道所引『列仙伝』には次のようにある。「俗伝、安之臨仙去、餘薬器在庭中。鶏犬舐之、皆得飛升。（俗に伝ふ、安の仙去するに臨み、餘の薬器 庭中に在り。鶏犬之れを舐め、皆な飛升することを得たり、と）」。見よ、文中には「鶏」が仙薬を舐めた場所として「庭」が提示されているではないか。この故事こそが保胤の詩句の典拠である。もちろん保胤は白居易の詩を知っていたであろうが、それを直接の典拠（本文）と見なすことはできないのである。(2)

これを要するに、句題詩の「本文」の聯に於いて、句題と詩句とを繋ぐ役割を担うのは故事の本文である。詩人が故事を用いて破題する場合、句題の文字を含んでいる何らかの故事を探し出し、その本文中から詩句に用いるのに相応しく、しかもその故事を想起しやすい雅語（その多くは人名などの固有名詞）を選び出して用いなければならなかったのである。

三、双貫語を含む句題

並列構造を有する二字熟語を当時「双貫語」と呼んだことは先に述べた。本節では句題に双貫語を含む場合の構成方法について説明することにしたい。それに先だって、双貫語を含む句題が現れた経緯を簡単に見ておきたい。

王朝の詩史を繙いてみると、平安時代の中頃から中下級文人貴族が中心となって京都郊外の山寺や山里に連れ立って遊び、即興的に詩を賦することが流行し始めた。これは自己の思想を句題詩ではあらわしきれない焦燥に駆られていた詩人たちが自ら見出した詠作の方向であった。この風潮は平安末期には『本朝無題詩』というこの類の詩を収める大部の総集を成すまでに至ったが、だからといって平安後期に句題詩が衰退したわけではなかった。句題詩は依然として詩の本流であり、公私の年中行事的な詩宴で盛んに作られていた。しかしその表現が全体に類型化、固定化しつつあったこともまた事実である。そのため詩宴ではこれを打破すべく、さまざまな方策が立てられた。その中で最も効を奏したのが、詩題に双貫語を用いることであった。句題は本来二つの事物を組み合わせたものだが、その中の一つに双貫語を用いることによって、三つの事物を詠吟の対象とすることが可能になったのである。対象物の増加は自ずと表現世界の空間的拡大につながる。双貫語の発見は句題詩の展開の上で画期的な出来事であった。そしてまた例の如く、双貫語を含む句題を詩に賦するに当っても、あらたに構成方法上の規則がかたちづくられたのである。

次に掲げるのは康平五年（一〇六二）四月十五日、尊仁親王（後の後三条天皇）主催の詩宴に於いて藤原明衡（?―一〇六六）が賦した句題詩（『中右記部類紙背漢詩集』）である。

松竹有清風
青松翠竹幾成林
自有清風催詠吟
響爽夜吹丁固夢
韻幽暁扇子猷襟
淇園迎夏忘炎景
秦嶺当晴学雨音
適対此叢偸作遵
可憐澗底独掩沈

松竹に清風有り
青松　翠竹　幾《ほとん》ど林を成せり
自ら清風有りて詠吟を催す
響き爽かにして　夜丁固の夢を吹く
韻幽《かす》かにして　暁　子猷の襟を扇ぐ
淇園　夏を迎へて炎景を忘る
秦嶺　晴れに当りて雨音を学ぶ
適《たま》ま此の叢に対ひて　偸かに遵《い》ひを作さむ
憐む可し　澗底に独り掩沈することを

松竹に清らかな風が吹いている。

青松と翠竹とが林を成しているところには自ずと涼しげな清風が生じ、詩歌を詠吟したくなる。この清らかな風はそのむかし丁固の夢に入って、腹上に生え出た松をさわやかに吹いたことがあった。また王徽之の植えた竹にも吹いて、そばにたたずむ徽之のえりもとをしずかに扇いだことがあった。いま清風は淇園の竹林でも、夏の炎暑を忘れさせてくれるほど涼しげに吹いていることだろう。また清風は泰山の五大夫の松のあたりでも、秦の始皇帝の昔さながらに、雨音かと聞きまがう音をたてて吹いていることだろう。たまたま此の松竹のひとむらを目にした今、これに向ってひそかに言いたいことがある。谷底の松のように人に知られることなく一人沈淪している我が身を思うと哀れでならない。どうか不遇の私を救い上げて欲しい、と。

句題には「松竹」という双貫語が含まれている。その場合でも首聯と尾聯との構成方法は先の例と全く同じである。首聯には句題の五文字が適当な位置に配され、尾聯では自らの思いを句題の「松」に関連づけて述べている。構成方法が異なるのは頷聯と頸聯とである。両聯では双貫語を形成する二つの事物をそれぞれ一聯の上句と下句とに詠み分けて題意を敷衍しなければならない。例に掲げた明衡の詩で言うならば、一聯の一方の句で「松有清風（松に清風有り）」を、他方の句で「竹有清風（竹に清風有り）」を表現し、二句合わせて題意を満すようにするのである。具体例に即して見ることにしよう。

頷聯は故事を詠み込んだ所謂「本文」の聯である。まず上句の「丁固夢」は「丁固生松」（『蒙求』214）の故事をふまえる。李瀚自註（台湾故宮博物院蔵本）を次に掲げる。

丁固為尚書、夢松出其腹上。謂人曰、松字十八公也。十八歳予其公乎。卒如夢焉矣。
（丁固、尚書為《た》りしとき、夢に松其の腹の上に出でたり。人に謂ひて曰はく、松の字は十八公なり。十八歳にして予《わ》れ其れ公たらむか、と。卒に夢の如し。）

呉の丁固が尚書の官にあったとき、夢に松が腹上に生え出たと見たので「松の字は分解すれば十八公である。つまりこれから十八年後に私が三公に昇るということだ」と人に夢解きをしてみせたところ、果してそのとおりになったという故事である。標題にも註の本文にも「松」字があることによって「丁固夢」は句題の「松」を言い換えたことになる。「響爽夜吹」は句題の「有清風」を言い換えた表現である。

下句の「子猷」は晉の王徽之の字《あざな》である。王徽之には、他に何もない自宅に竹だけを植え、これを「此君」と呼んで愛好したという名高い逸話があった。『晉書』王徽之伝には次のようにある。

嘗寄居空宅中。便令種竹。或問其故。徽之但嘯詠指竹曰、何可一日無此君邪。
（嘗て空宅中に寄居す。便ち竹を種ゑしむ。或るひと其の故を問ふ。徽之　但だ嘯詠して竹を指さして曰はく、何ぞ一日も此の君無かる可けむや、と。）

この本文（「竹」字が明示されている）の存在によって「子猷襟」は句題の「竹」を言い換えたことになる。また「韻幽暁扇」は句題の「有清風」を言い換えた表現である。こうして上句に「松有清風」が、下句に「竹有清風」が表現され、両句合わせて「松竹有清風」が破題されたことになるのである。

頸聯は地名を用いて「松竹」をあらわす。上句の「淇園」は竹篠で名高い衛国の苑囿である。句題の「竹」を「淇園」で、「有清風」を「迎夏忘炎景」であらわしている。下句の「秦嶺」とは泰山のことで、これには秦の始皇帝が封禅の儀を終えて泰山を下りたとき、にわかに襲った風雨を松の木にかくれてしのぎ、後にその松を五大夫に封じたという故事（『史記』秦始皇本紀）がある。句題の「松」を「秦嶺」で、「有清風」を「当晴学雨音」であらわしている。したがって、これまた上下合わせることによって「松竹有清風」を破題したことになるのである。

さて、頷聯・頸聯に於けるこのような双貫語の詠み方を詩人たちは何から学んだのであろうか。双貫語を詩に賦する先例を中国に求めるならば、かなり時代を溯って用例を見出すことができるであろう。しかし本邦の詩人たちはそれを中唐の詩人、白居易（七七二―八四六）に学んだのではないかと思う。白居易の詩文が平安前期、承和年間（八三四―八四八）に将来されて以降、我が国で愛読されたことは贅言するまでもない。白居易の詩には双貫語を詩題に含むものがある。例えば「蓮石」(2476)、「天老」(2851)、「対琴酒」(3010)、「犬鳶」(3016)、「看嵩洛有歎」(3231)、「北窓竹石」(3536)などである。また熟語のかたちを採らなくても「対火翫雪」(2302)「対琴待月」(2619)のような相い対する二つの事物を詩題に持つ詩も見出される。それらの詩は何れも二つの事物を句の上下に詠み分けて表現している。ここでは実例として『白氏文集』巻五十八に収める「閑忙」(2845)と題する詩を掲げることにしよう。大和四年(八三〇)太子賓客分司として在任中の、洛陽に於ける作である。

奔走朝行内、棲遅林墅間。
多因病後退、少及健時還。
斑白霜侵鬢、蒼黄日下山。
閑忙倶過日、忙校不如閑。

朝行の内に奔走し、林墅の間に棲遅す。
多く病後に因りて退き、少しく健時に及びて還る。
斑白霜鬢を侵し、蒼黄として日山を下る。
閑忙倶に日を過せども、忙は校《やや》閑に如かず。

このとき白居易は五十九歳、来し方を振り返って「閑」と「忙」との交替に明け暮れた半生であったが、やはり「閑」の生活の方が魅力的だと述懐している。「忙」とは官人として激務に携わっている情況を言い、「閑」とは何らかの理由で官務から解放されている情況を言う。白居易は首聯と頷聯とに於いてこの双貫語を上句と下句とに詠み分けている。首聯の上句「奔走朝行内」が「忙」、下句「棲遅林墅間」が「閑」、頷聯では逆に上句「多因病後退」が「閑」、下句「少及健時還」が「忙」である。

このような白居易の詠み方を本邦詩人は学んだのではないかと思う。

四、破題の方法

破題の方法が基本的に語の置き換えであることはすでに述べたが、その語彙を集成し、句題の文字に従って分類した書が現存している。鎌倉初期成立の『文鳳抄』（菅原為長撰）と『擲金抄』（藤原孝範撰）とである。(3) このような語彙集がこの時期に出現したのは、平安中期以来、長年に亙って句題詩の語彙が蓄積され来った結果である。これらは決して一朝一夕に成ったものではない。次に掲げるのは『擲金抄』巻中、飲食部、杯に収める対語である。

宜春頻酌、叔夜未醒。

この対語は『中右記部類紙背漢詩集』所収、延久年間（一〇六九—一〇七四）の「雪裏勧杯酒（雪裏に杯酒を勧む）」詩群中、藤原友房の詩に見出される。それを含む一聯を示そう。

宜春頻酌対花思　宜春頻りに酌みて　花に対ふ思ひ
叔夜未醒望月情　叔夜未だ醒めず　月を望む情

宜春は江西地方の県名で、名酒の産地である。したがって上句の「宜春頻酌」（宜春県の名酒を何杯も飲む）は句題の「勧杯酒」を言い換えた表現である。叔夜は酒好きで名高い魏の嵆康の字である。したがって下句の「叔夜未醒」（嵆康は酔いからまだ醒めていない）も句題の「勧杯酒」を言い換えたものである。『擲金抄』撰者の藤原孝範（一一五八―一二三三）はこの対語を、見出し項目の「杯」に分類して書中に収め、詩人の便宜に供したのである。一方、詩を作る者は出題された句題に「杯」の文字があれば、『擲金抄』を繙いて「杯」の項を参照し、こうした言い換えの語彙を知ることができたのである。当時の詩人が巧みな破題表現を得ることに腐心していたことを思えば、このような語彙集が何如に歓迎されたかは容易に想像することができよう。

破題の方法はたしかに基本的には右に見たような語の置き換えである。しかし、その方法がいずれ表現の類型化を招くであろうことは当初から詩人たちの予測の範囲であったようだ。というのは、現存する句題詩を具さに観察してみると、彼らが語の置き換えの方法に慊らず、早くからその変型とでも言うべき方法をさまざまに試みていたことが窺われるからである。次にその一つを挙げて説明することにしよう。それは句題中の事物Aをあらわすために、その対立的な事物Bを用い、Bを除外したり貶称したりすることによって、結果的にAを暗示するという、一種の比喩的方法である。左に掲げるのは『和漢朗詠集』菊（270）に収める慶滋保胤（九四三？―一〇〇二？）の「菊是草中仙（菊は是れ草中の仙）」詩の一聯である。

　蘭苑自慙為俗骨　　蘭苑は自《みづか》ら慙づ　俗骨為《た》ることを
　槿籬不信有長生　　槿籬は信ぜず　長生有ることを

苑中の蘭は（枯れやすいので、菊に長生の性質があるのを羨んで）自分を俗骨（仙骨の対義語）だと恥じている。垣根の朝顔は（夕べを待たずに凋んでしまうので）菊が長生を保つことを信じない。

対句を成しているので七律の頷聯か頸聯かの何れかであり、破題することが求められる二句一聯である。しかし上下句ともに句題の「菊」を言い換えた語は見当たらない。ただ「菊」と比較対照される「蘭」と「槿」とが存するだけである。作者の意図は「蘭」と「槿」との短所である、長生の性質を持たない（枯れやすい）という点を「自慚為俗骨」「不信有長生」と貶めることによって、長生の性質を持つ「菊」の存在を際だたせようとしたのである。見事に題意を敷衍することに成功しているが、この破題は句題の文字を別の語に置き換えるというものではない。同様の例を以下に幾つか示すことにしよう。

次に掲げるのは『和漢朗詠集』紅葉（304）に収める大江以言（九五五―一〇一〇）の「山水唯紅葉（山水は唯《た》だ紅葉のみ）」詩の一聯である。

外物独醒松澗色　　外物の独り醒めたるは松澗の色
餘波合力錦江声　　餘波の合力するは錦江の声

紅葉以外のもので酔いから醒めているのは谷間の松だけだ。風に散って水に浮かぶ紅葉に名残の波音が加われば、あたかも蜀の錦江で錦を濯いでいるかのようだ。

これも破題の聯である。句題の「山水」は双貫語であるから、上句には「山」が「澗」に言い換えられ、下句には「水」が「江」に言い換えられている。ところが句題の「紅葉」はというと、下句には確かに「錦」に言い換えられているが、上句にはそれが見当たらない。ここで作者は、紅く色づいた山をあらわすのに緑の松を持ち出し、それを唯一の例外として排除する（松だけは酔いから醒めたように紅くはないとする）ことによって山をおおう「紅葉」を浮かび上がらせようとしたのである。

次に掲げるのは『中右記部類紙背漢詩集』所収「月是為松花（月は是れ松花為《た》り）」詩群に見られる源資通（一〇〇五―一〇六〇）詩の頷聯である。詩題は、月の明るさに松も花を咲かせたように見えるの意である。

試折一枝風不馥　試みに一枝を折れども　風馥しからず
高望細葉露相瑩　高く細葉を望めば　露相ひ瑩けり

これが月の桂かと思って試しに一枝手折ってみたけれど、風に香ることがないので、これはひょっとして松の花ではなかろうか。高みの細い松葉を見上げると、（月に照らされて）玉の露をみがいたように白い花を咲かせている。

ここで問題としたいのは上句である。「試折一枝」は、晉の郄詵《げきしん》が対策に主席で及第した時、武帝に心境を問われて桂林の一枝を手折ったようなものだと謙遜した故事（『蒙求』45「郄詵一枝」）をふまえるので、「松」ではなく「桂」をあらわす。しかも「桂」は「月」に生えていると考えられていたから、「試折一枝」は故事を用いて句題の「月」を言い換えた表現ということになる。つまり上句に「松」に相当する語は存在しないのである。作者は、一枝を手折ってみたけれど風に香らないことからすればこれは「桂」ではないと否認し、「桂」でないならば「松」であろうと句題の文字を導いたのである。

以上の三例は、句題の事物をそのまま別の語に置き替えるのではなく、その事物の対立語を用い、それを否定することによって、句題の事物をそれとなく示す方法である。それでは次の例はどうであろうか。『和漢朗詠集』柳（109）に収める菅原文時（八九九―九八一）の「垂楊払緑水（垂楊緑水を払ふ）」詩の一聯である。

潭心月泛交枝桂　　潭心に月泛んで枝を交ふる桂《かつら》
岸口風来混葉蘋　　岸口に風来つて葉を混ずる蘋《うきくさ》
　水面に月の浮かぶ池では、まるで月の桂が（しだれ柳と）枝を交えているようだ。風の吹く岸辺では、池の浮草が（しだれ柳と）混じり合って見分けがつかない。

　これも破題の一聯であるが、句題の「垂楊」を言い換えた語が見当たらず、その代わりに「桂」と「蘋」とが「楊」の対立語として提示されている。但し、この場合は対立語を前掲の三例のように貶称・除外・否認するのではなく、それらを「緑水」中にあって「垂楊」に接触する事物として表現することによって「垂楊」の存在を暗示しようとしたのである。

　それでは、右に見た破題の方法を本邦の詩人は何を先例として学んだのであろうか。実はここにもまた白居易の影響を指摘することができるのである。白居易はある事物を表現するために、わざと別の事物を挙げ、それを否定することによって却ってある事物の存在を強調するという手法をよく用いた。中でも我が国で最も親しまれた用例は『和漢朗詠集』酒（483）に収める「鏡換杯（鏡を杯に換ふ）」詩（2631）の頸聯であろう。

茶能散悶為功浅　　茶は能く悶《いきどほり》を散ずれども　功を為すこと浅し
萱導忘憂得力微　　萱《くゑん》は憂へを忘ると導《い》へども　力を得ること微《すくな》し
　茶は飲めば心の悶えを消すことができるけれども、その効果は浅い。萱草は植えれば心の憂さを忘れられると言うけれども、その効力はわずかだ。

ここで白居易は「酒」の効能を言うのに、同じく心の憂さを晴らしてくれるものとして「茶」と「萱」とを挙げ、それらの効力に低い評価を与えることによって、「酒」の存在価値を浮上させることに成功している。

この他、これと同様の表現方法が見られる白居易詩に「東澗種柳」（0554、柳を言うのに松柏・梗枏を貶める）、「題山石榴花」（0914、山石榴を言うのに薔薇・菡萏を貶める）、「山枇杷」（1051、山枇杷を言うのに桃李・芙蓉を貶める）、「中隠」（2277、中隠を言うのに大隠・小隠を貶める）、「双鸚鵡」（2633、鸚鵡を言うのに琵琶・吉了を貶める）、「新製綾襖成、感而有詠」2893（綾襖を言うのに鶴氅・木綿を貶める）などがある。本邦詩人はこうした表現に触発されて、それを句題詩に於ける破題の方法に応用したものと思われる。

五、句題の詩序

これまで見てきた句題詩の構成方法は、実は句題詩だけにとどまらず、題を有する他の文体（賦、対策、詩序、和歌序）にも見られるものである。本節では句題の詩序を取り上げ、題意を表現する段落の構成方法と句題詩の構成方法との関連について説明することにしたい。

詩序とは、詩宴で作られた詩群に冠する序文のことである。それを書く役目の者を序者と呼び、序者は当日の出席者の中から、その任に堪え得る者（多くは儒者）が選ばれた。詩の披講に当たっては、最初に序者の詩序と詩とが読み上げられる。序者が「唱首」と呼ばれるのはそのためである。

第一節に取り上げた鳥羽殿の「松樹臨池水」詩宴では大江匡房が序者となって詩序を執筆した。次に匡房の作品を取り上げて、詩序の段落構成を説明することにしたい。(4)

鳳城之南、帝畿之内、有一仙洞。蓋太上皇之離宮也。千峰霞峙、桐柏山之雲譲勢、万頃水澄、楊柳津之浪謝声。林園竹樹之春色秋光、高臺低閣之向背屈曲、勝不能計、誰可得称。聖上、属機衡之餘閑、廻鸞輿而拝覲。臨時令而就宸遊、迎四月而南幸、九賓重而百司備、若衆星之北共。爰珠簾暁巻、黈纊晴褰。梨園柳樹之奏妙音、肆夏之風如旧、詞江筆海之応清選、一日之沢惟新。今朝之縡、猗哉盛哉。」(第一段)

観夫松樹成蓋、池水満科。以彼森々之枝、臨此瑟々之浪。蜜葉繞岸、石殿之橋露濃、貞幹枕流、金舟之路煙暗。至彼引蕭颯於潭面、添清涼於沙痕、王右軍之染筆、慙雁行於九級之蔭、陶朱公之投綸、縦魚楽於千年之色者也。」(第二段)

既而笙歌曲罷、吟詠興酣。魏両主之遊西河、月落行宮之地、唐二帝之宴前殿、燈残酔郷之筵。臣謹奉綸言、粗叙縷旨、云爾。謹序。」(第三段)

鳳城の南、帝畿の内に一《いつ》の仙洞有り。蓋し太上皇の離宮なり。千峰 霞峙《そばだ》てり、桐柏山の雲 勢ひを譲る、万頃 水澄めり、楊柳津の浪 声を謝す。林園竹樹の春色秋光、高臺低閣の向背屈曲、勝げて計ふること能はず、誰か得て称す可けむ。聖上、機衡の餘閑に属《あた》り、鸞輿を廻らして拝覲す。時令に臨みて宸遊に就く、四月を迎へて南幸す、九賓重なりて百司備はる、衆星の北のかた共《こまぬ》くが若し。爰に珠簾 暁に巻き、黈纊《とうくわう》晴れに褰《かか》く。梨園柳樹《りうしや》の妙音を奏するや、肆夏《かいか》の風 旧の如し、詞江筆海の清選に応ずるや、一日の沢 惟れ新たなり。今朝の縡《こと》、猗《よ》いかな盛んなるかな。(第一段)

観れば夫れ松樹 蓋を成し、池水 科に満てり。彼の森々たるの枝を以つて、此の瑟々たるの浪に臨む。蜜葉 岸を繞る、石殿の橋 露濃《こま》やかなり、貞幹 流れを枕にす、金舟の路 煙暗し。彼の蕭颯を潭面に引き、清涼を沙痕に添ふるに至りては、王右軍の筆を染むるや、雁行を九級の蔭に慙づ、陶朱公の綸を投ぐるや、魚楽を千年の色に縦《ほしいまま》にする者なり。（第二段）

既にして笙歌の曲罷んで、吟詠の興酣《たけなは》なり。魏の両主の西河に遊ぶや、月 行宮の地に落ちなむとす、唐の二帝の前殿に宴するや、燈 酔郷の筵に残りたり。臣謹んで綸言を奉《うけたまは》り、粗ら縷旨を叙べたり、と云ふこと爾り。謹んで序す。（第三段）

畿内、城南の地に仙人の栖みかがある。これこそ白河上皇の離宮（鳥羽殿）である。ここでは幾多の峰々に朝夕紅霞がそばだち、彼の桐柏山にかかる雲も、その姿かたちの点で一歩譲るほどである。広大な池は澄みきった水をたたえ、彼の楊柳津に寄せる浪も、その音の響きの点で些かひけをとるほどである。また、この地の自然が織りなす四季折々の美しい景色は指折り数えようにも数え切れず、高低さまざまなたかどのが向背屈曲して立ち並ぶ趣きはいくら称えても称え尽すことができない。さて今上陛下は政務の余暇にあたることから、昨日御輿をここ鳥羽殿にめぐらし、父君白河上皇に拝観することにした。行幸を思い立たれたのは、立夏の日には天子自ら臣下を率いて夏を南郊に迎えるという「月令」の規定にしたがってのことである。行幸には公卿、士大夫をはじめとして百官下僚に至るまで数多の臣が扈従し、そのさまはあたかも衆星が北辰に拱手しているが如くであった。そして今日、陛下は明け方から珠のすだれを巻き上げ、晴天に黄綿の耳あてをはずし、宴《うたげ》に臨まれたのである。宴席で梨園柳樹の楽人たちの奏でる妙なる音色を聴けば、肆夏の楽もいにしえの聖代さながらかと思われる。また詩想を江海の如く湛えた（晋の潘岳や陸機陸雲にも比すべき）選りすぐりの詩人たちが招かれているのを見れば、この日彼らのあらたに蒙った恩沢の深さが自ずと知られるというものだ。今日の行事はああ何と盛大なことか。（第一段）

庭を見ると、松樹は偃蓋をなし、池水はくぼ地に満ちている。そして、こんもりと繁った松は深みどりの浪のなみだつ池面すれすれにその枝を低れている。葉の密に繁った松が岸をめぐって生えているので、石殿に架る橋にも露が濃やかに宿っている。また、冬でも色を変えぬ松が流れを枕にするかのように幹を伸しているので、金舟の通り路もほの暗くもやに煙ったかのようである。そのむかし、このような池辺に松生うる地で、初夏の風がさっと水面を吹き、沙岸の松のあたりにも涼しさのともなう心地良い季節が到来したとき、彼の王羲之は外に出て池のほとりの松蔭に陣どり、後漢の張芝を見習って（その池全体を墨池に見立て）書の稽古に励んだけれども、結局張芝には及ばないことを悟って恥ぢ入ったのである。また陶朱公は魚を釣ることをやめ、魚池を作って魚を養うことにしたので、池の魚は松の緑の映る水中を存分に泳ぎまわることができたのである。（第二段）

時刻が経過し、宴席には笙歌の曲も罷み、詩歌吟詠の座興も盛りを過ぎた。魏の父子二代の君主が西河に遊んだときのように、二十日の月が今行宮《かりみや》の地に沈もうとしている。また唐の父子二代の皇帝が前殿に宴したときのように、ともし火が宴席に消えかかっている（夜明けが真近に迫り、白河・堀河両皇の臨席する宴は終焉を迎えようとしている）。私はかしこまって天子の仰せを承り、詩序の執筆にあたったけれども、とぼしい内容を粗雑に述べることしかできなかった、と斯く言う次第である。以上、謹んで序した。（第三段）

詩序はこの例のように三段から成るのが一般的である。すなわち第一段で詩宴についての基本的情報である主催者、出席者、時節、場所、開催理由などを誉め称えながら前置きし、第二段で詩題を敷衍し、第三段で披講の時が迫ったことを言い、詩序の出来（序者の文才）を謙遜するというものである。若干の例外はあるものの、平安時代の詩序は一様にこのような段落構成を取っている。この中で最も重要なのは第二段である。詩題は前に述べた如く、庭園全体からその日最も美しい景物を切り出したものであり、詩宴の主催者が特に誇示したい風景である。そして出席者にはその美景を鑑賞し、詩に賦することが課せられている。したがって詩序においても、このような詩宴の象徴とも言うべき詩題の景色は詳しく叙述されなければならない。そのために序者はこの段の表現にことさら心を砕いたのである。

そこで匡房の詩序の第二段を分析してみると、その表現が句題詩の首聯・頷聯・頸聯の構成方法に対応していることに気づく。第二段を三つの部分に分けて掲げる。

(1)観夫松樹成蓋、池水満科。以彼森々之枝、臨此瑟々之浪。（観れば夫れ松樹蓋を成し、池水科に満てり。彼の森々たるの枝を以つて、此の瑟々たるの浪に臨む。）

(2)蜜葉繞岸、石殿之橋露濃、貞幹枕流、金舟之路煙暗。（蜜葉岸を繞る、石殿の橋露濃《こま》やかなり、貞幹流れを枕にす、金舟の路煙暗し。）

(3)至彼引蕭颯於潭面、添清涼於沙痕、王右軍之染筆、慙雁行於九級之蔭、陶朱公之投綸、縦魚楽於千年之色者也。（彼の蕭颯を潭面に引き、清涼を沙痕に添ふるに至りては、王右軍の筆を染むるや、雁行を九級の蔭に慙づ、陶朱公の綸を投ぐるや、魚楽を千年の色に縦《ほしいまま》にする者なり。）

(1)は二つの単対から成っている。第一の単対で「松樹」と「池水」との存在が提示され、第二の単対で両者が

「臨」（接近している）の位置関係にあることを補足する。この部分は傍点を付して示したように、句題の五文字がそのまま用いられ、ちょうど句題詩の「題目」に相当する。

⑵は上四字下六字の軽隔句である。「松樹」を「蜜葉」「貞幹」に、「臨池水」を「繞岸」「枕流」に置き換えて題意を敷衍している。このように⑵は句題詩の「破題」に当たる部分である。

⑶は六字の単対と上六字下八字の密隔句とから成っている。はじめの単対では「潭面」が「池水」を、「沙痕」が「松樹」をあらわす。そして「松樹」と「池水」とは、風が池に吹く（蕭颯を引く）と同時に松が涼しげにそよぐ（清涼を添ふ）とあることから、「臨」の位置関係にあることが知られる。「松樹臨池水」という題意はこうして充たされている。次の密隔句の表現には二人の人物の故事が用いられている。「王右軍の筆を染むるや、雁行を慙づ」には『晉書』王羲之伝に見える「（羲之）毎自称、我書比鍾繇応抗行、比張芝猶応雁行也。曾与人書云、張芝臨池学書、池水尽黒。使人耽之若是、未必後之也。（羲之、毎に自《みづか》ら称《い》へらく、我が書、鍾繇に比ぶれば当に抗行すべし、張芝に比ぶれば猶ほ当に雁行すべきなり、と。曾て人に書を与へて云ふ、張芝は池に臨んで書を学ぶ。池水尽く黒し。人をして之れに耽ること是くの若くならしむれば、未だ必ずしも之れに後れざるなり、と）」の故事がふまえられている。自らの書が後漢の張芝に及ばない理由は書を学ぶ執念の違いにあると卑下する王羲之の言葉の中には、先に見た張芝の逸話が引かれている。これによって「臨池水」が敷衍されているのである。対句の上でこれに対応する「陶朱公の綸を投ぐるや」の表現は『陶朱公養魚経』の故事をふまえる。すなわち『文選』所収、張協の「七命」の「范公之鱗、出自九溪。（范公の鱗、九溪より出づ）」の李善註に次のようにある。「陶朱公養魚経曰、威王聘朱公、問之曰、公家累億金、何術乎。朱公曰、夫為生之法五、水畜第一。所謂水畜者魚池也。以六畝地為池、池中有九洲。即求懐子鯉魚、以二月上旬庚日内池中。養鯉者、鯉不相食、易長又貴也。（陶朱公養魚経に曰はく、威王、朱公を聘し、之

れに問ひて曰はく、公が家、億金を累ぬ、何の術《すべ》かある、と。朱公曰はく、夫れ生を為すの法に五あり、水畜は第一なり。所謂る水畜とは魚池なり。六畝の地を以つて池と為し、池中に九洲有らしむ。即ち懐子の鯉魚を求め、二月上旬の庚日を以つて池中に内《い》る。鯉を養ふ者は、鯉相ひ食《は》まず、長じ易く又た貴きなり、と）」。威王が貨殖の方法を問うたのに答えて陶朱公（范蠡）は池に鯉魚を養うことを説いたという故事である。ここに引かれた『養魚経』の本文にはたしかに「池」「水」の文字があり、これによって句題の「臨池水」が敷衍されている。このように密隔句の上の成分がともに「臨池水」をあらわしているならば、必然的に隔句対の下の成分に見える「九級之蔭」と「千年之色」とは「松樹」をあらわしていることになる。後者は『和漢朗詠集』松（425）の源順の摘句に「一千年色雪中深。（一千年の色は雪の中に深し）」などとあるように「松樹」をあらわす常套語である。片や「九級之蔭」が何故「松樹」をあらわすかと言えば、ここには連鎖による語の置き換えがなされている。この「九級」の語は『漢書』百官公卿表上に「爵一級曰公士、二上造、……九五大夫、……二十徹侯、皆秦制以賞功労。（爵一級を公士と曰ひ、二を上造、……九を五大夫、……二十を徹侯、皆な秦制にして、以つて功労を賞す）」とある知識を背後に持つ。すなわち九級は秦制において五大夫の爵位である。一方『史記』秦始皇本紀に「二十八年、……乃遂上泰山、立石封祠祀。下、風雨暴至、休於樹下。因封其樹為五大夫。（二十八年、……乃ち遂に泰山に上り、石を立てて封じ祠祀す。下るとき、風雨暴かに至る。樹下に休む。因りて其の樹を封じて五大夫と為す）」という記事が見出される。応劭の『漢官儀』等によれば、秦の始皇帝が暴風雨を凌いだ樹木は松であったという。それ故、後世松は詩歌に五大夫と雅称されるようになった。したがって、九級↓五大夫↓松という二段階の連想から「九級」は「松樹」を意味し、「九級之蔭」は松の木蔭の意となる。ここに於いても題意がたくみに敷衍されているのである。(3)は句題詩における「本文」の聯に当たると言えよう。

以上述べた第二段の構造を次に図示しておこう。

観夫
松樹成蓋
池水満科
以彼森々之枝
臨此瑟々之浪
蜜葉（松樹）繞岸（臨地水）　石殿之橋露濃
貞幹（松樹）枕流（臨地水）　金舟之路煙暗
至彼
引蕭颯（臨）於潭面（地水）
添清涼於沙痕（松樹）
王右軍之染筆（臨地水）　蹔雁行於九級之蔭（松樹）
陶朱公之投綸（臨地水）　縦魚楽於千年之色（松樹）
者也

題目　破題　本文

それでは双貫語を含む句題の場合はどうであろうか。句題詩では双貫語は一聯の上下に詠み分けることになっていた。実は詩序でもそれと同様の方法で処理されているのである。次に掲げるのは『詩序集』所収、元永元年（一一一八）十月に催された詩会に於ける藤原国親の詩序である。詩題は「落葉満楼臺（落葉 楼臺に満つ）」であり、双貫語「楼臺」を含んでいる。

夫不積寸歩、無以致千里、不積小流、無以成巨海。学之功効、以之可知。藤二千石、伝貴種於紫棘之家、嗜学業於丹螢之牖。賢行稟膚、累葉之風有跡、文章随手、五色之鳥入夢。是□(以)当三冬之案歴、摛六義之佳篇。所招誰客、山東関西之英材、所羞何珍、秋黄冬紫之奇菓。会遇之美、誠有以哉。」（第一段）

于時、年花云闌、木葉頻落。或満朱楼而無掃、或鏁瑶臺而旁深。老柳飄嵐之朝、声々飛揚百尺之上、衰桐散雨之暮、色々闌入三休之間。至于如彼点翠幌兮蕭灑、混丹檻兮繽紛、庾大尉之発詠催吟、左右帯蜀錦之彩、燕照王之卑身厚幣、高低翫殷紅之粧者歟。」（第二段）

既而龍膏燈尽、鶏鳴暁来。如予者、詞花是拙、雖継儒林於五代之遺塵、言泉猶疎、独歎学路於万里之逆浪。慙綴瓦礫之詞、愁記楼臺之趣云爾。」（第三段）

　夫れ寸歩を積まざれば、以つて千里に致ること無し、小流を積まざれば、以つて巨海を成すこと無し。学の功効、之れを以つて知る可し。藤二千石は、貴種を紫棘の家に伝へて、学業を丹螢の牖に嗜む。賢行膚《はだへ》に稟《う》く、累葉の風跡有り、文章手に随ふ、五色の鳥夢に入る。是《ここ》を以つて三冬の案歴に当たりて、六義の佳篇を摛《の》ぶ。招く所は誰客ぞ、山東関西の英材なり、羞《すす》むる所は何《いか》なる珍ぞ、秋黄冬紫の奇菓なり。会遇の美、誠に以《ゆゑ》有るかな。（第一段）

　時に年花云《ここ》に闌けて、木葉頻りに落つ。或は朱楼に満ちて掃ふこと無し、或は瑶臺を鏁《とざ》して旁く深し。老柳嵐に飄へるの朝、声々百尺の上に飛揚す、衰桐雨に散るの暮、色々三休の間に闌入す。彼の翠幌に点じて蕭灑たり、丹檻に混じて繽紛たるが如きに至りては、庾大尉の詠を発し吟を催すや、左右蜀錦の彩を帯びたり、燕の昭王の身を卑しくし幣を厚くするや、高低殷紅の粧ひを翫ぶ者か。（第二段）

　既にして龍膏の燈尽き、鶏鳴の暁来る。予の如き者は、詞花是れ拙し、儒林を五代の遺塵に継ぐと雖も、言泉猶ほ疎かなり、独り学路を万里の逆浪に歎く。慙づらくは瓦礫の詞を綴り、慭《なまじ》ひに楼臺の趣を記《しる》さむことを、と爾《しか》云ふ。（第三段）

問題となる第二段は、前の例と同じく三つの部分に分けることができる。

(1)于時、年花云闌、木葉頻落。或満朱楼而無掃、或鏁瑶臺而旁深。（時に年花云に闌けて、木葉頻りに落つ。或は朱楼に満ちて掃ふこと無し、或は瑤臺を鏁して旁く深し。）

(2)老柳飄嵐之朝、声々飛揚百尺之上、衰桐散雨之暮、色々闌入三休之間。（老柳 嵐に飄へるの朝、声々 百尺の上に飛揚す、衰桐 雨に散るの暮、色々 三休の間に闌入す。）

(3)至于如彼点翠幌兮蕭灑、混丹檻兮繽紛、庾大尉之発詠催吟、左右帯蜀錦之彩、燕照王之卑身厚幣、高低翫殷紅之粧者歟。（彼の翠幌に点じて蕭灑たり、丹檻に混じて繽紛たるが如きに至りては、庾大尉の詠を発し吟を催すや、左右 蜀錦の彩を帯びたり。燕の昭王の身を卑しくし幣を厚くするや、高低 殷紅の粧ひを翫ぶ者か。）

(1)が「題目」に相当することは言うまでもない。前後二つの単対から成り、前の単対に句題の「落」「葉」が、後の単対に「満」「楼」「臺」がそのまま用いられている。

(2)は上六字下八字の密隔句である。「破題」に相当する。句題の「落葉」を向い合う「老柳飄嵐」と「衰桐散雨」とによって、「満」を「声々飛揚」と「色々闌入」とによってあらわしている。双貫語の「楼臺」をどのように処理しているかといえば、隔句対の前半では「百尺」が洛陽の百尺楼（『白氏六帖』楼）、或は成都の百尺楼

（『太平御覧』巻一七六、楼）を指すことから、この語によって句題の「楼」をあらわしている。片や後半では「三休」の語に「翟王使使至楚。楚王誇使者以章華之臺。臺甚高。三休乃至。（翟王、使をして楚に至らしむ。楚王、使者に誇るに章華の臺を以つてす。臺甚だ高し。三たび休みて乃ち至る）」（『賈子新書』退譲）という典故があることから、この語によって句題の「臺」をあらわしている。このように双貫語は隔句対の前後に（単対の場合は上下に）詠み分けられているのである。

(3)は六字の単対と上八字下七字の密隔句とから成る。この部分は「本文」に相当する。まず単対では「翠幌」「丹檻」がそれぞれたかどの、うてなの付属物であることから、句題の「楼」「臺」をあらわし、「蕭灑」と「繽紛」とがともに「落葉」のさまをあらわしている。この単対は「落葉がたかどのの翡翠のとばりにふりそそぎ、うてなの朱塗りの欄檻に入り乱れると」と条件節を作って、次の密隔句に懸ってゆく。密隔句では、前半に「落葉満楼」を、後半に「落葉満臺」をともに故事を用いて敷衍し、あわせて題意を満たしている。すなわち前半の上句に見える「庾大尉」とは晋の庾亮のことで、彼には「亮、武昌に在りしとき、諸佐吏、殷浩の徒、秋に乗じて夜往き、共に南楼に登る。俄《しばら》くありて覚えず亮至る。諸人将に起ちて之れを避けむとす。亮、徐ろに曰はく、諸君少《しばら》く住まれ。老子、此処に興復た浅からず、と。便ち胡床に拠り、浩等と談詠して坐を竟ふ」（『晉書』庾亮伝）という逸話があった。したがって「庾大尉之発詠催吟、左右帯蜀錦之彩」は「庾亮が下僚たちと楽しげに談詠している楼上では、左を見ても右を見ても視界にはただ錦織り成す落葉があるばかりだ」の意である。後半の上句は「燕昭王於破燕之後即位、卑身厚幣、以招賢者。（燕昭王、破燕の後に位に即き、身を卑しくし幣を厚くして以つて賢者を招く）」（『史記』燕召公世家）、「燕昭王為郭隗築臺。今在幽州燕王故城中。土人呼為賢士臺。亦謂之招賢臺。（燕の昭王、郭隗の為めに臺を築く。今、幽州の燕王の故城中に在り。土人呼んで賢士臺と為す。亦た之れを招賢臺と謂ふ)」(『述異記』)とあるのをふまえる。したがって「燕昭王之卑身厚幣、高低甑殷紅之粧」は「燕の昭王が我が身を卑下し出費を厚くして賢人たちを招いたうてなでは、高低何処も落葉の紅の粧いに満ちている」の意である。

右に分析した構造を図示しておこう。

題目

于時
年花云闌
木葉頻落
或満朱楼而無掃
或鏁瑤臺而旁深

破題

老柳飄嵐[落葉]之朝　声々飛揚[満]百尺[楼]之上
衰桐散雨[落葉]之暮　色々闌入[満]三休[臺]之間

本文

至于如彼
点翠幌[満楼]兮蕭灑[落葉]
混丹檻[満臺]兮繽紛[落葉]
庾大尉之発詠催吟[楼]　左右帯蜀錦之彩[落葉満]
燕昭王之卑身厚幣[臺]　高低甑殷紅之粧[落葉満]
者歟

以上、句題の詩序の第二段が句題詩の「題目」「破題」「本文」の構成方法に則って作られていることを確認した。ところで、詩序の第三段が序者の謙辞に充てられていることは先に述べたとおりである。この段は内容上、句題詩の「述懐」に等しい。したがって、句題の詩序に於いては第二段が句題詩の首聯・頷聯・頸聯に、第三段が句題詩の尾聯に対応していると見なすことができる。詩序に於けるこのような構成方法も、句題詩の構成方法の浸透に呼応するように村上朝から一条朝にかけての時期に定着したものと思われる。

六、構成方法の生成過程

句題詩の構成方法については前節までの説明で凡そのことは理解してもらえたことと思う。最後に、この構成方法の考案者とその生成過程とについて私見を述べることにしたい。

句題詩の構成方法を案出した人物は一体誰なのか。平安中期以前の句題詩の現存数が乏しいために、それを特定することは難しい。しかしそれでもそれを探る手懸かりはわずかながら残されている。その一つは『天徳三年八月十六日闘詩行事略記』である。天徳三年（九五九）に催されたこの詩合には大江維時、菅原文時、橘直幹、源順という当代を代表する四人の詩人が出席し、句題詩を賦しているが、このうち文時の作だけが句題詩の構成方法に従い、他の三人の作はこれとは関わらないのである。ここに句題詩詠法の考案者として文時の存在が浮かび上がる。今一つの手懸かりは現存する句題の詩序である。平安中期以前の詩序を多く収める書に『本朝文粋』がある。この書に見られる句題の詩序は平安前期の菅原道真から中期の大江匡衡に至るまで、合計七十篇にも及ぶ。平安後期の句題の詩序に於いて、詩題を叙述する段の構成方法が句題詩の構成方法に対応していることは第五節に述べたとおりである。句題詩の構成方法に従って題意を叙述した詩序がどこまで溯ることができるのかを『本朝文粋』に就いて調べてみると、七十篇中やはり菅原文時の詩序に行き当たるのである。さらに『和漢朗詠集』や『類聚句題抄』などに収める文時の句題詩（但し殆どが首聯・尾聯を欠く）を見ると、それらが句題詩の構成方法に従って作られていることが判明する。したがって句題詩の構成方法を創案したのが文時であることはほぼ確実であると思われる。(5)

それでは文時はどのような過程を経て、句題詩の構成方法を案出したのであろうか。これについて蒋義喬氏は句題の文字を別の語に言い換える「破題」の方法が李嶠の『百二十詠』に見られることに注目し、句題詩の構成方法が生成された背景に詠物詩の受容を想定した（「詠物詩から句題詩へ――句題詩詠法の生成をめぐって――」『和漢比較文学』第三十五号、二〇〇五年八月）。次に掲げるのは『百二十詠』の「雨」（009）の詩である。

西北雲膚起　　西北に雲膚起こる
東南雨足来　　東南に雨足来る　」（題目）
霊童出海見　　霊童は海を出でて見《あら》はる
神女向山廻　　神女は山に向かひて廻る　」（本文）
斜影風前合　　斜影は風前に合ふ
円文水上開　　円文は水上に開く　」（破題）
十旬無破塊　　十旬　塊《つちくれ》を破ること無ければ
九土信康哉　　九土信《まこと》に康きかな　」（述懐）

この詩には首聯の下句に詩題の「雨」の文字があり、「雨」を頷聯では「霊童」（『百二十詠』張庭芳註に「神異経曰、西海上有人、乗白馬朱鬛、白衣玄冠、従十二童子、馳水上。流及之処、雨降也。」とある）、「神女」（同註「楚襄王遊高唐観。夢神女曰、妾在巫山之陽、朝為行雲、暮為行雨也。」）の故事を用いて表現し、頸聯では「斜影」「円文」（同註「梁尚書王均詩曰、雨点散円文、風生起斜浪。」）に言い換えている。そして尾聯は「雨」に関連づけて当代を讃美し、一首を結んでいる。ここにはすでに句題詩の構成方法の基本が備わっている。このような構成方法を持つ詩は百二十首中、二十八首に及ぶ。詩題は次のとおり。001日、004風、005雲、009雨、010雪、018江、019河、020洛、028瓜、030荷、034柳、036桃、039梅、041鳳、042鶴、045雁、047鶯、054馬、060兔、063市、066池、071牀、077鏡、079燭、086檄、091劍、101琴、107笛。詠物詩に詠まれる事物は一つだが、その事物を二つに増やして組み合わせれば句題となるのであるから、句題詩の構成方法は詠物詩のそれを応用し発展させたものであると見なすことができる。また蔣氏は『百二十詠』と平安中期の句題詩との中間に位置する平安前期の詠物詩や句題ではない題詠詩にも破題の方法が見られることを指摘し、『百二十詠』から句題詩への連続的展開を跡づけている。句題詩の構成方法の生成過程に於いて詠物詩が大きな役割を果たしたという蔣氏の論には説得力がある。

しかし、そのことだけで句題詩詠法の生成過程が解明できたかと言えば、もう少し議論の余地が残されているように思われる。ここでは句題詩の特徴として主題を羅列する側面のあることに着目して、この問題を考えてみたい。

句題詩は各聯とも題意に沿って表現しなければならず、特に頷聯・頸聯では合計四回にわたって題意を敷衍することが定められていた。このように句題詩には主題を羅列するという特徴が認められる。その特徴を詩以外の文体に求めてみると、賦がそれに当たることは言うまでもない。次に掲げるのは『文選』に収める謝恵連の「雪賦」の一節である。同賦はある歳の暮れ、漢の梁王が兔園に宴席を設けて遊ぶという設定で作られている。兔園に遅れてやって来た司馬相如が宴席の上座に着くや、雪が降り始めた。そこで梁王が相如に雪を主題に賦を作るように促すと、相如は一揖して次のように語り始めた。(6)

臣聞、雪宮建於東国、雪山峙於西域。岐昌発詠於来思、姫満申歌於黄竹。曹風以麻衣比色、楚謡以幽蘭儷曲。盈尺則呈瑞於豊年、袤丈則表沴於陰徳。雪之時義遠矣。

臣聞く、雪宮は東国に建ちて、雪山は西域に峙《そばだ》てり。岐昌は詠を来思に発し、姫満は歌を黄竹に申《かさ》ぬ。曹風は麻衣を以つて色を比《なら》べ、楚謡は幽蘭を以つて曲を儷《なら》べたり。尺に盈つれば則ち瑞を豊年に呈《あらは》し、丈に袤《あが》れば則ち沴《わざは》ひを陰徳に表す。雪の時、義遠きかな。

聞くところによると、雪宮は東国に建てられ、雪山は西域にそびえ立っている。周の文王は、雪が風に吹かれて飛び交う中を兵役から帰ってくると采薇の詩に詠じ、周の穆王は、雪が降る中で黄臺に遊んだことを黄竹の詩に歌った。曹風の蜉蝣の詩には雪の色が麻衣に喩えられ、楚の宋玉の歌には琴曲の白雪が幽蘭と並べられている。雪は一尺積もれば豊年の吉兆をあらわし、一丈を越えれば災いを引き起こす。雪を詩にうたう淵源がはるか遠い昔にあることを思うと、感慨を催さずにはいられない。

右の部分は四つの単対から成り、八句すべてに賦題の「雪」が表現されている。その表現方法はというと、最初の単対には上下に「雪」の文字がそのまま用いられているが、その下の三つの単対には「雪」の文字が全く見られず、すべて典故を用いることによって「雪」を別の語に言い換えて表現している。ここに見られる方法は句題詩の構成方法（題目・破題・本文）に極めて近いものと言えるであろう。

『文選』の学習に励んだ平安時代の文人たちは、自らもこれに倣って多くの賦を作った。『本朝文粋』巻一には平安前期から中期にかけての賦十五篇が収められ、その巻頭は菅原文時の「繊月賦」（001）である。この作品には句題詩詠法の生成過程を考える上で興味深い要素が見受けられる。その全文を段落に分けて掲げることにしよう。[7]

繊月賦〈以望在天西為韻。依次用之。二百字以上為篇。〉

瞻彼新月、有微其形。攬之不盈手、皎皎之光未舒、仰之則在眸、繊繊之質可望。」（第一段）

若乃風冷中林、日沈西海、伴星楡兮、片影因茲而見、随暦莢兮、孤姿於是乎在。」（第二段）

観其以陰為位、成象於天。彼合璧之有始、諒椎輪于向前。徳也不孤、暗知珠胎之未実、物也有漸、豫験金魄於将円。及夫影倒秋江之浦、光傾暮山之巓、遊魚疑沈鉤於碧浪、旅雁驚虚弓於紫煙。矧夫高秋易感、良夜未眠。窺仙娥之容輝、尚秘綽約、訝静女之眉態、空迷嬋娟。」（第三段）

士有一出董帷之内、再拝庾楼之西。慮就盈之所基、慎終如始、悟忌満之可法、見賢思齊。猶怪攀桂枝於遅暮、独遑遑而悽悽。」（第四段）

繊月の賦〈望めば天の西に在りといふことを以つて韻と為す。次でに依りて之れを用ふ。二百字以上を篇と為す。〉

彼の新月を瞻れば、微なる其の形有り。之れを攬《と》るに手に盈たず、皎皎《けうけう》たるの光未だ舒《の》びず、之れを仰げば則ち眸《まなじり》に在り、繊繊たるの質《すがた》望みつ可し。（第一段）

若し乃ち風 中林に冷《すず》しく、日 西海に沈めば、星楡を伴ひて、片影茲《こ》れに因つて見《あらは》れ、暦莢《れきけふ》に随つて、孤姿是《こ》こに於《し》て在り。（第二段）

観れば其れ陰を以つて位と為し、象を天に成す。彼の合璧の始め有る、諒《まこと》に向前に椎輪《つゐりん》あり。徳や孤ならず、暗《そら》に珠胎の未だ実《み》ならざることを知る、物や漸有り、豫め金魄を将に円かならむとするに験《こころ》みる。夫《か》の影 秋江の浦に倒《ひた》し、光 暮山の巓に傾くに及びては、遊魚は沈鉤を碧浪に疑ひ、旅雁は虚弓を紫煙に驚く。矧《いは》むや夫《そ》れ高秋感じ易く、良夜未だ眠らざるに、仙娥の容輝かと窺へば、尚ほ綽約を秘し、静女の眉態かと訝《いぶか》れば、空しく嬋娟に迷ひぬ。（第三段）

士に一たび董帷の内より出でて、再び庾楼の西を拝するもの有り。就盈の基づく所を慮りて、終りを慎むこと始めの如くし、忌満の法《のつと》る可きことを悟りて、賢を見ては斉しからむことを思ふ。猶ほ怪しぶ、桂枝を遅暮に攀ぢ、独り遑遑として悽悽たることを。（第四段）

彼の三日月を見ると、その形状は微かである。その光を手に取ろうとしても手に満たず、白く明るい光はまだ届くほど伸びてはいない。空を見上げると月は視界に入り、ほっそりとした形を眺めることができる。（第一段）

八月の涼風が吹き、西海に陽が沈むと、星に伴われるようにして一片の小さな姿が現れ、暦莢（の葉が一枚づつ増える）にしたがって（月も大きくなり）、たった一つの三日月が姿を現す。（第二段）

見れば、月は陰を位としてその姿を天空に浮かべている。珠玉のような満月に（三日月という）始めがあるのは、ちょうど大略《たいろ》（玉で飾られた豪華な車）にもそのはるか以前に椎輪（木で組まれただけの質素な車）

があるようなものである。徳が孤立することなく、必ずその近くに同類を持つということは、月がまだ三日月である時には貝の中の珠もやはりまだ十分に成長していないことによって、それとなく理解できる。物事が徐々に進行してゆくということは、三日月が今にも丸くなろうとすることによって、予め知ることができる。三日月の光が秋の水辺にさかさまに映り、夕暮れの山の頂に傾くと、浦に遊ぶ魚は三日月を青い浪に沈む釣り針ではないかと疑い、旅行く雁は三日月を紫の雲の中に構えた弓ではないかと驚く。まして天高く晴れわたった秋には感じやすく、月の美しい夜にはなかなか寝つかれない。三日月を仙女の美しい容貌かと思って窺えば、しなやかな美しさを内に秘めていると感じられ、三日月を静女の眉の形ではないかと訝しく思えば、そのあでやかな美しさに迷ってしまう。（第三段）

ここに董仲舒を見習って下ろしたままにしていた帷から久しぶりに外に出て、庾亮が秋の月を愛でた昔を思いやって楼閣の西の空を見上げている一人の男（文時）がいる。その私めは、満月になることの始発点を考え、物事を始めた時と同じく慎重に終わりまでやり遂げようと思い、忌満こそ手本として学ぶべきであると悟り、すぐれた人を見れば同じようになりたいと思っている。それでもなお年老いた身で果して対策に及第できるのか、不安で心を落ち着かせることができない。（第四段）

賦の本文は脚韻によって四段に分けることができる。第一段では賦題を「繊」と「月」とに分解して文中に詠み込んでいる。第二段と第三段とに於いては「繊月」の文字を用いずに別の語に置き替えたり、典故を用いたりして題意を表現している。そして第四段では作者自身が登場し、「繊月」に関連づけて自らの思いを述べている。読者はこれを見て、四段がそれぞれ句題詩各聯の機能に相当していることに気づくであろう。「繊月賦」の構成方法は句題詩のそれに完全に一致するのである。

文時がこの賦を作ったのはいつのことか。『本朝文粋』には源英明による同題の賦が収められている。英明の没年は『勅撰作者部類』によれば天慶四年（九四一）である（『慈覚大師伝』によれば天慶二年）。両者の「繊月賦」が同時期の作ならば、その製作時期は天慶四年以前ということになる。また、賦の第四段の記述内容から、それが文時の対策直前の作であることが明らかである。文時の対策及第は天慶五年（『本朝文粋』巻六、152「請殊蒙天裁依勤績及儒労叙従三位状」）であるから、この賦は天慶四年（文時四十三歳）頃に作られたものと知られる。恐らく文時は早くから賦や詠物詩やの分析を通して句題詩詠法の構想を抱き、それは次第に醸成されて対策及第以前に形を成していたのであろう。それが「繊月賦」に構造上の類似として現れたのではなかろうか。そしてその後、文時が儒者として頭角を現し詩作の指導を行なう中で普及させていったものと思われる。

『江談抄』巻五（49）に次のような説話がある。

本朝の集の中には、詩に於いては文時の体を習ふ可きなりと云々。文時も「文章好まむ者は我が草を見る可し」と云々。（中略）又た六条宮、保胤に「詩はいかが作る可き」とありけるも、『文芥集』を保胤に問はしめ給へ」とぞ云ひける。

本邦の詩人の中で模範とすべきは菅原文時であって、文時自身もそのことを自負していた。具平親王が慶滋保胤に詩作の方法を問うたところ、保胤は師である文時の別集『文芥集』を薦め、不明な点は自分に尋ねよ、と答えたというのである。『文芥集』を始めとして文時の詩文を殆ど見ることのできない現在、もしこれまで述べてきたような文時の功績を予備知識に持たなければ、この説話を解釈することは困難であろう。しかし、文時が句題詩の構成方法を案出し、それを普及せしめた人物であったことを念頭に置けば、説話の意味するところは明らかである。また文時は『和漢朗詠集』に本邦詩人の中では四十四首と最多入集を果たしている。この入集数は彼の祖父で第二位の道真の三十七首を大きく上回る。当時なぜ文時が道真以上に詩人として評価されたのか。このことも彼の功績を知るならば容易に理解できるであろう。

文時の案出した句題詩の構成方法は句題詩の流行をもたらした。句題は季節感を重んじるから、その詩は花鳥風月を中心とする自然詠である。日本人が詩の本来持っている言志の面を捨てて（述懐という矮小化した形でわずかに残したが）花鳥風月を選択したということは、取りも直さず詩が和歌と同じ道を歩み始めたことを意味する。言い換えれば、詩が漢学を離れて国風化し始めたということである。我が国の政治・文化・思想の転機が道真の建議した遣唐使の廃止にあったことは今更繰り返すまでもないが、詩の国風化の第一歩は孫の文時によって踏み出されたと言うことができるのではなかろうか。

おわりに――残された課題

以上で句題詩の構成方法についての概説を終える。残された問題は少なくとも二つあるように思われる。一つは、これまで句題詩の現象面にばかり筆を費やしてきたために触れられなかったことだが、句題詩の構成方法を成立せしめた思想的要因は何如なるものであったかという点である。もう一つはこの構成方法による作詩がいつ頃まで行なわれたのかという点である。前者については、この詠法が遣唐使の廃止以後（すなわち漢学が日本独自に展開し始める時期）に現れたものであるということが、それを解く鍵となるであろう。中国の詩史と切り離された日本の詩壇の採った選択肢が句題詩であったことの意味は、平安前期、醍醐朝以降の日本人（とくに儒者）の世界観を明らかにすることによって初めて解明できたことになる。後者については、一般に用いられる詩体が七言律詩から七言絶句に移行する時期はいつかという問題に置き替えて考えてよいであろう。同時に七言律詩がその時点で後退したのは何故かという問題もあらたに生まれる。なお資史料の博捜、読解に努めたいと思う。以上の二点を今後の課題として掲げ、本章を終えることにしたい。

注

（1）句題詩の構成方法を論じた先行研究を次に掲げる。
柳澤良一「『本朝麗藻』『新撰朗詠集』について」（『和漢比較文学』第九号、和漢比較文学会、一九九二年七月）
本間洋一「平安朝句題詩管窺――七律詩を中心とする覚書として――」（『平安文学論究』第九輯、風間書房、一九九三年。のち『王朝漢文学表現論考』和泉書院、二〇〇二年に「平安朝句題詩考」と改題して収める）
小野泰央「平安朝句題詩の制約――題字を発句に載せること――」（『和漢比較文学』第十二号、和漢比較文学会、一九九四年一月。『平安朝天暦期の文壇』風間書房、二〇〇八年）
堀川貴司「『元久詩歌合』について――「詩」の側から――」（『国語と国文学』第七十一巻第一号、東京大学国語国文学会、一九九四年一月。『詩のかたち・詩のこころ――中世日本漢文学研究――』若草書房、二〇〇六年）
堀川貴司「詩のかたち・詩のこころ――『本朝無題詩』の背景――」（『国語と国文学』第七十二巻第五号、東京大学国語国文学会、一九九五年五月。のち『詩のかたち・詩のこころ――中世日本漢文学研究――』若草書房、二〇〇六年に「句題詩の詠法と場」と改題して収める）
拙稿「詩序と句題詩」（『日本漢学研究』第二号、慶應義塾大学佐藤道生研究室、一九九八年十月。『平安後期日

本漢文学の研究』笠間書院、二〇〇三年）
拙稿「句題詩詠法の確立——日本漢学史上の菅原文時」（『平安後期日本漢文学の研究』笠間書院、二〇〇三年）
蔣義喬「詠物詩から句題詩へ——句題詩詠法の生成をめぐって——」（『和漢比較文学』第三十五号、和漢比較文学会、二〇〇五年八月）
堀川貴司「中世漢文学概観——詩を中心に——」（『詩のかたち・詩のこころ——中世日本漢文学研究——』若草書房、二〇〇六年）

（2）保胤の詩句には「朗詠江註」（大江匡房による『和漢朗詠集』註釈）が「文時逝後、於旧亭所作也。故有其心云々」と指摘するように、先師菅原文時を哀悼する意が籠められている。それ故、親友元稹の死を悼む白居易の詩をふまえていることは確実である。したがって、保胤は題意を満たすために劉安の故事に拠り、同時に表現を獲得するために白居易の詩に拠ったのである。こうした典拠の二重構造については本書第8章を参照されたい。

（3）本間洋一氏は先頃これに類する新出資料を紹介された。「『童蒙綴詞抄』について——付・本文翻刻——」（『句題詩研究』慶應義塾大学出版会、二〇〇七年）を参照されたい。

（4）私に語釈を施す。▽桐柏山〔文選 巻四、南都賦、張衡〕其地勢、則武闕関其西、桐柏掲其東。〔李善註〕漢書曰、南陽之平陽県有桐柏山。（其の地勢は、則ち武闕 其の西を関《とざ》し、桐柏 其の東に掲《そばだ》つ。〔李善註〕漢書に曰はく、南陽の平陽県に桐柏山有り。）▽楊柳津　長安付近の地名か。本邦の名所を称揚するために、中国の名所を貶めるのは当時の常套手段。〔許渾、送客南帰有懐〕避雨松楓岸、看雲楊柳津。長安一杯酒、座上有帰人。（雨を松楓岸に避く、雲を楊柳津に看る。長安一杯の酒、座上に帰人有り。）〔白氏六帖、津渡〕楊柳津、白馬津。▽迎四月而南幸〔礼記、月令〕立夏之日、天子親帥三公九卿大夫、以迎夏於南郊。（立夏の日、天子親《みづか》ら三公九卿大夫を帥《ひき》ゐて、以つて夏を南郊に迎ふ。）▽九賓重〔文選 巻三、東京賦、張衡〕九賓重臚人列。（九賓重なりて臚人列なる。）▽百司備〔白氏文集0145、驪宮高〕一人出兮不容易、六宮従兮百司備。（一人出でて容易《たやす》からず、六宮従ひて百司備はる。）▽若衆星之北共〔論語、為政〕子曰、為政以徳、譬如北辰居其所、而衆星共之。（子曰はく、政を為すに徳を以つてすれば、譬へば北辰の其の所に居て衆星の之れに共《こまぬ》くが如し。）▽珠簾曉巻〔本朝文粋 巻十一、340鳥声韻管絃詩序、菅原文時〕繡戸暁開、瓊簾晴巻。（繡戸 暁に開き、瓊簾 晴れに巻く。）▽黈纊　天子の耳あて。〔文選 巻三、東京賦、張衡〕夫君人者、黈纊塞耳、車中不内顧。（夫れ人に君たる者は、黈纊もて耳を塞ぐ、車中して内に顧みず。）〔白氏文集0143、驃国楽〕徳宗 立仗御紫庭、黈纊不塞為爾聴。（徳宗 仗を立てて紫庭に御す。黈纊塞がず 爾が為めに聴く。）尚、「珠簾」と「黈纊」とは側対（「珠」の旁「朱」と「黈」の偏「黄」とが色対を成す）。宴席で詩序が回覧されることを念頭に置いた用字法。▽梨園〔本朝文粋 巻十一、320晴添草樹光詩序、大江朝綱〕梨園奏音、柳枝挙袖。（梨園音を奏し、柳枝 袖を挙ぐ。）▽妙音・清選　側対（「玄」と「青」とが対を成す）。妙は妙に同じ。▽肆夏　古の楽章の名。陔夏に同じ。「一日」と数対を成さしめるために「肆」を用いた。▽詞江筆海〔詩品〕陸才如海、潘才如江。（陸が才は海の如し、潘が才は江の如し。）〔本朝文粋 巻九、268唯以詩為友詩序、大江匡衡〕挹詞江而為朝夕之池、淡水景暮。（詞江を挹《く》みて朝夕の池と為す、淡水 景暮れぬ。）〔文選、上文選註表、李善〕搴中葉之詞林、酌前脩之筆海。（中葉の詞林を搴《と》り、前脩の筆海を酌む。）▽梨園・柳樹、詞江・筆海　ともに句中対。▽応清選〔文机談〕この玄象と申す琵琶は天下第一の霊物、海内無双の重宝也。されば雅音をあやつる人はその清選に応じ、修理を加ふる輩、なほ勧賞の厚きにあづかる。▽猗哉盛哉〔本朝文粋 巻十、300花光水上浮詩序、菅原文時〕明聖之事、猗乎盛哉。（明聖の事、猗《よ》いかな盛んなるかな。）▽松樹成蓋〔抱朴子、対俗〕千歳松樹、四辺枝起、上杪不長。望而視之、有如偃蓋。（千歳の松樹は、四辺に枝起り、上杪長からず。望みて之れを視れば、偃蓋の如き有り。）▽満科　くぼ地をみたす。〔孟子、離婁下〕原泉混混、不舎昼夜。盈科而後進、放乎四海。（原泉混混として、昼夜を舎《お》かず。科に盈ちて而《しか》る後に進み、四海に放《いた》る。）▽森々〔文選 巻十七、文賦、陸機〕播芳蕤之馥々、発清條之森々。〔李善註〕字林曰、森、多木長貌。（芳蕤《はうずい》の馥々たるを播《ほどこ》し、清条の森々たるを発す。〔李善註〕字林に曰はく、森は多木の長き貌。）▽瑟々　ふかみどり色。〔白氏文集2332、早春憶微之〕沙頭雨染班々草、水面風駆瑟々波。（沙頭に雨は染む 班々たる草、水面に風は駆《か》る 瑟々たる波。）▽蜜葉　密葉に同じ。密に茂った松の葉。〔呂温、道州夏日郡内北橋新亭所懐贈何元二処士〕晴空交密葉、陰岸積蒼苔。（晴空に密葉交はれり、陰岸に蒼苔積もれり。）▽貞幹　冬でも色を変えない松の幹。〔荘子、列禦冦〕魯哀公問於顔闔曰、吾以仲尼為貞幹、国其有瘳乎。（魯の哀公、顔闔に問ひて曰はく、吾れ仲尼を以つて貞幹と為せば、国其れ瘳《い》ゆること有らむか、と。）▽枕流〔蒙求71〕孫楚嗽石。〔李瀚自註〕晉書、孫楚、字子荊。少時欲隠、語王武子言、当枕石嗽流、誤曰嗽石枕流。武子曰、流非可枕、石非可嗽。孫曰、所以枕流欲洗其耳、所以嗽石欲礪其歯。（晉書に、孫楚、字は子荊。少き時に隠れむとして、王武子に語りて言ふに、当に石に枕し流れに嗽ぐといふべきを、誤りて石に嗽ぎ流れに枕すと曰ふ。武子が曰はく、流れは枕す可きに非ず、石は嗽ぐ可きに非ず、と。孫が曰はく、流れに枕する所以は其の耳を洗はむと欲《おも》ふ、石に嗽ぐ所以は其の歯を礪がむと欲ふ、と。）〔晉書、孫楚伝〕▽王右軍・雁行〔晉書、王羲之傳〕毎自称、我書比鍾繇応抗行、比張芝猶応雁行也。曾与人書云、張芝臨池学書、池水尽黒。使人耽之若是、未必後之也。（毎に自ら称《い》へらく、我が書、鍾繇に比ぶれば応に抗行すべし、張芝に比ぶれば猶ほ応に雁行すべきなり、と。曾て人に書を与へて云ふ、張芝は池に臨みて書を学ぶ、池水尽く黒し。人をして之れに耽ること是《か》くの若くならしむれば、未だ必らずしも之れに後れざるなり、と。）〔礼記、王制〕父歯随行、兄歯雁行。（父の歯《よはひ》には随行し、兄の歯には雁行す。）▽九級　松の意。九級は秦制に於ける五大夫の爵位。五大夫は松の雅称。九級↓五大夫↓松の連想による言い換え。〔漢書、百官公卿表上〕爵一級曰公士、二上造、……九五大夫、……二十徹侯、皆秦制以賞功労。（爵一級を公士と曰ひ、二を上造、……九を五大夫、……二十を徹侯、皆な秦制にして、以つて功労を賞す。）〔史記、秦始皇本紀〕二十八年、乃遂上泰山、立石封祠祀。下、風雨暴至、休於樹下。因封其樹為五大夫。（二十八年、乃ち遂に泰山に上り、石を立て封じて祠祀す。下るとき、風雨暴かに至り、樹下に休む。因りて其の樹を封じて五大夫と為す。）〔百二十詠、松〕風払大夫枝。〔張庭芳註〕史記曰、秦始皇封大山、逢風雨、乃隠松樹。後遂封五松為大夫樹也。（風は払ふ大夫の枝。〔張庭芳註〕史記に曰はく、秦の始皇、太山に封ぜしとき、風雨に逢ひ、乃ち松樹に隠る。後に遂に五松を封じて大夫の樹と為すなり。）▽陶朱公　春秋時代、越王勾践に仕えた范蠡のこと。会稽の恥を雪いだ後、斉に行っては鴟夷子皮と名乗り、陶に行っては朱公と名乗り、財を成した。〔文選 巻三十五、七命、張協〕范公之鱗、出自九溪。〔李善註〕陶朱公養魚経曰、威王聘朱公、問之曰、公家累億金、何術乎。朱公曰、夫為生之法五、水畜第一。所謂水畜者魚池也。以六畝地為池、池中有九洲。即求懐子鯉魚、以二月上旬庚日内池中。養鯉者、鯉不相食、易長又貴也。（范公の鱗《うろこ》、九溪より出づ。〔李善註〕陶朱公養魚経に曰はく、威王、朱公を聘して之れに問ひて曰はく、公が家、億金を累ぬ、何の術《すべ》かある、と。朱公曰はく、夫れ生を為すの法に五あり、水畜は第一なり。所謂る水畜とは魚池なり。六畝の地を以つて池と為し、池中に九洲有らしむ。即ち懐子の鯉魚を求め、二月上旬の庚日を以つて池中に内《い》る。鯉を養ふ者は、鯉相ひ食《は》まず、長じ易く又た貴きなり、と。）▽魚楽〔荘子、秋水〕荘子與恵子遊於濠梁之上。荘子曰、鯈魚出遊従容、是魚楽也。恵子曰、子非魚、安知魚之楽。（荘子、恵子と濠梁の上《ほとり》に遊ぶ。荘子曰はく、鯈魚《いうぎよ》出で遊びて従容す、是れ魚の楽しみなり、と。恵子曰はく、子魚に非ざれば、安んぞ魚の楽しみを知らむ、と。）▽千年之色〔和漢朗詠集、松425、歳寒知松貞、源順〕十八公栄霜後露、一千年色雪中深。（十八公の栄は霜の後に露はる、一千年の色は雪の中に深し。）▽既而〔和漢朗詠集、帝王659、内宴鳥声韻管絃序、菅原文時〕梁元昔遊、春王之月漸落、周穆新会、西母之雲欲帰。〔江註〕後中書王被難曰、既而下無小句有此句。文時之忽忘也。（後中書王難ぜられて曰はく、「既而」の下に小句無くして此の句有り。文時の忽忘なり、と。）▽魏両主・唐二帝〔後二条師通記、寛治四年四月二十日条〕魏両主、唐二帝、二字事、民部卿、孝言朝臣有所語云々。可尋之。（魏両主、唐二帝、二字の事、民部卿（源経信）、（惟宗）孝言朝臣語る所有りと云々。之れを尋ぬ可し。）▽燈残　燈が殆ど消える。〔白氏文集0883、舟中読元九詩〕把君詩巻燈前読、詩尽燈残天未明。（君が詩巻を把りて燈前に読む、詩尽き燈残りて天未だ明けず。）▽綸言・縷旨　ともに糸の縁語。▽云爾　『二中歴』（巻十二、書詩歴）によれば、端作《はしづくり》の「幷序」を文章院の西曹では「序を幷《あは》せたり」、東曹では「幷せて序」と訓読するのに呼応させて、「云爾」は西曹では「爾《しか》云ふ」、東曹では「云ふこと爾り」と訓読する。この詩序・詩の端作は、『後二条師通記』によって「七言早夏陪　行幸太上皇城南水閣同賦松樹臨池水応製詩一首〈以情為韻／幷序〉」であったことが知られる。▽謹序　応製の詩序にのみ末尾に置かれる。

（5）拙稿「句題詩詠法の確立――日本漢学史上の菅原文時――」（『平安後期日本漢文学の研究』笠間書院、二〇〇三年）を参照されたい。

（6）主として『文選』の六臣註にしたがって語釈を施す。▽雪宮・雪山〔李善註〕孟子曰、斉宣王見孟子於雪宮。劉熙曰、雪宮、離宮之名也。漢書西域伝曰、天山冬夏有雪。（孟子（梁恵王下）に曰はく、斉宣王、孟子を雪宮に見る。劉熙曰はく、雪宮は、離宮の名なり。漢書の西域伝に曰はく、天山は冬夏に雪有り。）〔五臣註〕済曰、雪宮在斉。故云建東国。雪山在西域、夏冬有雪。峙、峻也。（済曰はく、雪宮は斉に在り。故に「東国に建つ」と云ふ。雪山は西域に在り、夏冬に雪有り。峙は、峻なり。）▽岐昌　周の文王。岐は文王が封ぜられた地。昌は文王の名。▽来思「采薇」中の一句に見られる語。「采薇」は周の文王が戍役に赴く将卒に与えた詩。〔毛詩、小雅、采薇〕昔我往矣、楊柳依依。今我来思、雨雪霏霏。（昔我れ往く、楊柳依依たり。今我れ来る、雨雪霏霏たり。）〔小序〕采薇、遣戍役也。文王之時、西有昆夷之患、北有玁狁之難。以天子之命、命将率、遣戍役、以守衛中国。故歌采薇、以遣之。（下略）（采薇は、戍役を遣るなり。文王の時、西に昆夷の患有り、北に玁狁《げんいん》の難有り。天子の命を以つて、将率に命じ、戍役を遣はし、以つて中国を守衛す。故に采薇を歌ひて、以つて之れを遣る。）▽姫満　周の穆王。姫は周の姓。満は穆王の名。▽黄竹〔李善註〕孔安国尚書伝曰、申、重也。穆天子伝曰、天子遊黄臺之丘。大寒北風雨雪。天子作詩三章、以哀人。夫我徂黄竹、員閟寒、乃宿於黄竹。（孔安国の尚書伝に曰はく、申は、重なり。穆天子伝に曰はく、天子、黄臺の丘に遊ぶ。大いに寒くして北風雪を雨《ふ》らす。天子、詩三章を作りて、以つて人を哀れむ。「夫れ我れ黄竹に徂《ゆ》く、員閟《いんひ》寒くして、乃ち黄竹に宿る」と。）▽曹風〔毛詩、曹風、蜉蝣〕蜉蝣掘閲、麻衣如雪。（蜉蝣の掘閲、麻衣雪の如し。）蜉蝣はかげろう。掘閲はぬけがら。▽楚謡〔李善註〕宋玉諷賦曰、臣嘗行至主人。独有一女。置臣蘭房之中。臣授琴而鼓之、為幽蘭白雪之曲。（宋玉の諷賦に曰はく、臣嘗て行きて主人に至る。独《た》だ一女有り。臣を蘭房の中に置く。臣、琴を授けて之れを鼓《ひ》かしむれば、幽蘭白雪の曲を為す。）▽盈尺・袤丈〔五臣註〕向曰、隠公之時、大雪平地一尺。是歳大熟為豊年也。桓公之時、平地広一丈、以為陽傷陰盛之徴。（向曰はく、隠公の時、大雪、平地に一尺。是の歳、大いに熟《みの》り豊年と為るなり。桓公の時、平地に広一丈、以つて陽傷れ陰盛んなるの徴と為す。）▽雪之時義遠矣〔易、姤卦、彖伝〕姤之時義大矣哉。〔王弼註〕凡言義者、不尽於所見、中有意謂者也。（姤の時、義大なるかな。〔王弼註〕凡そ義と言へる者は、見る所を尽くさず、中に意謂有る者なり。）

（7）私に語釈を施す。▽攬之不盈手　月光を手に取ろうとしても手に満たない。〔文選 巻三十、擬明月何皎皎、陸機〕安寝北堂上、明月入我牖。照之有餘暉、攬之不盈手。（安《しづ》かに北堂の上に寝ぬ、明月我が牖に入れり。之れを照らすこと餘暉有り、之れを攬るに手に盈たず。）〔淮南子、覧冥訓〕天地之間、巧歴不能挙其数。手微忽怳、不能覧其光。〔註〕言手雖覧得微物、不能得其光。一説、天道廣大、手雖能徴其忽怳無形者、不能覧得日月之光也。（天地の間、巧歴も其の数を挙ぐること能はず。手は微忽怳といへども、其の光を覧《と》ること能はず。〔註〕言ふこころは、手は微物を覧得すと雖も、其の光を得ること能はず。一説に、天道は広大なり、手は能く其の忽怳無形の者を徴すと雖も、日月の光を覧得すること能はざるなり。）▽皎皎　白く輝くさま。▽繊繊　かぼそいさま。〔文選 巻三十、翫月城西門解中、鮑昭〕始見西南楼、繊繊如玉鉤。（始めて西南の楼に見る、繊繊として玉鉤の如し。）〔藝文類聚 巻一、月〕梁劉孝綽望月有所思詩曰、秋月始繊繊、微光垂歩簷。（梁の劉孝綽の月を望みて思ふ所有る詩に曰はく、秋月始めて繊繊たり、微光歩簷に垂る。）▽暦莢　帝堯のとき生えたという草の名。月の朔日から十五日までは毎日一枚の葉が生じ、十六日から晦日までは毎日一枚の葉が落ちた。これによって暦を作ったという。蓂莢。〔初学記 巻一、月〕観蓂、視桂。〈帝王世紀云、堯時有草夾階而生。毎月朔日生一莢、至月半則生十五莢。至十六日後、日落一莢、至月晦而尽。若月小餘一莢。王者以是占歴。応和而生、以為堯瑞。名之蓂莢。一名歴莢。一名仙茆。〉（蓂を観る、桂を視る。〈帝王世紀に云ふ、堯の時、草有りて階を夾みて生ず。毎月朔日に一莢を生じ、月の半ばに至れば則ち十五莢を生ず。十六日に至りて後、日ごとに一莢落ち、月の晦に至りて尽く。若し月小なれば一莢を餘す。王者是れを以つて歴を占ふ。和に応じて生ず、以つて堯瑞と為す。之れを蓂莢と名づく。一名歴莢。一名仙茆。〉）▽以陰為位〔文選 巻十三、月賦、謝荘〕日以陽徳、月以陰霊。〔李善註〕春秋感精符云、月者陰之精。（日は陽を以つて徳あり、月は陰を以つて霊あり。〔李善註〕春秋感精符に云ふ、月は陰の精なり。）▽合璧　珠玉を連ねたような日月。ここではその片方の月をいう。〔漢書、律暦志上〕▽椎輪　古木を組み合わせて作った飾りのない車。物事の始め（質朴の段階）にたとえる。大略《たいろ》は玉で飾った美しい車。〔文選 序〕椎輪為大輅之始、大輅寧有椎輪之質。〔五臣註〕向曰、椎輪、古棧車。大輅、玉輅。（椎輪は大輅の始め為《た》り、大輅は寧んぞ椎輪の質有らむや。〔五臣註〕向曰はく、椎輪は古棧の車、大輅は玉輅なり。）▽向前　それ以前に。従来。▽徳也不孤〔論語、里仁〕子曰、徳不孤、必有隣。（子曰はく、徳は孤ならず、必ず隣有り。）▽珠胎〔文選 巻八、羽獵賦、揚雄〕方椎夜光之流離、剖明月之珠胎。（方に夜光の流離たるを椎《う》ち、明月の珠胎を剖く。）▽物也有漸〔大戴礼、夏小正〕事有漸也。（事に漸有るなり。）▽金魄〔白氏六帖 巻一、月〕蟾蜍〈瑶兔、蟾光、（中略）、金魄、素光、月名。〉▽虚弓〔和漢朗詠集、雁320〕虚弓難避、未抛疑於上弦之月懸、奔箭易迷、猶成誤於下流之水急。〈寒雁識秋天序／江相公〉（虚弓避り難し、未だ疑ひを上弦の月の懸れるに抛《なげう》たず、奔箭迷ひ易し、猶ほ誤りを下流の水の急《すみや》かなるに成す。〈寒雁 秋天を識るといふ序／江相公〉）〔白氏六帖 巻二十九、雁〕避弓〈更羸善射。引虚弓而雁落。〉（弓を避る〈更羸 射を善くす。虚弓を引きて雁落つ。〉）▽綽約〔文選 巻十七、舞賦、傅毅〕綽約閑靡、機迅体軽。〔李善註〕綽約、美貌。（綽約閑靡として、機のごとく迅くして体軽し。〔李善註〕綽約は美しき貌。）▽静女〔毛詩、邶風、静女〕▽嬋娟　たおやかなさま。女性の美しさをいう。▽士有…　帷の内から出て楼の西を拝している人物を文時と見なした。この点は柿村重松『本朝文粋注釈』、小島憲之（日本古典文学大系69）『懐風藻　文華秀麗集　本朝文粋』の解釈と異なる。▽董帷〔蒙求258〕董生下帷〔李瀚自註〕漢書、董仲舒、少耽学。俗謂、董生常下帷読書、弟子不見其面。在家七年、不窺後園、乗馬三年、不知牝牡。後仕至江都王相。（漢書に、董仲舒、少きより学に耽る。俗謂へらく、董生常に帷を下ろして書を読む、弟子其の面を見ず。家に在ること七年、後園を窺はず、馬に乗ること三年、牝牡を知らず、と。後に仕へて江都王の相に至る。）〔漢書、董仲舒傳〕少治春秋。孝景時、為博士。下帷講誦、弟子伝以久次相授業。或莫見其面。蓋三年不窺園。其精如此。（少きより春秋を治む。孝景の時、博士と為る。帷を下ろして講誦し、弟子伝ふるに久次を以つてし、業を相ひ授く。或いは其の面を見ること莫し。蓋し三年園を窺はず。其の精なること此くの如し。）▽庾楼〔晉書、庾亮伝〕亮在武昌、諸佐吏殷浩之徒、乗秋夜往、共登南楼。俄而不覚亮至。諸人将起避之。亮徐曰、諸君少住。老子於此処興復不浅。便據胡床、與浩等談詠竟坐。（亮、武昌に在りしとき、諸佐吏、殷浩の徒、秋に乗じて夜往き、共に南楼に登る。俄《しばら》くありて覚えず亮至る。諸人将に起ちて之れを避けむとす。亮徐ろに曰はく、諸君少《しばら》く住《とど》まれ。老子此処に興復た浅からず、と。便ち胡床に拠り、浩等と談詠して坐を竟ふ。）▽就盈　満ちた状態になること。〔春秋左氏伝、荘公十六年〕使以十月入。曰、良月也。就盈数焉。（十月を以つて入れしむ。曰はく、良月なり。盈数に就く、と。）▽愼終如始〔老子、第六十四章〕愼終如始、則無敗事。（終りを愼むこと始めの如くすれば、則ち敗るる事無し。）▽忌満　満ち足りることを避ける。〔駱賓王文集 巻五、翫初月〕忌満光恆缺、乗昏影暫流。（忌満の光恆に缺く、乗昏の影暫く流る。）▽見賢思斉〔論語、里仁〕子曰、見賢思斉焉、見不賢而内自省也。（子曰はく、賢を見ては斉しからむことを思ひ、不賢を見ては内に自ら省みるなり。）▽攀桂枝　対策に及第すること。〔蒙求45〕郄詵一枝〔李瀚自註〕晉書、郄詵、字広基。挙賢良、対策為天下第一。武帝問之、卿才自以為何如。詵対曰、臣挙賢良、策為天下第一。猶桂林之一枝、崑山之片玉。今詞場折桂、始於此也。（晉書に、郄詵、字は広基。賢良に挙げられ、対策して天下の第一と為る。武帝之れに問ふ、卿が才自ら以為《おもんみ》るに何如《いかん》、と。詵対へて曰はく、臣賢良に挙げられ、策して天下の第一と為る。猶ほ桂林の一枝、崑山の片玉のごとし、と。今詞場に桂を折る、此れより始まるなり。）▽猶怪～　対策に及第できるか、なお疑わしい。▽遑遑・悽悽　ともに不安で落ち着かないさま。

2　平安時代に於ける句題詩の流行

はじめに

標題に掲げた「句題詩」とは、古詩の一句を題として作った漢詩を意味する。句題詩は、中国ではすでに六朝時代に作品が見られ、また唐代以降は科挙（進士科）の試験に課せられたことによって、たしかに作詩の方法の一つに加えられはした。しかし中国では結局のところ、詩の本流になることはなかった。一方、日本では、平安前期に句題が公私の詩宴に用いられるや、大いに歓迎され、さらに平安中期に句題詩の構成方法が定められてからは、長く詩の中心に位置づけられた。その流行のさまは、平安中期以降成立の漢詩集・秀句選を繙けば歴然としている。

一例として高階積善撰『本朝麗藻』を挙げることにしよう。『本朝麗藻』は平安中期一条朝前後に活躍した詩人三十四名の作品を収めた総集で、上下二巻から成る。巻上は四季部（首尾を欠く）、巻下は山水部以下の十七部門から構成され、現存部分には上下合わせて百五十一首の詩を収める。その内訳は句題詩七十九首、その他（句題に拠らない詩）七十二首である。(1) この数値を見ても、当時、詩の中で句題詩が占める割合の高かったことが窺われるが、実は『本朝麗藻』の現存本は巻上の春部の約三分の二、秋部の三分の二以上、そして冬部の全てを欠いている。欠落部分は巻上の約三分の二、詩数に換算すれば約百首に相当する。句題は後述するように季節感を踏まえた内容のものが多いことから、四季部から成る『本朝麗藻』巻上はその殆ど全てが句題詩によって占められている。現存部分に見える五十一首中、四十八首が句題詩である。したがって、もし巻上が完全な形で残っていれば、句題詩の全体に占める割合は四分の三近くにまで及ぶものと思われる。当時の句題詩の盛行ぶりが窺われよう。

句題詩がこれほどまでに流行したのは何故か。それは平安中期村上朝頃にその構成方法が規定され、誰もが容易に詩を作ることが可能となったからである。構成方法の確立無くしては、句題詩の流行は決してもたらされなかったであろう。そしてまた、句題詩が他の文学ジャンルに対して大きな影響を与えることもなかったであろう。本章では、句題詩の構成方法、周辺文学との関わりなどを明らかにして、この日本独自の詩体を文学史上に位置づけたいと思う。

一、句題詩の構成方法

古来、中国文化の影響下にあった日本では、中国の文物に馴れ親しむことを常とした。身近に置いたのは物品ばかりではない。文学様式とて同様であった。平安時代で言えば、貴族たちの催す宴会では漢詩を作ることが重んじられていた。王朝貴族に求められたのは和歌の素養であると思われがちだが、そうではない。貴族たちは漢詩を文学の第一義として重視していたのである。しかも日本では中国初唐に特徴的な君臣唱和の形態を詩作の規範としていたから、詩宴（詩会）では出席者全員が主催者に倣って同一の詩題（当時は「題目」と呼んだ）で詩を作ることを慣例としていた。詩題は早くから有名な詩の一句を用いることが好まれ、詩題の文字数は七文字、五文字、四文字と様々であったが、次第に漢字五文字に落ち着くこととなり、これを句題と呼んだ。また当時の詩宴では、近体の七言律詩で詩を作ることが多く、ここで論じる句題詩も句題の七言律詩を指す。

詩宴では、詩題を撰定する役目の者を題者と呼んだ。題者は中国の有名詩人の五言詩から一句を採って（あるいは七言詩の一句から五文字を切り取って）詩題とした。また、後述するように、時代が下るにつれ、題者が古句に準えて漢字五文字の詩題を新たに作り出すこともあった。詩宴は社交の面を強く持っていたから、自ずと詩題は参加者全員が共有できる季節感や年中行事に関わる内容のものが求められた。題者は詩宴の開催される時節、場所、さらには主客の顔ぶれなどを念頭に置いて、その場に最も相応しいと思われる詩題を撰定したのである。

当時、詩宴で用いられた詩題とはどのようなものであったか。試みに藤原行成の日記『権記』から長保五年（一〇〇三）の主な詩宴の詩題（括弧内は日時・主催者・開催地）を書き抜いてみると、「雨為水上糸＝雨脚は糸のように池の水面に降り注ぐ」（五月一日・左大臣藤原道長・道長邸）、「初蟬纔一声＝蟬の初音がかすかに聞こえる」（五月六日・一条天皇・内裏）、「晴後山川清＝雨が晴れて後、山川は清らかに見える」（五月二十七日・藤原道長・宇治別業）、「瑤琴治世音＝天皇の琴は平らかな治世の音色を奏でる」（六月二日・一条天皇・内御書所）、「水積成淵＝水も積もれば淵となる」（六月十六日・一条天皇・内裏）、「涼風撤蒸暑＝涼風は夏の蒸し暑さを吹き払う」（七月三日・式部省）、「織女雲為衣＝織姫は雲を衣服とする」（七月七日・一条天皇・内御書所）、「秋是詩人家＝秋の風情は詩人の家にある」（八月三日・一条天皇・内裏）、「月是宮庭雪＝地上を照らす月光は宮庭に積もった雪のようだ」（八月十六日・一条天皇・内裏）、「勝地富風流＝景勝の地は興趣ゆたかだ」（十一月二十七日・藤原道長・道長邸）、「寒近酔人消＝冬の寒さは酔っ払いに近づくと消えてしまう」（十一月二十八日・一条天皇・内御書所）となる。(2) 詩題の殆ど全てが季節感に関わる内容を持った句題であることが確認できる。

それでは、この年の十一月二十八日に内御書所《うちのごしょどころ》で行われた天皇主催の詩宴で大江以言《よしとき》（九五五―一〇一〇）が賦した作品（『本朝麗藻』巻下）を例として、句題詩とは一体どのような詩体であるのかを説明することにしたい。

寒近酔人消　　酔っ払いは冬の寒さを寄せ付けない。

1凛々沍陰酒数巡　　厳しい寒さの中、美酒は幾度となく宴席を巡る。

2寒消難近酔中人　　すると、酒に酔った人々の間には、冬の寒さは近づくこともできず、すっかり消えてしまう。

3劉公席絶厳霜及　　劉伶の宴席には、大酒飲みしかいないので、そこにきびしい霜が降りることはない。

4王氏郷占愛日隣　　王績の郷国は、住民が酔っ払いばかりなので、冬の最中でも太陽と隣り合っているかのようにぽかぽかと暖かい。

5蘭殿宴闌花雪暖　　ここ内裏の宮殿では、酒宴もたけなわを迎えたからには、いくら雪がちらついたところで寒さを感じることは全くない。

6竹林冬至玉山春　　七賢の集う竹林では、寒い冬が訪れたとしても、嵆康のように玉山が崩れようとするまで酒に酔えば、暖かい春の気分でいられる。

7仰恩斟酌恩無算　　天子の恩恵に感謝して杯酌するけれども、恩恵に限りが無いから、杯酌の回数も数え切れない。

8便識堯樽百姓親
　なるほど、そのむかし帝堯が街道の六叉路に用意した酒樽に、通行する人々が親しんだのも納得できるわい。

詩題の「寒近酔人消」は、唐の白居易の「西楼喜雪命宴＝雪が降ったのを喜び、西楼で宴を開くことを命じた」詩（『白氏文集』巻五十四・2445）の一句から採ったものである。但し、この句を詩題に選んだ題者が誰であったのか、残念ながら『権記』に記載はない。同記には菅原宣義（？―一〇一七）が詩序を作ったと記すだけである。(3)

句題詩はこの例のように七言律詩によって賦されるのが一般的であった。七言律詩であれば、押韻、平仄、頷聯・頸聯に対句を用いる等の近体詩の規定を守って一首を成せば良い。しかし、前述したように、当時の句題詩には近体詩の規則に加えて、本邦独自に形成された構成方法が存在した。各聯がどのように構成されているかを実例に即して見ることにしよう。

首聯（第一句・第二句）では句題の五文字全てを用いて、題意を直接的に表現することが求められる。また句題の五文字は首聯以外で用いてはならない。これを以言の詩に就いて見ると、たしかに句題の五文字は傍点を付して示したように全て首聯内に（この詩の場合は首聯の下句に集中して）置かれ、頷聯以下には見られない。このように首聯は詩題（題目）の文字をそのまま詩句に読み込むことから「題目」と呼ばれた。

次に頷聯（第三句・第四句）と頸聯（第五句・第六句）とに於いては、句題の文字を用いることなく、別の語に置き換えて題意を表現しなければならない。この方法を「破題」と呼ぶ。また、どちらかの聯に中国の人物に関わる故事を用いることが望ましく、その場合は「破題」と言わずに「本文」（故事、典故の意）と言った。但し、故事を用いる「本文」の方法も、句題の文字を別の語に置き換える点に変わりはないので、「破題」の一変型である。これと同様に、譬喩表現を用いた「破題」を別して「譬喩」と呼ぶこともあった。

以言の詩では頷聯に中国故事が用いられている。上句に見える「劉公」は晉の劉伶のことで、竹林七賢の一人。竹林七賢は「常集于竹林之下、肆意酣暢。＝いつも竹林のもとに集まり、気ままに酒を酌み交わした」（『世説新語』任誕）ことで知られ、中でも劉伶は酒の効能を説いた「酒徳頌」を著したことで名高い。以言は句題の「酔人」を表現するために、ここに無類の酒好きである劉伶を持ち出したのである。そして、その劉伶の催す宴席にはきっと大酒飲みばかりが集まるだろうから、厳しい霜が降りたところで、彼らはそんな寒さなど物ともしない、と題意を敷衍したのである。詩句と句題との対応関係を示せば、詩句の「劉公席」が句題の「酔人」に、「絶」が「消」に、「厳霜及」が「寒近」に当たっていると言えよう。

下句の「王氏」は「郷」字を伴っていることから、「酔郷記」の著作のある唐の王績を指す。彼もまた酒好きの代表格である。「酔郷」とは、酒に酔った境地を郷国に喩えて表した言葉。「愛日」は冬の太陽の意。「占隣」は隣を占有する意。したがって下句は、王績の酔郷国では誰もが酒に酔っているので、寒さなど少しも感じず、まるで愛すべき冬の太陽の隣に住んでいるかのようだ、の意。ここでは句題の「酔人」を詩句で「王氏郷」に、句題の「寒近消＝寒さは近づくけれども消える」を詩句で「占愛日隣＝太陽の隣に住む」に言い換えて題意を満たしている。このように頷聯では中国の名高い酒飲みの故事を引いて破題しているのである。

頸聯もまた破題による一聯である。句題の文字をどのように置き換えているのか、詩句と句題との対応関係を考えてみよう。上句では「蘭殿宴闌」が句題の「酔人」を、「花雪」が句題の「寒近」を、「暖」が句題の「消」を言い換えていることは明らかである。それでは下句はどうか。一般的に言って、上句の上四文字を句題の「酔人」に対応させて作ったならば、下句でも上四文字を句題の「酔人」に対応させて作るのが常套的手法である。

ところが、この詩の場合、下句の上四文字「竹林冬至」は句題の「酔人」を言い換えた表現ではない。この四文字は、竹林に冬が訪れたと言うのであるから、句題の「寒近」を言い換えた語である。それでは「酔人」を言い換えた語は詩句のどの部分に当たるのか。『世説新語』容止篇に竹林七賢の一人である嵆康（字は叔夜）のことを山濤が「嵆叔夜之為人也、巌巌若孤松之独立。其酔也、傀峩若玉山之将崩。＝嵆康の外見は、一本松がごつごつとして、そびえ立っているかのようだ。それが酒に酔うと、玉山がぐらりと傾いて崩れかかるようだ」と評したという件りがある。山濤は嵆康が酒に酔った様を、崩れようとする玉山に喩えたのであるから、下三字中の「玉山」こそが句題の「酔人」を言い換えた語ということになるであろう。句題の「消」を言い換えたのが「春」であることは言うまでもない。

以上の説明から明らかなように、頷聯・頸聯では各聯の上句下句それぞれで題意を完結させなければならず、句題は都合四回繰り返して破題されるのである。

ここまで詩の作者は題意を表現することにのみ心血を注いできたが、尾聯（第七句・第八句）に至って始めて自らの思いの丈を述べることができる。それ故この聯を「述懐《しゅつかい》」と呼ぶ。但しそれも句題に関連づけて述べなければならない。「斟酌」は『淮南子』繆称訓に「聖人之道、猶中衢而置尊邪。過者斟酌。多少不同。各得其所宜。＝聖人が世の中を治めるやり方は、ちょうど街道の六叉路のまん中に酒樽を置くようなものである。そこを通る者は樽の酒を酌み、その分量は人によって多かったり少なかったりするが、それぞれ然るべき量を取っている。」などとあるのを念頭に置けば理解しやすい。人民が天子の恩恵を蒙ることを酒樽から酒を酌むことに喩えたのである。「堯樽」とは帝堯が人民に分け与えるために用意した酒樽。帝堯が酒をよく飲んだことは『孔叢子』儒服に、趙の平原君が孔穿（字は子高）に酒を強いた言葉の中に当時の諺を引いて「堯舜千鍾、孔子百觚、子路嗑嗑、尚飲十榼。」＝帝堯・帝舜は千鍾（鍾は容積の単位）、孔子は百杯、子路は喋りながらも十樽。」と記すことからも知られよう。以言は、一条天皇が人民に対して施す恩恵を、酌めども尽きない美酒に喩えて讃美したのである。題意に沿った見事な述懐の句であると言えよう。

ところで「述懐」の語は字義どおりに解釈すれば、自らの心情を言い表すことを意味し、「言志」と同義であるように理解されがちである。しかし当時の句題詩の尾聯を見る限り、そこに述べられているのは天下国家を論じる大志などといったものではなく、老いを歎いたり不遇を訴えたりという個人的な不平不満の表明が圧倒的に多い。この詩の場合、天皇主催の詩宴の作であることを考慮して、当代が理想的な治世であることを寿《ことほ》いだのである。

以上が平安中期に一般化していた句題詩の構成方法である。この首聯を題目、頷聯・頸聯を破題（本文）、尾聯を述懐と定める規則は村上朝あたりから形成されはじめ、一条朝までには詩人たちの間に共通認識として定着していたものと思われる。一見煩瑣に見える構成方法も、ある程度習熟すれば、詩に巧みでない者であっても容易に一首を成すことができる。こうして句題詩は貴族社会に広く浸透し、詩の本流となって行ったのである。(4)

二、双貫語の出現

前節に掲げた大江以言の作品の詩題が白居易の詩の一句であったように、当初句題詩には古句から採った詩題が用いられた。ところが、時代が下ると、題者が古句に拠らず新たに作り出した句題が用いられるようになる。その数は次第に増え、ついに平安後期には新作の句題が一般化するのである。(5) たしかに古句の題には、その文字を過不足無く破題することの難しいものがある。そこで逆に破題しやすい句題を設定することが題者に求められるようになったものと思われる。平安後期の句題を『新撰朗詠集』から幾つか拾ってみると、「梅花飛琴上（梅の花びらが琴の上を飛び交う）」、「夜深聞落葉（夜更けに落ち葉の音が聞こえる）」、「松樹臨池水（松の木が池のほとりに立っている）」、「仙洞菊花多（仙人の住みかには菊の花がたくさん咲いている）」など、いずれも題中に二つの事物が含まれ、両者が一つの用言（動詞・形容詞・形容動詞）を介して単純に結合する構造を持っている。これは破題しやすくするための一種の配慮である。このような新題の増加・定着は、句題の構成方法が専門詩人にだけでなく、一般の貴族たちの間にも浸透したことを示しているのである。

また、平安中期以降に見られる傾向として、双貫語を含む句題が増加したことを挙げることができる。双貫語とは「山水」「管絃」「松竹」といった並列構造を持つ二字熟語のことであり、新作の句題に積極的に取り入れられた。同じく『新撰朗詠集』から拾ってみると、「遠近春花満（遠きも近きも春の花で満ち溢れている）」、「暁夕多清涼（朝も晩も涼しさが増した）」、「落葉埋泉石（泉も石も落ち葉に埋もれた）」、「明月照江山（明月は川をも山をも照らしている）」の如くである（傍線部が双貫語）。句題を構成する事物の片方に双貫語が用いられるようになったことは、詩に詠む対象の空間的（あるいは時間的）拡大が図られたことを意味し、それはまた句題詩の破題表現に漂い始めたマナリズム（mannerism）を打開するために考え出された方策でもあった。

それでは、双貫語を含む場合の句題詩の構成方法とはどのようなものであったのか、それについて説明することにしよう。次に掲げるのは『本朝麗藻』巻下所収、長保五年五月二十七日、左大臣藤原道長の宇治別業に於ける詩宴で善滋為政（生没年未詳）が作った句題詩である。このときの題者は大江以言。詩題は白居易の「客路感秋、寄明準上人」詩（『白氏文集』巻九・0429）の一句「雨霽山河清」に拠ったものであろう。

晴後山川清

1晴後遠尋勝地占　雨が晴れて後、山も川も清らかに見える
雨が晴れたので、遠出をして景勝の地に遊んだ。
2山清川潔色新添　山も川も澄みわたって、色づけしたばかりの美しい絵のように見える。
3潭心月映金波漲　（空が晴れわたると）川面の中央には月が浮かび、そのまわりに金色の波が広がっている。
4嶺面雲開翠黛繊　山の表面を覆っていた雲が途切れて無くなると、緑の眉ずみで画いた美人の細い眉のような稜線がくっきりと現れた。
5松鶴熨翎高欲舞　山の松に止まっていた鶴は、（雨が晴れたので）翼を広げて空高く舞い上がろうとする。
6藻魚掉尾入難潜　藻に遊ぶ魚は、尾を振るって水中深く潜ろうとするけれども、（晴れているので）姿を隠すことができない。
7君多仁智長相楽　左大臣殿は仁智に富んでいるので、この山川の景色をいつまでも楽しんでいる。
8此処誰嫌久滞淹　ここでは長居しつづけることに誰も異を唱えることはしないだろう。

首聯に句題の五文字を用いなければならないのは、双貫語を含まない一般的な句題詩の場合と同じである。この詩では「晴後」を上句に、「山川清」を下句に配置している。また、頷聯以下に句題の文字は見られない。一般的な句題の場合と構成方法が異なるのは頷聯・頸聯である。本来ここでは破題を四度繰り返すことが求められることは先に述べた。しかし双貫語を構成する「山」と「川」との両者を一句中に置き換えることは困難である。そこで双貫語を一聯の上下に詠み分け、一方の句に「晴後山清（晴れて後、山は清らかだ）」を、他方の句に「晴後川清（晴れて後、川は清らかだ）」を表現し、上下合わせて破題を完成させるという方法を取るのである。

この詩の場合、頷聯では上句が「晴後川清」を、下句が「晴後山清」を表現している。上句で句題の「川」を表すのは「潭心＝川面の中心」である。そこに月が姿を映したと言うのであるから、「月映」は句題の「晴後」を言い換えた表現である。そして川の清らかさを水面に広がる「金波＝金色に耀くさざ波」によって表したのである。同様に下句で句題の「山」を表すのは「嶺面＝山の表面」である。「雲開」は、それまで山を覆い隠していた雲が押し開かれたの意であり、「晴後」を言い換えている。雲が去って姿を現した山を見ると、緑色の稜線がくっきりと浮かび上がっている。そこで作者為政はこれを美人の細い眉に喩えて、山の清らかさを表現したのである。

頸聯では、頷聯とは逆に上句が「晴後山清」を、下句が「晴後川清」を表現している。上句の「松鶴」は山の松樹に棲む鶴であるから、句題の「山」を表す。「尉翎」は翼を広げる意。翼を広げた鶴の美しい姿を借りて句題の「清」を表現したのである。「高欲舞」はその鶴が空の高みで舞おうとしていると言うのであるから、すでに雨は上がり空が晴れていること、すなわち句題の「晴後」をそれとなく示したのである。下句の「藻魚」は川の水草に戯れる魚のことであるから、句題の「川」を表す。「掉尾」は尾を振るう意。尾を振るって泳ぎまわる魚の快活な姿を句題の「清」に当たるものと見なしたのである。「入難潜」はその魚が姿を隠すことができないことを言うのであるから、水中までも太陽が明るく照らしていること、すなわち句題の「晴後」を婉曲に表現したのである。以上、縷々説明したように、頷聯・頸聯では、双貫語を構成する二つの事物を各聯の上下に詠み分けて破題するのである。

尾聯で句題に関連づけて述懐することは一般的な句題詩の場合と同じである。この詩では『論語』雍也篇に「子曰、知者楽水、仁者楽山。＝孔子が言った。知ある者は水を楽しみ、仁ある者は山を楽しむ、と。」とあることを踏まえ、主催者である藤原道長がこうして山水を楽しむのは仁と智とを兼ね備えているからであると誉め称えたのである。

三、句題詩の評価基準

前節までの説明で、平安時代の句題詩がどのようなものであったか、大凡のところは理解してもらえたかと思う。そこで次に、句題詩の評価基準について考えてみたい。

当時の人々は、どのような句題詩を優れた作品であると評価したのか。句題詩の優劣を決める評価基準は奈辺にあったのか。この問題を考えるに当たっては、当時、詩を鑑賞するのに一首全体ではなく、摘句の形で行なう傾向が強かったことを念頭に置かなければならない。平安時代には実に多くの秀句選が編纂された。現存するものとしては大江維時撰『千載佳句』、藤原公任撰『和漢朗詠集』、藤原基俊撰『新撰朗詠集』などが挙げられる。それらは原則として漢詩の二句一聯を鑑賞の単位としていた。当時の人々はこのような摘句の形で詩を味わうことを常としたのである。(6) それにしても、詩を部分的に読んで事足れりとするのは、たしかに詩の鑑賞方法としては邪道であるかもしれない。しかし、ここで思い出してもらいたいことがある。それは、句題詩は各聯ごとに題意を完結させて作られる特徴があるということである。つまり句題詩はその他の詩に比べて、一聯の独立性が高いのである。それ故、句題詩を摘句の形で鑑賞することには、誰もそれほど違和感を抱かなかったものと思われる。

それでは、当時の人々は句題詩一首の中で特にどの部分を鑑賞の対象としたのであろうか。この点を、平安時代の代表的な秀句選である『和漢朗詠集』によって検証してみたい。この書には句題詩の摘句が多く見出される。次に掲げるのは巻上、菊題の摘句である。括弧内に作者名を記した。

266霜蓬老鬢三分白、露菊新花一半黄。（白居易）

（＝ヨモギのように乱れた鬢の毛は三分ほど白くなり、露に濡れた菊の花は半ば黄色くなった。）

267不是花中偏愛菊、此花開後更無花。（元稹）

（＝花の中でただ菊だけを愛しているわけではない。それでも菊を愛するのは、この花が咲き終わった後には春まで他に花がないからだ。）

268嵐陰欲暮、契松柏之後凋、秋景早移、嘲芝蘭之先敗。（紀長谷雄）

（＝山中のもやが暗さを増し、万物が衰退する中で、菊は松柏のように枯れないことを約束して生きいきと咲いている。秋の日が早くも暮れようとしているけれども、菊は芝蘭が先に枯れてしまったことを嘲笑するかのように咲き誇っている。）

269酈県村閭皆潤屋、陶家児子不垂堂。（三善清行）

（＝散った菊花はひとむらの黄金のように見える。もし菊が黄金ならば、酈《れき》県の村落はどの家も裕福であろうし、陶潜の家の子は自愛して堂の端近くには坐らないだろう。）

※酈県は菊の名所。陶潜（淵明）は菊を愛したことで名高い詩人。

270蘭苑自慙為俗骨、槿籬不信有長生。（慶滋保胤）

（＝花園のフジバカマは、その枯れやすい性質を自ら恥じ、長寿の菊を羨んでいる。生け垣の朝顔は、夕べを待たずに凋んでしまうので、菊に長生の特性があることを信じていない。）

271 蘭蕙苑嵐摧紫後、蓬莱洞月照霜中。（菅原文時）
（＝宮中の花園に咲き誇る蘭を秋の嵐が砕き散らした後も、菊だけは月明かりに照らされて霜かと見まがうばかりに点々と咲き残っている。）

最初の二首が中国唐代の詩人の作で、残りの四首が平安時代の詩人の作である。266の作者は唐の白居易、詩題は「九月八日、詶皇甫十見贈。＝九月八日、皇甫曙から詩を贈られたのに答えた」。267の作者は唐の元稹で、詩題は「菊花」。268は紀長谷雄の詩序からの摘句で、残菊（散り残った十月の菊花）を詠んだ内容だが、詩題は不明である。この後の三首が句題詩からの摘句である。269は三善清行の作で、詩題は「菊散一叢金＝菊の咲いた様はひとむらの黄金を散らしたようだ」。270は慶滋保胤の作で、詩題は「菊是草中仙＝菊は草の中の仙人だ」。271は菅原文時の作で、詩題は「花寒菊点叢＝花が寒さに枯れる中で、菊だけは草むらに点々と咲き誇っている」。

これら六首を一覧して気づくことは、中国の詩人の詩句には「菊」の文字が見られるけれども、日本人の作には、菊を主題としているにも拘わらず、その文字が見られないことである。しかも日本人の作は何れも対句を成している。これが一体何を意味するのか、詳しく説明する必要はあるまい。日本人の作で秀句と評価される摘句は頷聯か頸聯、すなわち「破題」の一聯なのである。換言すれば、秀句であるか否かを決定する評価基準は、取りも直さず破題の優劣にあるということである。したがって、その当時、詩の作者が最も心を砕いたのは七律の頷聯・頸聯に於いて句題をいかに巧みに破題するかということであり、また、そのために破題の語彙をいかに豊富に蓄えておくかということであった。他方、詩の読者（詩宴に於いて作者は同時に読者でもある）に求められたのは、句題と詩句との対応関係を正しく理解し、破題の優劣を判断する能力なのであった。こうした破題に対する強い関心が貴族たちの間に存したが故に、詩宴では時として破題をめぐる議論が激しく戦わされることがあった。我々はそうした場に於ける人々の機微や思惑を当時の説話を通して知ることができる。次節では、秀句をめぐる説話に目を向けてみよう。

四、秀句に関する説話

平安・鎌倉期の説話の中には、句題詩の秀句を話題にしたものが散見される。句題詩の流行を背景に、秀句説話とでも言うべきものが当時の人々に歓迎されたことが分かるが、それらの説話が一体何を言おうとしているのか、その真意を正しく把握することは極めて難しい。その大きな理由は、当時と現代との間に秀句に対する認識の相違、あるいは感覚の隔たりと言ったものが厳然と存在するからであろう。しかし、破題が詩の重要な評価基準であったことを予備知識に持てば、一見難解な秀句説話も、その多くは容易に理解することが可能となる。一例を挙げよう。『古今著聞集』巻四に「敦周が秀句の事」の標題で次のような説話が収められている。(7)

信西入道（一一〇六―一一五九）の邸宅で「夜深催管絃」を詩題として詩宴が行なわれた時のことである。出席者がみな詩を作り終え、披講を待つばかりとなったが、藤原敦周（一一一九―一一八三）だけが詩を作り上げることができないまま時が経ち、座がすっかり白けてしまった。そこで信西は中原有安（生没年未詳）に何か朗詠するように促したところ、有安は「第一第二絃索々。＝五絃琵琶の第一第二の絃の音色はもの寂しい。」という名高い句を朗詠した。その句が「夜深催管絃」の題意に適っていたからだろうか、敦周はすぐさま詩を完成させることができた。その中の一聯「龍吟水暗両三曲、鶴唳霜寒第四声」は特に趣き深く、満座の人々はその出来映えに感歎した。

末尾に「彼の朗詠の心ぃと相違なきにや。＝あの朗詠の詞章の意味する所が題意にぴたりと的中したのだろう」と記されていることからも明らかなように、この説話の眼目は、たまたま発せられた朗詠の詞章が秀句を生み出す契機となったという、秀句獲得の偶然性を述べることにあった。しかし、その点は分かったとしても、説話の文中には、我々が容易に理解することのできない幾つかの事柄がある。それは第一に、有安の朗詠した句がどうして敦周の秀句を誘導できたのかという疑問であり、第二に、敦周の一聯はどうして秀句と評価できるのかという疑問である。これらの疑問を解き明かさない限り、この説話を理解したことにはならないだろう。そこで敦周の詩句を分析してみよう。

敦周の詩句「龍吟水暗両三曲、鶴唳霜寒第四声」は対句を為しているから、七律の頷聯か頸聯である。この時出された詩題は「夜深催管絃＝夜更けに管絃の遊びを催す」という句題である。これは「管絃＝管楽器と絃楽器」という双貫語を含んでいるから、句題詩の規則にしたがって、「管」と「絃」とを一聯の上下に詠み分けなければならない。上句では「水暗＝水辺が暗い」が句題の「夜深」に当たる。「龍吟＝龍が口ずさむこと」は『文選』に収める馬融の「長笛賦」に「近世双笛従羌起。羌人伐竹未及已、龍鳴水中不見已。截竹吹之声相似。＝近代の双笛は羌の地から発祥した。あるとき羌の人が竹を切っていて、まだ切り終わらないうちに、龍が姿を見せずに水中で鳴いた。竹を切り取って吹いてみると、先ほどの龍の鳴き声に似ていた。」とあるのを踏まえ、笛の音色を言う。笛は管楽器であるから、「龍吟・両三曲＝龍が笛のような音色で二三曲口ずさんだ」は句題の「催管」を表している。したがって上句は句題の「夜深催管」を言い換えた表現であり、「夜の闇に包まれた水辺から、龍の鳴くような美しい笛の音が聞こえてくる」というほどの意味である。

下句では、「霜寒＝霜が寒々しく降りる」が句題の「夜深」に相当する表現である。「鶴唳・第四声」は白居易の「五絃弾」（『白氏文集』巻三・0141）に「第三第四絃冷々、夜鶴憶子籠中鳴。＝五絃琵琶の第三第四の絃の音色は寒々しい。夜に鳥かごの中の鶴が離ればなれになった子を思って鳴くような響きだ。」とあるのを踏まえる。したがって下句は「夜深催絃」を表し、「寒い霜夜に、母鶴が子を思って鳴いているような物悲しい（五絃琵琶の）第四絃の音色が聞こえてくる」と訳することができよう。

ところで、右に引いた「五絃弾」の二句の直前には「第一第二絃索々、秋風払松疎韻落。＝第一第二の絃の音色はもの寂しい。秋風が松を吹き払って葉が疎らに落ちるような響きだ。」の二句がある。これは有安が咄嗟に朗詠した句である。しかもこれら四句は『和漢朗詠集』巻下、管絃題に収められている。それほど名高い朗詠の句なのである。とすれば、説話内の展開は、信西に促された有安が詩題中の双貫語「管絃」に因んで、『和漢朗詠集』管絃題に収められている白居易の句「第一第二絃索々。」を朗詠し、それを耳にした敦周がその句の直後に「第三第四絃冷々、夜鶴憶子籠中鳴。」とあることに思い至り、そこから発想を得て下句の「鶴唳霜寒第四声」を導き出した、と跡づけられるのではなかろうか。これで第一の疑問を解くことができた。有安の朗詠は右に示したような段階を踏んで、敦周の詩句の下句を生み出したのである。それでは第二の疑問はどうか。敦周の一聯は上句で「夜深催管」を表し、下句で「夜深催絃」を表し、上下合わせて題意を過不足無く満たすことに見事成功している。破題の表現として完璧なのである。秀句と評価されたのはその点であるに相違ない。

秀句説話には、秀句がどのような状況下に生まれ、どのような結果をもたらしたのかといった話題が興味深く語られる。しかし、その秀句が秀句と評価された理由は決して語られない。当時の読者にとって、それは説明するまでもない周知の事柄であったのだろう。実に「破題」こそが詩の巧拙を決定する重要な評価基準なのであった。

五、和歌の題詠への影響

最後に、句題詩の構成方法が和歌の題詠に与えた影響について触れておきたい。(8)

五番目の勅撰和歌集『金葉和歌集』の撰者である源俊頼には『俊頼髄脳』と題する歌論書の著作がある。これは十二世紀初め、藤原忠実の女で鳥羽天皇の皇后となった高陽院泰子に献上した書で、和歌を詠むための基礎知識を内容とする。その中に次のような題詠の心得を示した記述が見出される。

おほかた歌を詠まむには、題をよく心得べきなり。題の文字は三文字四文字五文字あるをかぎらず、詠むべき文字、必ずしも詠まざる文字、まはして心を詠むべき文字、ささへてあらはに詠むべき文字あるをよく心得べきなり。心をまはして詠むべき文字をあらはに詠みたるもわろし。ただあらはに詠むべき文字をまはして詠みたるもくだけてわろし。かやうのことは習ひ伝ふべきにもあらず。ただわが心を得てさとるべきなり。

(=和歌を詠もうとする時には、歌題をよく理解しなければならない。歌題の文字が三文字、四文字、五文字の何れの場合であっても、和歌に詠み込まなければならない文字、必ずしも読み込まなくても良い文字、そのまま詠み込むことを避けなければならない文字、しっかりと明瞭に詠み込まなければならない文字があることをよく理解しなければならない。詠み込むのを回避しなければならない文字をそのまま詠み込んだ歌も良くないし、そのまま詠み込むべき文字を遠回しに詠んだ歌も、題意が曖昧になって良くない。このような歌題の詠み方は習い伝えるようなことではない。自分なりに考えて、詠み方を会得しなければならない。）

和歌の世界では、平安中期（十世紀末から十一世紀にかけての頃）から、歌会や歌合の場で出される歌題に、それまでは一つの事物による単一題であったのに加えて、二つの事物を組み合わせた複合題が現れ始めた。それが題詠の主流になると、歌人たちの間では、歌題を構成する文字をどのように表現するかということが関心の的となった。そのような情況を承けて、俊頼は題詠の方法を述べたのである。俊頼の主張は、歌題の文字の中で、和歌に必ず用いなければならない文字がある一方、用いる必要のない文字がある。また、直接用いることを回避しなければならない文字がある一方、そのまま明瞭に用いなければならない文字がある。そのことをよく理解しなければならない、ということである。たしかに当時の複合題の和歌を見れば、そのとおりの詠み方が為されている。『金葉集』から幾つか例を挙げよう。括弧内に部立て・国歌大観番号、歌題、作者名を示した。また和歌の本文に用いられている歌題の文字には傍線を付した。

1かみやまのふもとに咲ける卯の花は誰がしめゆひしかきねなるらむ（夏・102、卯花誰牆、藤原実行）
2月かげに花見るよはのうき雲は風のつらさにおとらざりけり（春・56、月前見花、大江匡房）
3木ずゑには吹くとも見えで桜花かをるぞ風のしるしなりける（春・59、風閑花香、源俊頼）
4けさ見ればよはのあらしに散りはてて庭こそ花の盛りなりけれ（春・58、落花満庭、藤原実能）

歌題と和歌との対応関係を見ると、1実行歌は歌題の四文字が全て「詠むべき文字」として捉えられ、一首に詠み込まれている。2匡房歌では「月前」の「前」が「必ずしも詠まざる文字」である。3俊頼歌では「風閑花香」の「閑」を除く三文字は「ささへてあらはに詠むべき文字」であって、和歌に直接詠み込まれている。「閑」は「吹くとも見えで」と言い換えられている。これが「まはして詠む」という方法である。4実能歌では「まはして詠む」方法によって「落」が「散りはつ」に、「満」が「盛りなり」に言い換えられている。

和歌の複合題は、詩で言えば句題に当たる。「まはして詠む」とは、歌題の文字を回避して別の語に置き換えて詠むということであるから、これは句題詩の構成方法で言う「破題」に相当する。和歌の複合題が現れるのは、句題詩の構成方法が確立した直後のことである。したがって、ここに句題詩の構成方法が和歌の題詠に影響を与えたこと（歌人が句題詩の構成方法からヒントを得て題詠の方法を獲得したこと）を想定したとしても、それはあながち不当なことではないだろう。しかし、句題詩では題字をそのまま用いる「題目」の方法が取られるのは首聯だけであり、また「破題」の方法は頷聯・頸聯に限られていた。「題目」と「破題」とははっきりと住み分けが為されていた。それに対して、和歌の題詠では、一首の中に「題目」と「破題」とが混在しているのである。この点が両者の間に影響関係があると断定することを躊躇させる大きな理由である。しかし実は、一聯の中に「題目」と「破題」とが混在する句題詩が当時存在したのである。それは句題の七言絶句である。

平安時代の句題詩はその殆どが七言律詩の形式で作られたが、中には稀に七言絶句で作られることがあった。実例を見よう。『本朝麗藻』には句題の七言絶句が六首収められている。その中から藤原公任（九六六―一〇四一）の作を次に掲げる。

夏月勝秋月

1月好雖称秋夜好
2豈如夏月悩心情
3夜長閑見猶無足
4況是晴天一瞬明

夏の月は秋の月よりも素晴らしい
月が美しい時と言えば、秋の夜だと言われているけれども、
私の心を魅了するのは、夏の月に勝るものはない。
月は秋の夜長にいくら眺めても満足することがないのだから、
ましてや夏の短夜の晴れた空に、ほんの一時明るく輝く時はなおさら美しく感じられる。

七言絶句は二聯四句から成り、対句を為さなくてもよいから、ちょうど七言律詩から頷聯・頸聯を省いた形に似ている。その構成方法は、句題の文字をそのまま用いることを原則とするが、それを一首の内の何処に配置してもよく、また題字の幾つかを別の語に置き換えてもよいというものであった。公任の詩では、句題の五文字の内、「勝」を除く四文字が前聯に置かれ、「勝」字は「豈如」に言い換えられている。つまり句題の七言絶句は、七言律詩の「題目」と「破題」とを折衷した構成方法を取るのである。これは先に見た和歌の題詠の方法と全く同じであると言えよう。

当時、詩人と歌人とが一堂に会して、同一の題で詩歌を作ることがあった。この形式を「和漢任意＝同じ題を詩に賦しても、和歌に詠んでもよい」と呼んだが、その場合、詩は七言律詩ではなく、七言絶句で作ることが慣例となっていた。歌人が題詠の方法を句題詩の構成方法から学んだとすれば、その学ぶ場として第一に考えられるのは、詩人との接点である和漢任意の詩歌会であろう。そこで歌人が目にしたのは句題の七言絶句であった。和歌の題詠と句題の七言絶句とが同じ構成方法を持っているのは、このような事情によるものであったと思われる。和歌の複合題の詠み方は、句題の七言絶句の構成方法に倣ったものだったのである。

おわりに

以上、平安時代の句題詩について、その構成方法を明らかにし、さらに同時代の説話・和歌といった他のジャンルへの影響を論じた。句題詩は、中国唐代に確立した近体詩の日本に於ける受容例と捉えることが可能である。しかし、その構成方法の確立を境にして、中国文学史の軌道から外れ、完全に日本文学史の軌道の上に乗ったと言える。句題詩の構成方法の確立は、詩の作り手を一握りの専門家から大多数の貴族へと解放した点で、画期的な出来事であった。これはまさに詩の日本化（日本的変容）の第一歩であったと言ってよいだろう。大きなジャンルとなった句題詩は日本化を深める中で、周辺への影響を広げてゆく。本章で取り上げた説話や和歌への影響はその一端に過ぎない。

注

（1）『本朝麗藻』には詩以外に詩序十四篇を収める。詩序とは詩群に冠する序文を言う。

（2）このほか八月十日、九月九日にも内裏で詩宴が行われたが、行成は詩題を記録していない。

（3）このほかに一条天皇御製が現存する。本書第3章を参照されたい。

（4）句題詩の構成方法の考案者は菅原文時（八九九―九八一）であると考えられる。この点については、拙稿「句題詩詠法の確立――日本漢学史上の菅原文時――」（『平安後期日本漢文学の研究』笠間書院、二〇〇三年）、「句題詩概説」（本書第1章）を参照されたい。

（5）ヴィーブケ・デーネーケ「句題詩の展開――「漢-詩」から「和-詩」へ――」（『句題詩研究』慶應義塾大学出版会、二〇〇七年）を参照されたい。

（6）詩を摘句の形で鑑賞することも中国から伝えられた慣習である。九世紀末に藤原佐世によって編纂された『日本国見在書目録』総集家には、撰者未詳の『秀句集』一巻、唐の元思敬撰『古今詩人秀句』二巻などの秀句選と思われる書が著録されている。後者は『新唐書』藝文志、集部総集類に「元思敬詩人秀句二巻」と著録される書と同じものであろう。

（7）本説話については、本書第9章に詳しく論じた。

（8）句題詩と和歌の題詠との関係については、本書第8章に詳しく論じた。

3　句題詩の展開
――王朝詩史の試み

はじめに

本章の目的は平安時代の詩史を俯瞰しようとするものである。王朝貴族の作る詩はどのように展開していったのか、平安初期と末期とでは詩作の傾向にどれほどの違いがあるのか、またそれが生じたのは何故か。こうした問題を明らかにするには、例えば、『文選』『白氏文集』といった中国伝来の書に着目してその受容の変遷を考察するとか、或いは、詩の作者に目を向けてその出自・身分の移り変わりを観察するとか、何らかの視点を設定する必要がある。取り扱う主題が大きなものであるだけに、全体を大雑把に捉えるよりも、焦点を絞った方がそれをより深く理解できるように思う。そこで本章では、平安時代を通じて流行した句題詩を俎上に上せて、その構成方法の展開を具体例に即して眺めることにしたい。

一、一条天皇の句題詩

まず手始めに、句題詩とは一体どのような詩体なのかを説明することにしたい。次に掲げるのは、一条天皇(九八〇―一〇一一)の賦した句題詩である。(1)書影を本書の口絵に示した。長保五年(一〇〇三)十一月二十八日、内御書所で天皇主催の詩会が行なわれた。本詩はその時の作である。『権記』同日条には序者(詩序の作者)を菅原宣義が勤めたと記すだけで、他の詩人の顔ぶれは不明だが、『本朝麗藻』巻下にはこの時の大江以言《よしとき》の作が見える。

寒近酔人消　　寒は酔人に近づいて消えぬ

寛弘御製

1 一歳驚寒厳気新　　一歳 寒に驚く 厳気新たなり
2 由来消得酔郷人　　由来《もとより》消し得たり 酔郷の人
3 氷霜豈積開眉処　　氷霜 豈に積もらむや 眉を開く処
4 風雪未侵太戸辰　　風雪 未だ侵さず 太戸の辰
5 阮籍林辺忘暮律　　阮籍 林の辺に暮律を忘る
6 嵆康杯裏遇陽春　　嵆康 杯の裏に陽春に遇ふ
7 初知神用兼成礼　　初めて知りぬ 神用兼ねて礼を成すことを
8 莫遵芳筵四字頻　　遵ふ莫れ 芳筵に四字頻りなることを

酔っぱらいは寒さを寄せ付けない。

今年はじめて厳寒の気がおとずれ、寒さにふるえた。しかし、酔郷国の住人はもとよりこの寒さを消し去ることができる。酒を飲んで安らいでいるところに氷雪が積もることなどなく、大酒を飲んでいる時に風雪の入り込む余地はない。そのむかし阮籍は竹林で酒を酌み交わして冬の寒さに気づかず、嵆康は酒杯をやり取りするうちに暖かな春に逢ったような気分になったそうだ。今日この宴席で、速やかに憂さを晴らすという効能を持った酒にも、礼儀に適った（乱れない）飲み方があることを知ったけれども、私のことを頻りに酒杯を重ねてだらしなく酔っぱらっているなどと言わないでくれ。

当時、公私の詩宴（詩会は宴と一体のものなので、このように呼ぶ）では、通常この詩と同様、漢字五文字から成る詩題が出された。これを句題と呼ぶ。句題には出席者全員が共有できるように季節感・年中行事を踏まえた内容のものが設定される。試みに『権記』からこの年に行なわれた詩会の詩題を書き抜いてみると、「雨為水上糸」（五月一日、左大臣藤原道長邸）、「初蟬纔一声」（五月六日、内裏）、「晴後山川清」（五月二十七日、道長宇治遊覧）、「瑤琴治世音」（六月二日、内御書所）、「水積成淵」（六月十六日、内裏・学問料試）、「涼風撤蒸暑」（七月三日、省試）、「織女雲為衣」（七月七日、内御書所）、「秋是詩人家」（八月二日、内裏）、「月是宮庭雪」（八月十六日、内裏）、「勝地富風流」（十一月二十七日、道長邸）となる。詩題の殆ど全てが季節感に関わる句題であることが確認できるであろう。詩題は詩宴に先だって出席者に通知される。詩題を撰定する役目のものを題者と呼び、題者は古人の名高い詩句から採って詩題とすることを慣例とした。この時の句題「寒近酔人消」は、白居易の「西楼喜雪命宴（西楼に雪を喜び宴を命ず）」詩（『白氏文集』巻五十四・2445）の一句から採ったものである。

句題詩は本詩のように七言律詩によって賦されることが一般的である（時として七言絶句で作られることもある）。

本詩の脚韻は新・人・辰・春・頻で、『広韻』によれば春が上平声十八諄韻である以外は全て上平声十七真韻である（両者は同用される）。七言律詩であれば、押韻、平仄、頷聯・頸聯に対句を用いるなどの今体詩の規定を守って一首を成せば良いのであるが、当時の句題詩には本邦独自に生成された構成方法が存在した。具体例に即して各聯がどのように構成されているかを見ることにしよう。

首聯（第一句・第二句）では原則として、句題の五文字全てを用いて直接的に題意を表現することが求められる。但し題中の虚字（実字（＝名詞）でない文字）については、これを読み込まなかったり、同義の別字に読み換えたりすることがある。また句題の五文字は首聯以外で用いることができない。これを右の具体例に即して見ると、句題の「近」字だけが用いられていないが、他の四字は一聯中に配置されていて、頷聯以下に題字は見られない。「酔人」を「酔郷人」と敷衍したのは、唐の王績の「酔郷記」や白居易の名高い詩句「事々無成身也老、酔郷不去欲何帰。（事々成すこと無くして身也《ま》た老いたり、酔郷去らずして何くにか帰らむとする）」（白氏文集・1064「酔吟」、和漢朗詠集・述懐755）などを踏まえてのことである。このように首聯は、詩題の文字をそのまま詩句に読み込むことから、「題目」と呼ばれる。

次に頷聯（第三句・第四句）と頸聯（第五句・第六句）とに於いては、句題の文字を用いず、別の語に置き換えて題意を表現しなければならない。この方法を「破題」と呼ぶ。また、どちらかの聯に中国の人物に関わる故事を用いることが望ましく、その場合は「本文」（故事、典故の意）と呼ぶ。本詩の頷聯で句題の文字がどのように敷衍されているか、詩句と句題との対応関係を示せば、詩句の「氷霜」「風雪」が句題の「寒」に、「豈積」「未侵」が「近・消」に、「開眉処」「太戸辰」が「酔人」に相当している。頸聯では晋の阮籍・嵆康という二人の人物を挙げて、句題の「酔人」を表している。彼らは山濤・劉伶・阮咸・向秀・王戎とともに竹林七賢と呼ばれ、「常集于竹林之下、肆意酣暢。（＝いつも竹林のもとに集まり、気ままに酒を酌み交わした）」（『世説新語』任誕）という故事で名高かった。「忘暮律」「遇陽春」が句題の「寒近・消」を表すことは言うまでもなかろう。以上の説明から分かるように、頷聯・頸聯では各聯の上句下句それぞれで題意を完結させなければならず、句題は都合四回繰り返し敷衍されるのである。

ここまで詩人は題意を表現することにのみ心血を注いできたが、尾聯に至ってようやく自らの思いの丈を述べることが許される。それ故この聯を「述懐」と呼ぶ。但しそれも句題に関連づけて行なわなければならない。一条天皇の用いた「神用」は、白居易の詩句「不似杜康神用速、纔分一盞便開眉。（杜康神用の速やかなるに似ず、纔かに一盞を分かてば便ち眉を開けり）」（白氏文集・2631「鏡換杯」）に拠った言葉で、愁いを速やかに忘れさせてくれる酒の効果を言う。また「成礼」は『春秋左氏伝』荘公二十二年に、

飲桓公酒。楽。公曰、以火継之。辞曰、臣卜其昼、未卜其夜。不敢。君子曰、酒以成礼、弗継以淫、義也。以君成礼、弗納於淫、仁也。

（桓公に酒を飲ます。楽しむ。公曰はく、火を以つて之れに継げ、と。辞して曰はく、臣、其の昼を卜して、未だ其の夜を卜せず。敢へてせず、と。君子曰はく、酒以て礼を成し、継ぐに淫を以つてせざるは、義なり。君を以つて礼を成し、淫に納れざるは、仁なり。）＝敬仲が桓公を酒でもてなし、桓公は大いに楽しみ、火をともして宴を続けようと言った。敬仲はそれを断って言った。「私は昼間に宴を行なうことについては卜しておいたが、夜は卜さなかった」と。君子がこれを評して言うには、酒を勧めるに、それが礼に叶うように行ない、宴に耽って乱に陥ることのないのは、義である。君主に礼を行なわせて、決し

て乱に陥ることのないように心懸けるのは、仁である。

とあることを念頭に置けば、礼に適った作法で酒を飲む意であることが分かる。下句に見える「四字」は典拠不明の語であるが、恐らく酒杯を意味するものであろう。(2) したがって天皇は尾聯で、酒を飲むにも乱れない飲み方があることは分かっているけれども、今日のところは大目に見て欲しいと戯れながら臣下の者たちに懇請しているのである。句題を踏まえた見事な述懐の句であると言えよう。

以上が平安中期、一条朝に一般化していた句題詩の構成方法である。この首聯＝題目、頷聯・頸聯＝破題（本文）、尾聯＝述懐と規定する方法は私見では村上朝あたりから形成され始め、一条朝までには詩人たちの間に定着していたと思われる。一見煩瑣に見える構成方法も、ある程度習熟すれば、詩に巧みでない者であっても容易に一首を成すことができることから、句題詩は貴族社会に広く浸透し、詩の本流となって行った。そこで詩の作者たちが特に意を用いたのは頷聯・頸聯の表現である。句題の文字をいかに巧みに別の語に言い換えるかが詩人の最大の関心事となったのである。破題表現の巧拙が詩の評価を決定することになったと言っても言い過ぎではない。次節以下では、その破題表現に重点を置き、平安前期から後期にかけての句題詩史を辿ることにしよう。

二、菅原文時以前――忠臣・道真の句題詩

稿者はかつて『天徳三年八月十六日闘詩行事略記』に収める村上朝を代表する詩人四名（菅原文時、橘直幹、大江維時、源順）の句題詩を検討し、文時の作のみが前節で見た句題詩の構成方法に適っているのに対して、他の

詩人の作はその拘束を受けていないことから、文時が句題詩の構成方法を考案したのではないかと推測した。(3) 今もその考えに変わりはないが、それでは文時以前の詩人は句題をどのように賦していたのであろうか。

次に掲げるのは寛平三年（八九一）三月三日、宇多天皇主催の曲水宴に於ける島田忠臣（八二八―八九一）と菅原道真（八四五―九〇三）の句題詩である。道真は忠臣の女婿で、文時の祖父に当たる。詩題の「花時天似酔（花時天酔へるに似たり）」は出典未詳で、桃花の咲く時節には（花は言うまでもなく）天空も酒に酔っているように見えるの意。

花時天似酔　　花時 天酔へるに似たり
春風何処不開花　　春風 何れの処にか花を開かざる
万井皆紅映九霞　　万井 皆な紅にして九霞に映ず
歩暦艱難如酩酊　　暦を歩むに艱難するは酩酊するが如し
廻杓指顧似婆娑　　杓を廻らして指顧するは婆娑に似たり
星排宿酒投銀榼　　星は宿酒を排《なら》べて銀榼を投ぐ
雲出酡顔破碧紗　　雲は酡顔を出だして碧紗を破る
此日絳霄陪曲水　　此の日 絳霄 曲水に陪す
来時疑是乗浮槎　　来たる時 疑ふらくは是れ浮槎に乗るかと

（『田氏家集』巻下）

三日春酣思曲水　　三日春酣にして曲水を思ふ

彼蒼温克被花催　　彼蒼温克にして花に催さる
煙霞遠近応同戸　　煙霞遠近応に同戸なるべし
桃李浅深似勧杯　　桃李浅深 勧杯に似たり
乗酔和音風口緩　　酔ひに乗れば 和音風の口緩む
銷憂晩景月眉開　　憂ひを銷せば 晩景 月の眉開く
帝尭姑射華顔少　　帝尭 姑射 華顔少し
不用紅匂上面来　　用ひず 紅匂の面に上り来たることを

（『菅家文草』巻五）

両者ともに首聯に句題の文字は「花」しか見られず、頷聯下句（第四句）に句題の「似」字が用いられている。頷聯・頸聯を見ると、忠臣の作では句題の「天似酔」を表現するばかりで、「花時」に当たる措辞が見当たらない。道真の作では頷聯の「煙霞」が句題の「天」に、「桃李」が「花時」に、「応同戸」「似勧杯」が「似酔」に当たるという対応関係を見出すことができるが、頸聯は忠臣の作と同じく「天似酔」を表現するだけで、「花時」に当たる語が見られない。後世から見れば、この二首は落題（題字の詠み落とし）の詩として非難の対象となるであろうが、当時は何等の制約も無かったのである。むしろ天性の詩人が自由な発想を以て表現し、一首全体で題意を満たしたという印象がある。これに比べて平安中期以降に定着する頷聯・頸聯で題意を四度繰り返して表現する方法は、饒舌を排除し凝縮を追求するものであるから、王朝詩史の上では独創よりも技巧を重んじる文学的傾向を誘導したものと捉えることができよう。

三、文時の破題──典型と変型

次に句題詩の構成方法の考案者である菅原文時の破題表現を見ることにしよう。但し、文時の句題詩で首尾全きものは前述の『天徳三年八月十六日闘詩行事略記』所収詩以外には殆ど現存していない。そこで『和漢朗詠集』所収の摘句を俎上に上せて考察を加えることにしたい。

①語の置き換えによって破題する

まず典型的な破題の方法が見られる作品を三首ほど掲げて説明することにしよう。最初の例句の詩題は「宮鶯囀暁光（宮鶯 暁光に囀る）」である。摘句の所在は〔 〕内に朗詠題・作品番号を以て示した。

西楼月落花間曲、中殿燈残竹裏音。〔鶯・71〕

（西楼に月落ちて花の間の曲、中殿に燈残つて竹の裏の音。）

宮中の西楼では月が沈んで夜が明けようとする頃、梅花に歌う鶯の調べが聞こえる。清涼殿では燈が尽きて宴が終わろうとする明け方、竹林に鳴く鶯の声が聞こえる。

この一聯では詩題の「宮」を「西楼」「中殿」に、「鶯囀」を「花間曲」「竹裏音」に、「暁光」を「月落」「燈残」に言い換えている。後に大江匡房が句題詩のあるべき姿を説くのにこの摘句を用いた（『朗詠江註』、『江談抄』巻四など）のは、このような語の置き換えが破題の基本であったからである。(4) 後世作られた句題詩の破題表現は概ねこれを規範としていると言っても言い過ぎではない。

②譬喩表現を用いて破題する

次に掲げるのは同様の破題だが、たんなる語の置き換えではなく、譬喩表現を用いている例である。詩題は「落花還遶樹（落花還《ま》た樹を遶る）」で、『玉臺新詠集』巻八に収める紀少瑜「春日」詩の一句から採った句題である。

離閣鳳翎憑檻舞、下楼娃袖顧階翻。〔落花・130〕
（閣を離るる鳳の翎《つばさ》は檻に憑つて舞ふ、楼より下るる娃の袖は階を顧て翻る。）
（花が木々をめぐるように散るさまは）高殿を飛び立とうとする鳳凰が翼を広げて欄干のあたりで舞っているようでもあり、また粧楼を下りた妓女が階段の上を振り返ろうと袖を翻しているようでもある。

ここでは詩題の「落花」を「離閣鳳翎」「下楼娃袖」に、「遶樹」を「憑檻舞」「顧階翻」に置き換えているが、実景をそのまま表現したわけではなく、花が樹をめぐりながら散る景色を上句では鳳凰の翼に、下句では妓女の袖に喩えて破題したのである。

③本文（中国故事）を用いて破題する

次に掲げるのは故事を用いた破題、いわゆる「本文」の例である。天慶四年（九四一）三月二十七日、大学寮北堂で行なわれた文選竟宴（『文選』の講義が終了したことを祝賀する宴）の作で、詩題の「遠念賢士風（遠く賢士の風を念《おも》ふ）」は『文選』巻二十五に収める盧諶の「贈崔温（崔温に贈る）」詩の一句から採ったものである。

通夢夜深蘿洞月、尋蹤春暮柳門塵。〔隠倫・552〕

（夢を通《とう》するに夜深けぬ蘿洞の月、蹤を尋ぬるに春暮れぬ柳門の塵。）

夜更けには夢の中で、月下につたの生い茂る家を訪れて賢士に会う。春の終わりには、賢士が柳を植えて愛好した住まいの遺跡をはるばる訪ねる。

詩題の「遠念」を「通夢」「尋蹤」で、「賢士風」を「蘿洞月」「柳門塵」で表現しているであろうことは容易に想像がつくが、それでは作者は「賢士」として誰を念頭に置いていたのだろうか。「蘿洞」「柳門」はたしかに賢士の隠棲した住居を表す語である。釈信救の『和漢朗詠集私註』は「柳門」を、宅辺に五株の柳を植えて自ら五柳先生と名乗った晋の陶潜の住まいとするが、柳を自宅に植えて愛好した人物には晋の嵆康、南斉の陸恵暁など、他に候補がある。「蘿洞」を栖とした人物に至っては、さらに特定が困難である。「通夢」の語の背後に、殷の高宗武丁が夢に見た賢士説《えつ》を探させ、傅巖にその人を得た故事（『尚書』説命）があると見れば、殷の傅説ということになる。しかしここは「蘿洞」「柳門」をともに誰と特定せずに「賢士」を暗示する語と見ておくのが穏当であろう。実はこの一聯は『類聚句題抄』(5) にも採られていて（これが一首の頸聯に当たることが分かる）、そこには破題の他の一聯（頷聯）も見ることができる。

慇懃渭水携璜客、想像商山戴白人。
（慇懃す 渭水に璜を携ふる客に、想像す 商山に白を戴く人を。）
渭水のほとりで玉璜を携えて釣りしていた呂尚を心から慕い、商山に隠れていた鬢眉のまっ白な四名の老人（東園公・夏黄公・甪里先生・綺里季）を思いやる。

この一聯は「渭水」「商山」といった地名が明示されているので、上句に周の呂尚の、下句に漢の商山四皓の故事が踏まえられていることが明らかである。頸聯よりもむしろこちらの方が「本文」の句と呼ぶに相応しいのかもしれない。尚、句題詩に用いる故事は中国の人名・地名に関わるものに限られていた。この慣例は平安時代を通じて厳守されるが、平安末期に至って本邦故事が稀にではあるが、用いられるようになる。この点については、本書第10章を参照されたい。

以上、菅原文時の破題表現に、語の単純な置き換え、譬喩を用いての置き換え、中国故事を用いての置き換えといった方法のあることを確認した。これらの三種が破題の基本型であり、後世の句題詩に見られる破題表現はその何れかに属すると言ってよい。しかし、文時の段階で破題が既にこれらの形式に固まっていたわけではなく、彼自身さまざまな詠み方を試みていた。以下に文時による破題の変型の例を幾つか紹介しよう。

④句題を上下に分割して一聯で破題する

次に掲げるのは天暦七年（九五三）十月五日に宮中で催された残菊宴の作である。詩題は「花寒菊点叢（花寒くして菊叢に点ず）」（他の花が寒さに枯れる中で菊だけは草むらに点々と花を咲かせている）。

蘭蕙苑嵐摧紫後、蓬萊洞月照霜中。〔菊・271〕

（蘭蕙苑の嵐の紫を摧いて後、蓬萊洞の月の霜を照らす中。）

宮中の花園に咲き誇る藤袴を秋の嵐が砕き散らした後も、菊だけは月明かりに照らされて霜かと見まがうばかりに点々と咲き残っている。

これは句題を「花寒」（菊以外の花が枯れる）と「菊点叢」（菊だけが咲く）とに分けて、前者を上句に、後者を下句に表現し、上下併せて破題した例である。菊と他の花との両者を一句に詠み込むことが困難であると判断しての措置である。「蘭蕙苑」「蓬萊洞」はともに宮中を指し、「霜摧紫」が句題の「花寒」を、「月照霜」が「菊点叢」を表している。「霜」は白菊の譬喩である。

⑤時間的に対立する句を一聯の片方に置いて破題する

次に掲げるのは天延二年（九七四）三月二十八日の公宴の作で、詩題は「春色雨中尽（春色 雨中に尽きぬ）」（春の景色は雨の降るうちに終わりを迎えた）。三月末の詩宴であることを意識した詩題である。当日実際に雨が降っていたのかもしれない。

花新開日初陽潤、鳥老帰時薄暮陰。〔雨・83〕

（花の新たに開けし日 初陽潤《うるお》へり、鳥の老いて帰る時 薄暮陰《くも》れり。）

花が咲いたばかりの日、朝の陽光は恵みの雨のおかげで潤いに満ちていた。春の終わり、鶯も年老いて谷に帰る今、夕暮れの空は雨に曇っている。

この一聯では詩句の「鳥」が句題の「春色」を、「老帰時」が「尽」を、「薄暮陰」が「雨中」を表していると考えられるから、下句はたしかに破題している。しかし、上句には句題の「尽」に当たる語が見当たらない。「花」を梅と見れば、「花新開日」は春の初めの景色を指すことになるから、一聯は春の初めは雨の景色だったが、春の終わりもまた雨の景色である（今年の春は雨に始まり、雨に終わった）ということを言っているのである。構造上、一聯の重点は下句にあり、上句は時間的に下句の前段階にあって下句を円滑に導き出す働きをしているものと捉えることができよう。言い換えれば、破題しているのは一聯の一方（この例では下句）だけであり、これと時間的に対立する他方（上句）は破題句を引き立たせるために添えられているに過ぎないのである。

これと同じ構造を持った破題の例が後世にも見出される。一例を挙げれば平安末期の儒者、大江匡範の「郷国始迎夏（郷国始めて夏を迎ふ）」詩（『猪隈関白記紙背詩懐紙』第四函第十四号第三十三紙）の頷聯がそれに当たる。

春裳未脱割符日、霞袖忽更衣錦辰。

（春裳未だ脱がず符を割く日、霞袖忽ちに更ふ錦を衣る辰。）

上句の「割符」とは虎符を割く、すなわち国守に任命される意である。下句の「衣錦」とは『漢書』朱買臣伝の故事を踏まえた所謂「故郷に錦を飾る」の意で、ここでは故郷に国守として赴任することを表す。したがって一聯は「任国に赴くために京都を出発したのは春衣をまだ脱いでいない三月のことであったが、任地に到着したのは夏になってのことで、すぐに夏衣に着替えた」ほどの意であろう。時間の流れを追いながら下句で題意を完結させる方法は、文時の例句と全く同じである。

⑥空間的に対立する句を一聯の片方に置いて破題する

次に掲げるのは詠作年時未詳の「高天澄遠色（高天 遠色澄めり）」と題する一聯で、詩題は隋の薛道衡の「夏晩」（『初学記』巻三・夏）詩の一句から採ったものである。『類聚句題抄』にも収める摘句で、そちらでは作者を藤原文範としている。

双鶴出皐披霧舞、孤帆連水与雲消。〔晴・413〕
（双鶴皐《さは》を出でて霧を披いて舞ふ、孤帆水に連なつて雲と消えぬ。）

沢辺を出たひと番いの鶴は立ちこめる霧をおし開くように大空に舞い上がった。ぽつんと浮かぶ帆掛け船は水に連なる雲のために姿が見えなくなった。

一聯の上句では空の高いところは澄みわたり、遠くまで見晴るかすことができると句題のとおりに破題しているが、下句では視線を高天から水平線に転じて、空の低いところには霧や雲が立ちこめている（遠くまで見晴るかすことができない）と表現している。⑤が時間的に対立する句を用いたとするならば、こちらは空間的に対立する句を一聯の片方（下句）に置くことによって、破題表現の効果を引き立てている例と言えよう。

⑦隣接する景物を用いて間接的に破題する

次の例は唐の李白の「折楊柳（楊柳を折る）」詩の一句「垂楊払緑水（垂楊緑水を払ふ）」を詩題としたものである。

潭心月泛交枝桂、岸口風来混葉蘋。〔柳・109〕
（潭心に月泛ぶ枝を交ふる桂、岸口に風来たる葉を混ずる蘋《うきくさ》。）
池のまん中に月が浮かぶと、まるでしだれ柳と月の桂とが枝を交えているかのようだ。岸辺に風が吹くと、しだれ柳と池の浮草とが混じり合って、どちらの葉なのか見分けがつかなくなる。

句題は、しだれ柳の枝が水面を払っている閑《のど》かな春の景色を表している。ところが、この一聯には、「潭心」「岸口」で句題の「緑水」を言い換えてはいるけれども、肝心要の「垂楊」が表現されていない。その代わりに詠み込まれているのは「桂」と「蘋」とであり、これらは「垂楊」に「枝を交」えたり「葉を混」じたりするものとして描かれている。つまりここでは句題中の景物（垂楊）を示すのに、それに隣接するもの（桂・蘋）を描写することによって、言わば間接的に破題しているのである。

以上、『和漢朗詠集』に収める菅原文時の句題詩句を用いて、破題の方法を七種に分類し、それぞれの分析を行なった。初めの三種が後に破題表現の主流になることはすでに述べたとおりである。この構成方法が確立したことにより、句題詩は専門の詩人ではない一般の貴族であっても容易に詩を作ることができるようになった。句題詩を作る上で最も難しいのは何と言っても頷聯・頸聯の破題表現である。しかしそれも句題の構成要素に対応する語彙の選び方さえ間違わなければ、詩句を完成することが出来るのであるから、これほど簡単なことはない。また同時に句題詩の語彙を主題別に集成し、破題を指南する書も作られていた。現存するものとしては菅原為長の『文鳳抄』、藤原孝範の『擲金抄』が名高い。ともに平安末期の成立であるが、この類の書は早くから編纂され、貴族たちに利用されていたものと思われる。(6)

平安時代の貴族たちの間で詩宴が社交の手段として重要な役割を果たしていたことは、当時の公家日記を繙けば直ちに諒解される文化史的事実である。(7) 詩宴の盛行を導いたという点で、句題詩の構成方法の確立は極めて重大な意味を持つものであったと言えよう。(8) 次節では、文時以後、句題詩に現れた変化について述べることにしたい。

四、双貫語の出現

第一節に掲げた一条天皇御製の詩題が白居易の一句であったように、句題詩には当初古句から採った詩題が用いられた。『天徳三年八月十六日闘詩行事略記』に見られる詩題も殆どが唐詩の一句から採った句題であった。ところが、句題詩の構成方法が文時によって確立された村上朝頃から、題者が古句に拠らず新たに作り出した句題が現れ始める。そしてそれが次第に増加の一途を辿り、平安後期には広く一般化するのである。たしかに古句による詩題の中には、構造が複雑で、その構成要素を過不足無く破題しようとすると、極めて難しいものが間々見受けられる。そこで逆に破題しやすい詩題を設定することが題者に求められるようになったものと思われる。平安後期の句題を『中右記部類紙背漢詩集』から幾つか拾ってみると、「落花浮酒杯（落花 酒杯に浮かぶ）」「松樹有涼風（松樹に涼風有り）」「杯酒泛花菊（杯酒に花菊を泛かぶ）」「雪裏勧杯酒（雪裏に杯酒を勧む）」など、何れも題中に二つの事物が含まれ、両者が一つの動詞によって単純に結合する構造を持っている。これは破題し易くするための一種の配慮である。このような新作の題の増加定着は、取りも直さず句題詩の構成方法が儒者・文人にばかりでなく、一般の貴族たちの間にも浸透したことを示しているのである。

また、平安中期以降に顕著に見られる傾向として、双貫語を含む句題が増加したことを挙げることができる。双貫語とは「山水」「管絃」「松竹」といった並列構造を有する二字熟語のことであり、新作の題に積極的に用いられた。『類聚句題抄』から幾つか拾ってみると、「梅柳待陽春（梅柳は陽春を待つ）」「水石不知年（水石は年を知らず）」「月光遠近明（月光は遠近に明らかなり）」「晴後山川清（晴れて後 山川清し）」の如くである（傍線部が双貫語）。句題を構成する事物の片方に双貫語が用いられるようになったことは、詩に詠む対象の空間的拡大が図られたことを意味し、それはまた句題詩の破題表現に見られ始めたマナリズム（陳腐さ）を打開するために考え出された方策でもあった。

それでは、双貫語を含む場合の句題詩の構成方法はどのようなものであったのか、それについて説明することにしよう。次に掲げるのは、『本朝麗藻』巻下所収、長保五年（一〇〇三）五月二十七日、左大臣藤原道長の宇治別業に於ける詩宴で藤原公任が賦した句題詩である。

晴後山川清　　晴れて後 山川清し

山霽川清景趣幽　　山霽れ川清みて 景趣幽なり
近望西脚対東流　　近く望めば 西脚は東流に対へり
嶺摸毛女唯青黛　　嶺 毛女を摸して 唯だに青黛なるのみ

浪伴漁翁自白頭　浪漁翁を伴ひて自らに白頭なり
雲霧靄収松月曙　雲霧 靄収まりぬ 松月の曙
菰蒲煙巻水風秋　菰蒲 煙巻きぬ 水風の秋
云仁云智足相楽　仁と云ひ智と云ひ 相ひ楽しむに足れり
宜矣登臨促勝遊　宜《むべ》なるかな 登臨の勝遊を促すこと

もやが晴れて後、山川が清らかに見える。

山は晴れわたり、川も清《す》みわたり、一望する風景はおもむき深い。近くには西山の麓と東へと流れる川とが向かい合う景色を眺めることができる。山嶺は毛女の眉を再現したかのように、ひたすら青々として美しい。川波は釣りする漁翁の白髪を見習ったのか、自ずと白く波立っている。山を閉ざしていた雲霧は収まり、明け方の月に照らされた松がくっきりと見える。菰蒲生うる川辺のもやは消え、水面を秋かと思わせる風が清々《すがすが》しく吹いている。仁者であれ、智者であれ、この地の山川は楽しむに充分だ。（左大臣殿が）山に登り川に臨んで遊覧せよとおっしゃるのはなるほど尤もなことだ。

首聯で句題の五文字を用いなければならないのは、一般的な（双貫語を含まない）句題詩の場合と同様である。本詩では句題の文字を上句に集中的に配置している。但し「後」字は虚字であるが故に殊更用いることをせず、また「晴」字は同義の「霽」字を代わりに用いている。面白いのは下句に「西脚」「東流」を句中対の形で用いていることである。この二語は言うまでもなく句題の「山」「川」に当たるもので、破題に用いることのできる語をここでわざと用いたのである。(9)

　一般的な句題の場合と構成方法が異なるのは頷聯・頸聯である。本来ここでは破題を四度繰り返すことが求められるのであるが、双貫語を構成する「山」「川」の両者を一句中に置き換えることは困難である。そこで双貫語を一聯の上下に詠み分け、一方の句に「晴後山清」を、他方の句に「晴後川清」を表現し、上下併せて破題を完成させるという方法を採るのである。本詩の場合、頷聯の上句で晴れた後の「山」の美しさを「毛女」の「青黛」に喩え、下句で「川」の美しさを「漁翁」の「白頭」に喩えて表現し、上下併せて題意を満たしたのである。「毛女」は『列仙伝』巻下に「毛女者、字玉姜、在華陰山中（毛女は、字は玉姜、華陰の山中に在り）」とあるように「山」に棲む仙女である。「漁翁」は「川」で漁業を営む老人を指すが、そこには俗世を避けた高士の印象がある。例えば白居易は「李留守相公見過池上、泛舟挙酒、話及翰林旧事。因成四韻以献之。（李留守相公、池上に過《よぎ》られ、舟を泛べ酒を挙げ、話りて翰林の旧事に及ぶ。因りて四韻を成して以つて之れに献ず）」（『白氏文集』巻六十九・3556）の中で、嘗ての同僚で今は宰相に昇った五人に比して、自分一人は「白首」の「漁翁」となってしまったと詠じているが如くである。この一聯は第三節で説明した②譬喩の句と見なすことも、或いは③本文の句と見なすこともできよう。次の頸聯では頷聯と同じく上句で「雲霧」「松月」という「山」の景物を用いることによって「晴後山清」を表し、下句で「菰蒲」「水風」という「川」の景物を用いることによって「晴後川清」を表し、上下併せて「晴後山川清」を破題したのである。

　尾聯で詩題に関連づけて述懐することは一般的な句題詩の場合と同じである。本詩では、『論語』雍也篇に「智者楽水、仁者楽山。（智者は水を楽しみ、仁者は山を楽しむ）」とあることを踏まえ、道長の宇治別業が智者や仁者の集うに相応しい場所であると褒め称えたのである。

　以上が双貫語を含む句題の場合の構成方法である。この双貫語を一聯の上下に詠み分ける方法は詩人たちの間

に極めて自然に定着したように見受けられる。それでは、彼らはこの方法を一体何から学んだのであろうか。(10)

五、策問・対策との関連

そこで想起されるのが策試の策問・対策の表現との間に見出される共通点である。策試とは大学寮紀伝道の最高課程に進んだ文章得業生（或いは文章生から一旦地方官に任官した者）が受ける最終論文試験のことで、儒者となるためには必ず通らなければならない関門であった。策試では問頭博士（試験官）が出題する問題文を策問と言い、それに対して受験者が作成する答案を対策と言う。(11) 平安時代のすぐれた詩人はその殆どが紀伝道出身の儒者であり、彼らは策試に及第した（中には問頭博士となって出題した）経験を持っていたから、策問・対策に用いられる表現形式に通暁していたことは言うまでもない。策問にしても対策にしても、作者の特に心血を注ぐのが題目について論述する段落の表現である。その題目には、『本朝文粋』から抜き出せば「神仙」「漏刻」「立神祠」といった知識を問うための語が選ばれるのを常とするが、早くからその中に「山水」「春秋」「松竹」などの双貫語による題目が散見される。そしてその場合、策問・対策の中で双貫語をどのように表現しているかというと、句題詩と同様、対句の上下に詠み分けるという方法を採っているのである。

次に掲げるのは天暦三年（九四九）十一月二十日、文章得業生大江澄明が策試を受けた時の策問・対策である。題目は「辨山水（山水を辨ぜよ）」で、問頭博士は橘直幹。題目に関わる段落の本文を示し、そこに見られる表現が双貫語を構成する「山」「水」のどちらに当たっているかを傍記した（「山」「水」の両方の意を含んでいる場合には「山水」と記した）。

〔策問〕

然則、（然らば則ち、）

山 伏羲立姓、風山何基、（伏羲の姓を立つる、風山何《いづ》くにか基《た》つ、）

水 孫権見銘、浪井焉存。（孫権の銘を見る、浪井焉《いづ》くにか存る。）

山 嵩嶽秘書之谷、謂誰隠居、（嵩嶽秘書の谷、誰が隠居と謂ふ、）

水 泗濱浮磬之精、昏其名字。（泗濱浮磬の精、其の名字に昏し。）

山水 夔子之国、屈原之郷、（夔子の国、屈原の郷、）

既言俊異善生、何以嶮邪復出。（既に俊異善く生ると言ふ、何を以つてか嶮邪復た出づる。）

山 赤城之嶺、雲霧朗開、（赤城の嶺、雲霧朗かに開く、）

水 瀑布之巖、源流明見。（瀑布の巖、源流明かに見ゆ。）

便為神瑞、可有歳年。（便ち神瑞為《た》り、歳年有る可し。）

山 石犬吠於経過、猶迷劉寵之行路、（石犬 経過に吠ゆ、猶ほ劉寵の行路に迷ふ、）

水 淵魚驚於笳角、未辨鄭公之釣潭。（淵魚 笳角に驚く、未だ鄭公の釣潭を辨へず。）

〔対策〕

対。（対す。）

竊以、（竊かに以《おもんみ》れば、）

山 坤儀成形、三山五岳鎮天下而錯峙、（坤儀 形を成す、三山五岳 天下に鎮として錯《まじ》はり峙《そばだ》てり、）

水 坎徳運化、八水九河亙地中而分流。（坎徳 化を運らす、八水九河 地中を亙つて分れ流れたり。）

故（故に）

水 発源於濫觴、千里翻浮天之浪、（源を濫觴に発して、千里 天を浮ぶるの浪を翻す、）

山 創基於拳石、万丈聳干雲之霄。（創基を拳石に創めて、万丈 雲を干《をか》すの霄に聳《そび》けたり。）

莫不

山水 韜異含霊、孕奇懐怪、（異を韜み霊を含み、奇を孕み怪を懐き、）

水 沃赤日而呑皓月、（赤日を沃《い》れて皓月を呑み、）

山 出霊雨而合陰陽。（霊雨を出して陰陽を合せずといふこと莫し。）

遂使、（遂に使《せし》めつ、）

水 張博望之到牛漢、泝十万里之濤、（張博望の牛漢に到る、十万里の濤を泝り、）

山 伯司空之鑿龍門、遺二千年之跡。（伯司空の龍門を鑿《ほ》る、二千年の跡を遺せり。）

山 草木扶疎、春風梳山祇之髪、（草木扶疎なり、春風 山祇の髪を梳る、）

水 魚鼈游戯、秋水字河伯之民。（魚鼈游戯す、秋水 河伯の民を字《やしな》ふ。）

山 韓康独往之栖、花薬如旧、（韓康独往の栖、花薬旧きが如し、）

水 范蠡扁舟之泊、煙波惟新。（范蠡扁舟の泊、煙波惟れ新たなり。）

山水 蓋嶺之泉、聴鳴弦而忽涌、（蓋嶺の泉、鳴弦を聴いて忽ちに涌く、）

山水 石門之水、懸曝布而遙飛。（石門の水、曝布を懸けて遙かに飛ぶ。）

水 風濤暁喧、驚奔声於馬頰、（風濤 暁に喧し、奔声を馬頰に驚かす、）

山　晴空暮浄、点黛色於蛾眉。（晴れたる空暮べに浄し、黛色を蛾眉に点ず。）
水　投意緒於遊魚之浦、誰見含鉤、（意緒を遊魚の浦に投ず、誰か鉤を含むを見む、）
山　張月弓於射的之巓、未聞嚙鏃。（月弓を射的の巓に張る、未だ鏃を嚙むを聞かず。）
山　歌山縹眇、其奈遏雲之脣、（歌山縹眇たり、其れ遏雲の脣を奈んせむ、）
水　舞水淼茫、想像転波之袖。（舞水淼茫たり、転波の袖を想像す。）
山　山復山、何工鑿成青巖之石、（山復た山、何れの工か青巖の石を鑿《けづ》り成せる、）
水　水復水、誰家染出碧潭之波。（水復た水、誰が家にか碧潭の波を染め出だせる。）
山　翠嵐遶峯、鎮送伍員之廟、（翠嵐峯を遶る、鎮《とこしなへ》に伍員の廟に送る、）
水　斑竹臨岸、還礙賈誼之船。（斑竹岸に臨む、還つて賈誼の船を礙《さ》ふ。）
水　酈縣潭畔、菊蘂含露而已黄、（酈縣の潭の畔に、菊蘂露を含みて已に黄なり、）
山　泰山阿中、桂葉蒙霜而猶緑。（泰山の阿の中に、桂葉霜を蒙りて猶ほ緑なり。）
山　胡雁一声、秋破商客之夢、（胡雁一声、秋商客の夢を破る、）
水　巴猿三叫、暁霑行人之裳。（巴猿三叫、暁行人の裳を霑す。）
斯皆（斯れ皆な）
山水　仁智趣別、融結道殊、（仁智趣き別れ、融結道殊なり、）
包天地之精、布神明之徳者也。（天地の精を包んで、神明の徳を布く者なり。）

策問・対策は駢文で書かれるから、単対と隔句対とによって構成されている。一見して明らかなように、題目の「山水」は単対ならば上下に、隔句対ならば前半と後半とに整然と詠み分けられている。この点は句題詩で双貫語を一聯の上下に詠み分ける方法と全く同じである。双貫語を含む句題詩の構成方法には、文体として何の関わりもないように見える策問・対策の表現方法との密接な関係が窺われるのである。

むすび――破題がもたらしたもの

これまで四節に亙って句題詩の展開を述べてきた。最後に、破題という詩の表現方法によって新たに生み出された漢語について触れておきたい。次に掲げるのは建仁二年（一二〇二）九月九日、近衛家実邸で催された「花中唯愛菊（花中唯だ菊を愛するのみ）」を詩題とする詩宴で丹後守菅原淳高（後に従二位刑部卿式部大輔に昇る）が賦した句題詩の頷聯である。

仙潭色似唐楊寵、女室栄同漢李粧。
（仙潭の色は唐楊の寵に似たり、女室の栄は漢李の粧に同じ。）

「唐楊」は唐の楊貴妃、「漢李」は漢の李夫人。ともに時の皇帝（玄宗、武帝）の寵愛を恣にした女性である。『和漢朗詠集』八月十五夜に収める源順の名高い秀句「楊貴妃帰唐帝思、李夫人去漢皇情。（楊貴妃帰つて唐帝の思ひ、李夫人去つて漢皇の情）」を踏まえていることを知れば、「唐楊」も「漢李」も難解な語ではない。作者は花の中でとりわけ菊を愛する気持ちを天子の寵妃に対する愛情に喩えて表現したのである。それでは下句に見える「女室」はどのような意味を持つ語であろうか。詩題と詩句との対応関係を見ると、上句で「女室」と対句を成す「仙潭」は、仙草と呼ばれる菊が群生しているふちを言うから、句題の「菊」に当たっている。したがって「女室」も「菊」が生えている場所を表す語と見なすことができる。菊に関わる語として「女室」の用例をまだ見出すことはできないが、『藝文類聚』巻八十一、菊に「山海経曰、女几之山、其草多菊。（山海経に曰はく、女几の山、其の草に菊多し）」とあるのが参考になる。(12) つまり「女室」とは「女几山之室」の短縮形であり、菊で名高い女几山中の住まいほどの意であろう。(13)

これまで繰り返し述べたように、句題詩の頷聯・頸聯では、句題の文字を対句の形を保ちながら巧みに別の語に言い換えなければならない。したがって、その破題表現の中には時として極端に凝縮された語が用いられることがある。右に掲げた「女室」などは、詩語として解釈するにはやや無理があるように思われる例であり、後世に受け継がれることの無かった語である。他方、破題表現から生まれ、本邦の詩語として定着したものとして、「嵆康之宅」を短縮した「嵆宅」、「陶淵明之門」を短縮した「陶門」、「李膺之門」を短縮した「李門」などを挙げることができる。(14) これらの和製漢語は句題詩の盛行によって図らずも生み落とされた副産物であるが、今となっては文学のジャンルとして文学史上に殆ど姿を留めていない句題詩を偲ぶ縁であると言えるのではなかろうか。

注

（1）架蔵、伝源頼政筆〔伕名漢詩集〕断簡一葉。〔平安末期〕写。十四・六×七・八糎。五行。字高、十三・三糎。元来巻子装であったと思しく、第三行と第四行との間に料紙の継ぎ目（糊代〇・二糎）が存する。

（2）「四字」の語は菅原道真の「菊花催晩酔詩」（『菅家文草』巻六）の頸聯に「孤叢随見発、四字応声来」とあるのが本邦初出例である。以下、平安時代の主な用例を掲げる。「合眼殆忘呼四字、対眉誰覚唱三遅」(『類聚句題抄』、停杯看柳色、大江朝綱)、「冬別一樽傾露処、春随四字酌霞程」(『類聚句題抄』、依酔忘天寒、藤原資業)、「四字応呼餘艶裏、三涟被引下流□」(『中右記部類紙背漢詩集』、酌酒対残菊、菅原在良)、「子猷舟艤三涟暖、孫氏窓寒四字明」(『中右記部類紙背漢詩集』、対雪唯斟酒、菅原清能)、「浮魚泛躍、似転三雅於遠近、浴鳥和鳴、疑呼四字於遅速」(『本朝続文粋』巻一、羽觴随波賦、大江匡房)など。文脈から判断して何れも酒杯の意に用いられていると思われる。

(3) 拙稿「句題詩詠法の確立——日本漢学史上の菅原文時——」(『平安後期日本漢文学の研究』笠間書院、二〇〇三年)を参照されたい。

(4) 拙稿「朗詠江註の視点」(『三河鳳来寺旧蔵暦応二年書写 和漢朗詠集 影印と研究』勉誠出版、二〇一四年。初出は二〇〇五年)を参照されたい。

(5) 本書には詳しい注釈書として本間洋一『類聚句題抄全注釈』(和泉書院、二〇一〇年)が備わる。

(6) 『擲金抄』巻中「学校」(36オ)の「校」字に「教風月抄此字也」と注記が見られる。これによって「風月抄」と題する先行書のあったことが知られる。また、『古今著聞集』巻四に次のような説話がある。

後徳大寺左大臣、前大納言におはしける時、人々をともなひて、嘉応二年九月十三夜、宝荘厳院にて当座の詩歌合ありけるに、式部大輔永範卿、月のかげに立ち出でて抄物を見て、「楼臺月映素輝冷、七十秋闌紅涙餘」といふ秀句を作りたりける。昔はふところに抄物など持つ、苦しからぬ事なりけり。近代は不覚の事に思ひて、持たぬ事になりはてにけり。

文中に「抄物」とあるものが後の『文鳳抄』『擲金抄』の如き語彙集であろう。因みに『擲金抄』を編纂した藤原孝範は永範の養子でその後継者である。

(7) 近年に於いても依然として平安後期を漢詩文の衰退期と位置づける文学史観が支配的である。例えば小町谷照彦・倉田実編『王朝文学文化歴史大事典』(笠間書院、二〇一一年)の「漢詩文」の項(妹尾好信氏執筆)に「平安後期になると、一大詩文集『本朝文粋』を編纂した藤原明衡や一代の碩学として知られる大江匡房らの活躍はあるものの、漢詩文はますます衰退していったと言わざるを得ない」とあるが、何如なる現象を根拠として平安後期を衰退期と位置づけたのか、明らかにされてはいない。試みに九条兼実の『玉葉』や近衛家実の『猪隈関白記』を繙けば、当時詩宴が歌会にも増して頻繁に催されていたことを知ることができる（それらの詩宴の詩題は殆ど全て句題である）。そこに衰退の様相をうかがうことはできない。

（8）文時による句題詩の構成方法が後に慶滋保胤、大江匡房と受け継がれ、確固たるものとなっていったことは、拙稿「大江匡房略伝」（『三河鳳来寺旧蔵暦応二年書写 和漢朗詠集 影印と研究』勉誠出版、二〇一四年。初出は二〇〇八年）に論じた。

（9）川口久雄・本朝麗藻を読む会『本朝麗藻簡注』（勉誠社、一九九三年）、小島憲之『本朝一人一首』（新日本古典文学大系、岩波書店、一九九四年）ではともに本詩の「西脚」を「雨脚」に改めるが、従えない。

（10）本書第1章「句題詩概説」では、白居易の詩からの影響を指摘した。

（11）策問・対策の文体的特徴については、本書第14章を参照されたい。

（12）『藝文類聚』所引の『山海経』本文は、巻五「中山経」に「中次九経岷山之首、曰女几之山。其上多石涅。其木多杻橿、其草多菊荒。」とあるのを摘録。

（13）大谷雅夫氏より、菊花の異称に「女室」の語があるとの御教示をいただいた。『太平御覧』巻九九六「菊」に「呉氏本草経曰、菊華、一名女華、一名女室」とある。

（14）山田尚子「新味と継承」（『中国故事受容論考』勉誠出版、二〇〇九年）を参照されたい。山田氏はこの短縮形の発生に白居易の影響を想定している。

4 秀句の方法

はじめに

稿者は先に平安時代の句題詩を始めとする題詠詩について、破題（首聯・尾聯以外の対句を形成する一聯で、詩題の文字を用いずに題意を表現すること）の巧拙こそがそれを秀句と認定するための評価基準であったことを論じた。(1)句題の七言律詩では頷聯・頸聯に於いて、詩題の五文字が過不足無く詩句の中に置き換えられているかという点が重視され、その厄介な点を克服して初めて評価の対象となり得るのである。特に大切なのは、句題に含まれる実字（具体的事物を示す名詞）を確実に表現することである。これを怠ると、和歌で言う「落題」となって、全く評価が得られない。『和漢朗詠集』『新撰朗詠集』などに収められる句題詩の摘句を見れば、たしかに何れもそのような評価基準を満たしていることが分かる。それでは、それら秀句の破題表現には、どのような方法が用いられているのであろうか。本章では『類聚句題抄』所収句を俎上に上せて、そのことについて考えてみたい。

一、破題の方法——即字的表現と連想的表現

『類聚句題抄』は平安後期に成立した句題詩の秀句選で、題中の特徴的な文字によって句題詩の対句部分（主として頷聯・頸聯）を排列している。ここでは具平親王・藤原惟成の「風度諳春意（風度《わた》りて春の意を諳んず）」と題する句題詩の摘句（作品番号64・65）を取り上げて破題の方法を見ることにしよう。詩題は、吹いてきた風によって、それとなく春の訪れを感じる、の意。まず具平親王の作（64）の頷聯を次に掲げる。

声軟已知吹柳去　声軟かなれば已に知る柳を吹きて去ることを
気芳猶覚動花過　気芳しければ猶ほ覚る花を動かして過ぐることを

句題と詩句との対応関係を見ると、「声軟・吹去」「気芳・動過」が句題の「風度」に、「知」「覚」が「諳」に、「柳」「花」が「春意」に当たっている。「風の音をどうして軟らかく感じるのかと言えば、それはしだれ柳をなよやかに吹いているからだ。風がどうして芳しく香るのかと言えば、それは花を揺り動かすように吹いているからだ」と句意を解することができる。句題の五文字を見事に表現しおおせていて、破題の表現として問題が無い。

句題詩の頷聯・頸聯で、題中の実字を別の語に言い換えなければならないことは先に述べたとおりである。本句題の場合、実字は「風」と「春」である。右の例では、「春」を表現するためにその季節に特徴的な景物「柳」と「花」とが用いられている。一方「風」を表現するに当たっては、「声」「気」（以上、名詞）、「吹」「動」（以上、動詞）といった「風」の属性を示す語が用いられている。このように句題の文字は詩句中に、言わば即字的（或

いは逐字的）に言い換えられており、読者は句題と詩句との対応関係を容易に理解することができる。

次に藤原惟成の同題の作（65）の頷聯・頸聯をみることにしよう。

梅林南雪争埋馥　梅林の南雪 争でか馥を埋めむ
苔澗東氷定酌波　苔澗の東氷 定めて波を酌まむ
袖乱驚推新蝶舞　袖乱れては驚きて推しはかる 新蝶の舞ふことを
簪揺顧待早鶯歌　簪揺れては顧て待つ 早鶯の歌ふことを

頷聯では、句題の「春」を表す景物として「梅林」「苔澗」が示されているが、「風」に当たる語が見当たらない。上句では「埋」が唯一の動詞だが、その動作主は「雪」である。少し前まで「雪」が「埋」めていた「梅林」は今や馥郁たる梅が香を漂わせているのであるから、何者かが「南雪」（南側の雪）を解かしたと考えられる。その「南雪」を解かした因子として「風」が暗示されているのである。下句では「波」を「酌」めるほど水かさが増したのは、「苔澗」の「東氷」が解けたからであるとして、上句と同様、「東氷」を解かした張本として「風」が暗示されている。この「風」を表現する方法は「南雪争埋馥」「東氷定酌波」から「風」を連想することを読者に求めている点で、具平詩の方法とは全く異なるものである。彼を即字的表現とするならば、此は連想的（或いは婉曲的）表現と呼ぶことができよう。即字的表現に比べて、作者の意図を忖度しなければならない分、読者にとってはやや難解な面がある。一聯の意は「梅林を覆っていた南側の雪は、春風に解かされた今、どうして馥郁たる梅が香を閉じ込めておくことができよう。苔むす谷間を閉ざしていた氷は、春風のために東側から解け

始めて、今ごろきっと波立っていることだろう」となるであろう。(2)

頸聯では「春」の景物として「新蝶舞」と「早鶯歌」とが提示されている。「風」は頷聯と同様、即字的に表現することを避け、「袖」が「乱」れることと「簪」が「揺」れることとによって婉曲に表現されている。ここでも読者に対して連想を働かせることが求められているのである。一聯の意は「袖が乱れたことで春風の到来に気づき、きっと蝶も舞い始めただろうと想像する。かんざしが揺れたことで春風の到来に気づき、振り返って鶯が歌い始めるのを待ち遠しく思う」。(3)

右の例から窺われるように、句題詩の破題には大別して詩題の文字を即字的（逐字的）に言い換える方法と連想的（婉曲的）に言い換える方法とが存在した。この二種の方法の内、詩作の初心者であっても容易に実践できるのは前者であることは言うまでもない。即字的表現のための対句語彙は、菅原為長撰『文鳳抄』や藤原孝範撰『擲金抄』などに集成されている。初学の詩人は詩宴に臨むに当たって、こうした語彙集を活用したに相違ない。一方、熟練の詩人はどうであったか。即字的方法を退け、連想的方法にのみ拠って句題詩を作っていたかというと、必ずしもそうではない。即字的方法と連想的方法とを一首中に併用することが一般的であった。熟練の詩人の作例をもう一つ見ることにしたい。

二、中国故事を用いた連想的表現

次に掲げるのは同じく『類聚句題抄』所収、慶滋保胤の「遠草初含色（遠草初めて色を含む）」と題する句題詩の頷聯・頸聯（作品番号42）である。詩題は白居易の「早春題少室東巌（早春 少室の東巌に題す）」（『白氏文集』巻六十六・3249）の一句から取ったもので、遠くの地では緑の草が萌え出たばかりだ、の意。

万里湖辺煙短所　万里の湖辺 煙短き所
一条陌上緑微時　一条の陌上 緑微なる時
華山有馬蹄猶露　華山に馬有り 蹄猶ほ露《あらは》なり
傅野無人路漸滋　傅野に人無し 路漸くに滋し

頷聯では、「万里湖辺」「一条陌上」が句題の「遠」を、「煙」「緑」が「草」を、「短」「微」が「初含色」を表している。句意は「遙か彼方の湖のほとりでは、煙かと見まがう草が短く生え出たばかりだ。遠くまで一筋に続く道のほとりでは、草が少しばかり緑に色づいている」の意。これは即字的方法を以て題意を表現したのである。これに対して頸聯は『和漢朗詠集』草（439）に採られた名高い秀句である。作者保胤は句題の「遠」を表現するために「華山」と「傅野」という具体的な地名を挙げている。これはたんなる語の置き換えではなく、それぞれの語の背後に中国故事が存在している。

「華山」は周の武王が殷の紂王を伐って天下を平定した時、太平の世となった証しとして軍馬を解放した地であり（『尚書』武成）、「傅野」は殷の高宗が賢臣の傅説を見出した野である（『尚書』説命上）。何故そのような地名がここに選ばれたのか。それは詩題の「遠草初含色」に太平の世（天子の徳によって遠きも近きもよく治まっていること）を讃美する意が籠められていることを作者が感じ取ったからである。作者は詩題から太平の世を連想し、「華山有馬」「傅野無人」と作って遠隔地のさまを描き出したのである。

「蹄猶露」「路漸滋」は句題の「草初含色」を表している。「路漸滋」（人の往来がないので、路草は踏みしだかれることもなく次第に茂り合ってきた）は即字的表現であり、容易に解釈できるが、「蹄猶露」はやや難解である。作者は、草が萌え出たばかりでまだ短いことを言うために、馬の蹄が草に隠れるほどではなく、まだ露わに見えると婉曲的表現を用いたのである。ここには、「草」を表現するならば「蹄」を用いるという意外性を伴った連想的思考が働いている。この「草」→「蹄」という連想を可能にしたのは、「草」の成長を「蹄」によって測定する詩的表現の先例である。保胤は恐らく白居易「銭塘湖春行」（『白氏文集』巻二十・1349）の頸聯の下句「浅草纔能没馬蹄（浅草は纔かに能く馬蹄を没す）」の表現に学んだのであろう。したがって頸聯は「華山には、太平の証しとして放たれた馬がのどかに草を食《は》んでいるけれど、草は萌え出たばかりで、馬の蹄をかくすまでには伸びていない。太平であるが故に人材を求める必要がないので、傅野には人の往来もなく、路草が次第に茂り合ってきた」ほどの意味となるであろう。

この保胤の摘句からは、即字的方法と連想的方法とが混在して破題表現を形作っていることを見てとることができよう。そして、その連想的表現には中国故事を効果的に用いる方法が取られている。これは先に連想的表現の例として挙げた惟成の作には見られなかったものだが、当時の詩人たちはこの方法を「本文」（典故の意）と呼んで、極く普通に用いていた。『文鳳抄』や『擲金抄』にも、即字的表現の語彙とともに「本文」の語彙が集成されているほどである。『和漢朗詠集』所収句からその典型的な用例を挙げることにしよう。

次に掲げるのは『和漢朗詠集』柳に収める具平親王の「柳影繁初合（柳影繁りて初めて合ふ）」と題する句題詩の一聯（頷聯、或いは頸聯）である。

嵆宅迎晴庭月暗　　嵆宅晴れを迎へて庭月暗し
陸池遂日水煙深　　陸池日を逐つて水煙深し

句意は「嵆宅の庭では、空が晴れたというのに、茂り合った柳のために月明かりが遮られてほの暗い。陸池では、柳がもやに煙ったような新緑の色を日ごとに深めている」と解することができる。「本文」(中国故事)を持つ語は、句題の「柳影」に当たる「嵆宅」と「陸池」とである。「嵆宅」とは晉の嵆康の邸宅の意。『晉書』嵆康伝に、「宅中有一柳樹甚茂。(宅中に一柳樹の甚だ茂る有り)」とあることから、「嵆宅」は句題の「柳影繁」を言い換えたことになる。一方「陸池」とは南斉の陸恵暁の家の池を言う。『南史』陸恵暁伝に、隣の張融の家との間に池があり、そのほとりに二株の柳が植えられていたとあることから、「陸池」は句題の「柳影」を言い換えたことになる。「嵆宅」「陸池」はやや舌足らずな表現だが、読者はこれらの語が嵆氏・陸氏の故事を介在させて、句題の実字「柳」を表現していることに思い至らなければならないのである。(4)

結語

以上、句題詩の破題の方法について、分析を試みた。その方法は即字(逐字)的方法と連想(婉曲)的方法とに大別され、連想的方法の中には中国故事(本文)を用いるものがある、というのが本章の結論である。稿者はこれまで句題詩の各聯の役割を説明するに当たって、「頷聯・頸聯は句題の文字を別の語に置き換えて表現し、これを「破題」と呼ぶ。また、どちらかの聯では中国故事を用いることが望ましく、その場合は「破題」ではなく「本文」と呼ぶ」としてきた。これは句題詩が隆盛を誇った平安・鎌倉時代の作文指南書『作文大体』『王沢不渇抄』に、頷聯・頸聯を「破題」「譬喩」或いは「破題」「本文」と説明していることに従ったのである。本章では、実作の立場からではなく、修辞上の方法論を視点として破題の表現を考え直してみた。

注

（1）本書第2章、第3章など。また拙稿「『和漢朗詠集』解題」（『三河鳳来寺所蔵　暦応二年書写　和漢朗詠集　影印と研究』勉誠出版、二〇一四年。初出は二〇一一年）を併せて参照されたい。

（2）この聯で、南側から始まる雪解けと東側から始まる解氷とを一対にしたのは「池凍東頭風度解、窓梅北面雪封寒。（池の凍は東頭風度つて解く、窓の梅は北面雪封じて寒し。）」（『和漢朗詠集』立春2、藤原篤茂）などからの影響が考えられる。

（3）この聯では、「袖乱」「簪揺」「顧」といった語から、読者は菅原文時の名句「燕姫之袖暫収、猜撩乱於旧拍、周郎之簪頻動、顧間関於新花。（燕姫が袖暫く収まつて、撩乱を旧拍に猜む、周郎が簪頻りに動いて間関を新花に顧る）」（『和漢朗詠集』鶯69）に思い至らなければならない。作者惟成はこれによって春の管絃の遊びの雰囲気をこの一聯に籠め、表現世界に拡がりを持たせようとしたのである。

（4）「嵇宅」「陸池」などの故事の凝縮表現については、山田尚子「新味と継承」（『中国故事受容論考』勉誠出版、二〇〇九年、）に詳しく論じられている。

5　平安時代の詩序に関する覚書

はじめに

平安時代中期、儒者の執筆する文章の中で願文、表、申文といった文体が特に世人の注目を集めたことはよく知られている。たしかに当時のすぐれた文章を集めた『本朝文粋』(藤原明衡撰。十四巻)を繙けば、願文には巻十三・十四、表には巻四・五、申文(奏状)には巻五・六・七と多くの巻数が費やされている。儒者がこれら三種の文体を重んじたことは疑いない。しかし、これらにも増して心血を注いで執筆したのが詩序である。『本朝文粋』に巻八から巻十一までの四巻が充てられていることからも、詩序が儒者にとって最も重要な文体であったことは明らかである。

詩序とは、宴席で賦された詩群の初めに置かれる序文のことである。日本では古来、詩を作る場は宮中、貴族の邸宅・別業、都及びその周辺の寺院などが中心であり、一堂に会した詩人たちは同一の詩題で詩を賦した。詩宴では、主催者が出席者の中から序者(詩序を執筆する者)を抜擢して行事の概要を記録させ、詩序は詩に先立って披講された。詩序は駢文(対句仕立ての文章)を以て書かれることを常としたから、その任に堪え得る者は大学寮紀伝道の出身者（中でも専門職にある儒者）に限られていた。儒者にとって序者に抜擢されることはこの上ない栄誉であり、彼はこれを、日来の研鑽を誇示する絶好の機会と捉え、自らの持てる力を振り絞って作品の執筆に当たった。華麗な対句に彩られ、典故ある言葉が随所に鏤《ちりば》められた詩序は王朝漢文学の精髄と言っても言い過ぎではない。しかしながら、これまで詩序は難解な文体であると見なされたためか、文学研究の場で敬遠されてきた観がある。そこで本章では詩序を文学資料として利用する前提に立ち、その段落構成、句法や表現などについて分析を加え、本文読解の一助としたいと思う。

一、藤原明衡の「蔭花調雅琴詩序」

次に掲げるのは平安後期を代表する儒者の一人、藤原明衡（?—一〇六六）の手になる詩序である。この作品を解釈しながら、詩序の分析を行ないたいと思う。明衡の詩序を具体例として取り上げるのは、この作品が短いながらも平安中期、村上朝以降に作られた詩序の典型を示していると思われるからである。詩宴の正確な開催年時は不明だが、天喜六年（一〇五八）から康平四年（一〇六一）までの間の何れかの年の春であり、主催者は参議左中将源俊房（一〇三五—一一二一）であると推測される。(1) 詩序の本文は宮内庁書陵部蔵『詩序集』を底本とし、内閣文庫蔵（金澤文庫旧蔵）『本朝続文粋』所収本文を以て校訂した。本節には詩序の原文を段落に区切って掲げることにする。(2)

七言春日陪淳風坊水閣、同賦蔭花調雅琴詩一首〈以春為韻／幷序〉

淳風坊裏、有一名区。泉石之幽奇、甲于天下之勝境矣。蓋乃源亜相賞風月翫花鳥之地也。爰左親衛相公、以彼家督、占棲居於水閣、開賞席於林亭。雲客風人、乗堅駆良、依其招引、忽以会遇。」（第一段）

方今、傍水移座、蔭花調琴。梅艶鏁庭、歌鶯自和白雪之曲、柳枝掩岸、舞蝶更応春波之声。至于彼濃粧漠々于其上、妙音索々于其間、嵆叔夜之幽処、紅羅之幕自張、蔡伯喈之閑遊、文錦之蓋暗餝者也。」（第二段）

既而龍膏之燈頻挑、犀玉之杯屢巡。耆艾之輩、各相語曰、相公居武職而好詩章、東漢之鄧禹比名、伝貴種而重儒術、北海之劉睦同誉。今日之会、誠有以哉。明衡学藜床而臨老、競陰幾年、沈李部而隔栄、逢春何日。慙課魯愚、猥染楚筆、云爾。」（第三段）

二、端作《はしづくり》

まず端作から見ることにしよう。但し、端作は懐紙の作法として捉えるべきものであり、今その全般を詳細に説明する暇がない。詩序を読む上で重要と思われる事柄のみを取り上げる。

七言春日陪淳風坊水閣、同賦蔭花調雅琴詩一首〈以春為韻／幷序〉

（七言 春日 淳風坊の水閣に陪《はべ》りて、同じく「花に蔭《かげ》して雅琴を調ぶ」といふことを賦する詩一首〈春を以て韻と為《す》／幷せて序〉）

詩宴では披講の直前に、出席者が詩を懐紙に書いて差し出し、披講では講師がそれを下位の者から順に読み上げることになっていた。懐紙の初めの二行には詩体、時節、開催場所、詩題を書き、二行目の末尾には小字右寄せ、或いは小字双行で韻字について注記するのが慣例である（「以某為韻」「題中取韻」「探得某字」など）。但し序者の懐紙の場合、詩序と詩とを併記しなければならないので、行の末尾には韻字に続けて、同じく小字で「幷序」と記す。本端作は「春の一日、淳風坊の水閣に侍って、同じく「蔭花調雅琴（花の下で琴を優雅に奏でる）」の詩題で賦した七言詩一首（韻字は春）並びに詩序」の意。

「七言」は七言詩の意であるが、当時、詩宴で用いられる詩体は七言律詩が一般的であった。[3]「同賦」とは、主催者或いは主賓（当時は「尊者」と言った）と同題で詩を作った、の意である。したがって、当然のことながら主催者・主賓の懐紙の端作には「同」の文字は書かれない。この時の詩宴の主催者は「相公」（参議）であるから、詩題と「詩一首」との間には本来「応教」の二字があって然るべきである。おそらく『詩序集』撰者が編纂時に省いたのであろう。主催者が天皇・上皇の場合には「応製」（上皇の場合は「応太上天皇製」）を、皇太子・后宮の場合には「応令」を、親王・公卿の場合には「応教」を置くことが定められていた（『二中歴』書詩歴）。

「幷序」の訓読方法は家系によって異なる。大学寮内、文章院《もんじょういん》の寄宿舎は東西二棟の曹司から成り、紀伝道に学ぶ者で菅原、橘、藤原氏北家日野流などの家系の者は西曹に、大江、紀、三善、藤原氏南家・式家などの家系の者は東曹に属することになっていた。両者は学統の上で対立関係にあり、その反映として訓読の作法を異にすることがあった。「幷序」の二字はその一例で、これを西曹では「じよをあはせたり」と読み、東曹では「あはせてじよ」と読んだのである。また、これに呼応して詩序の末尾に置かれる「云爾」の二字も、西曹では「しかいふ」、東曹では「いふことしかり」と読み方を異にした（『二中歴』書詩歴）。本例の場合、明衡は東曹の出身であるから「弁せて序」と読んだのである。

端作の三行目には署名が置かれる。『詩序集』にはこれが省かれ、『本朝続文粋』には「明衡朝臣」とだけあるが、本来は官職・位階・姓名を記して「正五位下行式部少輔藤原朝臣明衡」などと書かれていたはずである。尚、応製詩の場合には、官位の下に「臣」字を置き、姓名の下に「上」字を加える規定があった。

三、第一段——詩宴の基本的情報を前置きする

詩序の本文に入ることにしよう。平安時代の詩序は構成上、三段から成るのを常とする。その第一段には開催場所、主催者、出席者といった詩宴の基本的情報が示される。原文、訓読文、現代語訳の順に掲げる。

淳風坊裏、有一名区。泉石之幽奇、甲于天下之勝境矣。蓋乃源亜相賞風月翫花鳥之地也。爰左親衛相公、以彼家督、占棲居於水閣、開賞席於林亭。雲客風人、乗堅駆良、依其招引、忽以会遇。

（淳風坊の裏に一《いつ》の名区有り。泉石の幽奇なること、天下の勝境に甲《すぐ》れたり。蓋し乃ち源亜相の風月を賞し花鳥を翫ぶの地なり。爰に左親衛相公、彼の家督といふを以つて、棲居を水閣に占め、賞席を林亭に開く。雲客風人、堅に乗り良を駆《は》せ、其の招引に依りて、忽ちに以つて会遇す。）

左京の六条に名高い一画がある。泉石の美しさは天下の景勝地の中でも第一と謳われている。これこそ源大納言（権大納言源師房）が風月を賞讃し、花鳥を愛翫する自慢の邸宅なのである。さて、その跡取りで

ある参議左近衛中将（源俊房）は今日、水辺の楼閣に住まいを定め、林間の亭子《あずまや》に宴席を設けることにした。招きを受けた殿上人や文人たちは、すぐさま堅固な車に乗ったり良馬に鞭打ったりして駆けつけ、たがいに会遇したのである。

平安時代に行なわれた各種文体を解説した書に釈良季撰『王沢不渇抄』二巻がある。良季はその中で詩序の第一段は内容上、1美亭主之敏思名誉（亭主の敏思名誉を美む）、2賦地形之勝絶奇異（地形の勝絶奇異なることを賦す）、3述時節之勝他時（時節の他時に勝れたることを述ぶ）、4詠景物之超異物（景物の異物に超えたることを詠ず）の四様に分類できるとしている。この指摘からも明らかなように、詩序の第一段は詩宴を構成する物的要素（建物、人物、景物）を讃美する内容を持っている。本詩序では、師房邸の山水を「天下の勝境に甲れたり」と誉め、また、招かれた人々が「堅に乗り良を駆せ」てやって来たと、その颯爽とした勇姿を称えている。ここで見逃してならないのは、讃美の表現によく知られた典故が用いられていることである。典拠ある言葉には読者を説得する力が潜んでいる。「甲天下」は、唐の白居易が庵を構えた廬山の地を自ら称揚した句「匡廬奇秀、甲天下山。（匡廬は奇秀にして、天下の山に甲れたり）」（『白氏文集』・1472「草堂記」）に基づく。また「乗堅駆良」は『史記』越世家に見える、范蠡（陶朱公）が末子の育ちの良さを評して言った言葉「至如少弟者、生而見我富。乗堅駆良、逐狡兎。（少弟の如き者に至りては、生まれながらにして我が富を見る。堅に乗り良を駆せ、狡兎を逐ふ）」からそのまま借り受けた表現である。特定できる典故を用いることによって、場所や人物の印象を際だたせる効果が図られているのである。

ところで、一般的にこの段の讃美の表現には、中国の著名な人物や名高い地名が用いられることが多い。同時代の詩序から幾つか例を挙げてみよう。

詞花之冠世也、高比誉於徐陳、器葉之軼人也、欲継跡於元凱。（『詩序集』巻下、氷為行客鏡詩序、大江家国）
（詞花の世に冠たるや、高く誉れを徐陳に比ぶ、器葉の人に軼《す》ぎたるや、跡を元凱に継がむと欲す。）

詩宴の主催者である「藤給事中」（藤原姓の少納言）を称えて、その文才は「徐陳」、三国魏の徐幹と陳琳とに匹敵し、その器量の大きさは晉の杜預（字は元凱）を継ぐほどであるとする。中国の理想的な人物を挙げ、話題としている本邦の人物をそれに重ね合わせることによって讃美する方法が採られている。この場合、中国の人物が本邦のそれより上位にあることは言うまでもない。ところが、時として中国の人物を貶めることによって、相対的に本邦の人物を高めて讃美する方法が取られることがある。

蘭陵竹園之驚聘命、嘲斉雲於二十餘之閑居、露槐風棘之備威儀、編堯日於十六族之未仕。
（『本朝文粋』巻九、240所貴是賢才詩序、大江以言）
（蘭陵竹園の聘命に驚くや、斉雲を二十餘の閑居に嘲る、露槐風棘の威儀を備ふるや、堯日を十六族の未だ仕へざるに褊《さ》みす。）

寛弘四年（一〇〇七）四月二十五日、一条天皇が内裏で主催した詩宴の作で、これは宴席に招かれた人々について述べた件りである。隔句対の文章構造は、「蘭陵竹園」「露槐風棘」をA、「驚聘命」「備威儀」をB、「嘲斉雲於二十餘之閑居」「編堯日於十六族之未仕」をCとすると、「A之B、C」（AのBするや、C）の文型と見なすことができる。AがBする様（事・時・理由）はCであるの意。「A之B」はAが主語、Bが述語で、両者の間に

「之」を入れる（Bの下に「也」を加えることがある）ことによって名詞節が形成される。そして「A之B」全体が主語となり、下のCを述語に取るという構造である。Cの構造は、「嘲斉雲於二十餘之閑居」が「嘲斉雲（斉雲を嘲る）」と「嘲二十餘之閑居（二十餘の閑居を嘲る）」との二文を合わせて一文にしたもの、「編堯日於十六族之未仕」も同じく「編堯日（堯日を編みす）」と「編十六族之未仕（十六族の未だ仕へざるを編みす）」とを合わせたものと見ることができる。

「蘭陵」は北斉の文襄帝の第四子、蘭陵武王を指す。「竹園」は漢の文帝の第二子、梁孝王の築いた東苑のことで、ここは孝王その人を示す。したがって「蘭陵竹園」は、ここでは詩宴に招かれた親王たちの意となる。「斉雲」は斉の文献王嶷（太祖の第二子）の子、蕭子雲のこと。早くから才名を馳せていたが、三十歳になるまで出仕しなかった。『梁書』の伝には「弱冠便留心撰著、至年二十六、書成表奏之。詔付秘閣。子雲性沈静、不楽仕進。年三十方起家、為秘書郎。（弱冠にして便ち心を撰著に留め、年二十六に至りて、書成り、之れを表奏す。詔して秘閣に付す。子雲、性《ひととなり》沈静にして、仕進を楽《ねが》はず。年三十にして方に家を起こして、秘書郎と為る）」とある。「二十餘之閑居」とは出仕以前のことを指して言ったもので、前半二句は「親王たちが天皇の招きに応じて列席しているさまは、斉の蕭子雲が二十歳を過ぎても出仕せずに閑居していたことを嘲笑しているかのようだ」の意である。

「露槐風棘」は大臣公卿（三公九卿）のこと。「十六族之未仕」は『春秋左氏伝』文公十八年の伝に見える故事を踏まえる。顓頊高陽氏に仕えた八人の才子を八愷と称し、帝嚳高辛氏に仕えた八人の才子を八元と称した。これら十六族は名家として存続し、帝堯の代に至ったが、堯はこれを用いることができなかった（此十六族也、世済其美、不隕其名、以至于堯。堯不能挙）という。したがって後半二句は「一条天皇の御前で大臣公卿たちが威儀を身に添えて居並ぶさまは、あの有能な十六族が出仕できなかった帝堯の治世を取るに足らぬものと軽んじているかのようだ」の意。「褊《さ》みす」は、狭いの意の形容詞「さし」の語幹「さ」に接尾語「み」とサ行変格活用の動詞「す」とがついた形で、対象物に低い評価を与える意。「褊」の類義語には「嘲」「咲」などがある。このような中国の人物や場所などの評価を貶める表現は、詩序に於いては一条朝頃から顕著に表れ始めた現象である。

四、第二段——題意を叙述する

第二段では詩題を多様な表現方法を用いて叙述することが求められる。詩序の執筆に際して、作者が特に意を注いだのがこの段である。作者が序者に抜擢されたことを好機と捉え、その文才を遺憾なく発揮しようとしたことからすれば、第二段は三段中、最も重要な段落である。というのも、当時の詩文の評価基準は、与えられた詩題・文題（いずれも当時は「題目」と呼んだ）をいかに巧みに表現するかという点に在ったからである。

本例の詩題は「蔭花調雅琴」。このような漢字五文字から成る詩題を当時、句題と呼んだ。平安時代中期以降、詩宴で出される詩題は句題が一般的であった。また、詩が通常、七言律詩の形式で作られたことは先に述べたとおりである。七言律詩は今体詩であるから、用字の平仄を整える、偶数句末の脚韻を揃える、頷聯・頸聯を対句にするなどの規則が定められていたが、句題詩の場合、それに加えて本邦独自に形作られた規則が存在した。(4) それは七言律詩の首・頷・頸・尾の各聯を役割上、題目・破題・本文・述懐と定めたものである。首聯では、詩題（題目）の五文字を用いながら題意を直接的に表現する。それ故、この聯を「題目」と呼んだ。頷聯・頸聯では、詩題の文字を用いずに、別の言葉に置き換えて題意を敷衍する。この方法を「破題」と呼んだ。但し、二聯の内のどちらかでは人物の故事を用いて破題することが望ましいとされ、その場合は「破題」と言わずに「本文」（典故の意）と言った。尾聯では、詩題に関連づけて自らの思いを述べる。それ故、この聯を「述懐」と呼んだ。以上のような構成方法の規定は、村上朝から一条朝にかけての時期に整備されたと思しく、それ以降の句題詩は全てこの規定に従って作られている。この中で詩人が最も重視したのが頷聯・頸聯の表現であった。いかにすぐれた破題の表現を獲得するか、詩人はこの点に最も心を砕いたのである。破題の善し悪しが詩の評価基準であったことは、『和漢朗詠集』に採られた句題詩の摘句の殆どが七言律詩の頷聯・頸聯であることからも容易に理解できよう。

さて、題意を表現する役割を担う第二段は、この句題詩の構成方法と極めて密接な関係を持っている。この段は殆ど例外なく三つの部分から成るが、それらは句題詩の首聯（題目）・頷聯（破題）・頸聯（本文）の三聯と全く同じ方法を用いて作られるのである。具体例に即して検証することにしよう。

方今傍水移座、蔭花調琴。梅艶鏁庭、歌鶯自和白雪之曲、柳枝掩岸、舞蝶更応春波之声。至于彼濃粧漠々于其上、妙音索々于其間、嵇叔夜之幽処、紅羅之幕自張、蔡伯喈之閑遊、文錦之蓋暗餝者也。

（方に今、水に傍《そ》ひて座を移し、花に蔭して琴を調ぶ。梅艶 庭を鏁《とざ》す、歌鶯は自《おのづか》ら白雪の曲に和す、柳枝 岸を掩ふ、舞蝶は更るがはる春波の声に応ず。彼の濃粧 其の上に漠々たり、妙音 其の間に索々たるに至りては、嵇叔夜の幽かに処《を》るや、紅羅の幕自ら張る、蔡伯喈の閑かに遊ぶや、文錦の蓋 暗《そら》に餝るものなり。）

人々は今、水辺に宴席を移し、花の下で琴をかきならしている。梅花の美しい色は庭に満ちあふれ、梅の鶯は自ずと琴の「白雪」の曲に唱和して歌っているかのようだ。柳の枝に咲いた白い花は岸辺を掩い、柳の蝶はかわるがわる琴の「春波」の曲に合わせて舞いを舞っているかのようだ。そして、色こまやかな花が琴に散りかかり、琴の妙なる音色が花の下で奏でられると、眼前の景色は、あたかも晉の嵇康が琴を撫でながらひっそりとたたずむところに、紅絹の幔幕が張りめぐらされたかのようにも見え、或いはまた後漢の蔡邕が琴を翫びながら閑暇を楽しむところに、錦繍の天蓋がさり気なく飾り付けられたかのようにも見える。

最初に置かれた四字の単対（緊句）「傍水移座、蔭花調琴」が三つの部分の第一である。下句に句題中の四文字が配されていることに気づくであろう。このように段落の冒頭では題字を用いて直接的に題意を表現しているのである。これはちょうど句題詩の首聯（題目）の方法に相当するものと言えよう。尚、句題中の実字（名詞。この場合は「花」と「琴」）はここに必ず詠み込まなければならないが、「雅」のような虚字は省くことが許容されている。

次の上四字下八字の隔句対（雑隔句）「梅艶鏁庭、歌鶯自和白雪之曲、柳枝掩岸、舞蝶更応春波之声」が第二の部分である。まず隔句対の前半では、句題の「蔭花」を表現したのが「梅艶鏁庭」であり、これは「花」を「梅」に具体化し、「蔭」を類義語の「鏁」に置き換えたのである。句題の「調雅琴」を表現したのが「歌鶯自和白雪之曲」である。「白雪」は琴曲の名であり、梅の鶯がそれに合わせて歌っていると言うのであるから、この句は言外に、梅花の下で琴が演奏されていることを示している。したがって「梅艶鏁庭、歌鶯自和白雪之曲」は句題の「蔭花調雅琴」を敷衍した表現である。これと同様に隔句対の後半では、句題の「蔭花」を表したのが「柳枝掩岸」である。「柳枝」は白い花（柳絮）を付けていることから、「花」を言い換えた語であり、「掩」は

「蔭」の類義語による言い換えである。句題の「調雅琴」を表したのが「舞蝶更応春波之声」である。「春波」も琴曲の名。蝶がそれに合わせて舞いを舞っていると言うのであるから、この句も「調雅琴」の意を暗示しているのである。したがって「柳枝掩岸、舞蝶更応春波之声」も句題の「蔭花調雅琴」を敷衍した表現である。このように第二の部分の構成方法は、句題の文字を用いずに題意を表現するという、句題詩の頷聯（破題）の方法に全く合致するのである。

第三の部分はやや複雑な構造を持っている。それは「至于彼（彼の～するに至りては）」の掛かる七字の単対（長句）が条件節を形成し、下の上六字下六字の隔句対（平隔句）はそれを承けて主節を成すという構造である。まず七字の単対は、「濃粧」が句題の「花」を、「漠々于其上」（「其」は「琴」を指す）が「蔭」を、「妙音」が「雅琴」を、「索々于其間」（「其」は「花」を指す）が「調」をそれぞれ言い換えた表現である。主節を成す隔句対では、琴をこよなく愛好したことで名高い二人の人物、晋の嵆康と後漢の蔡邕とを登場させ、彼らが花の下で琴を奏でる情景を描いている。二人には琴にまつわる多くの故事があり、常に琴を携帯していた印象のあることから、「嵆叔夜之幽処」「蔡伯喈之閑遊」は句題の「調雅琴」を敷衍した表現と見なすことができる。また「紅羅之幕自張」「文錦之蓋暗餝」は彼らが琴を奏でる場所のありさまを示したもので、「蔭花」を言い換えた表現である。このように第三の部分は句題の文字を用いることなく、人物の故事を踏まえて題意を敷衍している。これは句題詩の頸聯（本文）の構成方法と全く同じである。

以上、説明したことを図示すれば、次の如くである。

方今

傍水移座
蔭花調琴」（題目）

梅艶鑠庭　歌鶯自和白雪之曲
柳枝掩岸　舞蝶更応春波之声」（破題）

至于彼
濃粧漠々于其上
妙音索々于其間
嵆叔夜之幽処　紅羅之幕自張
蔡伯喈之閑遊　文錦之蓋暗餝
者也」（本文）

第三の部分の句法についてては補足すべきことがある。この部分は先に述べたとおり、「至于彼」（「至如」「至夫」等が用いられることがある）が次の単対まで掛かって条件節を形成し、その下の隔句対がそれを承けて主節を成すという句法が用いられる。一条朝以降に作られた詩序は、その大半がこの句法にしたがっているが、時として、「至于彼」と次の単対とが省かれて、その代わりに「遂使」が置かれ、その下に直ちに隔句対が来ることがある。しかし、それはその句法のどちらか一方が用いられるのであって、「至于彼」と「遂使」とが同じ段落の中で併用されることはない。尚、「遂」は、前の動作を承けて、必然的に後の動作が行なわれることを示す語で、「こうして」ほどの意。同じく「つひに」と訓む「終」「卒」「竟」「畢」はとうとう、最後にはの意で、「遂」とは字義

が異なる。「遂使」は例えば、

遂使帰谿歌鶯、更逗留於孤雲之路、辞林舞蝶、還翩翻於一月之華。

（『本朝文粋』巻八、221今年又有春詩序、源順）

などと用いられる。春三月に閏月が加わったことを言う前の単対（案頭則添三十行之暦日、窓外亦望千万里之春風）を承けて、（必然的に）谷に帰るはずの鶯や林を去るはずの蝶がもうひと月だけ留まって春を楽しむことになった、と言うのである。この本文を訓読する場合、「遂に谿に帰る歌鶯をして、更に孤雲の路に逗留せしめ、林を辞する舞蝶をして、還つて一月の華に翩翻たらしむ」と、「使」が使役の機能を持つことを反映させて読み下すのが一般的であろう。ところが、『本朝文粋』の最善本と言われる身延山久遠寺蔵本（金澤文庫本の系統）の訓点では、「遂に使めて、谿に帰る歌鶯は、更に孤雲の路に逗留し、林を辞する舞蝶は、還つて一月の華に翩翻たり」と、「遂使」を「ツヒニセシメテ」（写本の表記は「ツイニセシメテ」）と反読することなく読んでいるのである。「遂使」の語は、『本朝文粋』所収の詩序中に他に四例が見出されるが、身延本ではいずれも「ツヒニセシメテ」と読んでいる。訓読が漢語を国語に翻訳することを目的として為されることからすれば、これは便宜的な（国語として未熟な）用法であると言えよう。

さて、句題詩の評価が破題の出来に懸かっていたことは先に述べたとおりである。このことは句題の詩序に於いても同様であり、本段の破題表現こそが詩序の評価を左右する重要な要素であった。詩序の破題句をいかに巧みに構成するかは儒者にとって最大の関心事なのであった。それ故、中世の説話集には詩序の破題にまつわる説話が間々見出される。ここでは二話ほど挙げておこう。まず大江匡房の言談を筆録した『江談抄』に次のような説話（巻六、37以言の序、破題に秀句無き事）がある。

又被命云、匡衡常談云、以言序、破題句無秀句云々。此事誠以然焉。匡衡序者、破題多秀句。如班婕妤団雪之扇、代岸風長忘之句、幷酔郷氏之国、四時独誇温和之天之句等也。

（又た命《おほ》せられて云ふ、「匡衡常に談りて云ふ、「以言の序、破題の句に秀句無し」と云々。此の事、誠に以つて然り。匡衡の序は、破題に秀句多し。「班婕妤が団雪の扇、岸風に代へて長く忘れたり」の句、幷びに「酔郷氏の国、四時独り温和の天を誇る」の句等の如きなり」と。）

ここに登場するのは一条朝を代表する二人の儒者、大江匡衡（九五二―一〇一二）と大江（弓削）以言（九五五―一〇一〇）である。まず匡房は曾祖父に当たる匡衡の言葉を引用する。以言の詩序には優れた破題句がない、と。次に匡衡がそのような批判を口にした根拠として、匡衡の詩序には優れた破題句が多く見られることを匡房は指摘する。匡房が具体的に挙げた二例はともに『和漢朗詠集』に摘句されたもので、当時まさしく秀句と評価されたものであった。片や以言は『和漢朗詠集』に十一首もの入集を果たしているが、句題詩からの摘句は多いものの、たしかに詩序の破題句は一首も採られていない。匡衡の発言が当を得たものであったことが知られる。但し『和漢朗詠集』に入集した匡衡の四首は孰れも駢文からの摘句であり、詩句は一首も採られていない。逆に匡衡の詩人としての評価は以言に及ぶべくもなかったのである。この言談で匡房は恐らく、儒者の中にも詩を得意とする者と駢文を得意とする者との別があり、その典型的な例が同時代の匡衡と以言とに見られることを示したかったのであろう。また、この説話からは句題詩にせよ詩序にせよ、その作品の評価基準が破題にあったことを窺うことができる。

今一つは『古事談』巻六に収める説話である。本文を読み下して掲げる。

> 俊憲卿、内宴の序を書く〈西岳草嫩、馬嘶周年之風、上林花馥、鳳馴漢日之露〉の時、通憲入道の許に持ち来たりて、見合はせければ、一見の後、刻限已に至る。早や清書せよと云ひければ、猶ほ一両返読みなどして、沈思の気有り。起ちて後、入道云ふ、ここが法師にはまさりたるぞ、とて涕泣すと云々。件んの序、入道も書き儲けて、懐中に持ちたりけれど、尚ほ劣りたりければ、取り出ださずと云々。

保元三年（一一五八）正月二十一日、百二十餘年ぶりに復興された内宴での出来事である。この日、序者に抜擢されたのは藤原俊憲（一一二二―一一六七）。父の通憲（信西。一一〇六―一一五九）は息子の詩序の出来を案じ、万一の場合に備えて自らも擬作し、当日に臨んだ。披講の直前、俊憲の書き終えた詩序を一見した通憲は、自作を取り出す必要もないほどの出来映えであることに感心し、特に文中の「西岳 草嫩《わか》し、馬 周年の風に嘶《いなな》く、上林 花馥し、鳳 漢日の露に馴れたり」の句に涕泣した、という話柄である。俊憲の詩序は田安徳川家旧蔵『内宴記』にその全文が収められ、それによれば「馥」は「芳」の誤りであることが知られる。[5] 内宴の詩題は「春生聖化中（春は聖化の中に生《な》る）」であり、説話に引かれた隔句対はこれを破題した部分である。「馬 周年の風に嘶く」は、周の武王が殷の紂王を伐って、馬を華山の南に放って天下太平を宣言したという『尚書』武成の本文をふまえる。上の「西岳 草嫩し」の「西岳」は五岳の一、華山の別名で、ここでは京都郊外を暗示している。隔句対の前半は、都の外も聖化の中に春が到来した、の意である。「鳳 漢日の露に馴れたり」は、『論語』子罕篇の「子曰、鳳鳥不至、河不出図。吾已矣夫。（子曰はく、鳳鳥至らず、河図を出ださず。吾れ已んぬるかな）」の孔安国注に「聖人受命、則鳳鳥至。（聖人、命を受くれば、則ち鳳鳥至る）」とあるのをふまえた表現である。鳳が漢の武帝の上林苑にやって来たことを想定し、その時と同様に、いま内裏の御苑に咲いた花にも鳳が馴れ親しんでいる。つまり、宮中にも聖化の中に春が来たことを言っているのである。見事な破題の表現であり、この説話からも、詩序の眼目が破題にあったことを知ることができよう。隔句対の構造を図示すれば、次の如くである。

西岳草嫩	春生	馬嘶周年之風	聖化中
上林花芳	春生	鳳馴漢日之露	聖化中

五、第三段——序者の述懐

第三段は、詩宴が終わりに近づいたことを述べ、序者の謙辞で締めくくるというのが一般的な形である。

既而龍膏之燈頻挑、犀玉之杯屢巡。耆艾之輩、各相語曰、相公居武職而好詩章、東漢之鄧禹比名、伝貴種而重儒術、北海之劉睦同誉。今日之会、誠有以哉。明衡学藜床而臨老、競陰幾年、沈李部而隔栄、逢春何日。慙課魯愚、猥染楚筆、云爾。

（既にして龍膏の燈頻りに挑け、犀玉の杯屢《しばし》ば巡る。耆艾の輩《ともがら》、各おの相ひ語りて曰はく、相公は武職に居りて詩章を好む、東漢の鄧禹名を比《なら》ぶ、貴種を伝へて儒術を重んず、北海の劉睦誉れを同じうす。今日の会、誠に以有《ゆゑ》るかな、と。明衡、藜床に学びて老いに臨む、陰を競ふこと幾年《いくとせ》ぞ、李部に沈みて栄えを隔つ、春に逢はむこと何《いづ》れの日ぞ。慙づらくは魯愚に課して、猥りに楚筆を染むることを、と云ふこと爾り。）

こうして龍膏のともし火の灯芯を何度も掻き出し、犀玉の酒杯が宴席を幾廻りもするうちに、宴会は終わりに近づいた。集まった人々の中には物の分かった老輩たちもいて、彼らは口々に「この会の主催者である相公殿は、武官でありながら詩を愛好し、後漢の鄧禹に匹敵する名声を博しておいでだ。また貴種の生まれでありながら学問を重視し、北海敬王の劉睦と同じほどの栄誉をお持ちだ。今日ここに詩宴を開いたことは、なるほどそれなりの理由があったのだな」と賞讃の言葉を述べ立てた。序者である私、明衡は、一体どれほどの年月寸暇を惜しんで勉学に励んだことだろう。貧困の中で学ぶうちに年老いてしまった。この世の春を迎えるのは一体いつになることやら。今は式部少輔という卑官に甘んじて栄達からは遥かに遠ざかっている。今日たまたま愚鈍の私に詩序を書くようにとの仰せが下ったのは有り難いことだけれど、粗末な筆を精々振るったところでこのような拙い文章しか物することのできなかったことを恥ずかしく思う次第である。

この段の初めには、本例のように発句として「既而」が置かれることが多い。「既而」の下に来る句法については『江談抄』巻六（23）に次のような説話がある。

梁元昔遊、春王之月漸落、周穆新会、西母之雲欲帰。後中書王被難云、既而下無小句、有此句。文時之怱忙也。（鳥声韻管絃序。文時作。）

（梁元の昔の遊び、春王の月漸くに落つ、周穆の新たなる会、西母が雲帰りなむとす。後中書王、難ぜられて云ふ、「既而」の下に小句無くして此の句有り。文時の怱忙なり、と。鳥声管絃に韻すといふ序。文時作。）

ここに引かれている隔句対（軽隔句）は、菅原文時（八九九―九八一）の「鳥声韻管絃詩序」（『本朝文粋』巻十一、340）の第三段冒頭、「既而」の下に置かれているもので、『和漢朗詠集』帝王（659）にも収められている名高い秀句である。これを見た具平親王（九六四―一〇〇九）が「既而」の下には単対が来るのが慣例であると言って作者文時を批難した、というのである。『本朝文粋』『本朝続文粋』に収められた詩序を通覧すると、たしかに「既而」の下には緊句（四字の単対）が来ることが多い。詩序の句法について当時の慣例を語った説話であると思われる。しかし、その慣例は必ずしも守られなかったようである。当の匡房にも「既而」の下に軽隔句を置く例（『本朝続文粋』巻八「翫流叶勝遊詩序」）が見られる。

本詩序は、通常第一段で述べるべき事柄が第三段に挿入されるという、やや変則的な構造を持っている。「耆艾之輩、各相語曰」以下、詩宴の主催者を誉め称える部分がそれに当たる。ここで序者明衡は列席の年輩者の言葉を借りて、主催者が武官でありながら文学に理解のあることと皇族の流れを汲む高貴な出自であることとを絶讃しているが、その方法が中国の先例を挙げ、それに準えるものであったことは第三節に述べたとおりである。主催者に対する讃辞が何故ここに置かれたのかは、次に来る序者の謙辞との関わりから理解することができよう。序者の謙辞は内容上、句題詩の述懐（尾聯）に当たるもので、そこで作者は自らの不遇不満を述べたて、また自らの願望を具体的に示すことが許されている。明衡の場合も、長年学問に励んできた甲斐もなく、式部少輔という卑官に沈み、栄達から隔てられている現状を述べ、上位の官職への昇進を訴えたのである。それでは、その訴えた相手とは一体誰なのか。それは詩宴の主催者で明衡を序者に抜擢した参議左中将の源俊房に他ならない。それ故、明衡は俊房に対して最大級の讃辞の言葉を連ねたのである（しかも、さり気なく他人の口を借りて）。その讃辞の言葉は本来置かれるはずの第一段内よりも、自らの謙辞の直前に置く方が、主催者と序者との境遇の落差が際だって、いっそうの効果が期待できる。変則的な構成が取られた理由はこのように考えられよう。明衡はこの後、康平五年十一月に文章博士を兼ね、六年十一月に東宮学士を兼ね、さらに七年には大学頭となり、儒者としての地位を安定させている。本詩序の出来映えが某かの役割を果たしたのであろうか。

第三段の末尾には「云爾」が置かれる。この読み方が家系によって異なることは第二節に述べたとおりである。尚、天皇・上皇の主催（応製）の場合に限って、「云爾」の下に「謹序（謹んで序す）」を置く決まりがある。

以上で詩序の分析を終える。最後に、この文体の貴族社会に於ける有用性について述べることにしたい。

おわりに——詩序の効能

『和漢朗詠集』花（116）に菅原文時の「瑩日瑩風、高低千顆万顆之玉、染枝染浪、表裏一入再入之紅。（日に瑩き風に瑩く、高低千顆万顆の玉、枝を染め浪を染む、表裏一入再入の紅）」という隔句対（雑隔句）が収められている。これは応和元年（九六一）三月五日、冷泉院釣殿で催された花宴の詩序の一節である。詩題は「花光水上浮（花の光水上に浮ぶ）」。『和漢朗詠集』の三河鳳来寺旧蔵本や天理図書館蔵本にはこの句に「此序、冷泉院宴也。序遅引無極、主上欲還御。而依聞序首留給。万葉仙宮、百花一洞也。（此の序は、冷泉院の宴なり。序の遅引すること極り無し、主上、還御せむと欲す。而れども序の首《はじめ》を聞くに依りて留まり給ふ。「万葉の仙宮、百花の一洞なり」と）」と書入れ（江註）がある（『江談抄』巻六にも）。詩序がなかなか出来上がらないので、しびれを切らした村上天皇は還御しようとしたが、ようやく披講され始めた詩序の冒頭「冷泉院は万葉の仙宮、百花の一洞なり」の秀句を聞いて席を立つのを思い留まった、というのである。『扶桑略記』同日条には「召直幹為講師。然直幹遅参。仍令文時講詩。（直幹を召して講師と為さむとす。然れども直幹遅参す。仍りて文時をして詩を講ぜしむ）」とあり、披講の遅れは橘直幹の懈怠にあって、序者文時の責任ではなかったようである。それはともかく、この話題は文時の優れた文才を表す逸話として名高い。また、この説話からは、詩序が儒者にとって日頃の研鑽の成果を示す文体であったことも窺われる。詩序の出来映え何如によって儒者は名声を勝ち得ることができたのである。

詩序によって儒者が得られるものは名声だけではなかった。詩序の第三段には前節で述べたとおり、序者の謙辞が置かれるのが常であり、その中で序者は自らの願望を明示することが許されている。任官を申請する文体には奏状（申文）があるが、詩序はそれと同じような役割を担ってもいたのである。具体例として、院政期の詩序を取り上げることにしよう。

『本朝続文粋』巻九に「七言初冬陪右親衛納言書閣、同賦松献遐年寿応教詩一首〈以長為韻／幷序〉」の端作を持つ菅原在良（一〇四一―一一二二）の詩序が収められている。天永二年（一一一一）十月五日、東三条殿で盛大に行なわれた藤原忠通（当時十五歳）の作文始の詩序で、当日のさまを記録した『中右記』には「序頗以優也。（序は頗る以て優なり）」と高く評価されている。在良は時に従四位下文章博士。詩序の末尾、序者の謙辞は次のとおりである。

某楽道而老、仕官而衰。百氏受家、頽景迫月制之歯、三席待問、宿望繫春卿之蹤。幸奉教命、宜仰吹嘘、云爾。
（某《それがし》、道を楽しみて老い、官に仕へて衰へたり。百氏家に受く、頽景月制の歯《よはひ》に迫る、三席問ひを待つ、宿望春卿の蹤に繫ぐ。幸ひに教命を奉《うけたまは》れば、宜しく吹嘘を仰ぐべし、と爾か云ふ。）

ここで問題となるのは傍線部の隔句対（雑隔句）である。「月制之歯」とは『礼記』内則に養老の礼を記して「八十月制。（八十は月に制す）」とあるのをふまえ、八十歳を言う。したがって、隔句対の前半は「百氏に亙る学説を学ぶうちに年老いてしまい、今や八十歳になろうとしている」の意。八十歳というのは誇張した言い方で、実際には在良はこのとき七十一歳であった。「三席待問」は『礼記』文王世子の「凡侍坐於大司成者、遠近間三席可以問。（凡そ大司成に侍坐する者は、遠近三席を間《い》れて以って問ふ可し）」（大司成（大学の教官）のそばに坐る者は、席三枚の距離を隔てて質問することが許される、の意）に拠り、貴人の侍読となることを言う。「春卿」は後漢の桓栄の字。『後漢書』桓栄伝に何湯が光武帝の皇太子（後の明帝）の侍読となって『尚書』を授けた時、何湯の師が桓栄であることを知った光武帝は桓栄を召し、帝の侍読として『尚書』を説かしめ、これを善しとした、とある。したがって、隔句対の後半は「かねてよりの望みは後漢の桓栄の跡を継ぐことにあり、天子の侍読となって御下問を待ちたいと思う」の意。つまりここで在良は、自分を天皇の侍読に推薦して欲しいと詩宴の主人（忠通）に訴えたのである。

その年の十二月十四日、賀陽院で鳥羽天皇の御書始が執り行なわれた。忠通の推挙が効を奏したのであろうか、侍読には在良が見事抜擢された。詩序によって人事が決定した好例と言えるであろう。

注

（1）詩宴の開催年時を知る上で、序者明衡が自らの境遇を「沈李部（李部に沈む）」と述べていることが手懸かりとなる。明衡は天喜四年（一〇五六）二月式部少輔に任じられ、康平五年（一〇六二）十一月文章博士を兼ねた（『本朝続文粋』巻六「申刑部卿弾正大弼状」藤原敦基）。したがって、本詩宴は天喜四年から康平五年にかけての時期に催されたと推定できる。次に、この期間に詩宴の主催者、「源亜相」（源姓の大納言）の嫡男で「左親衛相公」（参議で左近衛府の官人）である人物を捜すと、村上源氏権大納言源師房の一男で参議左近衛中将の源俊房がこれに該当する。俊房は天喜五年三月三十日参議に任じられ（左中将、元の如し）、康平四年十二月八日権中納言となり、左中将を辞した。これによって詩宴の開催時期は更に絞り込むことができ、天喜六年から康平四年までの間となる。

（2）私に語釈を施す。▽甲天下（白居易、1472草堂記）匡廬奇秀、甲天下山。（匡廬は奇秀にして、天下の山に甲《すぐ》れたり。）▽乗堅駆良「堅」は堅固な車、「良」は良馬。（史記、越世家）朱公独笑曰、至如少弟者、生而見我富。乗堅駆良、逐狡兎。（朱公独り笑ひて曰はく、少弟の如き者に至りては、生まれながらにして我が富を見る。堅に乗り良を駆《は》せ、狡兎を逐ふ。）▽傍水　水辺に沿う。（白居易、3364晩夏閑居、絶無賓客、欲尋夢得、先寄此詩）欲為牕下寝、先傍水辺行。（牕下に寝《い》ぬるを為さむと欲して、先づ水辺に傍《そ》ひて行く。）▽移座（白居易、0248九日登西原宴望）移座就菊叢、餻酒前羅列。（座を移して菊叢に就けば、餻酒《かうしゆ》前に羅列す。）▽蔭花　花の下に身を置く。（本朝文粋 巻九、246尚歯会詩序、菅原文時）傍水移榻、蔭花銜杯。（水に傍ひて榻《しぢ》を移し、花に蔭《かげ》して杯を銜む。）▽歌鶯・舞蝶（本朝文粋 巻八、221今年又有春詩序、源順）帰谿歌鶯、更逗留於孤雲之路、辞林舞蝶、還翩翻於一月之華。（谿に帰る歌鶯は、更に孤雲の路に逗留す、林を辞する舞蝶は、還つて一月の華に翩翻たり。）（和漢朗詠集、閏三月60）▽白雪　琴曲の名。（文選、対楚王問、宋玉）客有歌於郢中者。其為陽春白雪、国中属而和者不過数十人。（客に郢中に歌うたふ者有り。其の陽春白雪を為すや、国中属して和する者数十人に過ぎず。）▽柳枝（白居易、3140楊柳枝）白雪花繁空撲地、緑糸條弱不勝鶯。（白雪 花繁く空しく地を撲つ、緑糸 條弱く鶯も勝へず。）（李商隠、柳）絮飛蔵皓蝶、帯弱露黄鸝。（絮飛びて皓蝶を蔵《かく》す、帯弱くして黄鸝を露はす。）▽春波　琴曲の名。（洞冥記）帝嘗夕望東辺、有青雲起。俄而見双白鶴集臺之上。倏忽変二神女、舞於臺。握鳳管之簫、撫落霞之琴、歌青呉春波之曲。（帝嘗て夕に東辺を望むに、青雲の起こる有り。俄らくありて双白鶴の臺の上に集まるを見る。倏忽として二神女に変じ、臺に舞ふ。鳳管の籥を握り、落霞の琴を撫で、青呉春波の曲を歌ふ。）〔初学記、琴〕〔太平御覧 巻五七九、琴下〕。▽嵆叔夜　晉の嵆康、字は叔夜。〔晉書、嵆康伝〕常脩養性服食之事、弾琴詠詩、自足於懐。（中略）初康嘗游於洛西、暮宿華陽亭、引琴而弾。夜分忽有客詣之、称是古人。與康共談音律、辞致清辯。因索琴弾之、而為広陵散。声調絶倫、遂以授康。仍誓不伝人、亦不言其姓字。（常に養性服食の事を脩め、琴を弾き詩を詠じ、自ら懐に足る。（中略）初め康、嘗て洛西に游び、暮に華陽亭に宿り、琴を引きて弾く。夜分忽ちに客の之れに詣《いた》る有りて、是れ古人なりと称す。康と共に音律を談じ、辞致清辯なり。因りて琴を索《もと》めて之れを弾き、而して広陵散を為す。声調絶倫なり、遂に以つて康に授く。仍ち人に伝へざることを誓はしめ、亦た其の姓字を言はず。）〔世説新語、雅量〕嵆中散臨刑東市、神気不変。索琴弾之、奏広陵散。曲終曰、袁孝尼嘗請学此散、吾靳固未与。広陵散於今絶矣。太学生三千人上書、請以為師。不許。文王亦尋悔焉。（嵆中散、刑に東市に臨み、神気変ぜず。琴を索めて之れを弾き、広陵散を奏す。曲終りて曰はく、袁孝尼、嘗て此の散を学ばむことを請ふ、吾れ靳固して未だ与へず。広陵散、今に於いて絶えむ、と。太学生三千人、書を上りて、以つて師と為すことを請ふ。許さず。文王も亦た尋いで悔ゆ。）▽蔡伯喈

　後漢の蔡邕、字は伯喈。〔後漢書、蔡邕伝〕桓帝時、中常侍徐璜左悺等五侯擅恣。聞邕善鼓琴、遂白天子、勅陳留太守、督促発遣。邕不得已、行到偃師、称疾而帰。閑居翫古、不交当世。（中略）呉人有焼桐以爨者。邕聞火烈之声、知其良木。因請而裁為琴、果有美音、而其尾猶焦。故時人名曰焦尾琴焉。（桓帝の時、中常侍徐璜左悺等の五侯 擅恣す。邕が善く琴を鼓くことを聞きて、遂に天子に白《まを》し、陳留の太守に勅して、督促して発遣せしむ。邕、已むを得ずして、行きて偃師に到り、疾と称して帰る。閑居して古を翫び、当世に交はらず。（中略）呉人に桐を焼《た》いて以つて爨《いひかし》く者有り。邕、火烈の声を聞きて、其の良木なることを知りぬ。因りて請ひて裁ちて琴に為《つく》る、果して美音有り、而れども其の尾猶ほ焦《こ》がれたり。故に時人名づけて焦尾琴と曰ふ。）▽紅羅　紅色のうすもの。〔文選、西都賦、班固〕紅羅颯纚、綺組繽紛。（紅の羅《うすもの》颯纚《さつし》としなひ、綺《かむばた》の組《くみ》繽紛とまがへり。）▽蓋　天蓋。〔本朝文粋 巻十、283於禅林寺上方眺望詩序、紀斉名〕秋興自牽、蔭松柏而為帷蓋。（秋興自ら牽く、松柏を蔭して帷蓋と為す。）▽文錦　文様の美しい錦。〔本朝文粋 巻十、301花光水上浮詩序、源順〕欲謂之水、則漢女施粉之鏡清瑩、欲謂之花、亦蜀人濯文之錦粲爛。（之れを水と謂はむとすれば、則ち漢女粉を施すの鏡清瑩たり、之れを花と謂はむとすれば、亦た蜀人文を濯ふの錦粲爛たり。）〔和漢朗詠集、花118〕▽龍膏〔白氏六帖、燈燭〕王子年拾遺記曰、海人乗霞舟、以雕囊

盛数升龍膏、以献燕昭王。王坐通雲之堂（亦曰通霞臺）、然龍膏為燈。火色曜百里、煙色丹。（王子年拾遺記に曰はく、海人、霞舟に乗り、雕嚢を以つて数升の龍膏を盛り、以つて燕の昭王に献ず。王、通雲の堂（亦た通霞臺と曰ふ）に坐し、龍膏を燃して燈と為す。火色百里に曜き、煙の色丹し。）▽犀玉　犀の角や玉で作った上等な杯。（韓非子、説林上）紂為象箸而箕子怖。以為象箸必不盛羹於土簋、則必犀玉之杯。称此以求、則天下不足。（紂象箸を為りて箕子怖る。以為《おも》へらく、象箸には必ず羹を土簋に盛らず、則ち必ずや犀玉の杯ならむ。此れに称ひて以つて求むれば、則ち天下足らざらむ、と。）▽鄧禹（後漢書、鄧禹伝）年十三能誦詩、受業長安。（中略）光武大悦、因令左右号禹曰鄧将軍。常宿止於中、與定計議。（年十三にして能く詩を誦し、業を長安に受く。（中略）光武大いに悦びて、因りて左右をして禹を号して鄧将軍と曰はしむ。常に中に宿止して、與に計議を定む。）▽劉睦（後漢書、北海静王興伝）子敬王睦嗣。少好学、博通書伝。性謙恭好士。千里交結、自名儒宿徳、莫不造門。由是声価益広。（子の敬王睦嗣ぐ。少くして学を好み、書伝に博通す。性謙恭にして士を好む。千里交結して、名儒宿徳よりして、門に造《いた》らざる莫し。是れに由りて声価益ます広まる。）▽誠有以哉（文選、与呉質書、魏文帝）古人思秉燭夜遊、良有以也。（古人の燭を秉りて夜遊ばむことを思へること、良《まこと》に以《ゆゑ》有るなり。）▽藜床　藜《あかざ》でこしらえた粗末な腰掛け。（庾信、小園賦）況乎管寧藜牀、雖穿而可坐。（況はむや管寧の藜牀、穿つと雖も坐す可し。）▽競陰　時を追いかける。時間を浪費しない。（千字文）寸陰是競。（寸陰《そんいむ》のみじかきかげは、是競《しけい》とこれきほふ。）

（3）七言律詩を懐紙に認める場合、通常六行三字（七行目を三文字とする）の書式が守られた。これが中国伝来の慣習であったことは、円珍が大中十二年（八五八）唐から帰国するときに贈られた送別詩群の内、七言律詩の懐紙二紙が何れも六行三字の書式であることから判明する。園城寺編『園城寺蔵 智証大師自筆文字史資料集』（三弥井書店、二〇一一年）所収の影印・画像を参照されたい。

（4）本書第1章「句題詩概説」を参照されたい。

（5）「田安徳川家蔵『内宴記』影印」（『日本漢学研究』第四号、二〇〇四年三月）、本書第10章「保元三年『内宴記』の発見」を参照されたい。

6　省試詩と句題詩

はじめに

平安時代を通じて、貴族たちの催す公私の宴席では詩を作ることが重んじられていた。詩はもとより中国の文学であるが、中国文化を摂取することに努めていた日本ではこれを文学の第一義としていたのである。しかも日本では中国初唐に顕著に見られる君臣唱和のかたちを詩作のあるべき姿と見なしていたから、詩会では主催者、或いは主賓に倣って出席者全員が同一の詩題で詩を賦することが慣例であった。詩題（当時は題目と言った）は早くから漢字五文字に定まる傾向にあり、これを句題と呼んで他と区別した。また詩体は主として七言律詩が用いられた。

この句題の七言律詩は、平安中期にその構成方法が確立したことを契機として大流行することになった。それまで詩を作るのは専ら漢学を専門的に学んだ儒者・文人であったのが、一般の貴族であっても、その構成方法を修得しさえすれば比較的容易に詩を作ることができるようになったのである。また、詩を鑑賞する目安もこれによって提供されることとなった。詩の作者はこれを機にその裾野を広げたのである。詩が身近になったという意味に於いて、句題詩の構成方法が確立したことは日本の文学史上、画期的な出来事であった。また、句題詩は他のジャンルに与えた影響も大きく、例えば和歌の題詠の方法には句題詩の構成方法との関連が見られたり、或いは句題詩の構成方法が説話の主題となったりしている。句題詩がいかに多く作られたかは『中右記部類紙背漢詩集』にその一端がうかがわれるが、そこまでの流行を導いた要因である、その構成方法の確立については解明しなければならない問題がいくつか存在する。その一つが句題詩の構成方法はどのようにして形作られたのか、その生成過程を明らかにするということである。本章では、平安時代の句題詩と唐代の省試詩とを比較検討することを通して、この問題を考えてみたいと思う。(1) そこでまず、句題詩の構成方法のあらましとこの問題に関するこれまでの研究について簡単に述べておきたい。

一、句題詩の構成方法

通常、詩会の主催者は詩会に先立って題者を任命し、その者に詩題を撰定させた。当初、題者は古人(中国の詩人)の五言詩から一句を採って詩題とすることが多かったが、句題詩の構成方法が確立する頃には、題者が新たに句題を作って出題することが一般化していた。詩会は社交の面を強く持っていたから、自ずと詩題は皆が共有できる季節感や年中行事に関わるものが求められた。詩会の催される内裏や貴族の邸宅には広大な庭園があり、出席者は当日その美しい山水を眼前に楽しむことができる。そこで題者は庭園の中からその季節に最もふさわしい景物を切り取って句題としたのである。

次に掲げるのは寛治四年(一〇九〇)四月二十日、堀河天皇が父白河上皇の住む鳥羽殿に朝覲行幸し、その翌日開催した詩会で、藤原季綱（生没年未詳）が賦した詩である。季綱は南家儒者で、このとき従四位下備前守であった。これを用いて句題詩の構成方法を見ることにしよう。

松樹臨池水　　松樹 池水に臨む
1勝地何因使眼驚　　勝地 何に因つてか眼をして驚かしむる
2松臨池水久持貞　　松 池水に臨んで久しく貞を持す
3覆波細葉葱蘢密　　波を覆ふ細葉は葱蘢として密なり
4傍岸霊標偃蹇傾　　岸に傍ふ霊標は偃蹇として傾けり
5洲鶴雨時蔵蓋影　　洲鶴 雨ふる時 蓋影に蔵る
6淵魚風処聴琴声　　淵魚 風ふく処 琴声を聴く
7適逢我后幸仙境　　適たま我后の仙境に幸するに逢ひ
8追憶沛中父老情　　追つて憶ふ 沛中父老の情

ここ鳥羽殿が目を見張るほどの景勝地と称えられるは何故か。それは池のほとりの松に、久しく変わらぬ貞節の姿を見ることができるからだ。池の波を覆う松の葉は密に茂り、岸に沿う松の霊木は幹を傾けて聳え立っている。池の中島に棲む鶴も、雨が降ってきたときには、（秦の始皇帝に倣って）松陰に身を隠す。池の淵を泳ぐ魚も、風が吹いてきたときには、松が奏でる琴声を聴こうと水面に上がってくる。今日、たまたま堀河天皇が公卿百官を引き連れて鳥羽殿（白河上皇の仙洞御所）に行幸する盛事に出会えた私は、漢の高祖が故郷に帰り、沛宮に置酒して父老たちをねぎらった昔を思い起こしたぞ。

詩題の「松樹臨池水」は古詩には見当たらない句で、この時の題者大江匡房が新たに作り出した句題であろう。句題は一般的に二つの事物による複合題で、題の中には二つの実字（名詞）が含まれている。この句題ならば「松」と「池」との組み合わせである。当時一般に用いられる詩体はこの例のように今体の七言律詩であった。七言律詩ならば詩人は押韻、平仄、頷聯・頸聯を対句にする等、今体詩の規則にしたがって詩を作ればよいが、句題詩の場合、このほかに本邦独自に慣例化した規則が存在した。それは一首を構成する四聯について、首聯を「題目」、頷聯・頸聯を「破題」、尾聯を「述懐」と規定するものであった。

まず首聯（第一句・第二句）では題意を直接的に表現する。その場合、句題の文字をそのまま句中に詠み込まなければならない。尚且つそれらの文字は首聯以外に用いてはならない。首聯を「題目」と称するのはこのためである。この詩の場合、「松樹」が「松」とだけあって「樹」字を用いていないが、これは許容される。

次に頷聯（第三句・第四句）・頸聯（第五句・第六句）では対句を用いて、各聯の上句下句ごとに題意を敷衍することが求められる。これを「破題」と呼ぶ。「破題」の方法は基本的に語の置き替えだが、このとき題字をそのまま用いてはならないし、また同義語を用いることも避けなければならない。つまり破題には題意を展開させることが求められるのである。また、どちらかの聯では故事（当時は本文と言った）を用いて破題することが望ましく、その場合は「破題」と言わずに「本文」と言う。鎌倉時代に成立した作文指南書『王沢不渇鈔』では頷聯を「破題」、頸聯を「本文」と規定しているが、実際は必ずしもそうではなく、頷聯に故事を用いる場合もあり、また両聯ともに故事をふまえることなく表現することもあった。肝腎なことは頷聯・頸聯において題意が都合四度繰り返して敷衍（破題）される点である。詩人のいちばんの腕の見せ所はこの頷聯・頸聯の破題にあった。平安時代の『和漢朗詠集』や『新撰朗詠集』、鎌倉時代の『和漢兼作集』といった秀句選を繙けば、句題詩の頷聯・

頸聯が他に比して圧倒的に多く摘句されていることに気づくであろう。詩人たちは句題の実字を詠み落とすことなく、いかに巧みに破題するかという点に最も心を砕いたのである。この当時、詩人としての評価は、破題のための語彙をどれほど豊富に持っているかによって決まったと言っても言い過ぎではない。

この詩の頷聯では、詩題の「松樹」を「細葉葱蘢密」「霊標偃蹇傾」に、「臨池水」を「覆波」「傍岸」に言い換えている。「葱蘢」は枝葉が茂るさまを言う。「細葉葱蘢」は白居易の「題流溝寺古松（流溝寺の古松に題す）」（0688）の「煙葉葱蘢蒼麈尾、霜皮剝落紫龍鱗。（煙葉葱蘢たり 蒼麈の尾、霜皮剝落す 紫龍の鱗。）」から得た表現であろう。「偃蹇」はそびえ立つ意で、『楚辞』にすでに見える語だが、これを「松」の形容に用いたのは、同じく白居易の「泛太湖書事寄微之（太湖に泛びて事を書し微之に寄す）」（2443）に「澗雪圧多松偃蹇、巌泉滴久石玲瓏。（澗雪圧《おほ》へること多くして松偃蹇たり、巌泉滴ること久しくして石玲瓏たり。）」とあるのを学んだのであろう。

頸聯に移ろう。まず上句では「洲鶴」が詩題の「池水」を表し、「蓋影」が「松樹」を表している。そして、雨が降ったとき洲浜の鶴はすぐに松陰に隠れることができるのであるから、「池水」と「松樹」とが「臨」（接近している）の位置関係にあることを示している。このように上句は確かに「松樹臨池水」を破題しおおせているが、その背後に秦の始皇帝の故事が存在することを見落としてはならない。『史記』秦始皇本紀によれば、二十八年、始皇帝は泰山に登って封禅の儀式を執り行ない、山を下りるとき、激しい風雨に見舞われた。始皇帝は松樹の下にこれを避けることができたので、その松を封じて五大夫としたと言う。句中の「雨時」はこの故事を引き出すための語であり、洲浜の鶴が雨を松樹の下に避けたのも、秦の始皇帝に倣ってことだと捻りを効かせたのである。

下句では「淵魚」が詩題の「池水」を表し、「琴声」が「松樹」を表している。何故「琴声」が「松樹」を表すのかと言えば、そこには松に吹く風の音が琴の音色に似ているという詩的表現の蓄積がある。早い例では『文選』巻二十六、謝朓の「郡内高斎閑坐答呂法曹（郡内の高斎に閑坐して呂法曹に答ふ）」に「已有池上酌、復此風中琴。（已に池上の酌有り、復た此の風中琴あり。）」とあり、下って唐代では李嶠『百二十詠』の「風」に「松声入夜琴。（松の声 夜琴に入る。）」とある。そして、池の魚が松風を聴いているのであるから、「松樹」と「池水」とは「臨」の位置関係にあることが暗示されているのである。

一首のしめくくりが尾聯である。ここに至って詩人ははじめて自らの思いのたけを述べることが許される。それ故この聯を「述懐」と称する。しかしそれも当日の詩宴に関連づけての内容でなければならない。ここで季綱は漢の十二年、高祖が故郷で盛大な宴を催した故事を想起している。『史記』高祖本紀には「高祖還帰、過沛留、置酒沛宮。悉召故人父老子弟縦酒。（高祖、還《めぐ》り帰り、沛に過きりて留まり、沛の宮に置酒す。悉く故人・父老・子弟を召し、酒を縦《ほしいまま》にせしむ。）」とある。彼は自らが天皇主催の宴席に侍ることのできた喜びを、漢の高祖に慰労された沛中の父老の思いに重ね合わせて誇示したのである。

この例からも明らかなように、句題詩は終始題意に沿った詠み方が求められる。このような構成方法は凡そ村上朝に生成され始め、一条朝頃までには詩人たちの間に定着していたと思われる。句題詩の構成方法は一見煩雑なように思われるが、基本線を守りさえすれば無難に一首を作ることが可能である。これはまさに画期的な方法であったと言えよう。この構成方法が確立したことによって、誰もが容易に詩人となり得る環境が整い、詩人の増加、延いては詩宴の盛行が促進されることとなったのである。

それでは、この句題詩の構成方法を案出した人物は一体誰なのか。この点については、拙稿「句題詩詠法の確立——日本漢学史上の菅原文時」（『平安後期日本漢文学の研究』笠間書院、二〇〇三年）に詳しく論じたので考証は省くことにし、結論だけを述べれば、その人物とは村上朝に活躍した儒者、菅原文時（八九九—九八七）にほかならない。文時は『和漢朗詠集』に本邦詩人としては最多入集を果たし、その別集の『文芥集』（現存しない）は平安時代に最も高い評価を得ていたものと考えられている。また彼は紀伝道の頂点に立って多くの門弟を擁していたことでも知られている。句題詩の構成方法が貴族社会に広く浸透したことについては、文時の儒者詩人としての権威が大きく作用したものと思われる。

二、省試詩と句題詩

さて、句題詩の構成方法の考案者を菅原文時に同定すると、文時はどのような過程を経て句題詩の構成方法を案出したのか、ということが新たな問題として浮かび上がる。この点について考察を加えたものとして以下の論考がある。

蔣義喬「詠物詩から句題詩へ——句題詩詠法の生成をめぐって——」（『和漢比較文学』第三十五号、和漢比較文学会、二〇〇五年八月）

拙稿「句題詩概説」（本書第1章）

両者ともに句題詩各聯の題目・破題・本文・述懐という構成の淵源を他の文体に求めたもので、前者はそれを詠物詩に、後者はそれを賦に見出すことができるとする。何れにしても、独自の構成方法が完成を見た平安中期の時点に焦点を当て、菅原文時の脳裏にあった関連資料を推測したのである。しかし五言詩の一句を題として詩を賦するというのは、日本独自の方法ではない。中国には平安時代を遥かに溯る昔から古句を題とする詩が多く存在した。句題詩の構成方法に中国で作られた句題の詩からの影響はなかったのだろうか。この点を検討してみる必要があるように思われる。

この問題を考える上で大きな示唆を与えてくれるのが、李宇玲氏の「平安朝における唐代省試詩の受容――九世紀後半を中心に――」（『国語と国文学』第八十一巻第八号、東京大学国語国文学会、二〇〇四年八月。『古代宮廷文学論』勉誠出版、二〇一一年）と題する論文である。この論文で李氏は、平安前期の侍宴詩題に唐代の省試詩の詩題と一致するものが多く見出されることから、両者の間に深い関わりがあったことを指摘している。平安時代の詩人たちは唐代の省試詩に多大な関心を払っていたのである。

省試とは、尚書省礼部が実施する科挙（進士科、明経科）の試験のことで、進士科では、永淳元年（六八二）以降、策・帖経・雑文二首の三種の試験が課せられていた。この内、雑文二首は当初、箴・銘・論・表などであったが、天宝年間（七四二―七五六）末には賦・詩各一首に固定した。省試詩とは省試で課せられる詩を指し、その詩題には古詩から採った一句を用いることがあった。したがって、省試詩には漢字五文字から成る、日本の平安時代に言う所の句題を詩題とするものも多く見出されるのである。その中でも及第した者の作品は喧伝され、日本に於いても題詠詩の模範として重んじられたことは容易に想像できよう。唐代の省試詩、及びそれに準じる試帖詩（省試に至る前の郷試の作など）で現存するものは『文苑英華』を始めとする諸書に約五百首が確認できる。次に具体例に即しながら、試帖詩と句題詩との関連を探ることにしたい。

まず我が国の詩人の誰もが目にした試帖詩として、白居易の作品（『白氏文集』巻二十一・1412）を挙げることにしよう。白居易は貞元十六年（八〇〇）進士科に及第している。次に掲げるのはその前年、宣州に於いて郷試に応じた時の作である。

窓中列遠岫詩　　窓中に遠岫を列すといふ詩

01天静秋山好　天静かにして秋の山好し
02窓開暁翠通　窓開けて暁の翠通ず
03遙憐峯窈窕　遙かに峯の窈窕たるを憐れぶ
04不隔竹蒙籠　竹の蒙籠たるを隔てず
05万点当虚室　万点は虚室に当たれり
06千重畳遠空　千重は遠空に畳めり
07列簷攢秀気　簷に列なりては秀気を攢《あつ》めたり
08縁隟助清風　隟に縁つては清風を助けたり
09碧愛新晴後　碧なることは新晴の後に愛す
10明宜反照中　明かなることは反照の中に宜し
11宣城郡斎在　宣城に郡斎在り
12望與古時同　望みは古への時と同じ

窓から遠くに山々のつらなっているのが見える。

空は静まり、秋の山々が美しい。明け方、窓を開けると山の緑がまず目に入った。心引かれるのは乱れ茂った竹藪に遮られることなく、はるか遠くに見えるたおやかな峰だ。遠くの空の下には山が千重にかさなり、無数の峰々とひと気のない部屋とが窓を隔てて向かい合っている。軒端に列なる山々には爽気があふれ、窓の隙間からはさわやかな風が吹いてくる。山の緑は雨上がりが美しく、山の景色は夕映えに照らされた時が良い。宣城には郡の役所があり（私は今その一室にいるが）、そこからの眺めはきっと謝朓の昔と変わりあるまい(2)。

この例からも明らかなように、平安時代の句題詩が七言律詩であったのに対して、唐代の省試詩は五言六韻の排律によって賦されるのが一般的であった。詩題は『文選』巻二十六に収める謝朓の「郡内高斎閑坐、答二呂法曹一」詩の一句に拠る。題下には「題中以二平声一為レ韻」とあり、白居易は上平声東韻の「中」字を韻字としている。

詩題の五文字のうち、「窓」「中」「列」「遠」の四文字が詩中に用いられているが、必ずしも第一聯に置かれているわけではない。しかし、題字の「岫」を第一句で「山」に、「遠」を第三句で「遙」にと同義語に置き換え、初めの四句で題意を直接的に（敷衍展開することなく）表現しているのは、平安期句題詩の「題目」の方法に極めてよく似ている。また、第五句以降に窓外に連なる遠山の景色を様々な角度から表現しているのは、本邦句題詩の「破題」の方法と比較すると、一句ごとに必ず題意を完結させなければならない点は異なるものの、題字を避けて題意を敷衍している点は全く同じである。そして末尾の聯で詩題に関連づけて述懐する点に於いても両者は一致している。

次に省試の作（巻二十一・1414）を見ることにしよう。

玉水記方流詩〈以流字為韻。六十字成之。〉　玉水は方流すと記《しる》さるといふ詩

01良璞含章久　良璞 章を含むこと久し
02寒泉徹底幽　寒泉 徹底して幽《はる》かなり
03孚尹光灔灔　孚尹 光灔灔たり
04方折浪悠悠　方折 浪悠悠たり
05凌乱波文異　凌乱して波の文異なる
06縈迴水性柔　縈迴して水の性柔らかなり
07似風揺浅瀬　風の浅瀬を揺らすに似たり
08疑月落清流　月の清流に落つるかと疑ふ
09潜潁応旁達　潁《ひかり》を潜《かく》して応に旁達すべし
10蔵真豈上浮　真を蔵《かく》して豈に上に浮ばむや
11玉人如不記　玉人如《も》し記さずは
12淪棄即千秋　淪棄せらるること即ち千秋ならむ

玉を底に隠した水は直角に折れ曲がって流れる、と物の本に記されている。

良玉は文様を内に秘めて年久しく、冷泉は深い水底に玉を隠している。その美しい色彩を持った玉は水中できらきらと輝き、水は直角に折れ曲がりながら波を立てて悠然と流れる。波紋は乱れて異様を呈し、水は廻流して柔軟性を示す。水は風が浅瀬を揺らすように流れ、玉は清流に沈んだ月のように見える。玉は真性を内に隠している故に妄りに水面に浮かび上がってくることはないけれども、たとえ光彩を隠して

いても、何れその存在はあまねく知れわたるのである。そこへゆくと玉のような才能の持ち主は、万一その特技が記録されなければ、世に知られることなく永遠に埋もれてしまうだろう。(3)

詩題の出典は『文選』巻二十六に収める顔延之の詩の一句である。句意は「「玉を含んだ水は四角く折れて流れる」と書物に記されている」。李善註はこれに註して「尸子曰、凡水其方折者有玉、其円折者有珠也」とその書が『尸子』であることを明かしているが、ほぼ同文が『淮南子』墜形訓にも見える。この詩も前掲の作と同様の構成を持ち、初めの四句で題意を直接的に表現し（句題詩の構成方法の「題目」に当たる）、第五句から第十句にかけて、玉を隠した水の特殊な動きを多面的に表現し（「破題」「本文」に当たる）、最後は「玉を含んだ水は方流すると記されているので水中の玉を見失うことはないけれど、玉のような才能の持ち主は万一その特技が記録されなければ、永遠に埋もれてしまう恐れがある」と結んでいる。この結びは省試の試験官に対して「どうか私に才能のあることを見抜いて欲しい」と懇願しているのであり、まさに題意をふまえた述懐の句と言うことができる。以上、白居易の句題詩の検討から、唐代の省試詩に平安期句題詩の構成方法の原型とでも言うべきものが見出されることを確認した。

この白居易の省試詩に見られる一首の構成は、現存する唐代の省試詩全てというわけではないが、大半の省試詩に当てはまる。したがって唐代の省試詩は、詩題の文字を最初の一聯に置かなければならないとか、一句の中で題意を完結させなければならないとかいった制約はないものの、一首の構成については平安時代の句題詩の先蹤をなすものと言うことができる。

これを要するに、句題詩の構成方法が生成される過程では、その出発点に唐代の試帖詩を模倣する段階があり、そこにさまざまな要素、たとえば詠物詩や賦の構成方法が取り入れられ、その形式面を整備して成ったのが句題詩の構成方法であったと考えられる。

唐代の省試詩（試帖詩）については、それが科挙の試験問題であることから、早くから受験参考書の類が作られたことは疑いない。しかし、実用書という性質上、その現存するものは稀であり、わずかに清代に著された注釈書があるに過ぎない。たとえば毛奇齢の『唐及第詩選』四巻（康熙四十年（一七〇一）序刊。寛保二年（一七四二）刊の和刻本有り）、胡浚の『歴朝制帖詩選同声集』五巻（乾隆二十三年（一七五八）序刊）などがそれに当たる。これらを繙いてみると、詩の冒頭、題意を直接的に表現する方法を「破題」或いは「扣題」と呼んでいる。このとき題の文字は、幾つかがそのまま用いられることもあれば、同義の文字に置き替えられることもある。何れにしても日本で言う所の「破題」が頷聯・頸聯で題字を全く用いずに題意を敷衍する意であることとは若干の齟齬がある。

省試詩の中には、数量は少ないながら平安時代の句題詩の構成に極めて近いものも見出される。次に掲げるのは『全唐詩』巻六百（『唐及第詩選』巻四）に収める公乗億の作である。公乗億と言えば、『和漢朗詠集』に長句が六首入集し、日本では賦の作者として名高い詩人である。咸通年間（八六〇―八七四）に進士科に及第し、『新唐書』藝文志には「公乗億詩一巻」「公乗億賦集十二巻」が著録されているが、現存する詩は四首に過ぎない。「賦得～」とあるので、省試詩か、或いはそれに準じる試帖詩かと思われる。詩題は陶潜「飲酒二十首其七」（『文選』では巻三十「雑詩二首其二」）の一句である。

賦得秋菊有佳色　　秋菊に佳色有りといふことを賦し得たり

01 陶令籬辺菊　　陶令 籬辺の菊

02秋来色更佳　秋来りて色更に佳し
03翠攅千片葉　翠千片の葉を攅めたり
04金翦一枝花　金一枝の花を翦る
05蕊逐蜂鬚乱　蕊は蜂鬚に逐はれて乱る
06英随蝶翅斜　英は蝶翅に随つて斜めなり
07帯香飄緑綺　香を帯びて緑綺に飄る
08和酒上烏紗　酒に和して烏紗に上る
09散漫揺霜彩　散漫 霜彩を揺らす
10嬌妍漏日華　嬌妍 日華を漏らす
11芳菲彭沢見　芳菲 彭沢に見る
12更称在誰家　更に称はむ 誰が家に在るかと

この詩では、第一聯に詩題の「秋」「菊」「佳」「色」の四文字が配置されて題意を直接的に表現し、第二聯以下では各句ごとに題字を用いることなく題意を敷衍し、最後は「香しい秋の菊の花が彭澤の陶潛の家に咲いているのは当然だが、他に誰の家に咲いているのだろうか」と述懐して締めくくっている。この一首の構成は、題目、破題、述懐という本邦の句題詩の構成に極めて近いものであると言えよう。

むすび

以上の考察から、唐代の省試詩と平安時代の句題詩との間に深い関わりのあったことが確認できたかと思う。日本では、詩題に従って詩を作ることの規範として、まず唐代の省試詩・試帖詩が受容されたのである。句題の詩は中国ではたしかに唐以前から応製詩の中に見られはした。応製詩集は日本にも将来され、よく学ばれたようである（真福寺蔵『翰林学士集』などが現存する）。しかし応製詩の詩題は君臣唱和に適した主題に偏る傾向があり、省試詩に取り上げられる主題が多岐にわたっているのとは大きな懸隔がある。その点から見ても、省試詩の影響は見過ごすことができないのである。

本章では両者の間に関係のあることを指摘したが、これは結論ではなく、唯この問題を考察する端緒を開いたに過ぎない。今後は唐代の省試詩が平安時代の句題詩に影響を与えたことを前提として、双方を綿密に註釈することが望まれる。(4) その比較研究から見えてくることは決して小さくはないだろう。日中の美意識の差異、文化的相違を考える上で大きな示唆を与えることは言うまでもないが、私見では、とりわけ日本の詩歌に見られる修辞法、レトリックの根源を明らかにできるのではないかと思う。今後の課題をこのように述べて筆を置くことにしたい。

注

（1）小野泰央「平安朝句題詩の制約――題字を発句に載せること――」（『和漢比較文学』第十二号、一九九四年一月、和漢比較文学会。『平安朝天暦期の文壇』風間書房、二〇〇八年）は中国・日本の句題詩について、題字を首聯に置くか否かという点に絞って周到な考察を加えた論考であり、省試詩について触れるところがある。

（2）典拠・用例の主なものを掲げる。▽暁翠〔張説、侍宴隆慶池〕東沼初陽疑吐出、南山暁翠若浮来。▽遙憐〔白居易、0649過天門街〕雪尽終南又欲春、遙憐翠色対紅塵。▽竹蒙籠〔文選 巻二十二、遊沈道士館、沈約〕山嶂遠重畳、竹樹近蒙籠。▽万点〔杜甫、送張二十参軍赴蜀州因呈楊五侍御〕両行秦樹直、万点蜀山尖。▽虚室〔荘子、人間世〕虚室生白。▽遠空〔李白、陵歊臺〕畳障列遠空、雑花間平陸。▽縁隟〔文選 巻二十三、悼亡詩三首其一、潘岳〕春風縁隟来、晨霤承檐滴。▽新晴〔白居易、2563履道春居〕微雨灑園林、新晴好一尋。▽反照〔白居易、0176答元八宗簡同遊曲江後明日見贈〕行到曲江頭、反照草樹明。

尚、岡村繁氏による『白氏文集』の註釈書、新釈漢文大系100『白氏文集』四（明治書院、一九九〇年。訳註稿は竹村則行氏）では、この詩について一聯の上下に「山」と「竹」とを詠み込んだものと分析し、第二句の「暁翠」、第五句の「万点」、第八句の「縁隟」、第九句の「碧」を全て「竹」の描写と解している。一理ある解釈だが、詩題に提示されていない事物を一首中にくり返し詠むことが許されるのだろうか。本章では、句題を構成する二つの要素である「窓」と「岫」とを各聯に詠みこんだものと解した。

（3）典拠・用例の主なものを掲げる。▽含章〔周易、坤卦、六三爻辞〕含章可貞。▽徹底〔白居易、1152酬厳中丞晩眺黔江見寄〕晩後連天碧、寒来徹底清。▽孚尹〔孔子家語、問玉〕孚尹旁達信也。〔王粛註〕孚尹、玉貌。▽方折〔李善註所引、尸子〕凡水其方折者有玉、其円折者有珠也。〔淮南子、墜形訓〕水円折者有珠、方折者有玉。清水有黄金、龍淵有玉英。▽玉人〔劉禹錫、遙和韓睦州元相公二君子〕玉人紫綬相輝映、却要霜鬚一両莖。

（4）省試詩の註釈では、近年の業績として彭国忠主編『唐代試律詩』（黄山書社、二〇〇六年）がある。本邦の句題詩については、その宝庫である『中右記部類紙背漢詩集』の本格的な註釈も未だ為されていないというのが現状である。

7　『百二十詠』と句題詩

はじめに

儒教社会では、『礼記』曲礼上に「人生十年曰幼。学。（人生まれて十年を幼と曰ふ。学ぶ。）」とあるように、十歳になると勉学を始めることが慣わしとなっていた。このときに学習する書籍を『礼記』の記述に因んで幼学書と呼んだ。日本では平安時代以来、『千字文』『百二十詠』『蒙求』『新楽府《しんがふ》』『和漢朗詠集』が主要な幼学書であった。(1)

幼学書の学習には、声に出して繰り返し読み、（理解を二の次にして）丸暗記するという方法が取られる。現代の掛け算九九の修得方法と同じで、いったん暗誦できるようになれば、生涯忘れることが無い。

右に掲げた書の内、最初に学ぶのは『千字文』である。『千字文』は梁の周興嗣の撰。漢字千文字を一文字も重複することなく、意味・内容を持つ四言二百五十句の韻文に仕立てた作品である。学習するに当たっては、例えば『千字文』の第一句「天地玄黄」であれば、これを「テンチノアメツチハ、ゲンクワウトクロクキナリ」と読み下した。漢字或いは熟語をこのように、まず音で読み、次にまた訓で読むという方法を、『文選』の訓読によく用いられたことから文選読《もんぜんよみ》と呼んだ。この方法によって「天地」ならば「テンチ」という漢字音の発音と、

「アメツチ」というやまとことばとしての意味とを対応させて学ぶことができたのである。

このように『千字文』には、これを学習すれば、読み書きに必要な漢字千文字の音と訓とを全て修得できるという利点があった。幼学書は社会生活を営む上で、極めて実用的な知識を与えてくれる書なのである。それでは、『千字文』以外の幼学書は、何のために学習したのだろうか。それらの書を暗誦することによって、どのような利益を得ることができたのだろうか。本章では『百二十詠』を取り上げ、平安・鎌倉期に焦点を絞ってこの書を学ぶ目的について考えてみたい。

一、『百二十詠』の概要

『百二十詠』は唐の李嶠による詠物詩百二十首を収める漢詩集である。無注本と有注本とがあり、後者は唐の張庭芳による注釈を存するものである。慶応義塾図書館蔵『百二十詠詩注』（132X@32/6@2）は、その首尾完結した姿を伝える現存唯一の古写本である。[2] 本章で引用する『百二十詠』本文は、この慶応義塾図書館蔵本に拠った。

『百二十詠』では、百二十の事物を乾象・坤儀・芳草・嘉樹・霊禽・祥獣・居処・服翫・文物・武器・音楽・玉帛の十二部門に分かち、一事物につき五言律詩一首を宛てている。詠作の対象となった事物（詩題）を、煩を厭わず掲げてみよう。

日・月・星・風・雲・烟・露・霧・雨・雪（以上乾象）

山・石・原・野・田・道・海・江・河・洛（以上坤儀）

蘭・菊・竹・藤・萱・萍・菱・瓜・茅・荷（以上芳草）
松・桂・槐・柳・桐・桃・李・梨・梅・橘（以上嘉樹）
鳳・鶴・烏・鵲・雁・鳧・鶯・雉・燕・雀（以上霊禽）
龍・麟・象・馬・牛・豹・熊・鹿・羊・兔（以上祥獣）
城・門・市・井・宅・池・楼・橋・舟・車（以上居処）
床・席・帷・簾・屏・被・鏡・扇・燭・酒（以上服翫）
経・史・詩・書・賦・檄・紙・筆・硯・墨（以上文物）
剣・刀・箭・弓・弩・旌・旗・戈・鼓・弾（以上武器）
琴・瑟・琵琶・箏・鐘・簫・笛・笙・歌・舞（以上音楽）
珠・玉・金・銀・銭・錦・羅・綾・素・布（以上玉帛）

これらに共通しているのは、（詩歌に詠む対象であるから、卑俗なものは含まれてはいないけれども）取り立てて珍しいものではなく、普段よく接するものであるという点である。こうした身近にある事物に関する知識を詩に詠み込んだ書が『百二十詠』なのである。試みに「松」詩を取り上げて読んでみよう。

1 鬱々高山表　　鬱々たり高山の表《うへ》
2 森々幽澗陲　　森々たり幽澗の陲《ほとり》
3 鶴栖君子樹　　鶴は君子の樹に栖む

4風払大夫枝　風は大夫の枝を払ふ
5百尺條陰合　百尺にして條の陰合《がふ》す
6千年蓋影披　千年にして蓋の影披《ひら》く
7年寒終不改　年寒くして終に改めず
8勁節幸君知　勁節君に知られむことを幸《ねが》ふ

ここには、1高山の頂に生い茂るものもあれば、2深い谷間にひっそりと立っているものもある。3君子樹と呼ばれて鶴の住処《すみか》となり、4五大夫とも呼ばれ、枝を鳴らす風（松風）の音が趣深い。5枝は百尺に届くほど高く、6樹齢は千年に及ぶ。7冬になっても枯れず、8節操の堅さに喩えられる、といった松の持つ特質が詠み込まれている。ここで注意しておきたいのは、「松」を詠んでいるにも拘わらず、詩中に「松」の文字が一つも見られないことである。「松」はそれぞれの句に於いて、「鬱々」「森々」「君子樹」「大夫枝」「百尺條」「千年蓋」「不改」「勁節」といった松を連想させる特徴的な語に置き換えられているのである。

二、詩題に見られる事物――『文鳳抄』に立てられた項目

私見では、『百二十詠』の学習は詩の作成と深い関わりがあると思われる。そこで本節では、当時の作詩の在り方について、簡単に説明しておきたい。

平安・鎌倉期の知識人（貴族・僧侶・武士）が社交の場として最も重視したのは詩会である。彼らに教養として

求められたのは、漢詩をそつなく作ることであった。当時、漢詩は与えられた詩題によって詠むことが一般的で、詩題には例外なく漢字五文字から成る句題が用いられた。この句題は二つの事物を組み合わせたものである。句題を構成するのはどのような事物か。それを知る上で参考になるのが菅原為長撰『文鳳抄』十巻である。この書は句題詩を作るための対句語彙集であり、句題を構成する事物によって対語を分類している。次にその立項された事物を、これも煩を厭わず掲げよう。尚、巻十は「略韻」「同訓平他字」「随訓異声字」「両音字」「一字抄」の各部門から成り、句題に含まれる事物を立項しているわけではないので、省略する。

巻一

天・日・夕陽・月・星・風・雨・雨後・雲・霞・霧・露・霜・雪・残雪・晴・日月・月露・風露・風月・風雲・風雨・風霜・風雪・風煙・雲水・雲雨・雲霞・雲霧・霧雨・煙霞・煙雲・雨雪・霜月・霜雪・雪月・氷雪・氷霜　（以上、天象部）

巻二

早春・雑春・暮春・三日・三月尽・早夏・雑夏・端午・避暑・晩夏・早秋・七夕・雑秋・仲秋・暮秋・九日・九月尽・早冬・雑冬・仲冬・歳暮・千年・万年・遐年・暁・朝・昼・夕・終日・夜・終夜・暁夕・朝暮・昼夜　（以上、歳時部）

巻三

地・勝地・山・山路・山家・暮山・谷・林・林亭・野・塞・原・沢・関・水・水郷・海・江・湖・河・池・泉・氷・石・橋・路・帰路・山水・山海・山河・山野・山林・山沢・山谷・嶺谷・林池・林泉・林園・林

野・野沢・郊原・郊園・塞野・原野・原沢・関山・関塞・関城・関河・関市・水樹・水竹・水石・水草・江山・江湖・江海・江河・江皐・湖山・河海・池苑・泉石・洲渚・橋嶋　（以上、地儀部）

巻四

城・禁中・禁樹・楼・臺・閣・亭・階・庭・門・戸・窓・壁・墻・籬・園・田家・隣・村・故郷・州県・州郡・都城・城市・都邑・邑里・村邑・村里・郷井・郷関・郷国・郷園・田園・田野・井田・井邑・市井・宮館・楼臺・楼閣・楼殿・楼観・楼塔・臺樹・臺殿・臺閣・臺観・臺塔・亭臺・亭閣・窓戸・戸庭・門庭・門戸・階庭・墻壁　（以上、居処部）

巻五

帝王・太上皇・輔佐・聖人・賢人・忠臣・信士・老人・故人・美人・妓女・行人・遠人・閑人・幽人・隠倫・樵夫・漁父・賓客・友・使・栄・貴・富・愛・宴遊・遊覧・眺望・興・餞送・将相・忠信・忠孝・聖賢・聖仙・豪賢・豪貴・貴賤・仁智・老幼・樵隠・漁樵・漁猟・耕漁・緇素・親疎・視聴・遊宦・官学・閑忙　（以上、人部）

巻六

神祠・仙家・方術　（以上、神仙部）

寺・禅林・僧・鐘・寺社　（以上、釈教部）

文士・書・詩・文武・書酒・詩書・詩酒・筆硯　（以上、文部）

舞・歌・琴・笛・礼楽・歌舞・歌管・歌笛・歌酒・笙歌・琴書・琴詩・琴酒・琴碁・琴茶・管絃・簫笛・絃歌　（以上、音楽部）

酒・茶酒　（以上、飲食部）

巻七

資貯・珠・玉・金・錦・糸・金玉・錦繍　（以上、宝貨部）

衣・客衣・擣衣・冠蓋・冠帯・冠佩・冠綬・冠履・佩履・剣佩・簪珮・衣帯・襟帯　（以上、服用部）

帳・帷・簾・席・枕・扇・床・簟・鏡・燈・帷帳・帷幕・簾帷・枕簟・枕席・床席・帷席。床帳・杖履　（以上、儀飾部）

車・舟・馬・軒騎・舟車・舟橋　（以上、乗御部）

巻八

春草・夏草・秋草・冬草・竹・苔・藤・荷・蘭・菊・残菊・菖蒲・新樹・樹陰・松・梅・柳・桃・花・落花・餘花・紅葉・落葉・草樹・竹樹・竹書・荷竹・蘭菊・蘭竹・樹石・松竹・松菊・松柳・松柏・梅柳・桃柳・花柳・花鳥　（以上、草樹部）

巻九

鳳・鶴・鷄・鶯・雁・帰雁・燕・猿・鹿・鸞鳳・鸞鶴・猿雁・猿鶴・猿鳥　（以上、鳥獣部）

魚・虫・蟬・螢　（以上、魚虫部）

東・西・南・北・東西・南北・東南・東北・西南・西北・左右・高低・遠近　（以上、方角部）

紅・紫・白・青・黄・紅紫・黄白　（以上、光彩部）

以上が『文鳳抄』に立項された事物、すなわち句題を構成する主要な事物である。当時の句題詩がいかに多種多様な事物を詠作対象としていたかが窺われよう。句題詩では、一つの事物は漢字一文字で表すのを原則とするが、右の項目を一覧すると、一文字の語のほかに、二文字から成る語のあることに気づくであろう。この二字熟語の大半は、上の成分と下の成分とが並列関係を成す語であり、これを当時「双貫語」と呼んだ。例えば、地儀部にある「水草」は「水辺の草」のことではなく、「水と草」の意である。このような双貫語が『文鳳抄』に立項されているのは、平安中期以降、句題を構成する二つの事物の一方に双貫語を用いることが盛んに行なわれるようになったからである。これは恐らく表現世界の空間的拡大を狙っての措置であると思われるが、この点については嘗て論じたことがあるので、ここでは触れない(3)。

尚、歳時部に立項された二字熟語はその多くが双貫語ではなく、上の成分が下の成分を修飾する構造を持っている。またそのほかの部門の中にも、例えば「夕陽」「残雪」「帰路」のように、修飾関係を成す二字熟語が見出されるが、これらは全体から見れば、極めて少数である。

さて、『百二十詠』に収める事物と『文鳳抄』に収める事物とを比較してみると、『文鳳抄』の歳時部・人部・神仙部・釈教部・服用部・魚虫部・方角部・光彩部に収める事物は『百二十詠』に見ることはできず、逆に『百二十詠』の武器の部門に収める事物は『文鳳抄』に見ることはできない。しかしながら、両者の間には一致する項目が数多く見出される。(『文鳳抄』の項目数の方が『百二十詠』よりも多いので、『文鳳抄』が『百二十詠』を包含する形であることは言うまでもない。)両者の部門の対応関係を示せば、次のとおりである。上が『百二十詠』、下が『文鳳抄』。( )内には一致する項目(事物)を示した。

乾象 —— 天象部 (日・月・星・風・雲・烟・露・霧・雨・雪)

坤儀 ―― 地儀部 （山・石・原・野・道・海・江・河）
芳草 ―― 草樹部 （蘭・菊・竹・藤・荷）
嘉樹 ―― 草樹部 （松・柳・桃・梅）
霊禽 ―― 鳥獣部 （鳳・鶴・雁・鶯・燕）
祥獣 ―― 鳥獣部・乗御部 （馬・鹿）
居処 ―― 地儀部・居処部・乗御部 （城・門・市・井・池・楼・橋・舟・車）
服翫 ―― 儀飾部・飲食部 （床・席・帷・簾・鏡・扇・燭・酒）
文物 ―― 文部 （詩・書・筆・硯・墨）
武器 ―― 対応スル部門ハ無イ
音楽 ―― 音楽部 （琴・笛・笙・歌・舞）
玉帛 ―― 宝貨部 （珠・玉・金・錦・布）

『文鳳抄』に立項された事物の中には、『百二十詠』に収める百二十の事物中、六十六に及ぶ事物を見ることができる。これは詠物詩と句題詩との親近性を示すものと見なして良かろう。[4] とすれば、句題詩に見られる事物の表現には、先行する詠物詩『百二十詠』が何らかの形で影響を及ぼしているのではなかろうか。次節では、具体例に即して、そのことに考察を加えてみたい。

三、句題詩に見られる『百二十詠』の影響

寛治四年（一〇九〇）四月十九日、時の堀河天皇は父白河上皇の住まう鳥羽殿（城南離宮）に行幸し、翌日盛大な詩会を開いた。出された詩題は「松樹臨池水（松樹 池水に臨む）」。「松」と「池」とを組み合わせた句題であり、この二つの事物はともに『百二十詠』に見える。このとき出席した臣下の者二十三名の作った漢詩は、さいわい『中右記部類紙背漢詩集』の中に全て見ることができる。次に掲げるのは、歌人としても名高い源経信（一〇一六―一〇九七）の作品である。経信はこのとき七十五歳、正二位権大納言で民部卿・皇后宮大夫を兼ねていた。

勝地由来松旅生　　勝地 由来《もとより》 松旅生す
自臨池水幾多情　　自《おのづか》ら池水に臨む 幾多《いくばく》の情ぞ
一千年露滴舷色　　一千年の露 舷《ふなばた》に滴る色あり
五大夫風払岸声　　五大夫の風 岸を払ふ声あり
麈尾枝繁堤暗淡　　麈尾《しゆび》 枝繁くして 堤暗淡たり
龍鱗操泛浪泓澄　　龍鱗 操泛びて 浪泓澄《わうちよう》たり
今逢希代震遊盛　　今希代の震遊の盛んなるに逢ふ
宜矣霊標共表貞　　宜《むべ》なるかな 霊標 共に貞を表すこと

この形勝の地には昔から松の木が自生していた。その松が池のほとりに枝を伸ばす景色は何と趣き深いことか。一千年のよわいを誇る松に置く露は、池を遊覧する舟のふなばたに滴る。五大夫に封じられた松

を吹き払う風は、池の岸辺で良い音色を立てる。大鹿の尾のように松の枝葉がふさふさと密に茂り、池の堤は昼でも薄暗い。龍の鱗を思わせる松の幹がその賢操の姿を水面に浮かべ、澄みわたった池は心做しか（今にも龍が水中から出現するかのように）浪立っている。今日、さいわいにも我が君の盛大な御遊にめぐり会うことができた。なるほど、それで松樹も我等といっしょになって貞節の志を表明しているのだな。

当時の句題詩は、この詩のように七言律詩で作ることが一般的であった。七言律詩であれば、押韻、平仄、頷聯・頸聯を対句にするなどの形式上の規則を守ればよいが、句題詩の場合、それに加えて本邦独自に形作られた構成上の規則が存在した。

まず首聯（第一句・第二句）では、詩題（句題）の文字を必ず用いて題意を表現しなければならない。また題字は首聯以外で用いることはできない。この詩では、「松」を第一句に、「臨池水」を第二句に配置して、題意を言わば直接的に表現している。「樹」字だけは句中に見られないが、「樹」の有無で句意が動くことはないから、これは許容される。「勝地」とは天皇が行幸した鳥羽殿を指す。

頷聯（第三句・第四句）・頸聯（第五句・第六句）では、句ごとに詩題の文字を別の語に言い換えて題意を表現しなければならない。この題字を用いずに題意を表す方法を当時「破題」と呼んだ。この破題こそ、詩の優劣を決定づける重要な評価基準であった。それ故、詩人たちは何如に秀逸な破題表現を獲得するかということに最も心を砕いたのである。そこで一役買ったのが他ならぬ『百二十詠』であった。その詠物の方法が、事物の名を顕わさず、別の語に置き換えて婉曲に表現するものであったことは先に述べたとおりである。これは破題の方法と全く同じと言ってよい。経信が頷聯の上句で詩題の「松樹」を「一千年」と表現したのは『百二十詠』の「千年蓋影披（千年にして蓋の影披く）」から得た知識に拠ったのであり、下句で「松樹」を「五大夫風払」と表現したのは『百二十詠』の「風払大夫枝（風は大夫の枝を払ふ）」にそのまま従ったのである。「舷」「岸」が詩題の「池水」を言い換えた語であることは言うまでもない。

頸聯では詩題の「松樹」を「麈尾」「龍鱗」に喩えて表現し、「池水」を「堤」「浪」に置き換えている。「麈尾」と「龍鱗」との対は、白居易の「題流溝寺古松（流溝寺の古松に題す）」（『白氏文集』巻十三・0688、『千載佳句』松・620）に「煙葉葱蘢蒼麈尾、霜皮剝落紫龍鱗。（煙葉葱蘢たり蒼麈尾、霜皮剝げ落ちたり紫龍鱗）」とあるのを学んだのである。

尾聯（第七句・第八句）に至って、詩人はようやく自らの心情を詩句に託すことができた。しかしそれも句題に関連づけて行なわなければならなかった。この詩では、天皇に対する自らの忠節心を松の勁節に関連づけて述べたのである。

以上、句題詩の各聯の構成方法に沿って経信の作品を読解してみた。『百二十詠』が『白氏文集』とともに頷聯・頸聯の破題表現の源泉として大きな役割を果たしていたことが理解できたかと思う。

このことは経信の句題詩に限ったことではない。他の出席者の作品にも『百二十詠』を巧みに利用した痕跡を見ることができる。例えば、源師頼の「風枝払岸鶴眠驚（風枝岸を払へば鶴の眠り驚く）」や、藤原宗忠の「一千年色浮潭面、数百尺陰入浪声（一千年の色は潭《ふち》の面に浮かぶ、数百尺の陰は浪の声に入る）」（藤原宗忠）などの傍線部は、詩題の「松樹」を表現した部分であり、『百二十詠』の「松」詩を踏まえたことが明白である。

おわりに

以上、句題詩と『百二十詠』との間に表現上、密接な関わりのあったことを明らかにした。句題に含まれる二つの事物は『百二十詠』に収める事物に一致することがあるから、詩人がその事物を詩に詠む時には、『百二十詠』の詩句の表現を大いに活用することができたのである。『百二十詠』は主題別の語彙集成とでも言うべきものであり、人々はこれを幼少期に修得し、将来（元服後に）出席するであろう詩会に備えたものと思われる。

ところで、冒頭に掲げた幼学書の内、『千字文』『蒙求』『新楽府』『和漢朗詠集』の四書は近代に至るまで幼年期の教育に用いられ続けた。それに対して、『百二十詠』だけは室町時代を境として全く読まれなくなってしまった。そのことは、前四書の伝本（写本・刊本を問わず）が数え切れない程たくさん現存しているのに比べて、『百二十詠』の現存本はわずか十数点に過ぎないことに端的に現れている。『百二十詠』は何故読まれなくなったのだろうか。この点を考える上でも、句題詩の存在は多分に示唆的である。句題の七言律詩は南北朝期に下ると殆ど作られなくなり、それに代わって盛んになったのは句題の七言絶句であった。詩人たちが律詩を棄てて、対句を必要としない絶句を詩体に選んだことで、破題表現（対句を前提とする）に対する関心は極度に薄れたものと思われる。否、実際はその逆で、詩人たちの間で破題に対する関心が薄れたことによって、詩体が律詩から絶句に取って代わったのかも知れない。いずれにしろ、破題表現の模索が必要とされなくなれば、必然的に、破題表現を提供してきた源泉である『百二十詠』に対する学習意欲も次第に薄れていったことであろう。『百二十詠』が幼学書から除外されるに至った要因の一つとして、句題の七言律詩の衰退という文学史的現象を挙げることができるのではなかろうか。

注

（1）太田晶二郎「「四部の讀書」考」（『太田晶二郎著作集』第一冊、吉川弘文館、一九九一年。初出は一九五九年）。

（2）『慶應義塾図書館蔵和漢書善本解題』（慶應義塾図書館、一九五八年。阿部隆一解題）。胡志昂「日本現存『一百二十詠詩註』考」（『和漢比較文学』第六号、和漢比較文学会、一九九〇年十月）。胡志昂編『日蔵古抄李嶠詠物詩注』（上海古籍出版社、一九九八年）。

（3）拙稿「『擲金抄』解題」（『平安後期日本漢文学の研究』、笠間書院、二〇〇三年。初出は一九九八年）。

（4）蔣義喬「詠物詩から句題詩へ——句題詩詠法の生成をめぐって——」（『和漢比較文学』第三十五号、和漢比較文学会、二〇〇五年八月）。

8　平安後期の題詠と句題詩
――その構成方法に関する比較考察

はじめに

平安中期、歌会や歌合の場で出される歌題に、それまでは一つの事物による単一題であったのに加えて、二つの事物を結びつけた複合題が現れ始めた。それが題詠の主流になると、複合題の詠法（歌題の文字をどのように表現するかということ）が歌人の関心事となり、以後この問題は盛んに議論された。題詠論の到達点が示されている二条良基の『愚問賢注』には「題をあらはさで詠むこと、詩の破題の如し」の一文があり、題詠の方法に関わるものとして「破題」ということが指摘されている。この「破題」という言葉は句題の七言律詩の詠法に関わる術語であって、この語が持ち出されたということは、和歌の題詠と句題詩の詠法との間に何らかの関連があるということを歌人が自覚していたことを示している。それ故、近年の和歌研究に於いても、新古今時代の題詠を考察するに当たって、この「破題」に関わる題詠の方法が検討されている(1)。本章ではこれより時代を遡り、複合的な歌題が詠まれ始めた『拾遺集』時代以降、『新古今集』成立以前を対象として、題詠と句題詩との詠法上の関係について考察を加えたい。

一、句題の七言律詩の詠法

複合的な歌題の詠法を論ずるに当たって、必ず引かれるのは、題詠論の最初に位置する『俊頼髄脳』の有名な件りである。ここでもまず初めにそれを引用することにしたい。

おほかた歌を詠まむには、題をよく心得べきなり。題の文字は三文字四文字五文字あるをかぎらず、詠むべき文字、必ずしも詠まざる文字、まはして心を詠むべき文字、ささへてあらはに詠むべき文字あるをよく心得べきなり。心をまはして詠むべき文字をあらはに詠みたるもわろし。ただあらはに詠むべき文字をまはして詠みたるもくだけてわろし。かやうのことは習ひ伝ふべきにもあらず。ただわが心を得てさとるべきなり。

歌題の文字の中で、歌に必ず表現しなければならない文字がある一方、歌に表現する必要のない文字がある。また、直接用いることを回避しなければならない文字がある一方、そのまま明瞭に用いなければならない文字がある、というのが俊頼の主張である。たしかに当時の複合題の和歌を見れば、そのとおりの詠み方が為されている。勅撰集から例を挙げれば、次のとおりである。詞書を省略し、歌題のみを挙げた。

〔後拾遺集、春上、75やなぎいけのみづをはらふ（柳払池水）、藤原経衡〕

いけみづのみくさもとらであをやぎのはらふしづえにまかせてぞみる

〔金葉集、春、56月前見花、大蔵卿匡房〕
月かげに花見るよはのうき雲は風のつらさにおとらざりけり
〔金葉集、春、59風閑花香、源俊頼朝臣〕
木ずゑには吹くとも見えで桜花かをるぞ風のしるしなりける
〔金葉集、秋、207月照古橋、三宮〕
とだえして人も通はぬ棚橋は月ばかりこそすみわたりけれ

歌題と和歌との対応関係を見ると、経衡歌は歌題の四文字が全て「詠むべき文字」として捉えられ、一首に詠み込まれている。匡房歌では「月前」の「前」が「必ずしも詠まざる文字」である。俊頼歌では「風閑花香」の「閑」を除く三文字は「ささへてあらはに詠むべき文字」であって、和歌に直接詠み込まれている。「閑」は「吹くとも見えで」と言い換えられている。これが「まはして詠む」という方法である。三宮歌では「まはして詠む」方法によって「古」が「とだえして人も通はぬ」に、「照」が「すみわたる」に言い換えられている。

このような歌題の文字を表現する方法を、俊頼は「かやうのことは習ひ伝ふべきにもあらず。ただわが心を得てさとるべきなり」と、当然のことであるかのように述べているが、少なくとも和歌の複合題が現れ始めた当初に於いては、これを句題詩の詠法に学んだ可能性を考慮してみる必要がある。というのは、我が国に於いて、詩会で二つの事物を組み合わせた複合的な詩題（後述する句題）によって詩を詠むことは平安前期にすでに慣例化しつつあり、しかもその句題詩の構成方法（詠法）は村上朝から一条朝にかけての頃に確立されていた。複合的な歌題が現れ始める時期は、ちょうど句題詩の詠法の確立した直後に当たる。また、後に述べるように、詩と歌とは詠作される場を同じくすることがあった。したがって、歌人が複合題を詠むに当たって、句題詩の詠法を参考にしたことは充分に考えられるのである。

次に掲げるのは、『拾遺集』（雑賀・1175）に収める藤原公任の題詠である。

　右大臣（左大臣の誤り）、家つくりあらためて、わたりはじめけるころ、ふみつくり、うたなど人々によませ侍けるに、水樹多佳趣といふ題を　（右衛門督公任）

すみそむるすゑの心の見ゆる哉みぎはの松のかげをうつせば

この歌は長保元年（九九九）五月六日から七日にかけて左大臣藤原道長邸で行なわれた詩歌会で詠まれたものである。この時に作られた七言律詩は、藤原斉信の作と源道済の作とが『本朝麗藻』巻上に、大江匡衡の作が『江吏部集』巻上に、また匡衡による詩序が『江吏部集』と『本朝文粋』巻八（232）とに収められている。匡衡の詩序に「我が相府、其の形概の霊奇なるに感じて、増すに水樹の佳趣を以つてす」とある。これは公任歌の詞書に「右大臣、家つくりあらためて」とある記述に合致するので、この歌がこの時、詩と同時に詠まれたことは疑いない。また、詞書の右大臣が左大臣の誤りであることも確定する。

さて、この和歌で公任が題の文字をどのように表現したかという点に注目してみると、題の文字は一つも歌の中に見られない。全て別の言葉に言い換えて、すなわち「まはして心を詠」み、上の句に「多佳趣」を、下の句に「水樹」を表現している。これと同様に題の文字を全て別の語に言い換えて詩句を作るのが、句題詩の「破題」の方法である。ここで、この時の藤原斉信の作を例として、句題詩の詠法を簡単に説明しておこう。(2)当時、詩宴の場で作られる詩の殆どは句題の七言律詩であり、この詩体には今体詩の規則（平仄、押韻、頷聯・頸聯に対句を用いること）のほかに、本邦独自に考案された、構成上の規定が存在した。それは首聯、頷聯、頸聯、尾聯を機能上それぞれ題目、破題、本文、述懐と定めるものである。

水樹多佳趣　　水樹に佳趣多し　　右金吾（藤原斉信）

水樹清涼景気深　　水樹清涼として景気深し
自多佳趣助登臨　　自づから佳趣多くして登臨を助けたり　」題目
一千年鶴《水》鑑流思《多佳趣》　　一千年の鶴流れに鑑みる思ひあり
五大夫松《樹》傾蓋心《多佳趣》　　五大夫の松蓋《かさ》を傾くる心あり　」破題（本文）
翡翠成行《樹》煙暗色《多佳趣》　　翡翠行《つら》を成して煙に暗き色あり
瑠璃繞池《水》浪清音《多佳趣》　　瑠璃池を繞りて浪に清き音あり　」破題
歓遊已隔囂塵境　　歓遊已に囂塵の境を隔てたれば
莫語此時漫酔吟　　此の時漫《みだ》りがはしく酔吟せむと語ること莫れ　」述懐

池水も樹木も風情に満ちている。

この邸宅の水樹には清涼感があって、景色に深みがある。この佳趣に富んださまを見ていると、自ずと築山に登り汀を散策したくなるものだ。池水に遊ぶ千年の鶴には、古えに鑑みて政治に当たろうとするこの家の主人の思いが籠められ、汀に植えられた松樹には、「程孔傾蓋」の故事を慕って友情を重んじるこの家の主人の心が表れている。翡翠のような樹木が整然と茂り、新緑はほんのり煙って見える。瑠璃のように澄んだ水が池をめぐり、すがすがしい浪音が聞こえる。今日のこの歓遊は俗塵を避けるために催されたものなのだから、今はとりとめなく酒に酔って放吟しようなどと言わないでくれ。

このような漢字五文字から成る詩題（当時は「題目」と言った）を句題と呼んだ。詩題は出席者全員が共有できる主題が望ましいから、句題には季節感や年中行事をふまえた内容のものが選ばれる。その殆どは二つの事物（実字）を組み合わせた詩題である。この詩の場合、通常とは異なり「水樹」「趣」の三つの実字を含んでいる。「水樹」は「水」と「樹」との意で、このような並列構造を持った二字の熟語を当時「双貫語」と呼んだ。

首聯は、題目（詩題）の五文字を全てこの聯に用いなければならない。また題字はこの聯以外で用いてはならない。それ故この聯を「題目」と呼ぶ。斉信の詩では「水樹」を上句に、「多佳趣」を下句に置いている。

頷聯は、題字を別の語に置き換えて題意を敷衍するというもので、これを「破題」と呼ぶ。普通、上句・下句それぞれに題意を表現しなければならないが、句題に双貫語を含む場合には、双貫語を形成する二つの実字を上句と下句とに詠み分けて題意を満たす。上句では「一千年鶴」が句題の「水」を、「鑑流思」が句題の「多佳趣」を言い換えた表現である。下句では「五大夫松」が「樹」に、「傾蓋心」が「多佳趣」に当たる。つまり上句で「水多佳趣」を、下句で「樹多佳趣」を表し、二句合わせて「水樹多佳趣」の題意を満たすという方法が取られている。尚、「五大夫松」は、秦の始皇帝が泰山で封禪の儀式を終えて下山する時、暴風雨を松の樹下に無事避けることができたので、その松に五大夫の爵位を与えたという故事（『史記』秦始皇本紀）に基づく語である。また「傾蓋」は車蓋を傾けることで、程子と孔子とが車蓋を傾けて終日語り合った故事（『蒙求』26「程孔傾蓋」など）をふまえる。「蓋」には「松蓋」の意が掛けられている。

頸聯も頷聯と同じく「破題」である。この一聯の「翡翠」と「瑠璃」との対は『白氏文集』巻五十五（2551）「答尉遅少監水閣重宴（尉遅少監の水閣の重宴に答ふ）」の頸聯「水軒平写瑠璃鏡、草岸斜鋪翡翠茵。（水軒は平らかに瑠璃の鏡に写る、草岸は斜めに翡翠の茵を鋪く。）」に学んだものである。上句の「翡翠成行」が句題の「樹」に、下句の「瑠璃繞池」が「水」に当たる。「煙暗色」と「浪清音」とが句題の「多佳趣」に相当する。この聯で上句と下句とを合わせて題意を満たすようにするのは頷聯と同様である。尚、句題詩では頷聯・頸聯のどちらかで故事を用いて破題することが求められる。典故を用いて句題を言い換える場合、「破題」と言わずに「本文」と言う。この詩の場合、頷聯が「本文」の句に当たる。

尾聯は「述懐」と呼ぶ。ここに至って、詩人は初めて自らの思いのたけを述べることが許される。しかし、これも題意をふまえての述懐でなければならない。ここでは、今日の宴席には俗を排除した佳趣があるのだから、その点をくれぐれも損なわないように、と注意を喚起したのである。

以上が句題の七言律詩の構成方法である。これを念頭に置いて、もう一度『拾遺集』の公任歌を見れば、これが句題の文字を全て別の言葉に置き換えて表現する「破題」の方法に則って作られていることは明らかである。また、当時、句題詩の詠法を題詠に用いるという受容関係の有ったことも確認されるように思われる。ところが、この当時の和歌の題詠は先に見たとおり、歌題の文字を全て「まはして」詠むわけではなく、文字の幾つかを「ささへてあらはに」も詠んでいたのである。公任の歌とそれらとでは題の詠み方が異なっている。

当時、詩歌会で一つの題が出されて、それを詩に賦しても、和歌に詠んでもよいという形式を「和漢任意」と呼んだが、その場合、詩は七言律詩ではなく、七言絶句で賦されることが一般的であった。たとえば、延喜七年（九〇七）九月十日の宇多法皇の大井川御幸では、和歌と七言絶句とが同題で作られている。(3) 安和二年（九六九）

三月十四日、藤原実頼邸で行なわれた詩歌会に出席した藤原佐理の詩懐紙が現存しているが、佐理の作は七言絶句であって、その端作には「和漢任意」と記されている。平安後期の詩序を集めた宮内庁書陵部蔵『詩序集』には、大江公仲の「残菊映池水」詩序が収められていて、これは詩序の内容から和漢任意の詩歌会の作であることがわかり、また端作に「一絶」と記されていることから、和歌とともに七言絶句の賦されたことが明らかである。また『新撰万葉集』は詩歌を並列する形式を取った集であるが、詩は七言絶句である。これも和漢任意で賦されるときの詩体が七言絶句であることによるものである。このように平安時代を通じて、和漢任意の詩歌会で賦される詩体は七言絶句であった。先のような同じ「水樹多佳趣」という題で和歌と七言律詩とが同時に作られるというのは、極めて例外的なことであったと思われる。

歌人が題詠の方法を句題詩の構成方法から学んだとするならば、その学ぶ場として第一に挙げるべきは、詩人との接点である和漢任意の詩歌会である。歌人がそこで目にした詩体、句題の七言絶句が一体どのようなものであったのか、その構成方法を明らかにする必要がある。

二、句題の七言絶句の詠法

鎌倉時代に成立した釈良季の『王沢不渇抄』は当時よく行なわれていた文体を分析した書で、巻上に句題の七言絶句に関する簡単な記述が見られる。

句題絶句

題　春楽契遐年〈便字〉
春意熙々三月天、時開宴席楽遐年。花前永有万春契、不似桃源暫得仙。

この例句から推測するに、句題の七言絶句の詠法とは、今体詩の規則以外に、句題の文字を全てそのまま用い、詩全体に散らばるように配置するというものであったように思われる。平安時代の実作を見ると、このような措辞は平安前期の菅原道真の七言絶句などには全く見られないが、降って村上朝の菅原文時の作になるとたしかに認められる。次に掲げるのは『天徳三年八月十六日闘詩行事略記』に見られる文時の「與月有秋期」と題する七言絶句である。

何秋與月不相思、豈若今秋二八時。為向清涼風景奏、望雲別有万年期。

句題の五文字が詩全体に配置されるように句作りが成されている。しかし、文時以後の七言絶句の作品を見ると、この規定はそれほど厳密には守られていない。おそらく七言律詩の「破題」の方法の影響を受けたものと思われるが、次に掲げるような構成方法を持つ作品が散見されるのである。

〔天徳三年八月十六日闘詩行事略記、與月有秋期、橘直幹〕
金波巻霧毎相思、不似涼風八月時。定識聖明鸞殿上、清光長献万年期。
〔詩懐紙、安和二年三月十四日、隔水花光合、藤原佐理〕

暮春同賦隔水花光合応教一首〈絶句為体／倭漢任意〉右近権少将佐理
花脣不語偸思得、隔水紅桜光暗親。両岸芳菲浮浪上、流鶯尽日報残春。
〔江吏部集 巻上、松風小暑寒〕
暑気尚微衣更冷、応因松下有清風。豈唯臺閣風標秀、枝葉又期十八公。
〔本朝麗藻 巻上、夏月勝秋月、左金吾（藤原公任）〕
月好雖称秋夜好、豈如夏月悩心情。夜長閑見猶無足、況是晴天一瞬明。
〔中右記部類紙背漢詩集、酔来晩見花、藤原実季〕
遊宴未闌臨晩陰、対花酌酒酔方深。縦雖秉燭何無翫、逢此令辰足楽心。

直幹詩では、句題の文字でそのまま用いられたのは「期」だけで、「月」は「金波」に、「秋」は「八月」に言い換えられている。(4) 佐理詩は和漢任意の詩歌会での作である。句題の文字は一字を除いてそのまま用いられているが、「合」の文字は「親」に言い換えられている。匡衡詩では前半の二句に句題の文字を集め、句題の「小」を「微」に、「寒」を「冷」に置き換えている。公任詩も前半二句に句題の文字を集め、「勝」だけは「豈如」に言い換えている。実季詩も同じく前半二句に句題の文字を集め、「来」は用いず、「見」を「対」に置き換えている。

平安中期、和歌の題詠の勃興期にはこのような七言絶句の詠法が大勢を占めていたことが確認できる。これは言わば七言律詩の「題目」の方法と「破題」の方法とを折衷した詠法である。ここで最初に掲げた『俊頼髄脳』の題詠論に立ち戻ると、その記述はそのまま、句題の七言絶句の詠法に当てはまることに気づくであろう。歌人は題詠の方法を模索する過程で、まず七言絶句の詠法を学習したものと思われる。尚、句題の七言絶句の詠法は、平安末期以降になると、前半二句に句題の文字をそのまま全て用い、後半二句は述懐を内容とするように変わっていくようである。[5]

平安中期以降、句題の七言律詩は貴族社会に浸透した。それまでは詩人と言えば紀伝道の出身者が大半を占めていた。ところが句題詩の構成方法が確立してからは詩人の裾野は次第に広がり、歌人も句題詩を作るようになってゆく。次に掲げるのは『和漢兼作集』に見られる勅撰集歌人の句題詩の作例である（歌人名の下、括弧内に初出の勅撰和歌集を注記した）。これらは全て対句を成す頷聯或いは頸聯の摘句である。句題の文字と詩句の語との対応関係を示したが、このように歌人も句題の七言律詩の詠法を修得していたのである。

〔732秋思在山水、源道済（拾遺集）〕秦嶺《在山》嵐清《秋》郷国《思》涙、呉江《在水》月朗《秋》管絃《思》心。
〔780花菊当階綻、藤原定頼（後拾遺集）〕架妨《花菊綻》仙客《当階》昇降路、叢列《花菊綻》王公《当階》拝揖行。
〔941葉落林徐透、源雅兼（金葉集）〕寒樹《葉》衰来《落》纔漏《林徐透》月、年顔《葉》老去《落》半銷《林徐透》紅。
〔304落花親疎家、藤原公能（詞花集）〕艶脆《落花》孤村《家》千里《疎》雪《花》、粧軽《落花》宴席《家》一門《親》春《花》。
〔251花下抛生計、藤原長方（千載集）〕孫謀《生計》空忘《抛》二三月《花下》、世事《生計》不言《抛》桃李春《花下》。

こうした情況が一旦現出すると、歌人による句題詩の受容は新たな段階を迎えることになる。次に、題詠に於ける本説と句題詩に於ける本文との関連について述べることにしたい。[6]

三、題詠に於ける本説の方法

平安末期、建久年間に行なわれた藤原良経主催の『六百番歌合』には、歌題の中に二つの事物を組み合わせた寄物題が見られる。その中から二首の和歌を取り上げてみたい。まず「寄絵恋」題の顕昭歌（恋九、十八番左・1115）を次に掲げる。

いとはれてむねやすからぬ思をば人のうへにぞ書うつしける

あの人に嫌われて、（その姿を壁に描き、絵の心臓のところに針を打って）穏やかならぬ我が心痛をあの人の上に移動させたぞ。

この歌の典拠となった故事は六朝劉宋の劉義慶の『幽明録』に見出される。顕昭はその本文を『六百番陳状』に引いている（この故事は『晉書』顧愷之伝にも見られる）。

顧愷之、字長康。善丹青。隣女挑之弗礼。図其形於壁、以針釘其心。女遂患心痛悟之。因致其情、女従之。遂密去針而愈云々。

（顧愷之、字は長康。丹青に善し。隣女ありて之れに挑めども礼せられず。其の形を壁に図し、針を以って其の心に釘うつ。女遂に心痛を患ひて之れを悟る。因りて其の情を致し、女之れに従ふ。遂に密かに針を去れば愈えたりと云々。）

晉の顧愷之が隣の女に恋をするが、拒絶されてしまう。そこで絵の上手い顧愷之は、相手の姿を壁に描き、その心臓のところに針を打ちつける。女は胸に痛みを得て男の思いを悟り、顧愷之に従うことになった。そこで密かに針を絵から取り除くと痛みは消えた、という話柄である。これを顕昭の和歌と付き合わせてみると、「いとはれて」は本説の「挑之弗礼」に当たる。「むねやすからぬ思」とは男の心痛だが、それが本説の「女遂患心痛」から得た表現であることは明らかであり、「むね」は本説の「心」を訓読したものである。「人のうへにぞ書うつしける」は、話の筋としては、壁に描いた女の絵の上に針を打つことによって、自分の心痛を相手の心臓に移動させた（それで女は胸の痛みを訴えた）、ということであるから、「絵に描いて胸の痛みを人の上に移動させた」の意であり、この奇妙な話の文脈からしか得られない表現である。「うつす」には「描く」の意味と「移動させる」の意味とが掛けられている。このようにして見ると、この歌は顧愷之の故事を忠実に詠んだものと理解される。

それでは、歌題の二つの文字、「絵」と「恋」とはどのように表現されているのだろうか。「恋」の文字は典拠の本文に頼らずとも、上の句に表現されている。ところが「絵」の文字はというと、下の句の表現の背後に、本説である『幽明録』の「其の形を壁に図し、針を以て其の心に釘うつ」という本文があり、そこに「絵」に当たる「図」の文字がある。それがあることによって、歌題の「絵」の文字は歌に詠み込まれていると認められるのである。つまり和歌に詠まれた本説に歌題の文字が含まれていることによって、和歌は本説を通して歌題を詠んだことになるのである。言い換えれば、本説の本文は歌題と和歌とを結びつけるものとして機能していると分析できよう。

次に掲げるのは同じく『六百番歌合』所収、良経が「寄樵夫恋」の題で詠んだ歌（恋十、十九番左・1177）である。

恋路には風やはさそふ朝ゆふに谷のしば舟行かへれども

そのむかし鄭弘が木こりだったときには、神人に恵みを施したおかげで朝夕追い風が吹いて谷の柴舟は難なく行き来したけれども、いまこの恋の通い路にはどうだろう、風は上手く俺をさそってくれるだろうか。

この歌は後漢の鄭弘の故事をふまえている。故事の内容は『後漢書』の鄭弘伝の註に引かれた孔霊符の『会稽記』に見られる。

射的山南有白鶴山。此鶴為仙人取箭。漢大尉鄭弘嘗采薪得一遺箭。頃有人覓弘。還之。問何所欲。弘識其神人也。曰、常患若邪溪、載薪為難、願旦南風暮北風。後果然。故若邪溪風至今猶然。呼為鄭公風也。

（射的山の南に白鶴山有り。此《ここ》に鶴、仙人の為めに箭を取る。漢の大尉鄭弘、嘗て薪を采りて一の遺箭を得たり。頃《しばら》くありて人有りて弘に覓む。之れを還す。問ふ、何の欲する所ぞ、と。弘、其の神人なることを識るなり。曰はく、常に若邪溪に患ひ、薪を載することを難と為す。願はくは旦に南風し暮に北風せむことを、と。後に果して然り。故に若邪溪の風は今に至るまで猶ほ然り。呼びて鄭公の風と為すなり。）

漢の大尉、鄭弘は任官する前は、若邪溪で木こりをしていた。仙人のために箭を拾ってやった返礼に、若邪溪に吹く風の風向きを変えてもらい、薪を運ぶことに難渋しなくなった、という話柄である。歌中の「風」「朝ゆふ」「谷」「しば」などの語から右の故事は想起されるが、歌題の「樵夫」の文字は直接詠まれてはいない。歌題が満たされているのは本説である『会稽記』に「漢の大尉鄭弘、嘗て薪を采りて」の一文があるからである。前の例と同様、歌題と和歌とを結びつけるものとして本説が機能しているのである。しかし作者良経が拠ったのは、俊成の判詞に指摘されているように、文学表現としては『後漢書』に引く『会稽記』ではなく、『和漢朗詠集』（丞相・679）に収める菅原文時の摘句「春過夏闌、袁司徒之家雪応路達、旦南暮北、鄭大尉之渓風被人知。」の方であったと思われる。ただ文時の句には「樵夫」の文字、或いはそれを示す語はない。してみると、この歌に見られるのは、本説の二重構造である。『会稽記』を故事の原拠とするならば、文時の摘句は故事の用例である。この歌の場合、そのどちらもが必要だったのである。文時の摘句は表現の獲得のために必要な典拠であり、『会稽記』は題意を満たすために必要な典拠である。良経の歌を理解する上では、その背後に『和漢朗詠集』の表現を見るだけでは不十分であり、良経が原拠の『会稽記』の本文に溯り、それによって歌題を満たしたことを見逃してはならない。

四、句題詩に於ける本文の方法

右の二首に見られるような、歌題と和歌表現との間に本説を置いて両者を繋ぐという方法は、これより先、句題詩の詠法にすでに見られるものである。句題詩の「破題」に故事を用いる方法を特に「本文」と呼ぶことはすでに述べたが、その「本文」の方法がそれに当たる。

次に掲げるのは『和漢兼作集』（春部上・125）に収める藤原長方の句題詩の一聯である。長方は『千載集』初出で、家集に『長方集』がある歌人である。

春棲花柳地　　春は花柳の地に棲む
居移（棲）金谷石崇苑（春・花地）　　居を移す金谷石崇の苑
隣卜（棲）銭塘蘇小家（春・柳地）　　隣をトむ銭塘蘇小の家

上句の「居移」と下句の「隣卜」とが句題の「棲」を言い換えた語である。したがって残りの「金谷石崇苑」と「銭塘蘇小家」とによって句題の「春」と「花柳地」とが表現されていなければならない。しかも句題の「花柳」は双貫語であるから、これを一聯の上下に詠み分ける必要がある。それを作者長方は見事に典故を用いて破題している。上句の「金谷石崇苑」は『和漢朗詠集』（懐旧・744）の菅原文時の長句「金谷酔花之地、花毎春匂而主不帰。（金谷 花に酔へるの地、花は春毎に匂へども主は帰らず。）」をふまえている。「金谷苑ではあるじの石崇がいなくなった後も、春には花が美しく咲きほこっている」という文時の句を利用して、長方は「春は、花の咲き誇る石崇の金谷苑に引っ越して来た」と詠んだのである。文時の長句は句題の「春」「花」「地」の三文字を含んでいる。したがって長方の上句は「春棲花地」の意を満たしている。また、下句の「銭塘蘇小家」は『白氏文集』巻二十（1364）「杭州春望」の「濤声夜入伍員廟、柳色春蔵蘇小家。（濤の声は夜 伍員の廟に入る、柳の色は春 蘇小の家を蔵《かく》す。）」を典拠とする。「蘇小」は南斉の名高い妓女の名で、長方は「春は柳の鬱蒼とする蘇小の家の隣にやって来た」と詠んだのである。白居易の句には句題の「春」と「柳」との文字が含まれているから、長方の下句は「春棲柳地」の意を満たしている。そして上句と下句とを合わせて題意が満たされているのである。この一聯の考察から明らかなように、句題詩の構成方法に於ける「本文」の方法とは、句題と詩句との間に典拠の本文を置いて両者を結びつけるというものである。典拠の本文の中に句題の文字が無ければ、句題を表現したことにはなり得ない。句題詩の作者が何らかの典拠を用いて詩句を作る場合、その本文中に句題の文字を含んでいることが、その典拠を用いてよい前提条件となるのである。

もう一例見ておこう。次に掲げるのは『中右記部類紙背漢詩集』所収、天永二年（一一一一）十一月二十五日、権中納言藤原忠通が自邸に催した詩宴で藤原永実が賦した句題詩の頸聯である。

　対雪唯斟酒　　　　　雪に対ひて唯だ酒を斟むのみ

乗興〔唯斟酒〕自催尋戴〔対雪〕思　　興に乗れば自づから戴を尋ぬる思ひを催す

勧巡〔唯斟酒〕暗識引枚〔対雪〕情　　巡りを勧むれば暗《そら》に枚を引く情を識る

酒興に乗れば、雪の晩に酒を飲んだ王徽之が思い立ってはるばると戴逵を尋ねたように、自ずと友人に会いたくなるものだ。宴席で巡流の酒を勧められれば、漢の梁王が雪の晩の酒宴に枚乗を召し寄せた気持ちも何とは無しに理解できる。

句題に双貫語が含まれていないので、上句・下句それぞれで破題すればよい。句題の「唯斟酒」は「乗興」と「勧巡」との対で言い換えられている。問題は句題の「対雪」をどのような方法で敷衍したかという点である。上句ではこれを表すために「尋戴」の語を用いている。「尋戴」は『蒙求』の標題「子猷尋戴」から得た語である。『蒙求』の李瀚自註（台湾故宮博物院蔵本）は『世説』を引いて次のように言う。

王子猷居山陰而隠。夜大雪。眠覚、開屋（室イ）酌酒。四望皎然。因起彷徨、詠左思招隠詩。忽憶戴安道。

時戴在剡県。便乗一小船、経宿方至。造門不前返。人問其故也。王曰、乗興而〔行、興尽而〕返。何必見戴也。

（〔 〕内は脱文。『世説新語』に拠って補った）

（王子猷、山陰に居りて隠れたり。夜大いに雪ふれり。眠り覚めて、屋（室イ）を開きて酒を酌む。四望皎然たり。因りて起きて彷徨して、左思が招隠詩を詠ず。忽ちに戴安道を憶ふ。時に戴は剡《せん》県に在り。便ち一つの小船に乗りて、宿を経て方に至る。門に造《いた》りて前まずして返る。人、其の故を問ふなり。王曰はく、興に乗りて行き、興尽きて返る。何ぞ必ずしも戴を見むや、と。）

これによれば「尋戴」は、王徽之が夜雪を見ているうちに興趣を押さえがたくなって友人の戴逵を訪ねたことを言うのであるから、句題の「対雪」を言い換えたことになる。下句では句題の「対雪」に当たる語として「引枚」（枚乗を召し寄せる意）が用いられている。この語は謝恵連の「雪賦」（『文選』巻十三）を典拠とする。この作品は、兎園に遊んだ梁王が酒席で司馬相如に命じて、折しも降り始めた雪を題として賦を作らせるという設定で書かれていて、その宴席には枚乗も召し出されている。文中「延枚叟（枚叟を延《ひ》く）」とあるのを永実は「引枚（枚を引く）」と表現したのである。

歳将暮、時既昏。寒風積、愁雲繁。梁王不悦、遊於兎園。乃置旨酒、命賓友。召鄒生、延枚叟。相如末至、居客之右。俄而微霰零、密雪下。

（歳将に暮れなむとす、時既に昏なり。寒風積り、愁雲繁し。梁王悦びずして、兎園に遊ぶ。乃ち旨酒を置きて、賓友に命ず。鄒生を召し、枚叟を延く。相如末《のち》に至りて、客の右に居れり。俄《しばら》くあって微霰零《ふ》り、密雪下る。）

先に見た例と同様、ここでも引かれた故事の本文に句題の文字が見出されることに気づくであろう。『蒙求』の「子猷尋戴」の註にも、『文選』の「雪賦」にも「雪」の文字が確かにある。これが故事を用いて破題することができたかどうかを決定する重要なポイントである。故事の本文は句題と詩句とを繋ぐものとして機能していなければならないからである。

永実の詩句に見られる「尋戴」と「引枚」とを対にした表現は、実は白居易の詩に見出される。『白氏文集』巻六十六（3293）「雪中酒熟、欲携訪呉監、先寄此詩。（雪中に酒熟す、携へて呉監を訪はむと欲して、先づ此の詩を寄す。）」と題する詩に「自然須訪戴、不必待延枚。（自然須らく戴を訪ふべし、必らずしも枚を延くを待たず。）」の一聯があり、作者永実はこの白居易の句に学んだのである。したがって、先の良経歌と同様、ここに典拠の二重構造を見て取ることができる。永実は句題を破題するために『蒙求』と『文選』との本文に拠り、また対句表現を獲得するために『白氏文集』の本文に拠ったのである。

以上の検討から、題詠の本説と句題詩の「本文」とが、題を詠むということに於いて全く同じ機能を果たしていることが明らかになったと思われる。[7] これが平安末期の段階の、新古今集成立直前に於ける複合題の題詠の姿である。これ以後、一部の先駆的な歌人によって新たな題詠の方法が模索されてゆくようであるが、それについては今は触れない。ここに取り上げた『六百番歌合』の歌に見られる題詠の方法を、句題詩の詠法から学んだ一つの到達点と捉えるに止めておく。

五、詩の国風化

さて、これまで歌人が複合題を詠むに当たって、それを句題詩の構成方法に学んだことを述べてきた。それでは、題詠と句題詩とが方法論上結びつく必然性はなにゆえ生じたのであろうか。歌人はどのような事情から、句題詩の詠法を抵抗なく受け入れる契機を獲得したのであろうか。

私見によれば、そこには詩の国風化という問題が関わると思われる。詩は外来の文学であるから、その作者はそれを専門に学んだ儒者であった。当初、彼らが詩に何を託したのかと言えば、それは、漢学を以て国家に仕える臣下の者として天皇を輔佐して国家を経営しようとする大志であった。儒者は詩の本来持っている言志の面を存分に発揮させて詩を作っていたのである。ところが、延喜年間（九〇一—九二三）を境に儒者の政治的地位が低下し始めると、言志詩を作る場は狭められてゆく。例えば菅原道真の『菅家文草』には政治的な志を述べた詩が多く見出される。それは道真が政治的に優遇され、そういった言志詩が受け入れられる環境の中にいたからこそ、為し得たことである。道真の左遷を境に、儒者にとってそのような環境は狭められ、結局失われることになる。そのあたりの時期から、儒者の不遇に呼応するように、詩の内容にも変化が表われ始めたのである。それを象徴するのが句題詩の流行、そして、句題詩の構成方法の確立である。これまで見た例からも明らかなように、句題は季節感をふまえたものが殆どで、作られる詩の内容は、自然の景物を対象とした花鳥風月詠であり、これは和歌の四季歌の内容と一致する。一方、詩の本来持っていた言志の面はどうなったかといえば、句題詩の尾聯にのみ許され、それも「述懐」を内容とするものに矮小化されてしまった。句題詩は言志詩に取って代わるようにして現れた文体であるが、その表現世界は和歌のそれに求めたのである。これ以後の平安時代の漢詩史は、和歌への歩み寄り、和歌への同化の歴史と言っても言い過ぎではない。詩の国風化とはこのような意味である。(8)詩の国風化を示す現象は、詩の内容面ばかりでなく、表現面、修辞法の面にも様々なかたちで見出される。ここでは詩に見られる掛詞的な修辞法について触れておきたい。次に掲げるのは『和漢朗詠集』(月・257)に収める慶滋保胤の「山川千里月」と題する一聯である。

郷涙数行征戍客　郷涙数行 征戍の客
棹歌一曲釣魚翁　棹歌一曲 釣魚の翁

保胤の詩句は、句題に「山川」という双貫語が含まれているので、「山」を上句に、「川」を下句に詠み分けている。下句の「棹歌一曲釣魚翁」は、魚釣りの翁が月に乗じて舟歌を歌っている場景を詠んだもので、句題の「川」を「釣魚」で、「月」を「棹歌一曲」で表現したことがわかるが、それでは句題の「千里」は一体何処に言い換えられているのか。「朗詠江註」によると、その点を菅原文時に問われた保胤は「黄河は千里にして一曲す」と言うではないか、と答えたと言う。「黄河千里一曲」とは、黄河は千里ごとに一回曲がるほど雄大な河であることを表した表現で、『春秋公羊伝』(文公十二年)以下、慣用的に用いられる語である。保胤の下句には「一曲」に句題の「千里」が詠み込まれ、「曲」に歌を数える単位の曲と、曲がる意味の曲とが掛けられているのである。作者保胤がこの方法を和歌の掛詞から得たことは疑いない。

次に掲げるのも保胤の作で、『新撰朗詠集』(蓮・167)に収める「蓮浦落紅花」詩の一聯である。

淵客紆緋応自怪
波臣衣錦欲何帰

淵客は緋を紆《まと》ひて自ら怪しむべし
波臣は錦を衣て何《いづ》くにか帰らむとする

ここで注目したいのは下句の修辞法である。「波臣」は『荘子』外物篇に見える語で、魚の異名である。したがって「波臣衣錦」(魚が紅錦繡を着て水中を泳ぐ)は故事を用いて句題の「蓮浦落紅花」を表現したものと分析できる。ところがこの句では下五字の「衣錦欲何帰」にも故事が存する。それは漢の武帝が朱買臣に「富貴不帰故郷、如衣繡夜行。(富貴にして故郷に帰らずんば、繡を衣て夜行くが如し)」と言って会稽の太守になるように勧めた故事(『漢書』朱買臣伝、『蒙求』「買妻恥醮」)である。とすれば「波臣」の「臣」には、錦を着て故郷に帰ろうとする「朱買臣」の「臣」が掛けられていると見なすことができよう。一句の意は「紅花の水面に落ちた蓮浦を波臣が泳ぐさまは、ちょうど錦を着て故郷の会稽に帰る朱買臣のようだ。波臣は一体何処に帰ろうとしているのだろうか。(故郷の東海なのだろうか。)」となるであろうか。

もう一例挙げることにしたい。『類聚句題抄』に収める「酔中対紅葉」と題する詩の一聯である。作者の「菅」が誰を指すのかは不明である。

蜀江錦破淵明夢
商嶺椎驚叔夜眠

蜀江の錦は淵明の夢を破る
商嶺の椎は叔夜の眠りを驚かす

この詩句で「蜀江錦」と「商嶺椎」とが句題の「紅葉」に当たることは言うまでもない。句題の「酔中」を表すのに、酒好きで名高い二人の人物、陶淵明（陶潜）と嵆叔夜（嵆康）とを用いている。そして、「淵明」の「明」を明け方の意味にも用い、また「叔夜」の「夜」を文字通り夜の意味にも用いて、明け方の夢を破る、夜の眠りを驚かす、の意味を掛けたのである。「淵明夢」と「叔夜眠」とは、対句の種類で言えば奇対に属するが、なお和習の印象を拭い去ることはできない。これも和歌の掛詞に学んだものであろう。(9)

以上、題詠と句題詩との関連を平安中期から末期にかけての時代に絞って述べた。論旨の要点を示せば、次のとおりである。

一、歌人が複合題を詠む場合、その詠法を当初、句題の七言絶句の構成方法に求めた。

二、句題の七言律詩が盛行に向かう中、歌人もその構成方法を習得し、その「本文」の方法から和歌の（複合題に於ける）本歌・本説の詠法を導き出した。

三、歌人が句題詩の構成方法に着目した背景には、詩に詠む内容が和歌に同化するという、詩の国風化という現象があった。それは内容面だけに止まらず、詩の作者は掛詞などの和歌の修辞法を用いて詩句を作るようになった。

注

（1）和歌の題詠に関する最近の代表的な研究を以下に掲げる。田村柳壹「題――「結題」とその詠法をめぐって――」（『論集　和歌とレトリック』笠間書院、一九八六年）、藤平春男「題詠考――歌論史の角度から（一）――」（『国文学研究』第百二集、早稲田大学国文学会、一九九〇年十月）、片桐洋一「歌題、その形成と場――三代集の歌題

――」（『論集〈題〉の和歌空間』笠間書院、一九九二年）、中田大成「定家の結題詠の実際とその指導――『後鳥羽院御口伝』の定家像と『長綱百首』定家評の齟齬をめぐって」（『国文学研究』第百九集、早稲田大学国文学会、一九九三年三月）、家永香織「『俊頼髄脳』題詠論小考――俊頼の結題詠の検討を通して――」（『国文』第八十九号、お茶の水女子大学国語国文学会、一九九八年七月）、小川剛生「歌論と連歌――愚問賢注」（『二条良基研究』笠間書院、二〇〇五年。初出は一九九九年）など。

（2）本書第1章「句題詩概説」を併せて参照されたい。

（3）後藤昭雄「漢詩文と和歌」（『論集　和歌とは何か』笠間書院、一九八四年。『平安朝漢文文献の研究』吉川弘文館、一九九三年に「延喜七年大井河御幸詩」と改題して収める）を参照されたい。

（4）直幹の詩には題の文字を詩句に用いようとする意志が希薄である。唯一「期」を用いたのは「題中取韻」の形式であったからに過ぎない。谷口孝介氏の御教示による。

（5）七言絶句の前半二句に句題の文字をそのまま全て用い、後半二句は述懐を内容とする構成は、句題の七言律詩に於いて頷聯と頸聯とを省いたかたちに他ならない。このような構成方法を持った早い例として、長承四年（一一三五）三月二十三日関白藤原忠通が自邸に催した詩会に於ける藤原宗忠の「養生不若花」詩を挙げることができる。「七十餘廻衰老人、養生不若見花春。此花殊有延齢術、朝暮対来可谷神。」がその時の詩であり、宗忠を除く十五名は七言律詩で詩を賦したとある（『中右記』）。

（6）和歌の題詠の方法としては、藤原為家『詠歌一体』（甲本）に「難題をいかやうにもよみつづけむために本歌にすがりてよむ事も有り」、二条良基『近来風体』に「むすび題をばまはしてよむべし。又は本歌・本説を取りてよむべし」とある。

（7）これは本説が漢詩文であることに限定されるわけではない。例えば顕昭歌に番えられた慈円の「寄絵恋」歌（1116）「いかにせん絵にかく妹にあらねどもまことすくなき人心かな」は『古今集』仮名序の「僧正遍昭は歌のさまはえたれども、まことすくなし。たとへば絵にかけるをうなを見ていたづらに心をうごかすがごとし」を本説に持つ。慈円歌が題意を満たしているのは、本説中に「絵」の文字と「をうなを見ていたづらに心をうごかす」という「恋」を示す表現とが含まれているからである。

（8）　菅原道真以降、言志詩の命脈が無題詩の中に保たれたこと、藤原克己『菅原道真と平安朝漢文学』（東京大学出版会、二〇〇一年）一六五頁に指摘がある。

（9）　工藤重矩「平安朝漢詩文における縁語掛詞的表現」（『平安朝和歌漢詩文新考　継承と批判』風間書房、二〇〇〇年。初出は一九八六年）を参照されたい。

9 説話の中の句題詩

一、秀句説話

『古今著聞集』巻四に次のような説話が収められている。

少納言入道信西が家にて人々あつまりてあそびけるに、「夜深催二管絃一」といふ題にて当座の詩を作りけるに、皆人は作りいだしたりけるに、敦周朝臣案じいださぬ気色にて程へにければ、満座興醒めてけり。あまりにすみて侍りければ、有安が座の末にありけるに、入道朗詠すべきよしをすすめければ、「第一第二絃索々」といふ句を詠じたりけり。此の心、自然に此の題によりきたりけるにや、敦周朝臣やがて作りいだしたりけり。「龍吟水暗両三曲、鶴唳霜寒第四声」と作りたりける、殊に其の興ありて、人々感歎しけり。彼の朗詠の心いと相違なきにや。

（128敦周が秀句の事）

信西入道が当座の詩会を催したとき、出席者の一人、藤原敦周はなかなか詩を作ることができなかった。そこで信西は中原有安に命じて朗詠させたところ、その朗詠の句が題意に適っていたので、敦周は即座に詩想がひらめき、一首を為すことができた。その中の一聯は秀句としてもてはやされた、という内容である。末尾に「彼の朗詠の心いと相違なきにや」とあるように、この説話は一言で言えば、朗詠の効能を説いたものと見なすことができる。しかし、ここで今一歩踏み込んで明らかにしなければならないのは、敦周の詩句が秀句として評価されたのは何故か、彼の詩句のどのような点が優れていたのか、ということであろう。その点を明らかにしない限り、この説話を理解したことにはならない。本章では、敦周の詩句が秀句と評価された理由を当時の作文のあり方に即して考えてみたい。

二、句題詩の構成方法

この説話には信西（一一〇六―一一五九）、藤原敦周（一一一九―一一八三）、中原有安（生没年未詳。一一九五生存）の三人が登場する。いつのこととは記されていないが、三人の活躍時期から推して凡そ近衛朝から後白河朝にかけての頃の出来事であったと見てよかろう。当時、貴族たちの催す詩会では、即興的に詩を賦する場合と、詩題を設定して詩を賦する場合とがあった。前者の場で作られる詩は無題詩と呼ばれ、後者は漢字五文字から成る句題を設定することを原則とした（詩体はどちらの場合も七言律詩）。この説話の詩題「夜深催管絃」（夜更けまで管絃に興じる、の意）はまさにその句題である。通常の七言律詩ならば押韻、平仄、頷聯・頸聯を対句にするといった近体詩の規則を守って一首を作れば問題はない。しかし句題詩の場合、それに加えて本邦独自に定められた構成上の規則が存在した。それは七言律詩の首・頷・頸・尾の各聯を役割上、題目、破題、本文、述懐と規定するものである。実例に従って説明することにしたい。

天永二年（一一一一）十一月二十五日、権中納言藤原忠通は自邸で詩会を開催した。参会者はすべて十九人。忠通以外は皆四位以下の中下級文人貴族であった。次に掲げるのはそのとき藤原永実（一〇六二―一一一九）が賦した句題詩である。

対雪唯斟酒　　雪に対ひて唯だ酒を斟むのみ

1高閣巻簾対雪程　　高閣　簾を巻きて雪に対ふ程

2唯斟桂酒屢呼平　　唯だ桂酒を斟むのみにして屢ば呼平す

3映樽残月冷還湿　　樽に映る残月は冷ややかにして還た湿へり

4入盞落花消又軽　　盞《さかづき》に入る落花は消えて又た軽し

5乗興自催尋戴思　　興に乗れば 自づから戴を尋ぬる思ひを催す

6勧巡暗識引枚情　　巡りを勧むれば 暗に枚を引く情を識る

7黄門文会多賢哲　　黄門の文会 賢哲多し

8何必梁園召客卿　　何ぞ必ずしも梁園に客卿を召さむ

雪見をしながら、ひたすら酒を酌み交わす。

たかどので簾を巻き上げ、雪の降るさまを見ながら、ひたすら旨酒を酌み交わし頻りに唱平する。酒樽に浮かんだ有明の月が冷たく水気があるのに驚くと、それは何と雪だった。酒杯にひらりと落ちた花びらが溶けて消えたところを見ると、あれも実は雪だったのか。酒興に乗れば、雪の晩に酒を飲んだ王徽之が思い立ってはるばると戴逵を尋ねたように、自ずと友人に会いたくなるものだ。巡流の酒を勧められれば、漢の梁王が雪の晩の酒宴に枚乗を召し寄せた気持ちも何とは無しに理解できる。今この中納言殿の詩会には（身分はそれほど高くないけれども）多くの賢哲が集うている。どうして梁王のようにわざわざ賓客の公卿を招く必要があろうか。

本来、句題は古人（中国の詩人）の五言詩の一句を採って詩題とするものだった。しかし、時代が下るにつれ、題者（詩会で詩題を選定する役目の者）が新たに作るようになった。この「対雪唯斟酒」という句題もおそらく題者（この時は菅原在良）が時節に合わせて作ったものであろう。

まず首聯（第一句・第二句）では詩題の五文字を全て用いて、題意を直接的に表現しなければならない。また題字はこの聯以外に用いてはならない。当時、詩題のことを題目と言い習わしていたので、首聯を別称して「題目」と呼ぶ。永実の詩では「対雪」を上句に、「唯斟酒」を下句に置いている。

次に頷聯（第三句・第四句）、頸聯（第五句・第六句）では対句を用いて題意を敷衍する。このとき詩題の文字をそのまま用いてはならない。これを「破題」と言う。またどちらかの聯に故事を詠み込むことが望ましく、その場合は「破題」と言わずに「本文」と言う。この詩の場合、頷聯が「破題」、頸聯が「本文」である。「破題」の方法は基本的に語の置き換えだが、同義語を用いることは避けなければならない。飽くまでも題意を展開することに主眼を置くのである。頷聯では、上句の「樽」と下句の「盞」とが句題の「唯斟酒」に当たる語で、「残月冷還湿」と「落花消又軽」とが句題の「対雪」を敷衍した表現である。このように題意は句の上下でそれぞれ完結させなければならない。

頸聯に於いても上句・下句それぞれで題意を満たす必要がある。上句の「尋戴」は『世説新語』に見える王徽之の故事をふまえるが、直接には『蒙求』の標題「子猷尋戴」から得た語である。次に李瀚自註（台湾故宮博物院蔵本）を掲げる。

世説、王子猷居山陰而隠。夜大雪。眠覚、開屋酌酒。四望皎然。因起彷徨、詠左思招隠詩。忽憶戴安道。時戴在剡県。便乗一小船、経宿方至。造門不前返。人問其故也。王曰、乗興而〔行、興尽而〕返。何必見戴也。

（〔 〕内は脱文。『世説新語』に拠って補った。）

（世説に、王子猷、山陰に居りて隠れたり。夜大いに雪ふれり。眠り覚めて、屋を開きて酒を酌む。四望皎然たり。因りて起きて彷徨して、左思が招隠詩を詠ず。忽ちに戴安道を憶ふ。時に戴は剡《せん》県に在り。便ち一《い》つの小船に乗りて、宿を経て方に至る。門に造《いた》りて前まずして返る。人、其の故を問ふなり。王曰はく、興に乗りて行く。興尽きて返る。何ぞ必ずしも戴を見むや、と。）

これによれば「尋戴」は、王徽之が夜雪を見ているうちに興趣を押さえがたくなって友人の戴逵を訪ねたことを言うのであるから、句題の「対雪」を言い換えたことになる。「乗興」も『世説』の文中に見える語で、これは句題の「唯斟酒」に当たる。下句の「引枚」は『文選』に収める謝恵連の「雪賦」を典拠とする。この作品は、兎園に遊んだ梁王が司馬相如に命じて、折しも降り始めた雪を題として賦を作らせるという設定で書かれていて、その宴席には枚乗も召し出されている。

歳将暮、時既昏。寒風積、愁雲繁。梁王不悦、遊於兔園。乃置旨酒、命賓友。召鄒生、延枚叟。相如末至、居客之右。俄而微霰零、密雪下。

（歳将に暮れなむとして、時既に昏なり。寒風積り、愁雲繁し。梁王悦びずして、兔園に遊ぶ。乃ち旨酒を置きて、賓友に命ず。鄒生を召し、枚叟を延く。相如末《のち》に至りて、客の右に居れり。俄《しばら》くあって微霰零《ふ》り、密雪下る。）

文中「延枚叟」とあるのを永実は縮めて「引枚」と表現したのである。句題の「対雪」に当たる。下句で句題の「唯斟酒」に当たるのが、「乗興」と対を為す「勧巡」であることは言うまでもない。このように頸聯の二句は故事を用いて破題されている。

一首の締めくくりが尾聯（第七句・第八句）である。ここに至って詩人ははじめて自らの思いのたけを述べることが許される。それ故この聯を「述懐」と言う。しかしそれも題意をふまえての述懐でなければならない。ここでは、この宴を「梁園」（梁王が雪見の宴を催した兔園）に喩えて、彼の宴席に劣らず此処にも賢哲が集まっていることを指摘し、彼等の庇護者である忠通の徳を称えたのである。

以上の説明から明らかなように、句題詩は詩題が詩句の表現を強く拘束する詩体であり、題字と詩句との対応関係が緊密である点に大きな特徴がある。したがって、当時の詩人たちは、出題された句題を巧みに詠みこなすこと、特に頷聯と頸聯とに於いてすぐれた破題表現を展開させることに最も心を砕いたのである。詩人の評価は破題の語彙をいかに多く蓄えているかに懸かっていたと言っても言い過ぎではない。試みに平安時代を代表する詞華集『和漢朗詠集』を繙いてみると、本邦句題詩からの摘句が多く見出され、その殆どは一首の頷聯または頸聯である。このことからも頷聯・頸聯に於ける破題の巧拙が詩の評価を決定する重要な要素であったことが知られよう。

さて、以上のことを念頭に置いて、敦周の詩句を読むことにしよう。

三、敦周の秀句

作者の藤原敦周は式家藤原氏、従四位上文章博士茂明の男。母は日向守中原広俊の女である。大学寮の紀伝道に学び、対策及第の後、大内記、弾正大弼を経て、正四位下文章博士に至った。寿永二年（一一八三）三月三日出家、同年十月九日、六十五歳で没した。この経歴に照らして明らかなように、敦周は歴とした儒者であったから、前節で説明した句題詩の構成方法を熟知していたことは疑いない。彼の作った詩句をもう一度掲げよう。

龍吟水暗両三曲　　龍吟　水暗し　両三曲

鶴唳霜寒第四声　　鶴唳　霜寒し　第四声

詩題は「夜深催管絃（夜深けて管絃を催す）」という句題である。この一聯は対句を成しているので、七言律詩の頷聯あるいは頸聯のどちらかである。何れにしても破題しなければならない一聯である。先に述べたとおり、頷聯・頸聯では題意を上句・下句それぞれで満たすのが原則である。しかし、この句題の場合、それとは少し異なる構成方法を用いなければならなかった。

句題は二つの事物が組み合わされているのが通常の形である。先に見た「対㆑雪唯斟㆑酒」ならば、「雪」と「酒」との組み合わせである。ところが、この句題には二つの事物の片方に並列構造を持った二字熟語が用いられている。「管絃」の語がそれである。このような二字熟語を当時、双貫語と呼んだ。双貫語を含む句題の場合、双貫語を形成する二つの事物をそれぞれ一聯の上句と下句とに詠み分けて表現しなければならない。この句題ならば一聯の一方の句で「夜深催㆑管」を表し、他方の句で「夜深催㆑絃」を表し、二句合わせて題意を満たすようにするのである。

そこでまず上句を見ることにしよう。「水暗」は句題の「夜深」を言い換えた表現である。「龍吟」は『文選』所収、馬融の「長笛賦」に、

近世双笛従羌起。羌人伐竹未及已、龍鳴水中不見已。截竹吹之声相似。剡其上孔通洞之。裁以当篴便易持。
（近世の双笛は羌より起る。羌人、竹を伐りて未だ已《もち》ふるに及ばざるに、龍の水中に鳴いて已れを見せず。竹を截りて之れを吹くに声相ひ似たり。其の上の孔《あな》を剡《かいそ》いで通《かよは》し洞《とほ》す。裁《き》りて以つて篴《むち》に当つれば便にして持ち易し。）

とあるのを踏まえている。羌人の作った双笛の音色が龍の鳴き声に似ていたことから、「龍吟」は笛の音を言う。笛は管楽器であるから、「龍吟・両三曲」は句題の「催管」を表したことになるのである。したがって上句は「夜の闇に包まれた水辺から、龍の鳴くような美しい笛の音が聞こえてくる」というほどの意味であろう。

次に下句を見ることにしよう。ここでは、「霜寒」が句題の「夜深」に相当する表現である。敦周が「鶴唳・

の摘句である。

第四声」の表現を得た朗詠は『和漢朗詠集』管絃に収められている。白居易の「新楽府」の一、「五絃弾」から

第一第二絃索々、秋風払松疎韻落。第三第四絃冷々、夜鶴憶子籠中鳴。第五絃声尤掩抑、隴水凍咽流不得。

（第一第二の絃は索々たり、秋の風松を払つて疎韻落つ。第三第四の絃は冷々たり、夜の鶴子を憶つて籠の中に鳴く。第五の絃の声は尤も掩抑せり、隴水凍り咽んで流るること得ず。）

説話には朗詠の句が「第一第二絃索々」とだけしか示されていないが、「鶴唳・第四声」が傍線部「第三第四絃冷々、夜鶴憶」子籠中鳴」から得られた表現であることは言うまでもない。したがって下句は「寒い霜夜に、母鶴が子を思って鳴いているような物悲しい（五絃琵琶の）第四絃の音色が聞こえてくる」とでも訳すことができよう。

このように敦周の一聯は上句で「夜深催管」を表し、下句で「夜深催絃」を表し、上下合わせて題意を満たすことに見事成功している。敦周の作が秀句と評価されたのは、ひとえに破題表現として完璧だったからである。中世の説話集の中には、秀句にまつわる説話が散見される。そこでは、秀句がどのような状況下に生まれ、どのような結果をもたらしたのかといった話題が興味深く語られる。しかし、その秀句が秀句と評価される所以は決して語られない。当時の読者にとって、それは説明するまでもない了解事項だったのであろう。本章では「破題」こそが詩の巧拙を決定する重要な評価基準であったことを述べ、説話を理解する一助とした次第である。

10　故事の発掘、故事の開拓

はじめに

これまでの章で、私は平安時代中葉以降、詩の本流は句題詩にあり、「破題」こそが詩の優劣を決定する評価基準であったことを確認し、さらに破題には中国故事を用いて題意を敷衍する方法のあったことを述べた。[1]詩以外のジャンルに目を向けても、中国故事は和歌や物語に多く引かれ、表現に彩りを添えるばかりでなく、内容に一層の深みを与えている。文学を愛好した平安時代の貴族たちは常に中国故事を身近に感じ、それへの関心を怠らなかったのである。そこで本章では、本邦詩文に見られる中国故事の変遷を辿り、その視点から平安時代の漢文学を瞥見することにしたい。尚、平安時代の区分は本章に限って、おおよそ前後二分して一条朝までを平安前期、それ以降を後期として論を進めることにする。

一、平安前期に定着していた中国故事

平安前期にすでに我が国で親しまれていた中国故事とは一体どのようなものであったのだろうか。それを探る上で最適と思われる資料は『和漢朗詠集』と『本朝文粋』である。前者は一条朝頃に編纂された秀句選で、藤原公任（九六六―一〇四一）の撰。後者は仁明朝から後一条朝までの本邦詩文を収めた総集で、藤原明衡（?―一〇六六）の撰。この二書の中に用いられている中国故事が即ち当時流布していた中国故事であると断じて大過はなかろう。そこで、両書を閲してみると、そこに見られる中国故事は溯っては古代伝説上の三皇五帝に行き着き、他方、下っては唐の玄宗皇帝にまつわる故事で終結している。そして、その大半の故事を提供した文献は『蒙求』と『白氏文集』である。(2)

『蒙求』は唐の李瀚が童蒙の学習に資するために著した書で、天宝五年（七四六）の成立。四字句（これを標題と呼ぶ）五百九十六句から成り、句ごとに隋以前の人物に関する故事を凝縮した（原則として上二字に人名、下二字に事蹟を置く）もので、これによって六百近い故事を知ることができる。日本では平安時代以降、明治期に至るまで幼学書（十歳前後の時期に暗誦して学ぶ書籍）として重んじられた。「勧学院の雀は蒙求を囀る」という諺があったように、平安時代には貴族ならば誰もが幼年期に学習した書である。『和漢朗詠集』から、『蒙求』を受容した例を次に挙げよう。松（425）に収める源順（九一一―九八三）の「歳寒知松貞（歳寒くして松の貞しきを知る）」と題する句題詩の一聯である。

十八公栄霜後露、一千年色雪中深。

（十八公の栄は霜の後に露《あらは》る、一千年の色は雪の中に深し。）

上句で作者は詩題の「松」を「十八公」に言い換え、「松の栄誉は、霜が降りて万木が枯れ凋んだ後に明らかとなる」と詠んでいる。この「十八公」の語の背後にある故事が『蒙求』の「丁固生松」である。『蒙求』には撰者李瀚の自注があり、それによれば、『会稽録』に、三国呉の丁固が尚書の官にあったとき、夢に松が腹上に生え出たと見たので「松の字は分解すれば十八公である。つまりこれから十八年後に私が三公に昇るということだ」と人に夢解きをしてみせたところ、果してそのとおりになった、とある。[3] この故事は早くは『三国志』の裴松之注に見えるが、大方の平安貴族は『蒙求』によって知ったのである。

『白氏文集』は唐の白居易（字は楽天。七七二―八四六）自撰の別集である。日本では仁明天皇の承和年間（八三四―八四八）に将来されるや瞬く間に流行し、本邦の詩風を一変させたことはよく知られている。[4] 白居易の作品に詠まれた詩歌で、その内容が故事として我が国に定着したものは極めて多い。『和漢朗詠集』十五夜（250）に収める源順の作にその典型が見られる。

楊貴妃帰唐帝思、李夫人去漢皇情。
（楊貴妃帰つて唐帝の思ひ、李夫人去つて漢皇の情。）

「対雨恋月（雨に対ひて月を恋ふ）」と題する詩（題詠）の一聯である。ここで作者は雨のために十五夜の月がながめられない恨みを、最愛の妻に先立たれた二人の皇帝の心情に喩えて表現している。句意は「十五夜の今宵、雨のために見えない月を恋い焦がれる気持ちは、たとえて言うならば、楊貴妃が帰泉した後の唐の玄宗皇帝の思いや、李夫人が世を去ってからの漢の武帝の情と同じだ」。上句の背後にあるのは楊貴妃を失った玄宗が道士を遣わしてその消息をたずねさせた故事だが、これは言うまでもなく白居易の「長恨歌」（『白氏文集』巻十二・0596）を典拠とする。下句は李夫人を失った漢の武帝が反魂香を焚いて夫人に逢おうとした故事を踏まえる。これは古く『漢書』外戚伝上に見えるものだが、平安貴族が親しんだのはむしろ新楽府の「李夫人」（『白氏文集』巻四・0160）を通してであった。

　このように平安時代半ば、一条朝前後の段階では、中国故事といえば、白居易より以前の故事であったと言って差し支えない。白居易以後の漢籍に記される故事は、当時の本邦詩文に全く見出されないのである。それは一体何故か。

　『白氏文集』が円仁、慧萼《えがく》らによって我が国に齎された承和年間とは、取りも直さず最後の遣唐使が帰国した時期に当たる。[5] これ以後、遣唐使は派遣されることなく、寛平六年（八九四）菅原道真の上奏によって廃止され、これを以て唐との正式な国交が途絶えるに至ったことは周知のとおりである。中国ではこれ以後、唐から五代、そして趙宋へと目まぐるしく移り変わる不安定な時期に入ったから、この間、日本の知識人たちはたしかに新たな漢籍の入手を半ば諦めざるを得なかったのである。したがって、仁明朝から一条朝に至るまでの凡そ百五十年間、悲しいかな日本では『白氏文集』以後に中国で成立した書籍とは長らく絶縁の状態が続き（新たな故事を提供する書籍の渡来はなく）、貴族たちは承和年間までに（主として遣唐使によって）将来された漢籍に見出される中国故事に慣れ親しむことしかできなかったのである。そして、それらの中国故事は繰り返し用いられる内に次第に新鮮味を失い、表現の類型化を招いていたことは疑いない。この状況に一般の貴族はともかく、漢学を専門に学んだ儒者や、詩を愛好する文人貴族たちは、旺盛な文学的意欲とは裏腹に、新たな表現を模索できない焦燥に駆られていたのではなかったかと思われる。しかし、十世紀末、中国が再び安定期に入ると、彼らの間にこれまでの悲しむべき状況を打開しようとする動きが現れ始める。

二、入宋僧による漢籍の将来

源俊賢（九五九―一〇二七）といえば、一条朝の四納言の一人として知られる当代切っての知識人である。その彼が宋に渡っている寂照[6]にはるばる宛てて出した書状（部分）が『楊文公談苑』[7]所収、寂照の記事の末尾に載せられている。日付は寛弘五年（一〇〇八）九月である。

所諮唐暦以後史籍、及他内外経書、未来本国者、因寄便風為望。商人重利、唯載軽貨而来。上国之風絶而無聞。学者之恨在此一事。

（諮《はか》る所は『唐暦』以後の史籍、及び他の内外経書の、未だ本国に来たらざる者、便風に因り寄ることを望みと為す。商人、利を重んじて唯だ軽貨をのみ載せて来たる。上国の風、絶えて聞くこと無し。学ぶ者の恨み、此の一事に在り。）

この文面からは、未知の書を渇望する思いとそれを叶えてくれる入宋僧への期待とを読み取ることができよう。また遣唐使廃止以後、唯一頼みの綱であった私的貿易が、書籍に関しては滞りがちで、一部の貴族をそれほど満足させてくれるものではなかったことも窺われる。

この書状を受け取った寂照は、俗名大江定基、正三位参議大江斉光の男である。紀伝道に学び、三河守在任中、愛妾の死に遇って永延二年（九八八）出家。比叡山で修行したが、天台山五臺山巡礼の念願黙しがたく、ついに長保四年（一〇〇二）弟子七人とともに海を渡った。二山の巡礼を終えた後も帰国せず、丁謂(8)（九六六―一〇三七）の帰依を受けて蘇州の普門院に留まり、宋の景祐元年（一〇三四）杭州で寂した。当時の入宋僧は他に奝然、成尋らを数えることができるが、楊億、丁謂といった宋の有力文人官僚と好しみを通じていた寂照に対する日本側の期待と信頼とは極めて大きかったようだ。藤原道長の日記『御堂関白記』を繙くと、道長が寂照に砂金を送って書籍の購入を依頼した記事（長和四年七月十五日条）や、寂照の弟子の念救が一時帰国するや道長を訪れ、版刻されたばかりの宋刊本の『白氏文集』と『天台山図』（これは恐らく写本）とを寂照からの志として献上した記事（長和二年九月十四日条）などが見出される。このように、寂照を始めとする入宋僧の活躍によって多くの漢籍が新たに将来されるようになったのである。こうして儒者文人の間にはようやく読書の展望が開かれ、新たな故事を発掘し得る環境が整えられたのである。

尚、源俊賢の書状に見える『唐暦』は唐の柳芳撰。隋末の義寧元年（六一七）から唐の代宗の大暦十三年（七七八）までを記述した史書である。(9)これは唐代の前半期を覆う内容であるから、俊賢にはその後半期の歴史を知りたいという強い欲求があったのだろう。具体的な書名が挙げられていないので断言はできないが、後晉の開運二年（九四五）に成立した『旧唐書』あたりが目当ての史書だったのではないだろうか。

新たな漢籍を入手するには、右に見た入宋僧に購入を依頼するという方法に加えて、宋の商人から購入するという方法もあった。これは、前者が能動的入手方法であるのに対して、やや受動的である。この場合、商人が入京することもあった（『御堂関白記』寛弘四年十月二十日条）が、大方は博多周辺がその交易場所である。『長秋記』大治四年（一一二九）五月二十日条によれば、この日、鳥羽上皇は『霊棋経』なる書によって「覆物占物」を行なった。その書は院の主典代の大江通景が院に進上したものであるが、元をただせば「唐人自筆也。兄通国朝臣於鎮西伝学云々。（唐人自筆なり。兄通国朝臣、鎮西にして伝へ学ぶと云々）」とあるように通景の兄、通国が大宰府で入手した宋人写本であった。[10] 次節で取り上げる大江匡房も太宰権帥赴任中、莫大な財物を蓄えたというから（『古今著聞集』巻三）、その中には新渡の漢籍も多く含まれていたに相違ない。

三、中国故事の発掘

それではこの時期、文人貴族たちはどのような漢籍を新たに手に入れ、自らの文学の糧としていたのだろうか。大江匡房（一〇四一―一一一一）といえば、平安後期を代表する儒者の筆頭に挙げられる人物であり、その文業は極めて広い範囲に及んでいる。『江談抄』はその匡房の言談を、これまた博覧強記で知られる藤原実兼（一〇八五―一一一二）が筆録した書である。二人の巨人が丁々発止と繰り広げる問答の世界は、断片的記録であることもその理由として挙げられるが、実はむしろそのレベルの高さに現代の我々読者がついてゆかれないが故に、読解することが極めてむづかしい内容を持っている。その中に、匡房が嘻嘻として自作の願文に用いた故事の幾つかを種明かしする件り（巻六・49）がある。それらの故事は匡房以前には用いられたことのない珍奇なものであって、どうやら彼はその大半を新渡の漢籍から発掘したのではないかと思われるのである。次にその一端を掲げて説明することにしよう。[11]

又た問ひて云ふ、同じき願文に云ふ、「闇野之石」「斜谷之鈴」、此の義如何《いかん》、と。答へて云ふ、「闇野之石」は、漢の武帝、李夫人を恋ひ、「闇野之石」を刻みて彼の形を為《つく》る。石言《ものい》ひて云ふ、「我れに毒有り。近づく可からず」と云々。「斜谷之鈴」は、玄宗、蜀に幸《みゆき》するの時、斜谷の鈴声を聴きて貴妃を思へり。(原漢文)

願文とは、法会に際して仏に対する施主の願意を述べる文章である。当時、願文は儒者が施主の依頼を受けて執筆することが一般的で、匡房は『江都督納言願文集』というこの文体の作品ばかりを集めた別集があるほど、願文作者として名高かった。この願文は「法勝寺常行堂供養願文」(『江都督納言願文集』巻二)で、白河上皇が応徳二年(一〇八五)八月二十九日、前年二十八歳の若さで没した愛妻、中宮賢子の一周忌供養を法勝寺で行なった時に作られたものである。話題となっているのは文中、

韶顔如在眼前、瑩金人而擬闇野之石、嬌音絶於耳底、叩花鐘而代斜谷之鈴。

(韶顔 眼前に在るが如し、金人を瑩きて闇野の石に擬す、嬌音 耳底に絶えたり、花鐘を叩きて斜谷の鈴に代へたり。)=賢子の美しい顔が目の前にあるかのようだ。漢の武帝が李夫人の姿を闇野の石に刻んだのと同じように、今ここに賢子を模して黄金の仏像を拵えたのだ。賢子の愛らしい声はもう耳に聞かれなくなってしまった。そこで今、唐の玄宗が斜谷の鈴の音に楊貴妃の声を重ねて聞いた昔に倣って、賢子の声に擬して鐘を叩くのだ。

とある中に見える二つの言葉の出典であるが、ここで特に問題としたいのは後者の「斜谷之鈴」である。

天皇或いは上皇が寵愛する后妃を失った場合、願文の悲歎表現には漢の武帝と唐の玄宗の故事が用いられることが多かった。それも白居易の「李夫人」（『白氏文集』巻四・0160）、「長恨歌」（同巻十二・0596）に拠るのが常套手段である。ここに見える「斜谷之鈴」の故事もたしかに「長恨歌」に、

行宮見月傷心色、夜雨聞鈴腸断声。
（行宮に月を見れば心を傷ましむる色、夜の雨に鈴を聞けば腸《はらわた》断ゆる声。）

と詠まれてはいる。しかし、この本文は新渡の宋刊本のそれであって、当時の貴族社会で流布していた本文とは異なる。この句は我が国では『和漢朗詠集』恋（779）にも収める

行宮見月傷心色、夜雨聞猿断腸声。
（行宮に月を見れば心を傷ましむる色、夜の雨に猿を聞けば腸を断つ声。）

のかたちで知られていた。「猿」に対して「鈴」、「断腸」に対して「腸断」というのが、我が国伝来の古写本と新渡の宋刊本との間に見られる本文異同である。この後の問答から匡房が宋刊本の本文を知っていたことは明らかなのであるが、(12)それでは彼はこの故事の内容を何に拠って知ったのだろうか。それは恐らく唐の鄭処誨撰『明皇雑録』であったと思われる。(13)明皇とは玄宗を指す。『太平御覧』（巻五八四、觱篥）に引かれるその本文を次に掲げよう。

明皇既幸蜀、西南行初入斜谷。属霖雨渉旬、於桟道雨中聞鈴。音與山相応。上既悼念貴妃、採其声為雨霖鈴曲、以寄恨焉。（下略）

（明皇既に蜀に幸し、西南のかた行きて初めて斜谷に入る。霖雨の旬に渉るに属《あた》りて、桟道にして雨中、鈴を聞く。音、山と相ひ応ず。上既に貴妃を悼念し、其の声を採りて雨霖鈴の曲を為《つく》り、以つて恨みを寄す。）

撰者の鄭処誨（字は延美。生没年未詳）は大和八年（八三四）の進士。本書の成立は大中九年（八五五）であり、最後の遣唐使の帰国後のことであるから、我が国には相当遅れて齎されたものと思われる。『明皇雑録』はまさに新渡の書であり、匡房はこれによって新たな譬喩表現を獲得したのである。

さて、匡房には白河上皇のために執筆した中宮賢子の追善願文がもう一篇現存している。「円徳院供養願文」（『本朝続文粋』巻十三、『江都督納言願文集』巻二）がそれで、応徳三年、上皇が賢子の三周忌に当たって円徳院を建立した折のものである。ここでもまた漢の武帝と唐の玄宗とがそれぞれ寵妃を哀惜した故事が用いられている。次にその部分を掲げよう。

漢武帝之傷李夫人也、遺芬之夢空覚、唐玄宗之恋楊皇后也、宿草之露猶霑。

（漢の武帝の李夫人を傷むや、遺芬の夢空しく覚めたり、唐の玄宗の楊皇后を恋ふるや、宿草の露猶ほ霑《うる》へり。）＝漢の武帝が李夫人の死を悼んだ昔、夢で夫人に逢うことはできたけれども、夢から覚めてみれば、室中に香気が残っているだけだった。唐の玄宗皇帝が楊皇后を追慕した時には、陵墓に生え出た草が露に濡れていたように、ただ悲しみの涙に眩れるばかりだった。

ここで匡房は前年の願文で用いた故事と同じものを用いるなどということはしなかった。隔句対の前半は『王子年拾遺記』（『太平御覧』巻百七十六、堂）に見える次の故事を踏まえる。

漢武息於延涼室臥。夢李夫人授帝蘅蕪之香。帝驚起而香気猶著衣枕。歴月不歇。帝弥思涕、乃改延涼室為遺芬夢堂。

（漢武、延涼室に息ひて臥す。夢に李夫人、帝に蘅蕪の香を授く。帝驚き起くるに香気猶ほ衣枕に著けり。月を歴《ふ》れども歇《や》まず。帝弥《いよい》よ思涕し、乃ち延涼室を改めて遺芬夢堂と為す。）

武帝が延涼室に休息したとき、夢に亡き李夫人が現れ、武帝に香を授けたと見て目が覚めた。香の香りがひと月を経ても消えなかったので、延涼室を遺芬夢室と改めた、と言う。反魂香の故事でもなければ、闍野石の故事でもない。全く新しい故事を引くところが匡房の真骨頂である。ただし『王子年拾遺記』はすでに『日本国見在書目録』雑史家に著録されているから、新渡の漢籍ではない。

隔句対の後半に引かれているのが新渡の書『旧唐書』に見える故事である。同書、玄宗元献皇后楊氏伝に次のようにある。

開元十七年后薨。葬細柳原。玄宗命説為志文。其銘云、石獣渋兮緑苔黏、宿草残兮白露霑。園寝閉兮脂粉膩、不知何年開鏡奩。

（開元十七年、后薨ず。細柳原に葬る。玄宗、説《えつ》に命じて志の文を為らしむ。其の銘に云ふ、「石獣渋《すく》みて緑苔黏《ねやか》る、宿草残りて白露霑へり。園寝閉ぢて脂粉膩《なめら》かなり、知らず何れの年にか鏡奩を開かむ」と。）

匡房は、玄宗と言えば楊貴妃という先入観の裏をかいて、同じ楊氏でも全く別人である元献皇后の故事を持ち出し、張説の書いたその墓誌銘の一句（傍線部）を巧みに願文の表現に取り込んだのである。(14) 得意満面、してやったりと言わんばかりの作者の姿が眼に浮かぶではないか。因みに、この故事は『新唐書』には見えない。

以上、平安後期の儒者が新たな表現を模索する中で、新渡の漢籍が大きな役割を果たしたことを見た。ここで新たに発掘され、読者に驚きの眼を以て迎えられた中国故事は、後に願文というジャンルの枠を越え、広く貴族社会に浸透していったのである。(15)

四、本邦故事の開拓

興味深いことに、平安後期の漢詩文にはこれまで述べたような新たな中国故事とともに、本邦の故事が見出されるようになる。もとより漢詩文に用いられる故事は、中国のものに限られていた。この原則は漢語で書かれたいかなる文体に於いても守られたが、唯一の例外は和歌序である。それはこの文体が詩序から派生したものであるとはいえ、その始発が「古今集真名序」にあるからである。それゆえ和歌序には本邦故事の使用が容認されてきた（というより、本邦故事しか用いられない）のである。(16) このあたりが突破口を開いたのであろうか、平安後期の詠物詩には和歌を典故とした表現が散見される。例えば『本朝無題詩』巻二に収める大江佐国の「翫卯花」と題する詩には、第四句に「郭公囀隠女牆高。（郭公囀りて女牆の高きに隠る）」とあり、その自注は詩句の典故を「其趣見或名歌。（其の趣き、或る名歌に見ゆ）」と説明する。ここに言う名歌とは、契沖によれば柿本人麻呂の「なく声をえやはしのばぬほととぎすはつ卯花のかげにかくれて」（後に『新古今集』夏・190に入集）であるという（『契沖雑考』巻十二）。和歌の修辞法には本歌本説があって、それに用いるのは和歌であろうと漢詩文であろうと作者の任意であり、何等の制約もない。しかし一方、漢詩文には、典故は漢詩文に限るという大きな制約があった。それがこの時期、句題詩の盛行によって詩が国風化する一途を辿っていたから、和歌と詩との間の垣根が容易に取り払われ、必然的にこのような詩作が数多現れるに至ったのであろう。(17)

佐国は後冷泉朝から白河朝にかけて活躍した詩人だが、まだその段階では、本格的な本邦故事は詩文に現れてはいない。右に見た例からもわかるように、詩に見られるのは和歌を踏まえた表現であり、それは言わば和習に近いものであった。我が国の名高い人物の故事が詩文に詠み込まれるのは、次の世代を待たなければならなかった。その禁を破ったのは他ならぬ大江匡房である。

永長二年（一〇九七）三月、当時権中納言であった匡房は太宰権帥に任じられ、翌承徳二年九月大宰府に下向した。赴任中の康和二年（一一〇〇）、安楽寺満願院の落慶供養を翌月に控えた八月、彼は菅原道真（八四五―九〇三）を祀る安楽寺聖廟に参詣し、二百韻四百句に及ぶ五言古調詩「参安楽寺詩」（『本朝続文粋』巻一）を賦して道真を顕彰した。興味深いことに、詩中には後に『北野天神縁起』に収められる道真の故事が散見される。その中から第二二五句から第二五八句まで、道真没後に起きたさまざまな怪異が詠み込まれている部分を見ることにしよう。(18)まず第二二五句から第二三四句までの十句。

三廻加金策、百行記鼎彝。朝使伝鳳銜、玉藻飛前墀。如無脛而来、不待微風吹。青苔色紙上、妙迹両韻詩。

伝在門下局、後人猶得窺。

（三廻金策を加へ、百行鼎彝を記す。朝使鳳銜を伝ふるに、玉藻前墀に飛ぶ。脛《はぎ》無くして来たるが如し、微風の吹くを待たず。青苔色紙の上、妙迹両韻の詩。伝はりて門下局に在り、後人猶ほ窺ふことを得たり。）

これは『天満宮託宣記』に見える故事を踏まえる。『北野天神縁起』第三十五段に当たる。(19)『託宣記』には正暦四年（九九三）八月二十日のこととして、贈官位勅使が大宰府の行事らとともに位記を携えて安楽寺に参詣し、宣命を読み上げている時、青色の紙が風に吹かれるようにして御簾の中から現れた。それには七言絶句一首が書かれてあり、小野道風に似た筆蹟であった。その青色の紙は外記局に今も残っている、とある。「三廻加金策、百行記鼎彝」は道真の怨霊を恐れ、延喜二十三年（九二三）四月二十日道真を本官の右大臣に復した上で正二位、正暦四年五月二十日正一位左大臣、同年閏十月二十日太政大臣と三回にわたって官位を追贈したことを言う。「鳳銜」は追贈した旨を記した詔勅。「玉藻」は詔勅にすぐさま答えた道真の託宣の絶句を言う。「青苔色紙上」は道真の秀句「碧玉装箏斜立柱、青苔色紙数行書」（『和漢朗詠集』雁・322）を踏まえた表現。「妙迹」の妙は妙に同じ。側対（妙の旁の「玄」と「青」との対）を為すためにわざと妙の字を用いたのである。「門下局」は外記局。

又聞紅燭燃、殆欲及簾帷。有声暗喚人、既免炎上危。

（又た聞く紅燭燃え、殆ど簾帷に及ばむと欲す。声有り暗に人を喚ぶ、既に炎上の危を免る。）

第二三九句から第二四二句までの四句に見える話柄は先行文献に見当たらない。『北野天神縁起』第二十段、道真が没後すぐに延暦寺の尊意を訪れ、怨霊調伏の修法を止めさせようとした故事に関わるのであろうか。三伏の夏の夜、妻戸がほとほとと鳴るので尊意が押し開けてみると、外に道真の化身が来ていた。対面の後、のどの渇きを訴えるので柘榴を羞めると、道真はいったん口に含んで妻戸に吐きかけた。柘榴は炎となって燃え上がったが、尊意が灑水の印を結ぶと火は消えた、と『天神縁起』にはある。

昔有南峯僧、入定見金姿。大聖威徳天、昭臨伴二麗。率百万猛霊、主億千霊祇。
(昔 南峯の僧有り、入定して金姿を見る。大聖威徳天、昭臨して二麗を伴ふ。百万の猛霊を率ゐ、億千の霊祇を主る。)

第二四三句から第二四八句までの六句は『扶桑略記』天慶四年(九四一)三月条所引『道賢上人冥途記』に見える故事を踏まえる。『北野天神縁起』第二十八段に当たる。「南峯僧」は金峯山《きんぷせん》に入山修行した道賢(日蔵)のこと。道賢は天慶四年八月二日金峯山の窟中で息絶え、冥途を廻った後、八月十三日に蘇生した。その間、日本太政威徳天となった道真と対面した、という。後半の四句は『冥途記』の「時に自然の光明有りて昭曜す。其の光は五色なり。菩薩曰はく、日本太政威徳天の来たるなり、と。須臾の間、西山虚空の中より千万人の衆来たる。宛も天王即位行幸の儀式の如し。侍従眷属、異類雑形、勝げて数ふ可からず。或いは金剛力士の如く、或いは雷神鬼王夜叉神等の如し」(原漢文)とある記述に相当する。

皇居頻有火、製造課班倕。虫成卅一字、板上著其詞。
(皇居頻りに火有り、製造を班倕に課す。虫は卅一字を成し、板の上に其の詞を著す。)

第二四九句から第二五二句までの四句は『大鏡』左大臣時平に、

内裏焼けてたびたび造らせたまふに、円融院の御時のことなり。工ども、裏板どもをいとうるはしく鉋かきてまかり出でつつ、またの朝にまゐりて見るに、昨日の裏板にもののすすけて見ゆる所のありければ、梯に上りて見るに、夜のうちに虫の食めるなりける。その文字は、

　つくるともまたも焼けなむすがはらやむねのいたまのあはぬかぎりは

とこそありけれ。それもこの北野のあそばしたるとこそは申すめりしか。

とある故事を踏まえる。『北野天神縁起』第三十四段に当たる。班倕は、春秋魯の巧人公輸班と黄帝の時の巧人倕。『大鏡』の「工ども」をこのように言った。

夜々管絃声、寥亮座下弥。時々蘭麝香、芬芳室中貽。怪同宋(?)宮戸、読(?)斉宣室釐。
(夜々管絃の声あり、寥亮座下に弥《いや》ます。時々蘭麝の香あり、芬芳室中に貽《のこ》る。怪は宋宮の戸に同じ、読は宣室の釐に斉し。)

第二五三句から第二五八句までの六句は、夜ごとにどこからともなく管絃の音色が聞こえてきたり、誰もいない部屋に芳香が残っていたりといった怪異のあったことを言っているようだが、出典は不明である。『北野天神縁起』にも該当箇所は見当たらない。ただ後掲の菅原在茂の摘句に、この故事を踏まえたかと思われる表現があり、もしそうであるならば、菅原氏の菩提寺である吉祥院で起きた怪異ということになる。

以上、匡房が、後世『北野天神縁起』を通して流布してゆく道真の故事を早くも詩に詠み込んでいたことを確認した。これは現存資料に拠る限り、本邦故事を詩文に用いた最初の事例と言ってよいであろう。これ以後、道真の故事は晴れて詩文に用いられるようになる。匡房の儒者としての権威がその端緒を開いたのである。その意味で「参安楽寺詩」は極めて重要な作品である。

匡房以後に道真の故事を詩句に詠み込んだ例を次に掲げよう。平安末期の儒者、菅原在茂の「松樹顕神徳（松樹神徳を顕す）」と題する句題詩の一聯である（『擲金抄』巻中、神徳）。この詩会が何処で行なわれたのかは不明だが、詩題に「神徳」の語を含んでいることから判断して、道真を顕彰する目的があったものと思われる。[20]

郊北廟遺天暦瑞、城南祠駐夜琴声。
（郊北の廟 天暦の瑞を遺す、城南の祠 夜琴の声を駐めたり。）

「郊北廟」は北野社、「城南祠」は吉祥院。言うまでもなく、ともに道真を祀る廟所である。「天暦瑞」「夜琴声」はそれぞれの場所で起きた、「松樹」に関わる出来事（故事）である。前者、天暦年間に現れた瑞兆とは『北野天神縁起』第三十段に見える次の故事である。

同（天暦）九年三月の比、近江国比良宮にして、禰宜神主良種が子、七歳の小重太郎丸に託宣あり。「（略）我昔大臣たりし時、夢に松身に生て、即折ぬとみしかば、ながさるべき相也。松は我形の物なり。（略）右近馬場こそ有興之地なれ。かの辺にうつりゐん。其所には松をおほすべきなり。（略）」と云て、此童さめにけり。良種、此由の御託宣を身にそへて右近馬場に行向て、朝日寺住僧最鎮、法儀鎮世等にむかひて子細を相議する間、一夜の中に松生て、数歩林と成れり。

道真の託宣は「大臣だった時、身体に生えた松がすぐに折れるという夢を見たが、それは流罪の前兆だったわけだ。これから右近の馬場（北野社のあたり）に移り住もうと思うが、そこには松を生やすことにしよう」というもので、果たして右近の馬場には一夜にして松が林を成した、とある。したがって、この故事を踏まえた上句は「北野社の聖廟では、天暦年間に一夜にして松が林を成すという瑞兆が現れた」ほどの意味となるであろう。因みに、『新古今集』神祇歌（1905）に「北野によみたてまつる」の詞書で入集する慈円の歌、

さめぬれば思ひあはせてねをぞなく心づくしのいにしへの夢

もこの故事を詠んだものであろう。「覚めてから、流罪となる前触れなのかと夢解きして涙を流したことだ。あれこれと思案に暮れた昔の夢よ」とでも訳すことができようか。

後者の、夜どこからともなく琴の音が聞こえてきたという怪異は、「参安楽寺詩」にも詠まれていた故事で、それが『北野天神縁起』に見えないことはすでに述べた。「夜琴声」が何故句題の「松樹」を表すのかと言えば、

李嶠の『百二十詠』風詩の一句に「松声入夜琴。（松声 夜琴に入る）」などとあるように、詩歌では松風は琴の音に似通っていると言われるからである。したがって、下句の意は「吉祥院の聖廟には、風の松を払うような琴の音色が夜どこからともなく聞こえてくるという不思議な出来事のあったことが記録に留められている」となるであろう。

在茂の詩句は、故事を詠むこと自体に目的があるわけではなく、あくまでも題意を満たすために故事を用いた点で匡房の詩とは異なり、本邦故事の受容という観点からは一歩進んだ段階にあることを示している。道真の故事が文学として広く定着しつつあったことを物語るものであると言えよう。

さて、道真の故事が流布するに当たって、匡房の果たした役割が大きかったことはこれまで見たとおりであるが、匡房はさらに自らの事績を故事化して詩文に詠み込むという試みを行なっている。そのことについても触れておこう。次に掲げるのは『江談抄』（巻五・74）に見える「都督自讃事」と題する匡房自讃の記事である。

都督又た云ふ、身に取りて自讃十餘有り。その中に、八歳にして『史記』に通ず。四歳にして書を読む。十六歳にして「秋日閑居賦」を作る。その一句に云ふ、「李広漢室之飛将也、卜宅於隴山、范蠡越国之賢相也、避禄於湖水」と云々。明衡朝臣深く以つて之れに感ず。又た「落葉埋泉石詩」に「羊子碑文嵐後隠、淮南薬色浪中深」と云々。安楽寺の御殿鳴る序の一句に曰はく、「堯女廟荒、春竹染一掬之涙、徐君墓古、秋松懸三尺之霜。雖垂異代之名、皆非同日之論」と云々。又た云ふ、高麗より医師を申す返牒に云ふ、「双魚猶難達鳳池之月、扁鵲何入雞林之雲」と。是れ則ち承暦四年の事なり。其の後、鎮西に赴くの日、宋朝の賈人云ふ、「宋の天子、鍾愛賞翫有るの句にして、百金を以つて一篇に換へむとするの句なり」と。（原漢文）

ここで匡房はその生涯を振り返って自讃の数々を列挙しているが、その中に、この談話からそれほど時を溯らない大宰府時代の自讃（傍線部）が見出される。一つは康和四年三月三日、匡房が安楽寺で曲水宴を行なった時、聖廟の殿舎が鳴動したという事件である。これを匡房は自ら執筆した詩序（『本朝続文粋』巻八）の出来映えに、安楽寺に祀られている道真が感応して殿舎を鳴動させたのだと解釈したのである（『江談抄』巻六・42を併せて参照）。自讃の句は「堯女二妃が虞舜の死を悼み、春の竹がまだらに染まるほど涙を流したという廟所も今は荒れ果ててしまった。また呉の季札が徐君の死を悔やみ、生前欲しがっていた三尺の剣を傍らの松に懸けてやったという墓所も今は朽ち果ててしまった。虞舜も徐君もかつて深く哀悼されたことでは名高いけれども、道真公が今恭しく祀られているさまとは同様に論じられるものではない。」の意。

いま一つは承暦四年（一〇八〇）に執筆した「高麗返牒」（『本朝続文粋』巻十一、『朝野群載』巻二十）にまつわる出来事である。「高麗返牒」は医師派遣を要請する高麗からの牒状に対する返信であり、その末尾に置かれた匡房自讃の句は「貴国からの牒状は（牒としての形式が整っていないために）やはり宮中に通達することが憚られるものである。したがって貴国に医師を派遣することはできない」の意である。対句の眼目は「双魚」（書状の意）と「扁鵲」（名医の名）、「鳳池」（宮中の意）と「雞林」（高麗の通称）といった字対（意味の上では関係がないが、その字形が対偶を成すもの）を駆使した点にある。「高麗返牒」は執筆当初から北家日野流の儒者、藤原実綱を心伏せしめるほど名文の誉れが高かった（「暮年詩記」）が、それから二十年を経た大宰府に於いて、匡房は宋の商人から、これが皇帝鍾愛の秀句であり、百金を積んでも手に入れたい逸品だと賞讃されたというのである。

太宰権帥時代のこれら二つの自讃が実兼によって記録されて後、長治三年（一一〇六）匡房が再び太宰権帥に任じられた頃のことである。匡房邸で行なわれた詩宴で序者となった孫の大江匡輔は、詩序（『本朝続文粋』巻八）

の冒頭に次のように記した。

都督前納言尊閣者、懐八葉径寸之国宝、為三代函丈之帝師。文感聖廟、名迸宋朝。(21)

（都督前納言尊閣は、八葉径寸の国宝を懐き、三代函丈の帝師為《た》り。文は聖廟を感ぜしめ、名は宋朝に迸《ほとばし》る。）

詩序の第一段では主催者を賞讃するのが常である。傍線部に、詩文は道真の霊魂を感動させ、名声は宋の朝廷にまでとどろいているとあるのは、明らかに先に見た匡房の大宰府時代の二つの自讃を踏まえている。自讃の背後に故事があることは先に見たとおりである。つまり匡輔は主催者匡房をその故事を用いて誉め称えたのである。作者匡輔については未詳。匡房には匡周、匡隆（以上、隆兼の子）、挙衡、維光、匡行（以上、維順の子）と五人の（男の）孫がいるが、匡輔はそのいずれかの幼名であろう。ただ作者名の下に「江帥」と小字の注記があり、これは実際の作者が匡房である（匡房が孫のために代作した）ことを示したものと考えられるから、匡房自らが自身の故事を用いたということである。自らの故事を用いるのに、自らが作者となるわけにはいかないから、孫に仮託したのである。晩年の匡房は道真の故事といい、匡房自身の故事といい、本邦故事を詩文に用いることに対して一種の執念のようなものを持っていたとさえ感じられる。匡房をそこまで本邦故事の開拓に駆り立てたものは一体何だったのだろうか。

五、開拓の背景

平安時代の詩文の中で中国故事を比喩的に用いた表現を見わたしてみると、その様式は大きく二つに分けることができる。一つは極めてオーソドックスな様式で、本邦の場所や人物の事績を評価するのに、中国のどこそこのようだ、中国の誰それに匹敵するなどとする表現である。中国故事を用いる表現の大半はこの様式に属する。『和漢朗詠集』から一例（親王・667）を挙げよう。菅原文時（八九九―九八一）が村上天皇の第八皇子、永平親王の読書始の時に作った詩序（『本朝文粋』巻九・256）の一節である。

東平蒼之雅量、寧非漢皇褒貴無双之弟哉、桂陽鑠之文辞、亦是斉帝寵愛第八之子也。

（東平蒼の雅量、寧ろ漢皇褒貴無双の弟に非ずや、桂陽鑠が文辞、亦た是れ斉帝寵愛第八の子なり。）＝雅量のある東平王劉蒼は、漢の明帝に並ぶ者がいないと言って誉め称えられた弟ではなかったか。文辞に優れた桂陽王蕭もは、やはりまた南斉の武帝が寵愛した第八子であった。

親王の聡明であることを言うために、中国の歴史上名高い二人の王を登場させ、その故事を用いて婉曲に親王を誉め称えたのである。(22)

いま一つの様式は右の派生形で、中国の場所・事績を貶め、相対的に本邦のそれを高める（彼方のどこそこ、誰それなど問題にならないほど此方が勝れている）という様式である。同じく『和漢朗詠集』から一例（帝王・661）を挙げよう。大江朝綱（八八六―九五七）が宇多法皇（八六七―九三一）主催の詩宴で書いた詩序（『本朝文粋』巻十・310）

の一節である。

栄啓期之歌三楽、未到常楽之門、皇甫謐之述百王、猶暗法皇之道。

（栄啓期が三楽を歌ひし、未だ常楽の門に到らず、皇甫謐が百王を述べし、猶ほ法皇の道に暗し。）＝栄啓期は三つの楽しみを謳歌したけれども、まだ仏の説く常楽の門には到達していなかった。皇甫謐は百王の歴史を著述したけれども、やはり仏法の王者（世尊）の事績には暗かった。

これも詩宴の主催者を賞讃するための表現である。古来高く評価されてきた二人の人物を持ち出し、そのわずかな欠点を指摘して彼らを貶めることによって、法皇の長所を際だたせたのである。(23) この様式は、故事に否定的な言辞（この場合は「未到」「猶暗」）が付随して用いられるという特徴を持つ。

これら二つの様式の内、後者の表現は村上朝頃から顕著にあらわれ始め、平安後期に入ると極めて多く見受けられるようになる。第三節に掲げた匡房の「円徳院供養願文」の「漢武帝之傷李夫人也、遺芬之夢空覚、唐玄宗之恋楊皇后也、宿草之露猶霑。」という表現も、その後に「言而何為、唯須恃仏。（言ひて何をか為さむ、唯だ須く仏を恃むべし。＝そのような故事を言ったところで何の足しになろうか。ただ仏にすがるより他に手立てはない）」とあり、文脈上、哀悼の手段として法会を営んだことを称揚するために、仏教とは無縁だった二人の皇帝の行為を貶めるという構造になっている。

こうした中国故事を軽視する表現が一般化すれば、本邦故事の出現は時間の問題であったように思われる。しかし、それは平安も末期に近い、大宰府の匡房を待たなければならなかった。それでは、彼がそれまで禁止されてきた本邦故事の使用に踏み切った契機とは、一体どのようなものであったのだろうか。

恐らくそれは書籍の新渡に伴う対外意識の萌芽と深く関わるように思われる。(24) この時期、新たな漢籍が百五十年の断絶の時を置いて陸続と齎されてきたことはすでに述べたとおりである。その新渡の文物を前にして儒者文人たちは当初はその情報量に圧倒されたに違いない。しかし後にはその反動として、彼らの間にこれを乗り越えようとする意識が生じたであろう。何故なら、当時の日本では遣唐使の時代とは格段に異なって、外来の文化に対する批判的審美眼がすでに醸成されていたからである。その事例として、文学に於いては句題詩の盛行に伴い、詩の国風化が促進されていたことを挙げることができる。

その中国に対する対抗意識にいちはやく目覚めた儒者が大江匡房であった。彼は都ですでに新渡の書に触れ、それを自らの文学に生かしていた。しかし大宰府で宋の新たな文化をさらに身近に感じてからは、その筆鋒は却って本邦故事の開拓へと向かった。中国の文化的権威に対抗する手段として彼は本邦故事を選択したのである。そこで好材料を提供したのが、その時まさに生成されつつあった道真の伝記(後の『北野天神縁起』)だったのである。本邦故事解禁の背景を稿者はこのように考えたい。ここで見逃してはならないのが、本邦故事を初めて詠み込んだ「参安楽寺詩」が同時に中国の長編詩を超越しようとする意図を以て著されている点である。それまで詩の中で最も長いと考えられていた作品は白居易の百三十韻二百六十句から成る「遊悟真寺詩」(『白氏文集』巻六・0264)である。匡房の「参安楽寺詩」はこれと同じく五言古調詩であるが、長さではこれを遙かに凌ぐ二百韻四百句から成っている。匡房が句数の点で白居易を乗り越えようとしてこれを作ったことは充分に考えられることである。このことは、この詩を目にした南家の儒者、藤原成季が賦した詩「偸見大府参安楽寺詩賦一絶。(偸かに大府の「参安楽寺詩」を見て一絶を賦す)」(『擲金抄』絶句部、人事)に、二百韻詩雖竊棄、漢家日域未曾有。

（二百韻の詩 竊かに棄てらると雖も、漢家 日域 未だ曾て有らず。）

と詠じて匡房の意図を忖度していることからも明らかであろう。

以上、故事の観点から平安時代の漢文学の展開を一瞥した。大方の批正を俟ちたいと思う。

注

（1）本章で用いる「故事」の語は、先行文献に記載され、すでに広く知られている事績で、譬喩・比較表現の材料となるものと定義する。したがって、ある人物の事績を初めて詩文（行状など）に記す場合、これを故事とは呼ばない。

（2）これに大学寮・紀伝道の教科である三史（『史記』『漢書』『後漢書』）、『文選』を加えれば主要な故事を網羅することができる。『和漢朗詠集』に見られる中国故事については、山田尚子「新味と継承――『和漢朗詠集』の故事の表現をめぐって――」（『中国故事受容論考』勉誠出版、二〇〇九年。初出は二〇〇七年）を参照されたい。

（3）李瀚自註（台湾故宮博物院蔵本）「会稽録、丁固為尚書、夢松出其腹上。謂人曰、松字十八公也。十八歳予其公乎。卒如夢焉矣」。

（4）太田晶二郎「白氏詩文の渡来について」（『太田晶二郎著作集』第一冊、吉川弘文館、一九九一年。初出は一九五六年）、大曾根章介「王朝漢文学の諸問題」（『大曾根章介日本漢文学論集』第一巻、汲古書院、一九九八年。初出は一九六三年）を参照されたい。

（5）第十九次遣唐使。大使は藤原常嗣。承和五年六月出発、同六年八月帰国。

（6）神田喜一郎「中国人を驚かした寂昭法師の書」（『墨林閒話』岩波書店、一九七七年。初出は一九六六年）、拙稿

「寂照と匡房」(『平安後期日本漢文学の研究』笠間書院、二〇〇三年。初出は一九九七年)を参照されたい。

(7)『楊文公談苑』は楊億(九七四―一〇二〇)の言談を筆録した書。現存しない。寂照に関する記事は成尋の『参天台五臺山記』熙寧五年(一〇七二)十二月二十九日条に引かれる。また『皇朝類苑』巻四十三にも「日本僧」と題して引かれる。

(8)池澤滋子『丁謂研究』(巴蜀書社、一九九八年)を参照されたい。

(9)太田晶二郎「『唐暦』について」(『太田晶二郎著作集』第一冊、吉川弘文館、一九九一年。初出は一九六二年)を参照されたい。

(10)太田晶二郎「「霊棋経」」(『太田晶二郎著作集』第一冊、吉川弘文館、一九九一年。初出は一九五一年)を参照されたい。尚、『霊棋経』は『日本国見在書目録』五行家に著録されているので、新渡の書ではない。

(11)以下に取り上げる願文については、小峯和明「『江都督納言願文集』の世界(三)」(『院政期文学論』笠間書院、二〇〇六年。初出は一九八九年)に詳しい分析がある。

(12)掲出部分に続けて『江談抄』には「「夜雨聴猿腸断声」の「猿」の字は「鈴」の字に改む可し。件んの事、昔披見する所なり、と云々。僕問ひて云ふ、然らば『文集』は僻事《ひがごと》か。又たは伝写の誤りか、と。詳しくは答へず」とあり、匡房が宋刊本の本文を知っていた上に、我が国伝来の写本本文よりも宋刊本本文を優位と見ていたことが明らかである。他方、当時流布していた本文に馴染んでいた実兼は、我が国伝来の『白氏文集』自体が粗悪なのか、或いは単なる誤写なのか、と疑問を呈している。『白氏文集』の本文系統については太田次男『旧鈔本を中心とする白氏文集本文の研究』(勉誠出版、一九九七年)を参照されたい。

(13)匡房が『明皇雑録』に拠ったことは大曾根章介「大江匡房と説話・縁起」(『大曾根章介日本漢文学論集』第二巻、汲古書院、一九九八年。初出は一九九四年)にすでに指摘されている。

(14)小峯和明前掲論文に掲出部分を「漢の武帝が李夫人をしのび、反魂香で呼び戻しても、その夢はむなしくさめ、唐の玄宗が楊貴妃を恋い慕っても、生い茂った草に露がしとどに置かれるだけ」と解釈するのは誤り。

(15)伝播の一翼を担ったのは、実兼の家系に属する安居院の唱導僧たちである。

(16)実は例外がもう一つだけある。策問・対策をパロディ化した作品である。「弁散楽」(『本朝文粋』巻三)、「詳和歌」（『本朝続文粋』巻三）が現存する。策問・対策については本書第14章「平安後期の策問と対策文」を参照されたい。

（17）詩の国風化については本書第8章を参照されたい。
（18）拙稿「院政期二題」（院政期文化論集第二巻『言説とテキスト学』森話社、二〇〇二年）で指摘したことがある。
（19）『北野天神縁起』の章段は竹居明男編『北野天神縁起を読む』（吉川弘文館、二〇〇八年）にしたがった。
（20）北野天満宮に於ける詩作を論じたものに後藤昭雄「北野作文考」（『平安朝漢文文献の研究』吉川弘文館、一九九三年。初出は一九九一年）がある。
（21）国史大系が「宋朝」を「本朝」に校訂するのは誤り。
（22）隔句対の前半は、後漢の東平王が兄の明帝から、いちばんの楽しみは何かと問われ、善を為すことと答えた故事（『藝文類聚』諸王所引『東観漢記』）を踏まえる。後半は、南斉の武帝の第八子、桂陽王が文章に勝れていた故事を踏まえる（『南斉書』桂陽王鑠伝）。但し実際に桂陽王が勝れていたのは名理の面であり、文章に勝れていたのは桂陽王と併称された鄱陽王の蕭鏘（高帝の第七子）だった。
（23）隔句対の前半は、栄啓期が孔子に人生の楽しみを問われて、人に生まれたこと、男であること、長寿を得たことの三つを挙げた故事（『列子』天瑞）を踏まえる。後半は、晉の皇甫謐が『帝王世紀』を編纂したこと（『晉書』皇甫謐伝）を踏まえる。
（24）近年、日本思想史学の分野に於いて平安後期の「本朝意識」に関する研究が進められている。「本朝意識」は詩文に現れた故事の観点からも考察することが可能であると思われる。小原仁「摂関・院政期における本朝意識の構造」（『中世貴族社会と仏教』吉川弘文館、二〇〇七年。初出は一九八七年）を参照されたい。

11　保元三年『内宴記』の発見

はじめに

内宴は宮中、仁寿殿で正月二十一日前後に行なわれる天皇主催の宴会である。行事の中心は詩を賦することにあり、儒者文人はこれに召されることを名誉とした。嵯峨天皇の弘仁四年（八一三）に始まり、後一条天皇の長元七年（一〇三四）まで聯綿と行なわれたが、以後途絶え、保元三年（一一五八）にいったん復興されたが、翌四年を最後に絶えて行なわれることはなかった。(1)ここに取り上げる『内宴記』は保元三年の時のもので、当日の詳細な記録であるとともに、参加した公卿・文人の詩が全て収められている点に資料的価値がある。平安時代の詩を網羅的に集輯した業績としては市河寛斎の『日本詩紀』、水戸徳川家の『詩集目録』などがあるが、本書所収の十八首の詩はこれらの何れにも収められていない。(2)以下、本書の概要とその資料性について述べたい。

一、『内宴記』の概要

『内宴記』は田安徳川家の旧蔵書で、現在、国文学研究資料館に所蔵されている。書誌的事項を次に掲げる。

内宴記（外題） 宝暦十一年（一七六一）滋野井公麗写 一冊
国文学研究資料館蔵 請求番号一五一—八九
浅黄色布目空押し表紙、二十七・五×二十・一糎。左上に書き題簽「内宴記 全」。内題を欠く。料紙、薄様楮紙。遊紙、前一枚。本文、九行十四字内外。字面高さ、二十三・八糎。墨付十五張。藍色の不審紙、朱の注記（文字の判読に関する）有り。奥書、元奥書「長禄三年〈己卯〉九月十日或以本書写畢　為端破」（15オ）、書写奥書「以帥黄門〈頼言卿〉本書写畢／宝暦十一年四月廿五日右衛門督藤原公麗」（15ウ）。印記、「田藩文庫」（墨、表紙右下）、「田安府芸臺印」（朱、1オ右上）。

本書は、行事の記録（以下、記と称する）と当日賦された詩群とから成る。記はほぼ完全なかたちをとどめているが、錯簡が存する。それは翌年正月二十一日の内宴の記録と付き合わせることによって判明する。保元四年の内宴については、当日出居の少将として行事に勤仕した藤原忠親の日記『山槐記』に詳細な記録が見られる。次に『山槐記』の記事に従って内宴の式次第を簡単に示そう。

1女蔵人、紫宸殿北廂の座に着く。2主上、仁寿殿に出御。3釆女、御臺盤の覆いを撤《さ》る。4主上、御倚子に着く。5陪膳の典侍（先例では更衣）、円座に着く。6公卿等を召す。7公卿等、庭中に列立。8内大臣（行事の上卿。保元三年時は左大臣藤原伊通)、空盞《こうさん》を受け、謝酒。9公卿等、昇殿着座。10女蔵人等、主上に御膳(索餅・御飯)を供《く》ず。11公卿等、索餅・御飯を賜わる。12一献を供ず。13公卿等に賜う。行酒。14二献の後(先例では三献の後)、文人を召す。15内教坊別当、舞妓の奏を主上に奉る。16音楽を作す。17舞妓・楽人、綾綺殿の軟障《ぜじょう》の南頭より出て草墩《そうとん》に着く。この後、舞楽を奏す。18文人、着座。(保元三年時は着座せず)19公卿・文人、紙筆を賜わる。20内大臣、座を起ち、献題のことを奏上す。21勅許を得て、座に復す。22題者を召す。23題者、称唯《いしょう》して内大臣の後に立つ。24内大臣、献題を命ず。25題者、詩題を書いて内大臣に授く。26内大臣、詩題を奏上す。27主上、詩題を御覧じ、これを内大臣に返す。28題者、詩題を清書し、内大臣、これを主上に奉る。29題者、侍臣の料として詩題を書く。回覧。(『山槐記』にこの記事無し。『内宴記』による。)30晩に入り、出居の次将、弓箭を帯ぶ。31杯酌・舞楽終了。文人・公卿、詩を文臺の筥に入れる。32出居の次将、文臺の筥を御前に置く。33陪膳の典侍、退出す。34公卿・文人、座を起ち、御前に候ず。35内大臣、講師を召す。36披講。読師は内大臣(保元三年時は左大臣)。37公卿・文人、下殿す。38御遊。

これを記と付き合わせると、記では舞妓の登場(17)から直ちに披講の直前(31・30)に記事が飛び、その間の詩題を奏上してから詩題を回覧する迄の記事(20~29)が末尾に来ている。この錯簡に伴って、公卿・文人が紙筆を賜る(19)等の記事が脱落しているかもしれない。

詩群には、詩を奉った十八人の作が全て見られる。記に下位の者から披講したとあるので、披講とは逆の順に排列されている(序者の詩序と詩が末尾に来ている)。作者名を排列にしたがって掲げる。

関白藤原忠通・前太政大臣藤原実行・左大臣藤原伊通(読師)・権中納言藤原朝隆・権中納言藤原公通・参

議藤原光頼・参議左大弁藤原雅教・式部大輔藤原永範（題者）・中宮亮藤原顕長・文章博士藤原長光・大学頭東宮学士藤原範兼（講師）・式部少輔藤原成光・大内記藤原信重・藤原敦周・大監物藤原周光・藤原惟俊・散位藤原守光・左少弁東宮学士藤原俊憲（序者）

この中で、儒者以外の文人として藤原周光（式家、藤原敦基の養子）、藤原惟俊（南家真作流）、藤原守光（北家内麿流）の三名が召されていることは注意されてよい。この三人はそれぞれ家系を異にするが、関白藤原忠通側近の文人という点で共通する。周光は忠通が編纂を下命したと考えられている『本朝無題詩』の最多入集詩人で、書中忠通との唱和詩も多く存する。惟俊と守光は『今鏡』巻五（菊の露）に忠通晩年の側近の詩人としてその名が見える。したがって、この時の文人の人選には忠通の意向が強く反映されていたことが認められる。また、この日の上卿は、記に「兼日左相国草進式。（兼日、左相国式を草進す）」（1オ）と記すように左大臣藤原伊通が勤めている。内宴復興の功績はたしかに建議した信西にあったと考えられるが、実際の行事の場で中心的役割を果たしたのは忠通と伊通の二人であったことが窺われる。

二、他書に見られる保元三年内宴の記事

次に、保元三年の内宴に関する記事が『今鏡』、『古今著聞集』、『古事談』等に見出されるので、これについて触れておきたい。いずれの記述も記の内容と符合するところがあり、記によって説話の信憑性が裏づけられる。

先ず『今鏡』（巻三、内宴）には次のような記述が見られる。

舞姫十人、綾綺殿にて袖ふる気色、漢女を見る心地なりけり。今年ははかにて、まことの女かなはねば、童をぞ仁和寺の法親王奉り給ひける。

これは記中、舞妓・楽人が綾綺殿の軟障の南頭から出て草墩に着くところ（式次第17）に「舞妓十人」（3ウ）とあり、少し後に「後聞舞妓実男童云々。（後に聞く、舞妓、実は男童なりと云々）」（6オ）とある記述に合致する。

また『古今著聞集』（巻三）の内宴の記事には次のような記述が見られる。

法性寺殿、関白にておはしましけるをはじめて、人々おほくまゐりあひたりけるに、前太政大臣（藤原実行）は、かならず詩をたてまつるべき人にておはしけり。太政大臣（藤原宗輔）は管絃の座に必ず候ふべき人にておはしけるに、座敷うちなかりければ、いかがあるべきと、かねて沙汰ありけるに、太政大臣、下につくべきよし、すすみ申されけれども、殿下（藤原忠通）ゆるし給はざりけり。つひに前太政大臣まづまゐりて、詩をたてまつる。披講はてて出で給ひて後、太政大臣かはりて座につき給ひけり。ありがたかりける事なり。（中略）このたびぞかし、俊憲宰相、蔵人・左少弁・右衛門権佐・東宮学士にて、かきひびかして侍りけることは。

これは、前太政大臣の藤原実行と太政大臣の藤原宗輔がともに出席すべきところ、太政大臣のためには座席が一つしか用意されないので、初めの詩宴に実行が出席し、後の御遊に宗輔がこれと交替して出席した、ということである。記には、実行が行酒の最中遅参し（3ウ）、詩宴に出席したことが見える。その席上に宗輔の顔は見えず、宗輔が初めて記に登場するのは、たしかに御遊の時である（4ウ）。『古今著聞集』の記事の最後に「このたびぞかし、俊憲宰相、蔵人・左少弁・右衛門権佐・東宮学士にて、かきひびかして侍りけることは」とあるのは、恐らく『古事談』（巻六）の説話に関わることで、俊憲の書いた詩序の出来映えが評判になったことを言っているものと思われる。『古事談』の説話は次のとおり。

俊憲卿書内宴序〈西岳草嫩、馬嘶周年之風、上林花馥、鳳馴漢日之露〉之時、持来通憲入道之許、令見合ケレバ、一見之後、刻限已至。早清書ト云ケレバ、猶一両返読ナドシテ、有沈思之気。起後、入道云、ココガ法師ニハマサリタルゾ、トテ涕泣云々。件序、入道モ書儲、懐中ニ持タリケレド、尚劣タリケレバ不取出云々。

ここには「俊憲卿、内宴の序を書くの時」として、「西岳 草嫩し、馬 周年の風に嘶く。上林 花馥し、鳳 漢日の露に馴れたり」という詩序中の隔句対が引かれる。そしてその詩序の草稿を父の通憲に見せたところ、「一見の後、刻限已に至る。早や清書せよと云ひければ」とある。この「刻限」というのは、講師が詩を読み上げる披講の始まる時刻であり、通憲が俊憲の草稿を見たのは、内宴の席上、文人たちに紙筆が配られて以降、杯酌と舞楽とが終わって、俊憲が詩序と詩とを認めた懐紙を文臺の筥に入れるまでの間である。記によると「仁和寺法親王・通憲法師、於御座柱簾中同見之云々。（仁和寺法親王・通憲法師、御座の柱の簾中に於《し》て同《とも》に之れを見ると云々）」（5ウ）とあって、通憲は天皇の御座近くで内宴の一部始終を見ていたのであるから、俊憲の草稿を一見することは可能である。『古事談』には「早や清書せよと云ひければ」に続けて、「猶ほ一両返読みなどして、沈思の気有り。起ちて後、入道云ふ、ここが法師にはまさりたるぞ、とて涕泣すと云々。件んの序、入道も書き儲けて、懐中に持ちたりけれど、尚ほ劣りたりければ、取り出さず、と云々」とある。「ここが法師にはまさりたるぞ」の「ここ」を、直前の「沈思の気有り」を受けるものと見て、「この入念、慎重な態度が、親の自分にまさっている点だ」と解釈する向きもあるが、(3)そうではなかろう。俊憲の詩序の出来を心配して、通憲も詩序の草稿を用意してきたが、その必要はなかった、というのであるから、「ここ」とは、冒頭に引かれている詩序の一節を指すものと考えられる。「西岳草嫩」以下の隔句対の出来映えに通憲も感心した、というのがこの説話の眼目であろう。(4)この隔句対のどのような点が優れているかについては後述する。

三、『内宴記』の執筆者

この『内宴記』を著した人物は一体誰なのか。これについて考えてみたい。『内宴記』には儀式の進行を記す中に、記録者の感慨（その多くは行事の不手際に対する批判）を交えている箇所が見出される。これが『内宴記』の記者を推測する手がかりとなる。結論から言えば、それは内宴の復興を建議した当人、信西入道藤原通憲ではないかと思われる。その根拠として第一に、内宴に参加しなかった公卿に対して批判的な言辞を加えていることが挙げられる。記には御遊までを記録し終えた後、「抑公卿称或非文人、或号不堪糸竹、不参云々。此事不審。先例内宴不堪件両事之人、所参仕也。（抑も公卿、或るものは文人に非ずと称し、或るものは糸竹に堪えずと号して参ぜず、と云々。此の事、不審なり。先例、内宴は、件んの両事に堪えざるの人、参仕する所なり）」と記し、不参の公卿の名を列挙している（5オ）。内宴の行事としての意義を熟知し、且つ公卿をこのように批判できる立場にある人物として、信西は蓋然性が高い。

第二に、音楽についての見識が垣間見られることが挙げられる。この時の内宴で演奏された舞楽は全部で五曲だった。これに対して『内宴記』の記者が「人々相語云、音楽優美也。柳花苑不奏之。無知指之者歟。可謂遺恨。（人々相ひ語りて云ふ、音楽優美なり、と。柳花苑、之れを奏せず。無知の指したるの者か。遺恨と謂ふ可し）」（6オ）と記したのは、内宴に欠かせない柳花苑が演奏されなかったことと、それにも拘らず、この日の舞楽に称賛の声が上がったことを批判したものである。『百練抄』保元四年正月二十二日条の伝えるところでは、翌年の内宴では「信西入道、勅を奉《うけたま》はりて、其の曲を練習せしむ」と、信西自ら舞楽の練習を指揮している。これは前年、柳花苑を演奏しなかった失態に対応してのことではなかったかと思われる。

第三には、詩を賦することについても一家言を持っている点である。記は公卿・文人たちがこの日用いた詩懐紙の紙質について記した後、「今日諸客之自歎□□自歎無益。須待世上褒毀也。（今日、諸客の自歎、□□自歎無益なり。須らく世上の褒毀を待つべきなり）」（7ウ）と記している。これは、作者たちが詩の出来映えを自画自賛しているありさまに批判を加えたものと思われる。これなども詩人として評価を得ていた信西なればこその発言と言うことが出来る。

第四に、記者の坐している場所の問題がある。舞楽が始まり、公卿が行酒している最中、前太政大臣藤原実行が遅れてやって来る。そのとき、行酒の序列をめぐって内大臣藤原公教と左大臣藤原伊通との間で交わされるやりとりを『内宴記』の記者は聞き取って記録している[5]（3ウ）。これは「御座の柱の簾中」に坐している信西ならば可能な行為である。記中「仁和寺法親王・通憲法師、御座の柱の簾中に於て、同に之れを見る」（5ウ）と通憲の存在を客観視しているような書き方が為されているが、これは言わば韜晦して記録する態度を取ったものと見なすことができよう。

以上の四点から『内宴記』の記者は信西の可能性が高いと思われる。内宴を復興させた当事者として、これを詳しく記録し、後世に伝えようとする意図から、信西自ら筆を執ったものと考えたい。

四、俊憲の句題詩

最後に、『古今著聞集』や『古事談』に絶賛された藤原俊憲の詩序について考察を加えたい。それに先立って、まず俊憲の詩を見ておこう。

　春生聖化中
春生聖化世康哉
相楽意同（聖化中）李老臺（春生）
風属垂衣（聖化中）声漸暖（春生）
鳥馴諫鼓（聖化中）曲初来（春生）
恩栄発得（聖化中）花繁艶（春生）
雨露浴将（聖化中）木不才（春生）
官職於臣涯過分
豈図斯宴侍蓬萊

　春　聖化の中に生《な》る
春　聖化に生る　世康きかな
相ひ楽しみて　意　李老の臺に同じ
風　垂衣に属《あた》りて　声漸く暖かなり
鳥　諫鼓に馴れて　曲初めて来る
恩栄に発《ひら》き得たれば　花繁艶
雨露に浴し将てゆけども　木不才
官職　臣に於いては涯　分に過ぎたり
豈に図らむや　斯の宴　蓬萊に侍せむとは

当時、公的な詩宴で作られる詩は殆ど全て句題の七言律詩であった。句題とは漢字五文字から成る詩題（題目）を言い、七言詩の各聯は役割上「題目」「破題」「本文」「述懐」と規定されていた。これは今体詩の規則に加えて本邦独自に定められた制約である。俊憲の詩を例に取って説明すると、首聯では句題の五文字を用いる。この詩では「中」字は用いられていないが、「春生聖化」の四文字を第一句の初めに置いている。第二句は『老子』第二十章をふまえ、「春になって衆人が臺に上るかのように、熙熙として聖化の行き届いた世を楽しんでいる」の意であり、首聯は題目の文字を用いて句を為すことから「題目」と呼ばれる。次の頷聯・頸聯では、句題の文字を用いずに題意を敷衍することが求められる。第三句の「垂衣」は黄帝堯舜が天下を治めたときの衣装で、「風垂衣に属る」は聖人が国を治めている姿の形容である。この四文字で句題の「聖化中」を表している。「声漸くに暖かなり」は、教化の風声も次第に春の暖かさを増してきた、の意で、この三文字で「春生」を表わす。第四句は、帝堯が自分の政治を諫めさせるための鼓を朝廷の門外に置いた故事をふまえている。「鳥諫鼓に馴れたり」は、天下が治まり諫鼓が打たれることもないので、鶯（或いは鳳か）は諫鼓の音を恐れるでもなく馴れ親しんでいるということで、「聖化中」を言い換えた表現である。「曲初めて来る」は鳥が春になって歌い始めたの意で、「春生」に相当する。頸聯もこれと同様で、傍線を付して示したように、句題を別の言葉で言い換えている。詩題の文字を用いずに題意を敷衍することを破題と言うことから、頷聯・頸聯は「破題」と呼ばれる。また頷聯・頸聯はどちらかの聯で故事を用いることが望ましく、その場合、「破題」と言わずに「本文」と呼ぶ。普通、「本文」は頸聯であることが多いが、この詩では頷聯が「本文」の句である。最後の尾聯で、詩人は自らの思いの丈を述べることが出来る。それ故、尾聯を「述懐」と呼ぶ。ここでは、現在の官職が分に過ぎたものである上に、内宴に侍ることができたことを喜び、それに対する謝意を表したのである。このように俊憲の詩は句題詩の詠法に則って作られており、他の十七人の作も全てこの方法によって詠まれている。句題詩の詠法を以上のように確認したところで、俊憲の詩序を見ることにしよう。

五、俊憲の詩序

まず詩序の全文を次に掲げる。三段の内、第二段のみを対句に分けて示す。

内宴之時、義遠哉。源起弘仁聖朝、塵及長元之宝暦。爾来霓裳罷曲兮百餘年、鴻藻閣筆兮八九代。聖上訪先王之勝躅、扇万古之頽風。早復大廈之基、新命上春之宴。于時瓊戸暁排、繍帳晴巻。賞煙霞於天臨之下、翫管絃於露寝之傍。趙舞燕歌之奏妙曲、梨園之風如旧、詞宗墨客之頌主徳、蓬峯之月是新。況従宴礼者、羽人雖多、応勅喚者、鳳才不幾。蓋歴代之旧貫也。彼瑤池浪幽、嫌玄蹤於八駿之路、玉城雪隔、徧遠遊於十龍之門、未若斯事之慎密、今日之歓娯而已。」（第一段）

観其

春生聖化之中

化洽王春《春生》之首

諸蟄驚于《聖化中》雷霆之威

万物《春生》浴于雨沢之恵

西岳草嫩　馬嘶《聖化中》周年之風

」（題目）

上林花芳 春生　鳳馴漢日之露 聖化中」（破題）

至如

鶯児囀兮告美景 春生

鶏人唱兮勧早朝

未旦求衣 聖化中　暗知宮漏之漸短 春生

以古為鏡 聖化中　偸感池氷之先開 春生

A

遂使

荒堯茅以好倹 聖化中　朝日弥温 春生

刈秦荼以措刑 聖化中　繁霜何在 春生

B

者乎」（本文）」（第二段）

既而杯觴無算、吟詠未休。漢□□之拝仙女也、上元之曲漸闌、唐太宗之宴群臣也、鈞天之夢欲覚。臣謹奉綸言、粗叙縷旨、云爾。謹序。」（第三段）

句題の詩序は、第一段で詩宴の主客、時節、場所などを前置きし、第二段で題意を詳細に敷衍し、第三段で披講の時刻が近づいたことを述べ、序者の謙辞でしめくくる、という三段構成を取るのが一般的であり、俊憲の詩序もこれにしたがっている。この詩序の第一段と第三段に見られる特徴は『本朝文粋』を多く典拠としている点である。傍線を付した箇所がそれに当る。(6)『本朝文粋』の中でも、内宴を始めとする天皇主催の詩宴の詩序から言葉を選んでいる点が際立っている。おそらく俊憲の手元には、『本朝文粋』所収の対句を主題ごとに部類した手控えのようなものがあったはずで、それに従って詩序の第一段、第三段を構成したことが想定できる。この方法は後の安居院の唱導に用いられるそれと全く同じである。安居院の澄憲は俊憲の四歳年下の弟であり、『筆海要津』や『言泉集』といった安居院流の著作の先蹤を俊憲の詩序の背後に見ることができる。過去の駢文作品から優れた対句を抄出する方法は何も澄憲から始まったわけではなく、儒家の伝統に則ってのことなのである。

詩序の第二段は、題意を敷衍する段である。傍線を付して示したように、この段は句題詩の首聯・頷聯・頸聯の詠法と全く同じ方法で構成されている。そして俊憲は見事にその題意を表現しおおせている。『古今著聞集』に「かきひびかして侍りける」とあるのは、特にこの点を述べたものであろう。作品に即してその様を見ると、最初の六字の単対が「題目」、次の八字の単対と上四字下六字の隔句対とが「破題」、次に、「至如（～するが如きに至りては）」の掛かる七字の単対が条件節を形成して、下の上四字下七字の隔句対の主節を導く。その後、「遂使」が上六字下四字の隔句対に掛かる。以上が「本文」である。

『古事談』に引かれた隔句対「西岳草嫩、馬嘶周年之風、上林花芳（芳、『古事談』は馥に作る。平声の芳が正しい）、鳳馴漢日之露」についてみると、一見して経書を巧みに用いていることに気づく。「馬 周年の風に嘶く」は、周の武王が殷の紂王を伐って、馬を華山の南に放って天下太平を宣言したという『尚書』武成の本文をふまえる。上の「西岳 草嫩し」の「西岳」は華山の別名で、ここでは京都郊外を暗示している。都の外も聖化の中に春が到来した、の意である。「鳳 漢日の露に馴れたり」は、『論語』子罕篇の「子曰、鳳鳥不至、河不出図。吾已矣夫。」の孔安国注に「聖人受命、則鳳鳥至。（聖人、命を受くれば、則ち鳳鳥至る）」とあるのをふまえた表現である。鳳が漢の武帝の上林苑にやって来たことを想定し、あのときと同様に、いま内裏の御苑に咲いた花にも鳳が馴れ親しんでいる。つまり、宮中にも聖化の中に春が来たことを言っているのである。[7] 俊憲の詩序の第二段全体に特徴的なのは、このように経書をふまえて、それを見事なまでに文学的表現に昇華させている点である。実は、こうした経書を重んじてそれを詩語に用いる試みは、この時期、藤原通憲によって始められたもので、『本朝無題詩』所収の通憲の詩に間々見られる特徴である。俊憲の詩序はまさにその点を継承するものであったと言うことが出来る。『古事談』で通憲が「ここが法師にはまさりたるぞ」と涕泣したのも、自分の詩風を息子が展開して見せたことに心を動かされたからにほかならない。

さて、この詩序の第二段の句法に注目してみると、少しばかり不審な点が存する。句題の詩序の第二段（題意を表現する段）は先に述べたとおり、「題目」「破題」「本文」の三つの部分から成っているが、その三番目の部分の句法は通常「至如」が次の単対まで掛かって条件節を形成し、その次の隔句対がそれを承けて主節を成すというものである。しかし、時として、「至如」と次の単対とが省かれて、その代わりに「遂使」が置かれ、直ちに隔句対の来ることがある。しかし、それはそのどちらか一方が用いられるのであって、「至如」と「遂使」とが併せ置かれることはないのである。[8] このような句法は、菅原文時の「鳥声韻管絃詩序」（『本朝文粋』巻十一・340）とが規範となって次第に整えられたものであり、平安中期一条朝以降の句題詩序は全てこの句法に従っている。[9] ところが、俊憲の詩序には「至如～」（A）と「遂使～」（B）とが併存するという、本来あるはずのない句法が見出されるのである。これをどのように解釈すればよいか。ここで思い当たるのが『古事談』に通憲も詩序の草稿を用意していた、とあることである。すなわちA・Bどちらかが通憲による詩序の一節である可能性があるということである。[10]『古事談』には「尚ほ劣りたりければ取り出さず」とあって、草稿を廃棄したかのようであるが、実際には『内宴記』の中に記録者自らが自作の秀句を混入させて遺したと考えられるのではなかろうか。これについて、真偽のほどは不明と言わざるを得ないが、一応ここではその可能性を指摘しておきたい。

注

（1）内宴については、滝川幸司「内宴考」（『天皇と文壇』和泉書院、二〇〇七年。初出は一九九五年）を参照されたい。

（2）本書の影印を『日本漢学研究』第四号（慶應義塾大学佐藤道生研究室、二〇〇四年三月）に載せた。また、所収詩は後藤昭雄「日本詩紀拾遺 後補」（成城大学文芸学部紀要『成城文藝』第二二八号、二〇一四年九月）に翻字された。尚、藤原顕長の詩句「鳥声廿徳和琴曲、花色酔恩入酒杯」は別本『和漢兼作集』（182）に見える。堀川貴司氏の御教示による。

（3）小林保治校注『古事談』下（現代思潮社、一九八一年）一六七頁。川端善明・荒木浩校注『古事談 続古事談』（新日本古典文学大系、岩波書店、二〇〇五年）の解釈もこれに同じ。

（4）山崎誠「藤原通憲の修辞学」（『講座 平安文学論究』第九輯、風間書房、一九九三年）注（13）に同様の解釈が示されている。

（5）「此間左大臣・内大臣・按察使・藤納言・新中納言等行酒。毎度先供也。前太相追（遅か）参着東座。爰内大臣云、行酒如何。左相答云、近代隔人無其憚歟。仍勧之也。（此の間、左大臣・内大臣・按察使・藤納言・新中納言等行酒す。毎度先づ供ずるなり。前太相、遅参して東の座に着く。爰に内大臣云ふ、行酒如何せむ、と。左相答へて云ふ、近代、人を隔つること、其の憚り無きか、と。仍りて之れを勧むるなり）」（3ウ）。

（6）典拠に用いられた『本朝文粋』の本文を次に掲げる。○内宴之時、義遠哉。源起弘仁聖朝、塵及長元之宝暦。〔巻九・246暮春藤亜相山荘尚歯会詩序、菅原文時〕尚歯之会、時義遠哉。源起唐室会昌白氏水石之居、塵及皇朝貞観南相山林之窟。○霓裳〔巻十一・319早春内宴侍清涼殿同賦草樹暗迎春詩序、紀長谷雄〕風人墨客、皆帝念之特徴、霓裳羽衣、非恩命不得進。○閣筆〔巻二・046停九日宴十月行詔、大江朝綱〕落水春遊、昔日閣筆、商飆秋宴、今時巻筵。○勝躅〔巻十一・339重陽日侍宴同賦寒雁識秋天詩序、大江朝綱〕本是臣下避悪之佳期、今則主上賜恩之勝躅也。○瓊戸暁排、繍帳晴巻〔巻十一・340仲春内宴侍仁寿殿同賦鳥声韻管絃詩序、菅原文時〕繍戸暁開、瓊簾晴巻。○天臨〔巻九・244早春観賜宴宮人同賦催粧詩序、菅原道真〕天臨咫尺、逼金鋪以展筵、地勢懸高、排繍幌而移榻。○露寝〔巻十一・341早春侍宴清涼殿翫鶯花詩序、小野篁〕夫上月之中有内宴者、先来之旧貫也。則大内之深秘、路寝之宴安。○梨園〔巻十一・319早春内宴侍清涼殿同賦草樹暗迎春詩序、紀長谷雄〕梨園之弟子、不改堯年之旧音、翰苑之英才、重呑舜日之新化。○従宴礼者、羽人雖多、応勅喚者、鳳才不幾〔巻十一・340仲春内宴侍仁寿殿同賦鳥声韻管絃詩序、菅原文時〕従事者露人雖多、応詔者風客不幾。○旧貫〔巻十一・341早春侍宴清涼殿翫鶯花詩序、小野篁〕夫上月之中有内宴者、先来之旧貫也。○慎密〔巻十一・341早春侍宴清涼殿翫鶯花詩序、小野篁〕蓋明王之所以慎密其内、豈可屯其脂膏者乎。○杯觴無算〔巻八・215早春侍宴同賦春暖詩序、菅原道真〕既而金箭頻移、玉杯無算。○唐太宗之宴群臣也〔巻十・308渡水落花舞詩序、大江匡衡〕昔漢高祖之過沛中、賞父老以撃筑、唐太宗之宴池上、率貴臣以献詩而已。○鈞天之夢欲覚〔巻十一・326九日侍宴観賜群臣菊花詩序、紀長谷雄〕鈞天之夢易驚、仙洞之遊難久。○臣謹奉綸言、粗叙縷旨〔巻十一・326九日侍宴観賜群臣菊花詩序、紀長谷雄〕臣謹奉綸言、粗叙縷旨、云爾。謹序。

（7）句意は「西岳では若草が芽吹き（春生）、馬は周の武王の世と同様、のどかな風に故郷を想って嘶いている（聖化中）。御苑では花が芳しく香り（春生）、鳳は漢の武帝の時と同じように、花に置いた露に馴れ親しんでいる（聖化中）」。尚、この句は大江匡房の「朔旦冬至賀表」（『本朝続文粋』巻四）に見える「馬放華山、周年之草煙老、鳳巣阿閣、堯日之竹露暄」から着想を得たものと思われる。

（8）唯一の例外は高岳相如の「落葉山中路詩序」（『本朝文粋』巻十・318）である。

（9）拙稿「句題詩詠法の確立——日本漢学史上の菅原文時——」（『平安後期日本漢文学の研究』笠間書院、二〇〇三年）を参照されたい。

（10）A・Bに「朝」字が重複して見えることも、両者が別個に書かれたことを暗示しているように思われる。但し、「早朝」と「朝日」とでは、「朝」の音義が異なる。

12　文人貴族の知識体系

はじめに

平安時代の貴族社会に形成された知識体系とはどのようなものだったのか。当時の人々はどのような専門的知識を重んじていたのか。その全貌を知ることは恐らく不可能であろう。何故ならば、当時の専門家によって著された書籍の大半が、不幸にしてすでに失われてしまったからである。しかし、それを知る手懸かりとなる資料ならば、少しばかり残されている。それは専門家の言談を聞き書きした問答体形式の書籍である。たとえば、漢学を中心とする文学についてであれば、大江匡房の言談を筆録した『江談抄』があり、歌学についてであれば、藤原清輔の『奥義抄』（巻下）がある。あるいは有職故実についてであれば、藤原忠実の言談を筆録した『中外抄』や『富家語』が現存している。我々はこれらの書から当時の専門的知識の一端を窺うことができる。本章では匡房の『江談抄』（この書名は大江匡房の言談を書写した書の意）を用いて、当時の文学方面の知識体系を垣間見ることにしたい。

大江匡房（一〇四一―一一一一）が活躍したのは後三条天皇親政期から白河院政期にかけての時期である。それ以前の漢学者たちが摂関家に従属し、一流の者であっても位階は精々四位止まりだったのに対して、匡房は天皇・上皇の側近として実務能力を発揮する機会に恵まれ、漢学者としては異例の昇進を遂げ、正二位権中納言に至った。それだけに彼の言動は貴族社会で注目され、その言談を記録しようとする動きに繋がったのであろう。匡房の言談を主として筆録したのは藤原実兼（一〇八五―一一一二）という二十代半ばの若者であった。

『江談抄』がよく読まれたことは、何よりもその伝本の多さがそのことを証明している。それは匡房の発言から窺われる当時の文学・学問にたくさんの人々が惹き付けられたことを示している。但し、聞き書き（口語脈の文章）の宿命として、省略が多くしかも断片的であるために、筆録当時は容易に理解できた文脈であっても、現代の我々には難解な部分が少なくないのである。この点をどのように克服するかが今後の課題であろう。(1)

『江談抄』には実兼の筆録時期からそれほど隔たらない、平安末から鎌倉初めにかけての写本が幾本か現存している。高山寺旧蔵本、醍醐寺蔵本、尊経閣蔵本などがそれに当たる。(2) 中でも高山寺旧蔵本は、匡房没後間もない永久三年（一一一五）の書写奥書を持つことから、特に注目される伝本である。これらに共通するのは、言談の排列に殆ど手を加えることなく、聞き書きの原初形態を保持していることである。これに対して、言談を内容から分類して排列し直し、各話に標題を付けた五巻乃至六巻仕立ての伝本が存在している。その編纂者は不明だが、編纂時期は恐らく鎌倉時代であろうと考えられている。但し、残念ながらこの系統の伝本に室町時代を溯る古写本は現存していない。研究者の間では、前者を古本《こほん》、後者を類聚本《るいじゅうぼん》と呼びならわしている。

それでは以下に匡房の発言の幾つかに耳を傾け、その意図する所を探ることにしよう。

一、中国に於ける君臣の論争

大江匡房のような、大学寮の紀伝道で漢学を正式に学び専門職に就いた者を、当時、儒者と呼んだ。中でも高位の儒者は天皇の侍読となって、読書の指南役を勤めることを職務とした。天皇が読書する目的は、第一にその成果を政策に活かすためだが、そればかりではない。天皇は読書で得た知識を背景に、しばしば詩を作って自らの志を述べることに従事した。詩作は天皇の重要な務めであった。また当然のことながら、天皇には臣下の作った詩を正しく評価する能力も求められた。天皇主催の詩宴が宮中の儀礼として大きな位置を占めたのは、こうした理由に因る。

好学の天皇は、儒者にとって自家の学説を受け入れてくれもするし、またその身分を保証してくれもする有り難い存在である。しかし、天皇の師となった儒者にとっては、師弟間の距離をどの程度に保つかが大きな問題となる。儒者は学才・詩才の面で天皇よりも勝っているが、地位・身分の点では遙かに劣っている。もし天皇が自作の詩を過剰に誇った場合、儒者はどのように対処すべきか。

匡房は『江談抄』の中でこの（儒者にとって大きな）問題について語っている。高山寺旧蔵本第三話を次に掲げる（破損により判読できないところは醍醐寺蔵本によって補う）。

「賢人君子と雖も、文道の諍論、和漢共に有る事なり。宋の明帝と鮑明遠と文章を争ふの間、明帝は其の性《ひととなり》甚だ以て凶悪なり。仍りて鮑明遠、殺されもぞするとて、故《ことさら》に作り損ず。時人曰はく、文衰へたりと云ふ。隋の煬帝と薛道衡と文章を争ふの間、薛道衡遂に殺され了んぬ」と云々。(3)

宋の明帝（実は文帝が正しい）と臣下の鮑昭（字は明遠）とが詩の優劣を争った時、鮑昭は帝の凶悪な性格を恐れてわざと拙劣に作り、時人にその文才を貶められはしたけれども、帝に殺されるのを免れた。一方、隋の薛道衡はその文才を煬帝に妬まれて殺された、という内容である。前者の知識は『蒙求』の標題「鮑昭篇翰」の古注に、

南史、鮑昭、字明遠、文辞贍逸。宋文帝以為中書舎人。帝好文章、自謂人莫能及。昭悟其旨、為文多鄙言。咸謂昭才尽。実不然也。嘗賦其詩曰、十五諷詩書、篇翰靡不通。

（『南史』に、鮑昭、字は明遠、文辞贍逸《せんいつ》なり。宋の文帝、以つて中書舎人と為す。帝、文章を好み、自《みづか》ら謂《おも》へらく、「人能く及ぶこと莫し」と。昭、其の旨を悟りて、文を為るに鄙言を多くす。咸な謂へらく「昭が才尽《つ》きぬ」と。実は然らざるなり。嘗て其の詩を賦して曰はく、「十五にして詩書を諷す、篇翰通ぜざること靡し」と。）

とあることに依拠している。後者に関しては『太平御覧』巻五九一、御製上に引く『国朝伝記』に、

煬帝善属文而不欲人出其右。司隷薛道衡由是得罪。後因事誅之曰、更能作空梁落燕泥否。

（煬帝、善く文を属《つづ》り、人の其の右に出づるを欲せず。司隷薛道衡、是れに由りて罪を得たり。後に事に因りて之れを誅せむとして曰はく、「更に能く『空梁落燕泥（空梁 燕泥落つ）』を作らむや否や」と。(4)）

とある故事や『隋書』薛道衡伝に拠ったのであろう。『隋書』は薛道衡がその文才を恃み、煬帝に対して決して

阿《おもね》ろうとしなかったことを述べている。匡房は、同じく文才を持ちながら全く異なる身の処し方を選んだ二人の詩人の例を挙げて、一体何を言おうとしたのか。ここで思い当たるのは、『江談抄』の筆録者藤原実兼が自ら儒者を志し、また周囲からも将来の大成を期待される若者だったことである。匡房は実兼に、お前が将来儒者として天皇（或いは上皇）に仕えるようになれば、必ずやこのような困難な局面に出くわすだろうから、その時どちらの態度を取るのか、よくよく考えておけ、とでも助言したかったのではあるまいか。

二、日本に於ける君臣の論争

右に見た言談の冒頭で、匡房は「君臣間の文学上の論争は中国にもあったし、我が国にもあった（文道の諍論、和漢共に有る事なり）」と述べていた。しかし、そこで語られたのは中国の先例だけであって、日本のことには一切触れられていなかった。そして、次の第四話では、日本人の中で誰の漢詩集が最も優れているかという性質の異なる内容に話題が転換してしまっている。日本のことが全く語られないことを不審に思ったのであろう、類聚本の編纂者は、右の言談（巻五・56「文道の諍論、和漢共に有る事」）の次に、村上天皇（九二六―九六七）と菅原文時（八九八―九八一）との論争を内容とする言談（巻五・57「村上御製と文時三位との勝負の事」）を配置して、その不可解な点を解消しようとしている。高山寺旧蔵本では、第三話とは遙かに隔たった第四十三話に置かれている言談である。長文だが、煩を厭わず次に掲げよう。

また談られて云ふ、「村上の御時、『宮鶯囀暁光（宮鶯 暁光に囀る）』といふ題の詩に、文時三品を召して講ぜらるるに、其の間の物語は知らるるか、如何《いかん》」と。答へて云ふ、「知らず」と。語られて云ふ、「尤も興有る事なり。件んの日、村上と文時と相互に相ひ論ずる日なり。件んの御製に云ふ、『露濃緩語園花底、月落高歌御柳陰。（露濃《こまや》かにして緩く語る園花の底、月落ちて高く歌ふ御柳の陰）』と作らしめ給ふを、文時、『西楼月落花間曲、中殿燈残竹裏音。（西楼に月落ちて花間の曲、中殿に燈残つて竹裏の音）』と作りたりければ、主上聞食《きこしめ》して、『我こそ此の題は作り抜かしたれと思ふに、文時の詩もまた以つて神妙なり』と仰せられて、文時を召し、御前に近づけて、『偏頗無く我が詩の事、憚り無く難の有無を申せ』と仰せらるるに、文時申して云ふ、『御製は神妙に侍り。但し下七字は文時の詩にもまさらせたまひたり。「御柳の陰」なれば宮とおぼえ候ふに、上の句はいづこに宮の心は作らしめおはすにか候らむ。園は宮にのみやは候ふ可き』と申すに、村上の仰せらるる様は、『足下は知らぬか、其の園は我が園ぞかし』と仰せらるるに、文時申して云ふ、『さこそ侍るなれ。上林苑の心にこそ侍るなれ。然りと雖も、いかが侍るべからむ』と申すに、『尤も謂はれ有り』と仰せらるるに、一人問答して云ふ、『また興有る仰せ事あり』と云ひて、『さこそは侍りなん』と申して座を退かんとするに、主上また仰せらるる様、『然らば、我が詩と足下の詩と勝劣はいかん。たしかに差し申す可し』と仰せらるるに、文時申して云ふ、『御製は勝らしめ給ふ。尤も神妙なり』と申すに、主上仰せらるるの様、『よもしからじ、たしかになほ申す可きなり』と仰せられて、蔵人頭を召して仰せらるるの様、『若し文時此の詩の勝劣を申さず、実に依りて申さしめずは、今より以後、文時の申す事は我に奏達す可からず』と仰せらるるを聞きて、文時申して云ふ、『実には御製と文時の詩と対座におはします』と申すに、『実に誓言を立つ可し』と仰せらるるに、又た申して云ふ、『実には文時の詩は今一膝居上りて侍り』と申して逃げ去り了んぬ。主上感歎せしめ給ひて、渧泣し給ふ」と云々。

村上天皇が宮中で詩会を開き、臣下とともに詩を競い合った時のこと、そこで天皇は詩の優劣をめぐって、菅原文時と興味深い論争をくりひろげたことがあった、と匡房は前置きし、その論争の一部始終を語った。要点を掻い摘まんで示せば、次のとおりである。

その時の詩題は「宮鶯囀暁光（宮鶯　暁光に囀る）」。宮殿の鶯が明け方の陽光の中でさえずっているという、いかにも天皇主催の詩会に相応しい詩題である。村上天皇は自らも詩を作り、その中の、

露濃緩語園花底、月落高歌御柳陰。
（露濃《こまや》かにして緩く語る園花の底、月落ちて高く歌ふ御柳の陰）

の一聯こそは他の誰の作よりも優れているだろうと自信を持っていた。ところが、披講の時、文時の詩の一聯、

西楼月落花間曲、中殿燈残竹裏音。
（西楼に月落ちて花間の曲、中殿に燈残つて竹裏の音）

を聞いて、これも自作に劣らず秀句であると感じ入った。そこで天皇は文時を御前に召し、御製に欠点があればそれを指摘するよう命じた。文時は、御製の下句の「御柳陰」には確かに詩題の「宮」の意が籠められているけれども、上句の「園花底」には「宮」に相当する語が見られない。そこが御製の欠点であると自らの考えを述べた。これに対して天皇は「園花底」の「園」とは自分の庭園を指すのであるから「宮」を正しく表現できている

と反論する。しかし、文時は全く仰せのとおり、その主張に納得したと口では言いながらも、依然として不服の態度を見せている。そこで天皇は文時に両詩の優劣を問うた。これに対して文時は当初、御製の方が文時の作に勝ると答えたが、天皇から本当のことを言わなければ、今後文時の進言を取り次ぐ必要はないと脅されると、両者は同等であると前言を撤回。さらに天皇が神明への誓言（起請文）を要求すると、文時は自作の方が御製に勝ると本心を明らかにし、天皇もこれを善しとした。

以上が『江談抄』高山寺旧蔵本第四十三話のあらましである。たしかにここには本邦の君臣間に於ける文学上の論争が語られている。内容の上からは、第三話に接続するものと見なしてよかろう。第四十三話をここに移すことによって、第三話冒頭の「文道の諍論、和漢共に有る事なり」という問題提起は一応の完結を見るのである。[5]

さて、ここで第四十三話が本来第三話の直後に語られた可能性のあることは指摘できるとしても、匡房はこの話柄をただ本邦に於ける君臣間の論争の実例として挙げるためだけに語ったのだろうか。それにしては、論争の内容が詳細に過ぎるように思われる。

三、「朗詠江註」に見える村上・文時の論争

実は、大江匡房は村上と文時との論争を藤原実兼に記録させる以前に、その同じ話題を別の人物に語って聞かせたことがあった。匡房には「朗詠江註《ろうえいごうちゅう》」と呼ばれる『和漢朗詠集』の注釈がある。これは『江談抄』より十五年ほど溯る寛治年間（一〇八七―一〇九四）後半に、次男の匡時（当時十歳前後）のために著したものである。[6]『江

談抄』で話題に上った菅原文時の詩句「西楼月落花間曲、中殿燈残竹裏音」は『和漢朗詠集』（巻上・鶯・71）に収められており、匡房は「朗詠江註」の中でこれに対して次のような注釈を加えている。

未講詩前、件夜村上天皇以青鳥問文時曰、常称可勝叡草由、今夜如何。文時申、他時敢不挑申、但今日恐一日之長云々。御製者、月落高歌御柳陰也。斉信卿曰、此句勝於西楼句遠矣。但上句不造化也。
（未だ詩を講ぜざる前、件んの夜、村上天皇、青鳥を以つて文時に問ひて曰はく、「常に叡草に勝る可き由を称す、今夜如何《いかん》」と。文時申さく、「他時は敢へて挑み申さず、但し今日は恐らく一日の長あり」と云々。御製は、「月落高歌御柳陰（月落ちて高く歌ふ御柳の陰）」なり。斉信《ただのぶ》卿曰はく、「此の句、西楼の句に勝ること遠きかな。但し上句は造化せざるなり」と。）

「朗詠江註」は注釈と言っても、口頭の伝授を前提として書かれたものであったらしく、『江談抄』と同様、語の省略が多い。右の記事もその例に漏れず、意味の取りにくいところがある。『江談抄』第四十三話と突き合わせながら読み解いてみよう。

冒頭の「未だ詩を講ぜざる前」は、『江談抄』に「文時三品を召して講ぜらるるに」とあるのを参考にすれば、文時がまだ詩の披講を行なわない前に、の意である。詩の披講は詩会の最後に行なわれ、そのとき出席者の詩を声に出して読み上げる役目の者を講師《こうじ》と呼んだ。ここで話題となっている宮中の詩会では、文時が講師を勤めた。自作に自信のあった村上天皇は、披講の前に、青鳥すなわち蔵人に命じて講師の文時に「いつもなら文時の作は御製に勝っているなどと言うのだろうが、今夜の御製はどうだ。文時の作よりも御製の方が勝っているのではないか」と尋ねさせた。これに対して文時は「御製が文時の作と優劣を争うなどということは以前にはなかったことですが、今日は御製の方が勝っているようです」と答えた。この時の御製は「月落高歌御柳陰」であった。ここまでが『江談抄』と重なる部分である。「朗詠江註」では村上御製の方が文時の作に勝ることを文時が認めたことになっている。一方、『江談抄』では先に見たとおり、文時が御製を自作に勝るとは認めていなかった。この食い違いをどのように考えれば良いのだろうか。また、匡房はこの説話を用いて何を言おうとしたのだろうか。『和漢朗詠集』は平安中期、藤原公任（九六六―一〇四一）が編纂した書で、数ある詩歌のアンソロジーの中で当時最も権威のあるものとされていた。その詩句が『和漢朗詠集』に採られるということは、秀句としてのお墨付きを得たことに他ならない。つまり文時の「西楼月落花間曲、中殿燈残竹裏音」の詩句は紛うこと無き秀句なのである。一方、村上御製は『和漢朗詠集』に収められてはいない。両者の優劣は誰の目にも明らかであり、文時がいくら「他時は敢へて挑み申さず、但し今日は恐らく一日の長あり」と御製を誉め称えたことがあったとしても、この評価は動かしがたいのである。

それでは、何故村上御製は秀句と認められなかったのか。或いは、こう問い直してもよい。何故村上御製は『和漢朗詠集』に採られなかったのか。その答えは「朗詠江註」の末尾にある。「斉信卿曰はく、此の句、西楼の句に勝ること遠きかな。但し上句は造化せざるなり」とあるのがそれに当たる。「斉信卿」は正二位大納言藤原斉信（九六七―一〇三五）を指す。一条朝を代表する知識人で、藤原公任と並び称された。その詩歌に通じた斉信の言うことには、「村上御製の下句「月落高歌御柳陰」は文時の詩句よりも遙かに勝っている。しかし上句の「露濃緩語園花底」は出来損ないだ」。斉信は御製の上句に作詩上の欠点があると述べているのである。その欠点こそ村上御製が秀句と認められず、『和漢朗詠集』に入集することが叶わなかった要因であろう。その欠点とは何か。それは『江談抄』で文時が指摘した、詩題の「宮」の字を表現できていない点であるに相違ない。

ここに来て、恐らく読者の方々は、何故詩題の文字を詩に表現することが秀句の条件となるのか、と疑問を抱いているのではなかろうか。そのあたりのことを次節で説明することにしよう。

四、平安時代の作詩方法

平安時代、詩会は君臣間の意思疎通を図る場として、また貴族同士の社交の場として、大きな役割を担っていた。詩会では早くから句題（漢字五文字から成る詩題）にしたがって詩を作ることが慣例化し、それに伴って作詩の方法も規定化した。どのような規定が形成されたのか、実例を挙げて説明しよう。次に掲げるのは寛治元年（一〇八七）十一月二日、内大臣藤原師通邸で開催された詩会で、左大弁の大江匡房が作った句題詩である。

　酌酒対残菊　　酒を酌みて残菊に対《むか》ふ

1 菊残常被暁霜侵　　菊残りて常に暁霜に侵さる
2 酌酒対時自有心　　酒を酌みて対ふ時 自《おのづ》から心有り
3 郷裏纔留孤岸雪　　郷の裏に纔かに孤岸の雪を留む
4 樽前猶散一叢金　　樽の前に猶ほ一叢の金《こがね》を散らす
5 紫分餘艶玉頽地　　紫は餘艶を分かつ 玉頽るる地
6 紅借衰顔籬砕陰　　紅は衰顔を借る 籬砕くる陰

7秋後唯憐花最深　秋の後唯だ花の最も深きことを憐れむ
8攀将空到日沈々　攀ぢ将《も》て空しく日の沈々たるに到る

酒を酌み（交わし）ながら残菊に向き合う。

散り残った菊花は（十一月ともなれば）明け方の霜のために枯れてしまうものだ。酒を酌みながら、残菊に向き合うと、自ずとこれを惜しむ気持ちが湧いてくる。酒を飲みながら眺める残菊の景色は、酔郷国のわずか一か所の岸辺だけに雪が消え残っているかのようでもあり、酒樽の前に黄金がまだわずかに撒き散らされているかのようでもある。玉山が頽れるように酔う酒飲みの家では、紫の菊が盛りの色つやをほんの少し残すばかりだ。菊の枯れかかった籬のあたりでは、老人の顔も酒に酔ってほんのり赤みが差している。冬になった今、菊は花の中でいちばん遅くまで咲いているからこそ愛おしく感じられる。手折って翫んでいるうちに、何の得る所も無く夕暮れ時になってしまったわい。

詩題は「酌酒対残菊」で、漢字五文字から成る句題である。詩会で出される詩題（句題）は出席者全員が共有できるものが望ましいから、自ずと季節感や年中行事に関わる内容のものが選ばれた。句題は本来、中国詩人の古典的な五言詩の一句から取るのが慣わしであったが、平安後期ともなると、詩会の主催者に命じられて題者（詩題を選定する役目の者）が新たに作り出すことが一般的となっていた。この時出された詩題も古句の題ではなく、新題であったようだ。菊は九月九日の重陽節に盛りを迎える花だが、十月十一月に入っても依然として咲いていることがある。残菊とはそのような冬の菊を指す。十一月開催の詩会に相応しい詩題であると言えよう。

句題詩は本詩のように七言律詩で作るのが一般的である。但し、人によっては七言律詩を作る技量が不足しているという理由で、七言絶句で作ることもあった。七言律詩は今体詩の一種であるから、①平仄、②脚韻、③頷聯・頸聯を対句にするといった今体詩の規則を守って作ればよい。匡房の詩の平仄を図示すれば、次のとおりである（○は平声、●は仄声、◎は押韻字を示す）。

1 ●○○●●○◎
2 ●●●○●●◎
3 ○●○○○●●
4 ○○○●●○◎
5 ●○○●●○●
6 ○●○○○●◎
7 ○●○○○●○
8 ○○○●●○◎

この詩は「二四不同」（句中の第二字の平仄と第四字の平仄とを違える）、「二六対」（第二字の平仄と第六字の平仄とを同じくする）、「下三連を避《さ》く」（下三字に連続して同じ平仄を用いない）といった条件を満たし、また粘法《ねんぼう》（偶数句の第二字・第四字・第六字の平仄と次の句の第二字・第四字・第六字の平仄とをそれぞれ同じくする）をも遵守しており、平仄については全く問題が無い。「侵」「心」「金」「陰」「沈」の韻字は何れも下平声第二十一侵韻に属し、脚韻の点でも問題が無い。また頷聯・頸聯が対句を為していることも一目瞭然である。このように匡房の詩は正しく今体詩と認めてよいものだが、平安時代の句題詩の場合、これ以外に本邦独自に形成された表現上の規則を守ることが求められた。

まず首聯（第一句・第二句）では、詩題（句題）の五文字を用いて題意を直接的に表現しなければならない。また、その五文字は首聯以外に用いてはならない。匡房の詩では「酌」「酒」「対」の三文字が下句に、「残」「菊」の二文字が上句に配置されている。詩題の文字をそのまま用いることに因んで、この首聯を当時「題目」と呼んだ。

次の頷聯（第三句・第四句）、頸聯（第五句・第六句）では、句題の五文字を用いずに題意を表現しなければならない。これを「破題」と呼ぶ。破題の方法は、詩題の文字を別の言葉に置き換えることを基本とする。頷聯の上句では「郷」が詩題の「酌酒」を、「裹」が「対」を、「纔留」が「残」を、「孤岸雪」が「菊」を言い換えている。「郷」は「酔郷」或いは「酔郷国」のことで、酒に酔った快い気分を理想郷に喩えた語である。したがって「郷」は詩題の「酌酒」を表現している。「孤岸雪」とは詩題の「菊」を酔郷国の岸辺に積もった雪に見立てたのである。それが「纔留」、ほんの少し形を留めているというのであるから、その菊は「残菊」ということになる。頷聯の下句では「樽」が詩題の「酌酒」を、「前」が「対」を、「猶散」が「残」を、「一叢金」が「菊」を言い換えている。「樽」は言うまでもなく酒樽である。白居易の名高い詩句「花下忘帰因美景、樽前勧酔是春風。（花の下に帰らむことを忘るるは美景に因つてなり、樽の前に酔ひを勧むるは是れ春の風。）」（『白氏文集』0616「酬哥舒大見贈」、『和漢朗詠集』・春興18）を踏まえている。「一叢金」は唐の太宗の「秋日詩」（『初学記』巻三）に「露凝千片玉、菊散一叢金。（露は千片の玉を凝らす、菊は一叢の金を散らす。）」とあるに拠って、菊花を黄金に喩えたのである。「猶散」は（盛りを過ぎたが）依然として咲いている、の意で、詩題の「残」の意味合いをよく伝えている。

句題詩では頷聯或いは頸聯のどちらかで中国の人物に関わる故事を用いて破題することが望ましいとされてい

る。その場合、「破題」と言わずに「本文」（故事の意）と呼ぶ。この詩では頸聯がそれに当たる。

頸聯の上句では「紫分餘艶」が詩題の「残菊」を、「玉頽」が「酌酒」を、「地」が「対」を言い換えている。「紫」は菊花の色。「餘」に「残」の意味合いが籠められている。「玉頽」が何ゆえ詩題の「酌酒」を言い換えたことになるかというと、ここには竹林の七賢の一人で、酒好きで名高い晉の嵆康（字は叔夜）の故事が踏まえられている。『世説新語』容止篇に「嵆康身長七尺八寸、風姿特秀。見者歎曰、蕭蕭肅肅、爽朗清挙。或云、肅肅如松下風高而徐引。山公曰、嵆叔夜之為人也、巌巌若孤松之独立。其酔也、傀峩若玉山之将崩。（嵆康、身の長《たけ》七尺八寸、風姿特に秀でたり。見る者歎じて曰はく、蕭蕭《せうせう》肅肅《しゆくしゆく》として、爽朗清挙なり、と。或るひと云ふ、肅肅として松下の風の高くして徐ろに引くが如し、と。山公曰はく、嵆叔夜の人と為りや、巌巌として孤松の独り立てるが若し。其の酔ふや、傀峩として玉山の将に崩れむとするが若し、と。）」とあり、傍線部に嵆康は酒に酔うと玉山が崩れるようであったとあるのがその故事である。『世説新語』には「崩」とあるところを、白居易は「自従金谷別、不見玉山頽（金谷に別れてより、玉山の頽るるを見ず）」（『白氏文集』・3227「酒熟憶皇甫十」）と「頽」字に変えて詩に詠み込んでいる。匡房は恐らく白居易の「玉山頽」の表現を学んだのであろう。

頸聯の下句では「紅借衰顔」が詩題の「酌酒」を、「籬砕」が「残菊」を、「陰」が「対」を言い換えている。「衰顔」は老人の容貌の意だが、ここは明らかに白居易の「霜侵残鬢無多黒、酒伴衰顔只暫紅。（霜は残鬢を侵して多黒無し、酒は衰顔に伴ひて只だ暫く紅なり。）」（『白氏文集』・0888「晏坐閑吟」）を踏まえている。老人の顔に赤みが差した（紅借衰顔）のは、酒を飲んだ（酌酒）からである。「籬」一文字から「菊」への連想が働くのは、陶潜の「采菊東籬下、悠然望南山。（菊を采る東籬の下、悠然として南山を望む。）」（『文選』巻三十「雑詩二首其二」）がよく知られているからであろう。また陶潜には、九月九日だというのに酒が無く、しかたなく籬の菊を摘んでいると、ちょうどそこへ太守王弘の使者が酒を持ってきたので、喜んでその酒を飲んだという故事（『南史』陶潜伝、『蒙求』「淵明把菊」など）があった。ここは籬の残菊を見ながら酒を飲んでいる陶潜の姿を思い浮かべればよい。「砕」は菊が枯れ落ちる意で、言うまでもなく「残」を表している。

以上の説明から分かるように、頷聯・頸聯では上句下句それぞれで題意を完結させなければならない。句題は一首の中で都合四回繰り返し破題されるのである。

首聯に始まって頸聯に至るまで、詩の作者は題意を表現することにのみ心を砕いてきたが、尾聯に至ってようやく自らの思いを述べることが許される。それ故この聯を「述懐」と呼んだ。但し、それも詩題に関連づけて行なわなければならない。一般に尾聯には、自らの不遇を訴えて官位昇進を望むといった内容が多く見られるが、匡房は残菊に対する純粋な愛憐の心情を吐露して句を締めくくっている。「花最深」が分かりにくいが、恐らく唐の元稹の秀句「不是花中偏愛菊、此花開後更無花。（是れ花の中に偏へに菊を愛するにはあらず、此の花開けて後更に花無ければなり。）」（『和漢朗詠集』菊267）を念頭に置き、花の中で菊が一年の最も深まった時期に咲くの意であろう。

以上が平安時代の一般的な作詩方法である。この首聯＝題目、頷聯＝破題、頸聯＝本文、尾聯＝述懐と規定する句題詩の構成方法は一体いつ頃、貴族社会に定着したのだろうか。

句題詩は平安前期、宇多・醍醐朝あたりから盛んに作られるようになっていたが、当時の代表的詩人である菅原道真（八四五―九〇三）や紀長谷雄（八四五―九一二）の句題詩には右のような構成方法を見ることはできない。ところが村上朝に下ると、道真の孫に当たる菅原文時（八九八―九八一）の句題詩には、その構成方法に従った作例が数多く見出されるのである。私見では、文時こそがこの表現上の規定を案出し、その定着を提唱推進した人物である。文時は弟子を多く擁したことで知られ、その門下からは慶滋保胤（九四三？―九九七？）を始めとして優れた詩人が輩出した。文時やその門弟たちが当時の詩壇を牽引したことが大きく作用したのであろう、句題詩の構成方法は一条朝（九八六―一〇一一）頃までには詩歌を愛好する貴族たちの間に完全に根づいていたのである。

句題詩の構成方法の定着は、漢詩文の世界を一変させる画期的な出来事であった。というのは、それまで詩を作ることは、漢学に素養のある一握りの貴族にのみ許された言わば特殊技能だった。ところが、構成上の規定が形作られたことで、一般の（漢学の専門教育を受けていない）貴族にとっても詩作を身近な行為として捉えることが可能となったのである。一見煩瑣に見える構成方法も、頷聯・頸聯で句題と詩句との間に一対一の対応関係を構築することにある程度習熟すれば、比較的容易に一首を成すことができる。こうして句題詩は貴族社会に広く受け入れられ、詩の本流として位置づけられるようになったのである。

ところで、当時、一般の貴族が詩を作る場合、どのような手順を踏んで作品を完成させたのだろうか。宮中や貴族の邸宅で詩会が催される場合、主催者は前もって出席者に詩題を通知することを慣例とした。したがって、出席者は詩会の当日までに詩の草稿を作っておき、当日はそれを懐中して披講の場に臨めばよかった。しかし、いくら句題詩の作り方が定型化されたといっても、一般の貴族が自分一人で詩を完成させることは極めて難しい。そこには詩の作り方に通暁し、他人の草稿を添削できるレベルの能力を持った人物の存在がどうしても不可欠である。その有用な人物とは言うまでもなく漢学の専門家、儒者である。次に掲げるのは源師時の日記『長秋記』大治五年（一一三〇）九月十七日条である。時に師時は参議右中将であった。

酉時、院別当送書云、今夜可有文殿作文、而於御前可被講者、必可参也。題月明勝地中〈光字〉者。件題兼日人々廻風情云々。然而一人無其告。已望期存無召之処、今如法。秉燭間、向式部大輔第、如形綴一篇、着直衣帰参。
（酉の時、院の別当（藤原実行）、書を送りて云ふ、「今夜、文殿の作文有る可し、而して『御前に於《し》て講ぜらる可し』者《てへれ》ば、必ず参ずべきなり。題は『月明勝地中（月は勝地の中に明らかなり）〈光字〉』」者《てへり》。件んの題、兼日人々風情を廻らすと云々。然れども一人其の告げ無し、已に期に望んで召し無しと存ずるの処、今法《のり》の如し。秉燭の間、式部大輔の第に向かひて、形の如く一篇を綴り、直衣を着て帰参す。）

この日の夕刻、鳥羽上皇の御所（三条東殿）に伺候していた師時は、院の別当である藤原実行から書状を受け取った。「今夜、文殿《ふどの》で詩会がある。上皇の御前で披講するので、必ず出席するように」との命令である。詩題の「月明勝地中」（韻字は光）は前もって出されたもので、出席者たちはめいめい詩想を廻らしているという。師時はそれまで何の知らせも受けていなかったので、てっきり上皇の召し（招待）に漏れたものと思っていたが、直前に召されたのである。そこで師時は式部大輔の藤原敦光の邸宅に行き、一篇の詩を整えてから御所に戻った、というのである。

この記事からは、師時が式部大輔の藤原敦光と師弟関係を結んでいたことが窺われる。敦光は当時の筆頭の儒者である。師時はその敦光に自作の句題詩の添削をしてもらい、詩会に臨んだのである。このように一般の貴族は然るべき儒者と師弟関係を結び、師とする儒者から漢学に関する諸々の助言を受けることを常としていた。当時の貴族社会では詩会が重要な社交行事であったから、儒者が弟子に与える助言の内容は、句題詩の構成方法に関する知識がその大半を占めていたと思われる。つまり儒者の重要な職務として句題詩の添削があったのである。

このように儒者が自作だけでなく、門弟たちの作る句題詩にも深く関与していたのであれば、儒者の知識体系の中で句題詩が大きな位置を占めていたことは容易に理解されよう。儒者は極めて現実的な理由から、句題詩全般に通暁していなければならなかったのである。

結語

ここで話を『江談抄』第四十三話に戻すことにしよう。大江匡房は『江談抄』第四十三話を用いて、何を言おうとしたのか。前節で明らかにしたことを念頭に置けば、それは句題詩の構成方法に関わることであったように思われる。説話の眼目は、文時が村上天皇の詩句を決して秀句とは認めなかったところにある。「宮鶯囀暁光」という詩題の「宮」字が何処にも言い換えられていないというのがその理由であった。

説話に掲げられた文時と村上の詩句は、対句を成していることと詩題の文字が用いられていないこととによって七言律詩の頷聯か頸聯かであることが分かる。いずれにしても「破題」することが求められる一聯である。その「破題」の表現で守らなければならないことは、詩題の文字を一つも落とすことなく、別の言葉に置き換えることである。このことは句題詩の構成方法の中で最も重視すべき規定であった。何故なら、当時は「破題」の巧拙によって秀句であるか否かが決定したからである。当時の詩人たちの最も腐心したのが「破題」の表現であったことは、『和漢朗詠集』を始めとする秀句選の所収句の大半が頷聯・頸聯で占められていることによっても知られよう。

匡房は「破題」の表現が秀句と認められるためには、詩題の文字と詩句の語とが正しく対応していなければならないことを説話に託して訴えようとしたのであろう。そして同時に、そのことが儒者の知識体系の中で極めて重要な位置を占めることをも併せて聞き手の実兼に伝えたかったのではなかろうか。

注

（1）『江談抄』の注釈書としては、江談抄研究会（植松茂・田口和夫・後藤昭雄・根津義）『古本系 江談抄注解』（武蔵野書院、一九七八年、一九九三年補訂）、江談抄研究会（後藤昭雄・田口和夫・仁平道明・根津義）『類聚本系 江談抄注解』（武蔵野書院、一九八三年）が優れている。また新日本古典文学大系『江談抄 中外抄 富家語』（岩波書店、一九九七年）には山根對助・後藤昭雄校注の『江談抄』を収める。これが現時点に於ける注釈の到達点を示している。

（2）高山寺旧蔵本は『江談抄』（古典保存会、一九三〇年）に、醍醐寺蔵本は『水言鈔』（古典保存会、一九二五年）に、尊経閣蔵本は『尊経閣善本影印集成44 江談抄』（八木書店、二〇〇八年）にそれぞれ影印を収める。

（3）匡房は「詩境記」（『朝野群載』巻三）の中でも、これと同じ話題を取り上げている。中国の詩史を辿った中に、「宋明帝隋煬帝、並欲慰納與其豪桀。鮑明遠薛道衡等争礼、遂不内属。（宋明帝・隋煬帝、並びに其の豪桀を慰《いたは》り納れむと欲す。鮑明遠・薛道衡等、礼を争ひ、遂に内属せず。）」とあるのがそれ。「争礼」は対等であることを示す、の意。皇帝の懐柔を拒んだ詩人として宋の鮑昭と隋の薛道衡とを挙げている。但し、ここでは二人の取った態度の違いについては触れられていない。尚、「詩境記」の記述が『江談抄』第三話（類聚本巻五・56）と密接な関係があることは、後藤昭雄「大江匡房「詩境記」考」（『平安朝漢文学史論考』勉誠出版、二〇一二年。初出は一九八七年）に指摘されている。

（4）「空梁落燕泥」は薛道衡の「昔昔塩」の一句。煬帝の言葉は「これでもう「空梁落燕泥」のような秀句は二度と作れまい」の意。

（5）第四十三話が本来第三話と第四話との間に位置していた見なすことは、説話の排列の上からも首肯される。というのは、次の第四話が『文芥集』という菅原文時の別集（漢詩集）を話題としているからである。第三話から第四話への転換は唐突だが、その中間に第四十三話を置くことによって、話題の進展は極めて円滑となるのである。但し、『江談抄』類聚本の排列は第三話、第四十三話の順だが、その次に来るのは第四話ではない。

（6）拙稿「『朗詠江註』と古本系『江談抄』」（『三河鳳来寺旧蔵暦応二年書写 和漢朗詠集 影印と研究』勉誠出版、二〇一四年。初出は二〇〇七年）を参照されたい。

13　四韻と絶句
——『源氏物語』乙女巻補注

はじめに

『源氏物語』乙女の巻で、光源氏は夕霧を大学に入学させるに当たって二条東院で「字《あざな》つくる」儀式を済ませた後、盛大な詩宴を開催した。

こと果ててまかづる博士・才人ども召して、またまた文作らせ給ふ。上達部・殿上人も、さるべきかぎりをば、みなとどめさぶらはせ給ふ。博士の人々は四韻、ただの人は、おとどをはじめたてまつりて、絶句作り給ふ。興ある題の文字選りて、文章博士たてまつる。短きころの夜なれば、明けはててぞ講ずる。左中弁、講師仕うまつる。かたちいときよげなる人の、こはづかひものものしく、神さびて読みあげたるほど、おもしろし。おぼえ心ことなる博士なりけり。かかる高き家に生まれ給ひて、世界の栄花にのみたはぶれ給ふべき御身をもちて、窓の螢を睦び、枝の雪を馴らし給ふ心ざしのすぐれたるよしを、よろづのことによそへなずらへて、心々に作りあつめたる、句ごとにおもしろく、唐土にも、もて渡り伝へまほしげなる世の文ども

なりとなん、そのころ世にめでゆすりける。（新日本古典文学大系の校訂本文に拠り、一部表記を改めた）

文中「興ある題の文字選りて」とあることから、詩宴では当時の慣例に従って句題詩が作られたことが知られる。本章では近年の句題詩研究の成果を踏まえて、右の記述の何箇所かに補足的注釈を加え、本文理解を深める一助としたい。

一、律詩と絶句

宇多・醍醐朝以降、平安時代を通じて宮中や貴族の邸宅で行なわれる詩宴では、句題を用いて詩を作ることが慣例となっていた。句題とは漢字五文字から成る詩題のことである。詩宴で詩題を撰定する役目の者を題者と呼び、題者は中国の名高い詩人の五言詩から適当な一句を選んで詩題としたのである。右の詩宴では文章博士が題者を勤めている。

当時は七言詩が一般的であった。したがって、柳澤良一氏が『源氏物語』「少女」巻の「四韻」と「絶句」（『国語国文』第七十八巻第十号、二〇〇九年十月）に指摘するように、文中の「四韻」「絶句」はそれぞれ七言律詩、七言絶句を指す。

それでは、詩を作るに当たって「博士の人々」すなわち儒者・文人が七言律詩を、それ以外の人々が七言絶句を選択したのは何故か。現代の注釈書はおしなべてその理由を、絶句は律詩に比べて短く作り易いということに求めている。これに対して柳澤氏は前掲の論文の中で釈奠や詩合の例を引き、絶句・律詩のどちらを選ぶかは儀式に於ける役割分担の慣例に従ったまでのことであり、作詩の難易に拠ったのではないことを論じている。しかし、私はこの説には俄かに賛同することが出来ない。乙女巻の詩宴の詩体を言うのに、釈奠や詩合の慣例を援用するのは適当でないように思われるからである。私も現代の注釈書と同じく、律詩・絶句の長短難易にその理由を求めたいが、漠然と長い方が作りにくいだろう、短い方が作り易いだろうと推測するのではなく、当時の律詩・絶句それぞれの作り方（構成方法）を具体的に見ることによって、その点を明らかにしようと思う。

二、句題の七言律詩

平安時代の句題詩はその大半が七言律詩で作られている。その現存する作品を通覧すると、ある時期を境として、構成上の規則に従って詩を作るようになったことが窺われる。私見では、その規則を案出し、普及に努めたのは村上朝から円融朝にかけて活躍した儒者、菅原文時（八九八―九八一）であったと思われる。文時は祖父道真の配流没落が影響して前半生は不遇であったが、後には村上天皇の信任を得て、従三位非参議式部大輔に昇った。また彼は長年に亙って文章博士の任にあったことから、門下から慶滋保胤を始めとして優れた儒者・詩人が輩出した。そして、文時自身やその門弟たちが当時の詩壇を牽引したことによって、文時の考案した句題詩の構成方法は一条朝頃までには貴族社会に定着していたのである。句題の七言律詩に見られる構成方法とはどのようなものであったのか。次に実例を挙げて説明することにしよう。

治暦三年（一〇六七）三月三日、皇太弟尊仁親王（後の後三条天皇）は「酔来晩見花」を詩題とする詩宴を東宮御所で開催した。『中右記部類紙背漢詩集』にはその時作られた五名の詩人の詩が収められている。次に掲げるのは当時東宮学士であった大江匡房（一〇四一―一一一一）の作である。詩題は、花を見ながら酒を飲むうちに日が暮れ、それでも花を見ようとする、の意。

酔来晩見花　　酔ひ来たりて晩に花を見むとす

1 三日春闌属晩陰　　三日　春闌《た》けて　晩陰に属《あた》る
2 見花酔裏好清吟　　花を見て酔ふ裏　清吟好《ことんな》し
3 窓梅賞眼催燈飲　　窓梅　眼を賞す　燈を催して飲む
4 岸柳寄眸待月斟　　岸柳　眸を寄す　月を待ちて斟む
5 藍水雲昏望雪思　　藍水　雲昏し　雪を望まむとする思ひあり
6 玉山日落趁霞心　　玉山　日落つ　霞を趁《お》はむとする心あり
7 蘭亭勝趣縦雖美　　蘭亭の勝趣　縦《たと》ひ美《うるは》しと雖も
8 豈若桂宮景気深　　豈に若《し》かむ　桂宮の景気深きことに

三月三日、春たけなわの夕暮れ時を迎えた。花見をしながら酒に酔い、気持ち良く詩歌を吟じる。窓辺の梅の花に目を楽しませ、ともし火を持って来させて酒を飲む。岸辺の柳の花（柳絮）に目を遣り、月の出を待ちながら酒を酌む。藍水では夕暮れになっても、雪のように白い花を眺めたいと思う。玉山では日が落ちても、霞のように紅い花を追いかけたい気がする。蘭亭の景色がどれほど素晴らしくとも、この桂宮の趣深さには及ぶまい。

詩題の「酔来晩見花」は古句（中国の名高い五言詩）中には見当たらない。恐らくこの日の題者であった藤原実政が新たに作り出したものであろう。当初題者は詩題を古句に求めていたが、平安後期ともなると、この時のように新題を設定することが一般化していた。これは句題詩の構成方法が定着したことに深く関わる現象だが、今これについては触れない。

詩体は七言律詩であるから、今体詩の形式上の規則（①平仄、②脚韻、③頷聯・頸聯を対句にする等）を厳守しなければならない。匡房の詩の平仄を示せば、次のとおりである（平声を○で、仄声を●で、押韻字を◎で示した）。

1 ○●○○●●◎
2 ●○●●●○◎
3 ○○●●○○●
4 ●●●○●●◎
5 ○●○○●●○
6 ●○●●●○◎
7 ○○○●●○●
8 ●●●○●●◎

二四不同（各句の第二字と第四字との平仄を違える）、二六対（第二字と第六字との平仄を同じくする）、下三連を避く（下三字に連続して同じ平仄を用いない）、粘法（偶数句の第二字・第四字・第六字の平仄と次の句の第二字・第四字・第六字の平仄とをそれぞれ同じくする）といった平仄（声調）に関する規則は正しく守られている。また、第一句末及び偶数句末に用いた韻字「陰」「吟」「斟」「心」「深」は何れも下平声二十一侵韻に属し、脚韻の点でも問題は無い。頷聯・頸聯も見てのとおり対句を成している。このようにこの詩は七言律詩の形式面での条件を完璧に満たしているが、句題詩の場合、これに加えて本邦独自に形成された構成上の規則を守らなければならなかった。

首聯（第一句・第二句）では、句題の五文字を全て用いて題意を直接的に表現しなければならない。また題字は首聯以外に用いることができない。匡房の詩では第一句に「晩」が、第二句に「酔」「見」「花」が配置されている。「来」だけが句中に見えないが、「来」のような虚字は時として詠み込まれないことがある。このように首聯は、詩題の文字をそのまま用いることから「題目」と呼ばれた。

頷聯（第三句・第四句）と頸聯（第五句・第六句）とにおいては、句題の文字を用いず、別の語に置き換えて題意を表現しなければならない。この方法を「破題」と呼んだ。また、どちらかの聯に中国の人物に関わる故事を用いることが望ましく、その場合は「本文」（故事、典故の意）と呼んだ。この詩の頷聯では「窓梅賞眼」「岸柳寄眸」が句題の「見花」を、「催燈」「待月」が「晩」を、「飲」「斟」が「酔来」を言い換えている。これと同様に頸聯では「藍水」「玉山」が句題の「酔来」を、「雲昏」「日落」が「晩」を、「望雪思」「趁霞心」が「見花」を言い換えている。このように頷聯・頸聯では各聯の上句下句それぞれで題意を満たす必要があり、句題は都合四回繰り返して敷衍（破題）されるのである。

ここで頸聯の破題表現について、少しばかり説明を加えておきたい。それは「藍水」「玉山」の対がどうして句題の「酔来」を言い換えたことになるのかという点である。この対語が『千載佳句』山水所収、杜甫の「九日藍田崔氏荘」からの摘句「藍水遠従千澗落、玉山高並両峰寒。（藍水 遠く千澗より落つ、玉山 高く両峰に並びて寒し)」に拠ったことは明らかである。玉山は長安の東南に位置し、玉の産地として名高い藍田山。藍水はその山に水源を発する河川である。したがって「玉山」「藍水」は美しい山水を想起させる地名であり、もとより酒とは何の関わりもない。それが我が国ではいつの頃からか、酒を飲むのに恰好の場所、酒飲みの居る場所といった意味で用いられるようになった。それがいつ頃のことなのか明確には分からないが、具平親王(九六四—一〇〇九)が「唯以酒為家(唯だ酒を以って家と為《す》るのみ)」と題する詩で「戸牖梨花松葉裏、郷園藍水玉山程。(戸牖は梨花松葉の裏、郷園は藍水玉山の程)」(『本朝麗藻』巻下)と賦したのがその早い用例と言えよう。

「玉山」には藍田山の別名の他に、竹林七賢の一人である晋の嵆康(字は叔夜)を指して用いることがあった。それは『世説新語』容止篇に「嵆康身長七尺八寸、風姿特秀。山公曰、嵆叔夜之為人也、巌巌若孤松之独立。其酔也、傀峩若玉山之将崩。(嵆康、身長《みのたけ》七尺八寸、風姿特に秀づ。山公曰はく、嵆叔夜の人と為りや、巌巌として孤松の独り立てるが若し。其の酔へるや、傀峩として玉山の将に崩れむとするが若し、と)」とあることに拠る(『蒙求』「叔夜玉山」の李瀚自註にも)。友人の山濤が、酒に酔う嵆康の姿を崩れ落ちようとする玉山に喩えたことから、後代の詩人は酒飲みが酔いつぶれた様を「玉山崩」と表現することがあった。唐の白居易が「藍田劉明府携酌相過、與皇甫郎中卯時同飲、酔後贈之」(『白氏文集』巻六十四・3107、詩題は、藍田の県令劉氏が酒を携えて来訪したので、皇甫湜と三人で朝酒を飲み、酔って詩を贈った、の意)と題する詩の中で「玄晏舞狂烏帽落、藍田酔倒玉山頽。(玄晏舞狂して烏帽落つ、藍田酔倒して玉山頽る)」(玄晏先生(皇甫湜)は舞狂して帽子を落とし、藍田の劉氏は玉山が頽れるように酔いつぶれてしまった)と賦したのはその好例である。そして我が国では、この「玉山」の意味がさらに転じて(実際の山の意と重なり合って)、酒を飲むに相応しい場所を表すことになったのである。一旦「玉山」にそのような意味が附加されると、「玉山」と対を為す「藍水」の語もそれに引きずられて意味の同化現象を起こしたと考えられる。

こうして「玉山」「藍水」は酒に酔う場所を意味する対語として詩（句題詩の頷聯・頸聯）に詠まれるようになったのである。

話を句題詩の構成方法に戻そう。首聯から頸聯まで、詩人は題意を表現することにのみ神経を集中させてきたが、尾聯に至ってようやく自らの思いの丈を述べることが許される。それ故この聯を「述懐」と呼んだ。但しそれも句題に関連づけて行なわなければならない。この詩では、三月三日といえば、そのむかし晉の王羲之が蘭亭で催した曲水の宴のことが思い浮かぶけれども、尊仁親王がこの立派な御殿で開いた今日の詩宴の方がそれよりも遙かに趣深い、と匡房は親王の風雅を誉め称えたのである。このように述懐の句には、行事の主催者或いは中心的人物を讃美するという、儀礼的な祝辞を内容とするものが多い。とすれば、乙女巻に「かかる高き家に生まれ給ひて、世界の栄花にのみたはぶれ給ふべき御身をもちて、窓の螢を睦び、枝の雪を馴らし給ふ心ざしのすぐれたるよしを、よろづのことによそへなずらへて、心々に作りあつめたる」（高貴な家に生まれながら学問に励もうとする夕霧の志の高さを思い思いに詩に表現した）とあるのは、恐らく列席者の作った句題詩の尾聯の内容を述べたものであろう（後述するように、句題の七言絶句も律詩と同様、末尾の一聯で述懐する）。尚、述懐の句には、主催者を讃美するものがある一方で、官位昇進のままならないこと（我が身の不遇）を訴えたり、年老いたことを歎いたりするなど、主催者・出席者の同情を誘うような内容のものも多い。

以上が菅原文時によって提案され、一条朝には詩人たちの間に浸透していた句題詩の構成方法である。その首聯（題目）、頷聯・頸聯（破題）、尾聯（述懐）の中で詩人が最も心を砕いたのが頷聯・頸聯の破題表現であった。句題の文字をいかに巧みに別の雅語に言い換えるかが、詩人の最大の関心事だったのである。『和漢朗詠集』を始めとする秀句選を繙けば、そこに採られている句題詩の摘句は殆ど例外なく頷聯か頸聯かである。破題表現の巧拙が詩の評価を決定する重要な要素だったことが知られよう。

三、句題の七言絶句

句題詩が隆盛を極めた平安時代、詩宴に参加する貴族たちは何が何でも七言律詩で詩を作らなければならなかったのかというと、そんなことはない。七言絶句で詩を作ることも許容されていた。例えば『中右記』長承四年（一一三五）三月十三日条には「今夕関白殿有作文。題云、養生不若花〈実光題云々。春字〉。人々皆四韻、予独絶句」とあり、藤原忠通邸で行なわれた詩宴で、藤原宗忠だけは七言絶句で詩を作ったことが知られる。詩を律詩で作るか、絶句で作るかは出席者の任意であったのだ。先に見た尊仁親王主催の詩宴でも作者五名の内、藤原良基、藤原実政、大江匡房、源時綱は七言律詩だが、藤原実季だけは七言絶句で詩を作っている。実季の作を次に掲げよう。

1 遊宴未闌臨晩陰　遊宴 未だ闌《た》けずして 晩陰に臨む
2 対花酌酒酔方深　花に対ひて酒を酌む 酔ひ方《まさ》に深し
3 縦雖秉燭何無翫　縦《たと》ひ燭《ともしび》を秉《と》ると雖も 何ぞ翫ぶこと無からむ
4 逢此令辰足楽心　此の令辰に逢ひて 心を楽しむに足れり

遊宴がまだ終わる気配もないのに夕暮れ時が近づいた。花に向き合って酒を酌んでいるうちに、すっかり酔ってしまった。たといともし火を取ったとしても、どうして花を賞翫しないでいられようか（ともし火を取るのは、他でもない、花を見続けたいからだ）。この良き時節にめぐり会って、十分に心を楽しませることが出来た。

当時、句題の七言絶句にも構成上の規則が存在したのかは定かではない。しかしこの詩を見る限り、前聯（第一句・第二句）で句題の文字を用いて題意を直接的に表現し（但し「見」は「対」に置き換えられている）、後聯（第三句・第四句）で句題に関連づけて述懐するという方法が取られているように思われる。ちょうど句題の七言律詩から頷聯・頸聯を取り去ったような構造である。句題の七言律詩の場合、頷聯・頸聯が一首の根幹を成すことは先に述べたとおりである。貴族たちの間では、絶句は破題の表現を必要としないことから、律詩よりも格段に作り易いものと考えられていたであろう。

作者の藤原実季（一〇三五―一〇九一）は北家藤原氏公季流（閑院流）、従二位権中納言公成の男で、正二位大納言（贈太政大臣正一位）に至った。儒者ではない。乙女巻に言う「ただの人」である。現存する詩作はこの一首のみであるから、詩作が得意だったとは思われない。実季が律詩ではなく絶句を選んだのは、恐らく彼に破題の句を作るだけの力量が備わっていなかったからであろう。

尚、実季の作を一読すれば、匡房の詩の首聯・尾聯と措辞に共通するところがあることに気づくであろう。当時一般の貴族は然るべき儒者と師弟関係を結び、漢学を学習する慣わしがあった。ひょっとして実季は匡房を師として、詩の添削を受けていたのではないだろうか。

結語

平安前期、句題の七言律詩は誰もがたやすく作れるものではなく、紀伝道出身の儒者・文人が作者の中核を占めていた。しかし平安中期、菅原文時によって構成上の規則が提案され、それが詩壇に受け入れられたことによって、より多くの貴族が詩作に携わることが可能となった。詩人の増加、詩宴の盛行を促したという点で、句題詩の構成方法の確立は画期的な事件であったと言えよう。しかし、それでも七言律詩を作ることは儒者・文人の専門領域であるという社会通念は、しばらくの間根強く残っていたように思われる。試みに平安中期から後期にかけての公家日記を繙いてみると、詩体を絶句に限定して行なった詩宴の記事が散見される。これは、句題詩の構成方法が広まってもなお律詩を作ることに抵抗を感じる貴族が少なからず存在していたことを裏付けるものであると言えよう。こうしてみると、乙女巻に儒者・文人は七言律詩で、それ以外の貴族は七言絶句で句題詩を作ったとあるのは、一条朝以前の一般的な詩宴の慣習を示すものと捉えられるのではなかろうか。そして、その慣習が形作られた要因として、七言律詩には必ず破題の秀句が要求されたことが大きく関わっていたように思われるのである。

14　平安時代の策問と対策文

はじめに

筆者は先に、外来の文学である詩が古代日本の貴族社会で精神・思想を表現する手段として重要な位置を占めていたことを確認し、平安時代の漢詩史を言志・述懐の面から概観したことがある。(1)しかし当時、言志や述懐の手段として用いられたのは詩という文体だけではなかった。それ以外の文体も相応にその機能を持ち合わせていたのである。平安時代の漢詩文の総集『本朝文粋』（平安前・中期の作品を収める）、『本朝続文粋』（平安後期の作品を収める）には四十種以上の文体（殆どが駢文）が見られる。その中で賦、意見封事、対策、奏状、書状、詩序、和歌序、詞、行、文、讃、論、銘、記、落書といった文体は言志・述懐の要素を多かれ少なかれ含んでいる。また、辞表、願文などは主として儒者が他人の依頼を承けて作成する文体であるが、文中、作者が依頼主の立場に立ってその精神や心境を述べるところがある。このように詩以外の文体によっても作者たちの精神生活の一端を窺うことができるのである。ただ問題はその文体のどの部分が言志・述懐に当たるのかを見分けることが難しい点にある。それを克服するにはどうすればよいか。各文体には必ず内容・形式の両面にわたる規則があり、その段落構成（段落ごとに何を述べなければならないか）が大凡定まっている。作品の内容を正しく把握するためには、まずその文体の特徴、特に段落構成を明らかにすることが必要なのである。本章では平安時代の策問と対策文を組上にのぼせて、その文体としての特徴について考察を加えることにしたい。

一、対策の概要

大学寮紀伝道の最高課程に進んだ文章得業生が、或いは文章生から任官した者で方略宣旨を蒙った者が応じる試験が対策である。これに及第すれば、将来儒者（漢学の専門職者）となる道が開かれた。それ故、対策は儒者を目指す者にとって避けては通れない関門であって、その問題文である策問とその答案である対策文との書式について熟知する必要があった。『本朝書籍目録』に「本朝策林」という書名が見えるのも、その必要性の高かったことを物語るものである。平安時代の策問・対策文は現存するものとして別集では都良香の『都氏文集』、菅原道真の『菅家文草』、総集では『本朝文粋』、『本朝続文粋』、『朝野群載』などに収められ、それらがどのような文体であったか、その大略を把握することができる。

平安時代には多くの文体が行なわれたが、その大半の形式が平安中期から後期にかけての時期に整えられた。詩序然り、願文然り、そして、ここに取り上げる策問・対策文もその例外ではない。しかし、詩序や願文が比較的自由な形式から一つの定型に収斂していったのに対して（これは内容の上では個性から没個性へという道筋をたどったと言うことができる）、策問・対策文の場合、そのような面もあることはあるが、むしろ形式の変革、すでに定まっていた形式が変革され整備されたという側面が認められる。そこでまず平安後期の策問・対策文の定型を掲げ、それを溯って平安前期・中期の作品との違いを探り、変革の過程とその要因とを明らかにしたい。具体的にはまず『本朝続文粋』に見られる形式を明らかにし、次に『本朝文粋』を用いて平安前・中期から後期に至る過程を考察するという方法を採ることにする。『本朝文粋』には策問とそれに対応する対策文とが十三篇づつ収められ、『本朝続文粋』には十二篇づつが収められている。それを一覧できるようにしたのが本章末尾の別表である。

さて、文体の考察に入る前に、大学寮の対策制度について二、三説明しておきたい。

対策と呼ばれる試験には二種類あり、「考課令」には「凡そ秀才は試みること方略策二条」、「凡そ進士は試みること時務策二条」と文章得業生に方略策を課し、文章生に時務策を課すると記されている。『経国集』巻二十に収められている対策文は時務策である。時務策は『令義解』に「時務とは、治国の要務なり」と注せられており、策問では国家経営に関する題目を挙げて「その術《わざ》を如何《いかん》せむ」などと問うものである。これに対して、方略策は国家経営の問題とは限らず、ある主題について幅広い漢学の知識を問うものである。『本朝文粋』『本朝続文粋』に収められているものは全てこの方略策である。

方略策は二題出題される。対策者は与えられた題目について該博な知識を披露しながら論じなければならないことは言うまでもないが、それに加えて策問の中に設けられた小さな問いにも答えなければならない。この問いを徴事という。徴事は策問一題中、四問から十問の範囲で設けられている。例えば大江匡衡の『江吏部集』に「述懐古調詩一百韻」と題する詩が収められている。その中に「二十八献策、徴事玄又玄。所対過半分、射鵠纔貫穿。（二十八にして策を献ず、徴事玄の又た玄なり。対ふる所は半分を過ぐ、鵠を射て纔かに貫穿す。）」とある。これは、匡衡は二十八歳で対策に応じたが、徴事が難解であったので、その半分を越える程度しか答えられず、辛うじて及第した、という意味である。匡衡の対策文はその二題の中の一題が『本朝文粋』に収められている。それを読むと、策問の「寿考」（菅原文時が出題）に課せられた徴事は六問であり、それに対して匡衡が答えることのできたのは四問であった。たしかに詩に言うとおり「過半分」である。この時のこととして『江談抄』巻五に「匡衡献策之時、一日告題事（匡衡献策の時、一日題を告ぐる事）」の標題の下に次のような説話が見出される。

又帥被命云、匡衡献策之時、文時前一日被告題。匡衡参文時亭、期日今明也、題如何ト問之処、文時、足下為被好婚姻、自所好寿考也云々。即帰了。当日早旦、被告徴事云々。（下略）

（又た帥命《おほ》せられて云ふ、匡衡献策の時、文時、前の一日に題を告げらる。匡衡、文時の亭に参りて、「期日は今明なり。題如何《いかん》」と問ふの処、文時、「足下、為めに婚姻を好まるるも、自ら好む所は寿考なり」と云々。即ち帰り了んぬ。当日の早旦、徴事を告げらると云々。）

問頭博士の文時は匡衡に「寿考」という題目は前日に告げたが、徴事を告げたのは当日の朝だった、というものである。また次に掲げるのは同じく『江談抄』巻五の「広相任左衛門尉、是善卿不被許事（広相の左衛門尉に任ずること、是善卿許されざる事）」である。

又云、広相任左衛門尉、是善卿不被許此事云々。菅家献策之時、来省門。彼時強不籠小屋、只徘徊省門。広相着毛沓到此処、徴事之処々相共披勘之、有一事不通。（下略）

菅原道真の献策の当日、橘広相が試験場にやって来て、「徴事の処々を相共に披きて勘ふるに、一事通ぜざる有り」とある。これは、二題の中に課せられた幾つかの徴事の中、一問についてはわからなかった、というのである。

対策の際に策問を出題する儒者を問頭博士と呼ぶ。紀伝道に学ぶ者は、文章院の東西の曹司のどちらかに属しているので、試験に公平を期するために、問頭博士は原則として、受験者とは異なる曹司に属する者が選ばれる。以上のことを念頭に置いた上で、文体の考察に入ることにしよう。

二、『本朝続文粋』に見られる文体の特徴

『本朝続文粋』所収の策問及び対策文から帰納されるそれぞれの文体の形式的特徴は次のとおりである。(2) 注意すべき点は第一問と第二問とでは段落構成が異なることである。

○第一の策問。三段から成る。

第一段。「問」の語を初めに置き、題目を説明する。

第二段。「未審」「不審」「然則」などの語を初めに置き、徴事を掲げる。

第三段。対策者に対する賛辞で結ぶ。

○第一問に対する対策文。三段から成る。

第一段。「対」の語を初めに置き、題目について徴事を避けて詳しく論じる。

第二段。「我后」「国家」などの語を初めに置き、題目に関連づけて当代の天皇を賛美する。

第三段。「夫以」「若夫」「即験」「然則」などの語を初めに置き、徴事に対して解答する。「謹対」で結ぶ。
○第二の策問。二段から成る。第一の策問の第一段、第二段に同じ。
○第二問に対する対策文。三段から成る。
第一段。「対」を初めに置き、題目について徴事を避けて詳しく論じる。
第二段。「夫以」「若夫」「即験」「然則」などの語を初めに置き、徴事に対して解答する。
第三段。対策者の謙辞。「謹対」で結ぶ。

これについて実例に沿って説明することにしよう。次に掲げるのは『本朝続文粋』巻三に収める藤原実範の策問とそれに対する菅原清房の対策文である。実範は南家藤原氏の出身で東曹所属の儒者、清房は西曹所属である。清房の対策時期は明らかではないが、凡そ後冷泉朝の永承から天喜にかけての頃と思われる。本文と現代語訳とを示し、策問の徴事には番号を付した。尚、本文は国立公文書館内閣文庫蔵（金澤文庫旧蔵）本に拠り、また誤りと思われる文字はその後に（　）に括って正しい文字を示した。

〔第一問〕
辨牛馬　従四位下行治部大輔藤原朝臣実範
問。以乾為馬、然猶坤儀有牝馬之貞、以坤為牛、然猶坤象垂牽牛之曜。旁稟其霊於二気、蓋施其徳於四時。故命青衣而烈□上、遺芳躅於孟春之初、作黄土而竪門前、験往訓於窮冬之末。是則所以察万物之始終、知三農之遅速也。（第一段）

未審、①精麁異趣、可疑九方之情、②任杜成訟、誰決二家之理。③蔣□雲前、賜銭之功猶暗、④建昌月下、理稲之義未明。且夫同種類而改形容者、貽異端於万代之後、占□候而指禍福者、鑑未兆於千載之前。⑤然則毛随去来之潮、尋起伏於何物、⑥鞭懸東北之樹、得財貨者幾年。⑦三疋一糟之夢、指掌而欲聞、⑧一日三視之功、斂角者難知。（第二段）

子大器伝家、函牛之鼎還少矣、利根稟性、斬馬之剣猶鈍焉。庶振高材於春官之策、勿慣寓言於秋水之篇。（第三段）

問う。易の説卦伝には乾の象を馬としているけれども、坤の象を牛としていうる。また易には坤の象を牛としているけれども、乾（天）には牽牛星が光を下している。牛馬は陰陽二気から霊妙な力を授かり、常にその称賛すべき徳を四時にわたって施している。それゆえ天子は年初正月には良き先例として青衣を着て蒼龍（身のたけ八尺以上の馬）に駕し、年末十二月には伝統行事として土牛を作って四方の門を固める。これらは万物の始終を察し、農耕の遅速を知る最善の手段なのである。（第一段）

さて牛馬に関して以下のことがよくわからないので教えて欲しい。①精麁の違いを九方はどのように感じたか。②任杜両家の訴えに判決を下したのは誰か。③雲たなびく蔣山の下で銭を賜わったというのはどのような功績か。④月照る建昌の地で稲を回収したというのはどのような故事か。ところで、同類でありながら容貌の異なる子孫が遙か後代に生まれることがあり、また禍福は占いによって兆しの現れない遙か以前にそれを知ることができると言われている。そうであるならば、⑤毛が潮の去来にしたがって起伏するという故事はどのような書を尋ねれば載っているか。⑥また財貨が得られたのは鞭を東北の樹に懸けてから何年経ってのことか。⑦三疋が同じ飼い葉桶で食べている夢のことを明快に聞かせて欲しい。⑧日に

三たび視てしごとをし、角を器物の握りにした人物のことが知りたい。（第二段）
あなたは大器の素質を父祖から受け継ぎ、函牛の鼎も小さく思われるほどの才能の持ち主だ。また生まれつき鋭利なことといったら、斬馬の剣すら鈍く感じられるほどだ。どうか高才をこの献策の場で存分に振るい、秋の増水で岸辺の牛馬を見分けられないなどということのないように。（第三段）

文章得業生正六位上備中大掾菅原朝臣清房対

対。竊以、二儀開闢之前、万象之形質未著、三才化成之後、百獣之品彙漸分。信乃馬者陽畜也、契熒惑於天文、牛者陰霊也、配土徳於地理。農皇撫俗之時、容貌仰一人之位、軒后膺図之世、服乗顕至命之書。謂其利用、則耕駕遍九有之境、推其吉符、則氏族入万乗之家。漢代祖之初騎焉、継頽綱於二百年之後、晉宣帝之創業矣、伝著姓於十八代之中。故白腹唱謳、銭復五銖之號、黄鬢（鬚）免難、鞭捨七宝之珍。労逸変玄黄之色、功能称稼穡之資。任朽索於善御、政理取喩、視遊刃於良庖、形骸無全。復有二角及鼻者公家（字）之象也、趙直所以推蔣家之侄、千里市骨者王化之基也、燕昭由其営隗臺之粧。雖復百鈎過規、東野之詞欲敗、然而五犉伝術、西河之利長存。魯（菑）国三老之客、待鳳詔於金門之月、商飆七夕之星、促龍駕於銀漢之波。逮于懐土之情、不異人倫、習俗之性、已任造化、胡塞地寒、驤首於朔風之気、呉郡天煖、吐舌於夜月之光者也。遂使緑草萋々、声嘶華山之暁、紅花漠々、蹄踏桃林之春。白馬徒（従）事之立新祠、威信雖旧、青牛道士之帰旧里、計会惟新。一道之橋下、長卿之銘尚残、千尋之谷中、烏氏之富可量。豈止秦嬴暴虐之日、驚純精於霊樹之風、斉桓征伐之年、垂老智於孤竹之露而已哉。（第一段）

国家聖運応（膺）一千之期、親賢満三九之位。龍雲上覆、抽英材於学校之林、虎風外吹、払飛廉於蛮荒之

地。何況仁波所霑、嘉瑞見馬沢之畔、女水無竭、治化彰牛山之阿。（第二段）
若夫問九方於伯楽、則得精而忘麁、尋二家於于公、亦捨杜而用任。馳蔣山而賜銭、蕭晃振勇力於南斉、居建昌而理稲、幸霊貽華辯於東晉。但毛随去来之潮、起伏已混九流之中、鞭懸東北之樹、財貨遂得三年之後。一日三視之器、傅器之人可決其名、三疋一槽之夢、占夢之家寧迷其義哉。謹対。（第三段）

対《こた》う。天地二儀の開闢以前、万物は未だ形を成さず、天地人三才が成立して以後、百獣は次第に分類されるようになった。事実馬は陽畜であって天の熒惑星と契り、牛は陰霊であって地の土徳に配されている。神農氏が人民を撫でいつくしみ世を治めたときには、その人身牛首の容貌が天子と仰ぎ見られ、軒轅氏が河図にかなって世を治めたときには、牛に車をつけたり馬に乗ったりなどさせて天下を利したと易に明記されている。牛の利用を言うならば、農耕駕乗は九州遍くこれに依存していることであり、馬の表わすめでたいしるしを推して言うならば、万乗の君となる氏族の名字に加えられていることだろう。すなわち光武帝が牛に騎乗して天下を統一するや、後漢朝は頽廃した前漢の綱紀を復興して二百年の治世を存続させ、宣帝が大業を創始するや、晉朝は司馬姓の天子を十八代の後まで伝えたのである。天下が後漢に帰したのは、「黄牛白腹、五銖当に復すべし」と謳われた童謡に王莽・公孫述を拒否し漢代復帰を望む民意が籠められていたからであり、また晉が長続きしたのは、黄鬚の明帝が王敦に滅ぼされそうになったとき七宝の馬鞭を捨てて追っ手をかわし、あやうく難を免れることができたからである。馬は黒色の毛並みが黄色に変ずるほど酷使されることがあり、牛は稼穡の作業には欠かせない役割を担っている。朽ち縄で馬を上手に操る御者は善政の喩えとされ、見事な刃さばきで牛を解体する名人は牛のからだ全体を見てはいない。また二つの角と鼻とで公の字の形になる（蔣琬は公位に昇る）と夢解きしたおかげで趙直は蔣家の婿となり、王化を達成するには千里馬の骨を買うことだ（そうすれば千里馬もすぐに手に入る。これと同様に郭隗を重用すればそれ以上の人材が集まってくる）と説かれたので燕の昭王は郭隗のために臺を築いた。東野稷は馬を無理に百周も旋回させては、きっと馬をだめにしてしまうだろうと（顔闔に）言われた（果たしてそのとおりとなり、馭法を以て荘公に仕える機会を逃した）けれども、猗頓は陶朱公から富を成す秘訣としてまず五牸を飼うことを教わり、そうして西河の畜産で得た富はとこしえに存続した。菑川国の生まれで長寿を全うした漢の公孫弘は（かつて武帝に召されて博士となり）金馬門の月下に詔を待つ身となり、秋七夕を迎えて牽牛は織姫に逢うために天の川を渡ろうと龍駕をしきりに促したのである。牛馬の故郷を懐かしむ思いが人倫に異ならず、その習性が天から与えられたものであることについては、それを示す端的な例として、胡馬は故郷の厳寒を思い出して北風に首を上げ、呉牛は暑さを嫌う習性から夜の月を見ても太陽かと錯覚して喘ぐということを挙げておこう。こうして馬は緑草茂り合う暁の華山に嘶き、牛は紅花散りまがう春の桃林を踏み歩んだのである。さすがに白馬従事の威信は祠が立てられたばかりの時に比べて衰えてしまったけれども、青牛道士の容貌は、旧里に帰ってくるのを見計らって会いに行ってみると、少しも衰えていなかった。司馬相如が昇僊橋に「駟馬高車に乗らずんば汝が下を過《よ》ぎらじ」と書き付けた銘はまだ残っているし、烏氏の所有する牛馬の数はあまりにも多くて千尋の谷を単位としてしか量ることができない。牛馬にまつわる故事は以上列挙したようにさまざまであり、何もただ秦嬴（秦の文公の誤りか）が雍南山の霊樹を伐ろうとしたとき、霊樹の化した牛がその暴虐に驚いて澧水に身を隠したことや、斉の桓公が孤竹を伐とうとして道に迷ったとき、老馬の智恵を借りて首尾よく道を見つけたことだけではないのである。（第一段）

我が国は今、千年に一人の聖人が皇位に就くという希有な御代にめぐり会い、三公九卿の位には賢人がひしめいている。龍雲が朝廷を覆って英才が大学から抜擢され、虎風が外地に吹いて飛廉の如き佞臣を蛮境へと追い払った（前九年の役を指すか）。これに加えて馬沢の畔では神馬出現の嘉瑞があらわれて仁波に潤う御代をことほぎ、牛山の阿では女水が竭きることなく治世の安らかなことを示している。（第二段）

さて、九方皐のことを伯楽に問うてみると、（九方皐が馬を相するときには）精を見て麁を忘れるのだと答え、二家の是非を于公（于仲文）に尋ねると、杜氏をしりぞけ任氏を牛の所有者とした。南斉の蕭晃は蔣山に馬を走らせ勇力を振るったことで世祖から褒美として銭を賜わり、東晉の幸霊は建昌にいたとき（見張っていた稲を牛の食うに任せた上に）牛の食い散らかした稲をきれいに回収したことを父親に詰問され、その理由を雄弁に語って後世に名をのこした。ところで毛が潮の去来にしたがって起伏するという故事は九学派の諸書中に混ざり合ってしまって今となってはよくわからない。鮑瑗が巨万の財貨を得たのは、淳于叔平の言葉にしたがって家屋の東北にある桑樹に馬の鞭を懸けてから三年経ってのことである。日に三たび樹の幹を視て弓を作った人物とは、燕牛の角を添えて弓を補強した者と言えばその名がわかるだろう。三疋一槽の夢は占夢の専門家ならばどうしてその意味が分からないことがあろうか。謹んで対う。（第三段）

〔第二問〕

詳琴酒

問。琴者五音之統也、通徳神明、酒者百薬之長也、含霊天地。易象九五之文、君子獲貞吉之利、詩篇三百之義、窈窕聞友楽之情。方今淳風返于栗陸之前、恩沢深於蓬海之底。喩聖道於堯年、中衢之蹲無尽、比化績

於舜日、南薫之歌長伝。治世之美、不光古乎。（第一段）

然則、①宣穎之珍、餝白玉歟餝玄珠歟、②謝譓独酔之室、入昆弟乎入朋友乎。③春蚕含糸、金気之断絶奚在、④夜月共席、木像之献酬未明。⑤況復重才薄位之喩矣、莫秘曲調於歯牙、⑥二榼一口之飲、可分氏族於脣吻。⑦小児堕瑠璃之器、作賦者誰家、⑧鄙人迷箜篌之名、著論於何代。余之蒙昧、子宜分明。（第二段）

問う。琴は五音を統括する楽器であり、神明の徳をよくあらわしている。酒は百薬の長と言われ、天地の間にあって霊妙な働きをするものである。易の需卦九五の爻辞には、君子は酒食の用意をして待てば貞吉の利しきが得られるとある。詩三百篇中「関雎」には、窈窕たる乙女が琴瑟を友とし鍾鼓を楽しむことがうたわれている。いま淳朴の風化は栗陸氏以前に返り、天子の恩恵は蓬萊山の浮かぶ海よりも深い。中衢の酒樽が酌めども尽きないように、聖人の誉れ高い今上陛下の政道は帝堯の時代に喩えられる。また南薫の琴曲がとこしえに伝えられるように、教化に努める陛下の事績は帝舜の当時に比肩せられている。まことにこの御代の美風は古えよりも遥かに光り輝いているのである。（第一段）

さて、①宣穎が褒美として賜わった珍奇なものは白玉で飾られていたのか、それとも玄珠で飾られていたのか。②謝譓が酒の伴として自室に迎え入れたのは兄弟であったか、それとも朋友であったか。③蚕が春に糸を吐くと金気の断絶は何処に生じるのか。④月下の酒席で木像と杯をかわしたとはどのような故事か。さらに加えて、⑤才能を重んじ地位を軽んずる意を籠めた琴曲を黙秘してはならない。⑥二種の酒が貯えられて口が一つのさかづきで酒を飲まされた氏族を明らかにして欲しい。⑦子供が瑠璃の器を落としたことを賦に作ったのは誰か。⑧鄙人が箜篌にまちがえたことを論に著したのはいつの時代のことか。君、我が無知蒙昧を啓くがよい。（第二段）

対。竊以、陰陽分声、琴絃施調於時令、星辰定位、酒旗垂曜於天文。削而成器、源起嶧陽之桐、忘其積憂、名類堂北之草。是以華絵彫琢、錯以犀象之文、清酭濁醪、分其賢聖之色。自古龍図鴻烈之君、刑措囹空之世、莫不以之為移風易俗之導、以之為郷飲朝会之基。周文王之得新書矣、鸞鳳翔歌章之詞、漢高帝之帰故郷焉、風雲飛酣暢之席。維則礼典尋蹤、献酬之序無爽、然而政績取喩、弛張之義相分。五十六十、東西定坐立□（之）位、或和或乖、郡国辨理乱之音。法四時而律呂方叶、薫五内而形骸已寛。染濃気於寸丹、飄餘響於泰素。苦熱煩暑之天、弾則有曲中之雪、厳凝冱陰之地、傾亦遇暦外之春。故新声寥亮、指寒七絶（絃）之間、滋味醇和、耳煖三酌之後。粛（蕭）思話之調石上、賜銀鍾於北嶺之雲、陶淵明之就叢辺、迎白衣於東籬之露。蓋乃隠逸肥遁之栖、可以養其精志、幽冥感動之類、無以秘其形容。華陽夜天、清韻理而冤魂暗語、長平故地、膏沢流而怪気忽銷。況復欒叔元之得神仙、成都県之雨颯々、王敬伯之逢窈窕、通陂亭之月蒼々。周洛春闌、羽觴廻桃花之浪、楚臺秋暮、商絃入松葉之風者乎。（第一段）

即験、宣穎賞賜之珍、加其餝者非白玉則玄珠也、謝譓幽独之居、入其室者□清風與朗月也。春蚕含糸之義、載芸缣而長伝、夜爵刻木之恩、指柳哲（誓）而可識。重才薄位之喩矣、未能後学之鑑前脩、二榼一口之飲焉、寧非馬姓之忌牛氏。至于小児誤堕瑠璃之器、鄙人不辨箜篌之名、作賦家々、詞海闊兮誰尋、著論処々、筆駅遙兮難到者也。（第二段）

清房才謝賈馬、行異伯牛。拝祖廟而傾首、雖仰冥感於百年之後、望揚庭而銷魂、何夬高問於一日之中。況乎職非楽署、聴鶴操而耳根可迷、義入酔郷、対鳳策而眼花欲龍（飛）。謹対。（第三段）

対う。琴絃は音色を陰陽に分かち、時令にしたがって（冬至、夏至になると）演奏される。酒旗は星として位置を定め、天空から光輝を下している。琴は桐を削って作るものだが、その起源は嶧陽の桐にさかのぼる。酒は忘憂物と言われるが、その呼称は堂北に植える草に似ている。このように琴酒は由緒正しい事物であるから、琴には桐に犀の角と象の牙とをまじえて彩色彫刻を施し、酒には清酒を聖人に、濁酒を賢者に喩えるのである。古えより龍図を得て大功を成す君主がよく治め、刑罰が行なわれず囹圄に収監される者もいない御代には、必ず琴を風俗教化の手段とし、酒を地方と朝廷とに於ける会合の基礎とした。(それは例えば)周の文王はあらたに書を得たとき、鳳凰がその書を口にくわえて飛翔したさまを琴曲にのせて歌い、漢の高祖は故郷に帰ったとき、風が起こって雲が飛ぶさまを酒席で歌ったのである。礼儀についての法典(『礼記』)を調べてみると、なるほど酒杯のやりとりには決まりがあるけれども、行政上の功績については、これを琴絃に喩えて言えば、弛めるか張るかの加減はまちまちである。すなわち東西何処も郷飲酒の礼では六十歳の者は坐し、五十歳の者は傍らに立って侍することになっており、また国政が和らいでいるか乖いているかは、琴が治世乱世どちらの音で奏でられているかによって判断できる。琴の音階は四時に対応しているので十二律呂に叶い、酒の効能は五臓にめぐれば身体がくつろぐことにある。こうして酒の濃気は寸丹の心に染みわたり、琴の餘響は自然界に行きわたるのである。うだるような酷暑の天候に琴を弾けば、たちまち曲中に白雪が降り、凍てつくような厳寒の地に酒を傾ければ、暦に合わぬ春にめぐり遇うことができる。それ故、かすかな音色を発したばかりなのに、七絃を奏でる指は寒さでかじかみ、醇酒を三酌味わっただけなのに、耳はもう熱くなるのである。鍾山北嶺の石上で琴を弾いた蕭思話は、宋の太祖から褒美に銀鍾酒を賜わり、東籬で菊を摘んでいた陶淵明は、酒を携えた白衣の使者を迎えた。これは思うに隠遁者のすみかでは酒によって精神を養うことができ、琴の調べに深く感動したときにはその思いを隠すことができないということであろう。嵆康が華陽亭に泊まった夜、その奏でる清和な音色に感じた冤罪者の霊魂がひそかに琴曲について語った。漢の武帝がかつて秦獄のあった長平阪で怪気を帯びた虫に出くわしたとき、東方朔の進言にしたがって（積憂を解く功能のある）酒の中にその虫を入れて消し去った。これに加えて、欒巴（字は叔元）が成都県の火災を消そうと（宴席に坐したまま西に向かって酒を噴くという）神仙の術を用いたとき、成都に降る雨は酒気を帯びていた。王敬伯がたおやかな乙女に逢って琴を奏でたとき、通陂亭の月は蒼々と照っていた。周公の洛陽では春もたけなわを迎えて、酒を湛えた羽觴の杯は桃花の波間を巡っている。楚王のうてなでは秋も暮れて、琴絃はあたかも松を払う秋風のような音色を響かせている。（第一段）

さて問いの答えを考えてみると、宣穎が褒美として賜った珍奇な琴に飾られていたものは、白玉でなければ玄珠であろう。謝譓の独り住まいの居室に入ることのできたのは、さわやかな風とあかあかと照る月だけだった。蚕が春に糸を吐くという故事は、書物に記されてこれまで長らく伝えられてきた（ので、殊更答えるまでもなかろう）。木像を相手に夜酌するほど深い恩寵を受けたというのは、柳昪《りゅうべん》のことを指しているのだろう。才能を重んじて地位を軽んじたという、琴曲に取り上げられた人物について尋ねられても、私の如き後学の者がそのような先賢の行ないを手本とすることなどできない。二種の酒が貯えられて口が一つのさかづきで酒を飲まされた故事とは、司馬姓の皇帝が牛氏を忌み嫌って牛金を殺したことではないのか。子供が瑠璃の器を誤って落としたことについては、それを賦にこしらえた作者を捜そうにも詞の海が広すぎて捜すことができない。また鄙人が箜篌の名称を知らなかったことについても、それを論じた作者を見つけようにも、道のりが遠すぎて見つけ出すことができない。（第二段）

私、清房は、文才は賈誼や司馬相如に及ばず、徳行も冉伯牛と同じではない。祖廟を拝して道真公を慕い、没後百年の今になってその感応を仰いだけれども、待ち望んだ揚庭の試（対策）の場にいざ臨んでみると、ただ意気消沈するばかりだ。高度の難問をどうしてたった一日で解くことができよう。まして、琴という題目を課せられたけれど、官職が楽官ではないから、琴曲の鶴操を耳で聴き分けようにも聴き分けられない。酒という題目を課せられた手前、酔郷に入った（酔っぱらったような気分になった）ために、対策の最中だというのに眼がかすんできたぞ。謹んで対う。（第三段）

第一の策問では、第一段は「問」（身延山久遠寺蔵『本朝文粋』巻三「神仙」策問冒頭の「問」字には「モンス」と附訓される）で始まり、題目を概説する。

第二段の冒頭には、ここでは「未審《いぶかし》」が置かれているが、「然則（然らば則ち）」「不審」などが置かれることもある。これ以下に徴事を列挙する。この策問では八問の徴事が課せられている。一見して遊戯的で、なぞなぞを想起させるような内容であるが、ここで注意しなければならないのは、徴事は中国の文献に見られる知識を問うという点である。(3)

第三段は対策者に対しての賛辞が置かれる。ここでは家系の良さと本人の素質とを褒め称えている。

これに対する対策文は、第一段の冒頭に「対」（『本朝文粋』傍訓は「タイス」）を置き、題目について詳しく論じる。このとき徴事の内容と重複してはならない。

第二段では「我后」「国家」などの語を初めに置き、題目に関連づけて当代の天皇を賛美する。これは方略宣旨を下したのが天皇であり、対策文が天皇に奉るものとして書かれるからである。

第三段では徴事について簡潔に答え、結びは「謹対（謹んで対す）」とする。この「謹対」の「謹」は天皇に奉る文章の末尾に添える語で、応製詩会の詩序で「謹序」の語が末尾に置かれるのもこれと同様である。

さて、第二の策問は、第一の策問の第三段を省いた形式で、「問」で始まり、ここでは「然則」の語を置いて徴事を列挙するというものである。

これに対する対策文は、当代を賛美する段がない代わりに、対策者の謙辞がある。すなわち第一段で題目を詳しく論じ、続いて第二段で徴事を答え、最後の段に対策者の謙辞を置き、「謹対」で結ぶ、というものである。謙辞の内容は、詩序の末尾に置かれる序者の謙辞に通うものがあり、述懐を内容とする。

以上が策問・対策文の文体上の特徴である。『本朝続文粋』には第一の策問・対策文がそれぞれ五篇づつ、第二の策問・対策文がそれぞれ六篇づつ収められているが、以上述べた特徴は『本朝続文粋』所収の策問・対策文の全てに当てはまるものである。平安後期の策問・対策文はこのような形式を備えていたのである。それではこれを、溯って『本朝文粋』所収のものと比較すると、どのような違いが見出されるのであろうか。

三、『本朝文粋』との相違点

両者には二つの相違点が見出される。一つは、第一の策問の末尾に『本朝続文粋』では対策者に対する賛辞が必ず置かれているが、『本朝文粋』ではこれが必ずしも置かれていない点である。つまり賛辞を置くか否かは、当初は問頭博士の任意であったのであり、それが後に変わって賛辞を置くことが慣例化したということである。しかし、これはそれほど重要な違いではない。むしろ注意すべきはもう一つの点である。それは『本朝続文粋』では第一問の対策文の第二段が当代を寿ぐ賛辞に宛てられ、第三段が徴事に対する解答となっているが、溯って

『本朝文粋』ではこの第二段と第三段とが入れ替わっている点である。すなわち『本朝文粋』所収の第一の対策文では、第一段で題目を論じた後、第二段で徴事を解答し、最後に第三段で天皇の御代を賛美するという段落構成が一般的なのである。

次に掲げるのは『本朝文粋』巻三所収の大江匡衡の対策文である（第一段は省略）。

夫以、諱老称六十九者、仕後魏而吏南兗、遇主言一二三者、酌下若而得上寿。至彼五音四声之相配、万歳一日之無疆、宮商有調、久視之術何違、土俗異風、延齢之道各別者也。況復逢李耳兮見真形、心地自如日月之明、変桃顔兮歌妙曲、年紀既非雲霧之暗。（第二段）

我后名軼稽古、化施当今。同降誕於寿丘、富春秋而天長地久、求登用於嬀水、感山沢而就日望月。四目之為師、巣閣之鳳儀庭、五老之入昴、負図之龍出浪。遂使禎祥不休、能叶帝徳之美、符応有信、自固皇歓之基。遐方帰仁、吹羌笛於塞上之月、遠戍忘警、埋夜柝於関外之塵。謹対。（第三段）

「夫以（夫れ以れ《おもんみれ》ば）」以下、徴事を解答するのが先で、その後に「我后」に始まる当代の賛辞が来ている。この変化が一体いつ頃から現れたのかというと、すでに『本朝文粋』所収の一篇にそれは見出される。それが長徳四年（九九八）の藤原広業の対策文である。次に掲げる（第一段は省略）。

国家俗反九首、仁蒙万心。聖化風遐、二華之松献寿、叡徳露下、細葉之竹受祥。自然首文背文之鳥、長巣上林之雲、羽氏翼氏之人、遥就中華之日。（第二段）

然則、速成晩就之戒、方策載其人、九疑千仞之談、円丘為其処。殷庭周庭之変、梓樹之詞自明、一生一死之期、竹譜之文方決。即験時代可辨、披斉紀而区分、南北暗知、指族氏而誦詠。行人休止、猶避幽僻之煙、道子山池、誰迷斟酌之水。謹対。(第三段)

「国家」以下に当代を賛美し、「然則」以下が徴事に対する答えである。ここに平安後期の形式の先蹤が見られるのである。

広業は北家藤原氏内麿流、勘解由相公と称せられた藤原有国の男で、その弟資業も対策に及第している。広業の対策の段階ではこの家系は起家(紀伝道に新たに一家を起こそうとする者を言う)の一つに過ぎないが、これ以後、代々儒者を出し、後には儒家(儒者を出す家系として固定した家を言う)を形成する。またこれに遅れて南家の藤原実範、式家の藤原明衡も対策に及第し、それぞれ後に儒家を成す。次に各人の対策年時を示そう。

藤原広業(北家)—長徳四年(九九八)十二月、対策。
藤原資業(北家)—寛弘二年(一〇〇五)十月、対策。
藤原実範(南家)—長元二年(一〇二九)以前、対策。
藤原明衡(式家)—長元五年(一〇三二)十二月、対策。

摂関家の権力を背景として紀伝道に進出した藤原氏の各家は平安後期には二大儒家の大江、菅原両氏に肩を並べ、さらにそれを凌駕する勢力を持つに至る。その端緒を開いたのがほかならぬ広業の対策及第であり、その広業の対策文に先例を破る形式が見られるのは、新たな時代を予告する、極めて象徴的な事象であったと言えよう。しかも広業の問頭を勤めたのは弓削以言で、これまた起家出身の儒者である。対策文に於ける形式の展開を歴史的に見るとき、その変革の試みはまず新興の起家の中から起り、その起家が儒家となる過程で定着したと言うことができるのではなかろうか。

書式の変革に起家が重要な役割を果したことを裏づける事象がもう一つ見出される。それは策問に設けられた徴事の数である。次に掲げるのは藤原資光の対策文に対する評定文（『朝野群載』巻十三）である。資光の対策及第は永久二年（一一一四）で、その策問と対策文とは第一問の「郷国土俗」のみが『本朝続文粋』巻三に収められている。

式部省
　評定文章得業生正六位上行能登少掾藤原朝臣資光策文事
　　合二条
　　郷国土俗
　　鏡扇資用
　　　従四位下行大学頭兼文章博士周防権介藤原朝臣敦光問
今評件策、頗乖問意。雖述郷国、土俗之義惟疎、雖辨鏡扇、資用之理猶少。加以音韻錯乱、点画不正。但謂父祖之儒業、既奕四代、通十六之徴事、今及半分。綴文之体、詞華可観。仍処于丁科。
　永久二年正月十二日　　従五位上行文章博士兼大内記越中介藤原朝臣永実

防鴨河使右少弁正五位下行兼左衛門権佐周防介藤原朝臣実光
従四位下行大学頭兼文章博士周防権介藤原朝臣敦光
散位従四位上菅原朝臣淳中

省

正五位下行少輔大江朝臣有光
従四位上行大輔菅原朝臣在良

これによって、資光に課せられた第二問が「鏡扇資用」であったことが判明する。そして、評定文は資光の対策文について、「今、件んの策を評すれば、頗る問ひの意に乖く。郷国を述ぶと雖も、土俗の義、惟れ疎かなり、鏡扇を辨ずと雖も、資用の理、猶ほ少《まれ》なり。加以《しかのみならず》、音韻錯乱し、点画正しからず」とその欠点を挙げた後、「但し、父祖の儒業、既に四代を奕《かさ》ぬ、十六の徴事に通ずること、今半分に及ぶ」と述べている。策問の第一問「郷国土俗」に課せられていた徴事は八問である。(4) したがって第二問「鏡扇資用」の徴事も八問であったことになる。また『朝野群載』巻十三には藤原有信（資光の父）の対策時の策問・対策文が全て収められており、これも徴事は八問ずつ合計十六問で、その評定文にも「徴事十六、已に半分に通ず」とある。(5) そして別表の徴事の項に示したように『本朝続文粋』所収の策問は全て八問の徴事を課している。このように平安後期の段階で策問の徴事は一題につき八問に定着していたのである。「十六徴事」の語は実は『都氏文集』巻五に収める都良香の評定文（菅野惟肖の対策文に対する）にすでに見えているが、その当時は徴事が十六問に定まっていたわけではない。(6) それでは「十六徴事」に定まった淵源は何処かというと、これまた長徳四年の藤原広業の対策に於ける弓削以言の策問に行き当たる。徴事の数が定まったという点からも、広業の対策が画期的な意味を持つことは明らかであろう。もちろんこの推測は数少ない現存資料から導き出したものであり、対策文の第二段に当代を賛美する段が置かれ、策問の徴事が一題につき八問という形式が初めて試みられたのは広業の対策の時ではなかったかもしれない。しかし、このような新たな形式に移行した時期が一条朝の後半から後一条朝にかけての時期であることは紛れもない事実である。この時期に藤原氏の儒者が輩出していることから考えて、形式の変革に彼らが関与していた蓋然性は極めて高いと思われる。平安後期の紀伝道に於いて、藤原氏出身の儒者の担った役割が大きかったことは周知の事実であるが、その具体例として、策問・対策文の形式面に於ける変革という点を指摘できるように思われる。

以上、平安時代の策問・対策文の段落構成とその確立過程について考察を加えた。最後に対策文中に見られる、徴事に対する解答の技術的側面について触れておきたい。

『本朝文粋』、『本朝続文粋』には合計二十三篇の対策文（パロディを除く）が収められている。これらは実際に策試の答案として書かれ、及第と評定されたものである。しかしこれらが全て優秀で模範的な答案であったというわけではない。徴事に正しく答えられていない答案も含まれているのである。否、実は両書中、徴事の全てに正解している対策文は殆ど見られないのである。まず徴事に誤って答えた例として、『本朝文粋』所収の三統理平による「鳥獣言語」の策問（徴事の第一問）とそれに対応する菅原淳茂の対策文を掲げよう。隔句対の後半部（徴事の第二問に当たる）は省略した。

〔策問〕子長芝之対村司、如疑如信。（子長芝の村司に対ふるや、疑ふが如きか信ずるが如きか。）

〔対策文〕馬太史者命世之才、専対揚於村吏。(馬太史は命世の才なり、対揚を村吏に専らにす。)

「子長芝」とは孔子の弟子、公冶長(名は芝、字は子長)のことである。『論語』公冶長篇の冒頭の章に、公冶長は罪を犯したわけでもないのに牢獄に繋がれたとある。梁の皇侃の『論語義疏』はこれを解釈する上で故老の伝える説話を引き、公冶長がぬれ衣を着せられたのは殺人の罪であり、それは彼が鳥の言葉を解することができたからであることを明らかにしている(その説話によれば、取り調べの村役人は初め公冶長が鳥の言葉を解することを疑ったが、後にこれを信じたとある)。理平はこの『論語義疏』の知識を淳茂に問うたのである。(7)ところが、淳茂はこれに思い至らず、「子長芝」を司馬遷、字は子長のことと誤解し、「馬太史」云々と答えてしまったのである。(8)

それでは、課せられた徴事の意味する所がわからない場合、対策者はどうすべきか。その場合の答案の書き方を示しているという点で、『本朝文粋』、『本朝続文粋』はまさに実用的と言える。次に掲げるのは『本朝文粋』所収の弓削以言による「松竹」策問(徴事の第一問)とそれに対応する藤原広業の対策文である。隔句対の後半部(徴事の第二問)は省いた。

〔策問〕或速成而晩就、其人誰人之氏族。(或いは速やかに成りて晩く就《な》る、其の人誰人の氏族ぞ。)

〔対策文〕速成晩就之戒、方策載其人。(速やかに成り晩く就るの戒め、方策其の人を載せたり。)

「朝に花を咲かす草は夕べには早くも衰えるが、晩く成る松は厳寒になっても枯れない(君子は速成をにくむ)」と述べた人物は誰か」という問いに対して、その言葉を兄の子や我が子に戒めとして与えたという『魏志』王昶伝の記事に思い当たれば正解である。それを広業は「その人物のことなら物の本に載っているぞ」と答えをはぐらかしている。

また先に全文を掲げた『本朝続文粋』所収の「辨牛馬」からも例を挙げておこう。徴事の第七問である。

〔策問〕三疋一糟之夢、指掌而欲聞。（三疋一糟の夢、掌を指して聞かむと欲す。）

〔対策文〕三疋一槽之夢、占夢之家寧迷其義哉。（三疋一槽の夢、占夢の家寧ぞ其の義に迷はむや。）

「三疋一槽之夢」は『宋書』符瑞志や『晉書』宣帝紀に見える故事である。それは三疋の馬が同じ槽《かいばおけ》で飼料を食っている夢を魏の武帝が見て、これを不吉に思った。果たして司馬懿（晉の宣帝）、司馬衷（晉の景帝）、司馬昭（晉の文帝）が相次いで魏の宰相となり、ついに魏（曹氏）は晉に取って代わられたというものである。対策者の菅原清房はこの故事を知らず、これまた「夢占いの専門家なら誰でも知っていることだ」と答えをはぐらかしている。

これらの例から察するに、答えに窮した場合には「そんなことは書物を繙けば容易に知られることであるから、答える必要はない」とか「それは周知の事実であるから、答えるまでもない」などと言って開き直るのが常套手段であったようである。

注

（1）拙稿「平安後期の漢文学」（『平安後期日本漢文学の研究』笠間書院、二〇〇三年。初出は一九九六年）、同「平安朝日本漢詩史の研究」成果報告（慶應義塾大学21世紀COEプログラム「心の解明に向けての統合的方法論構築」平成十四年度成果報告書、二〇〇三年六月）を参照されたい。

（2）伊澤美緒「逸脱する対策文――『本朝文粋』「散楽策」の再検討――」（『古代中世文学論考』第七集、新典社、二〇〇二年七月）では『本朝文粋』所収の策問・対策文の段落構成について極めて周到な考察が為されている。参考にすべき点が多いが、徴事についての言及がない。濱田寛「対策考――策判と菅原道真「請秀才課試新立法例状」――」（『平安朝日本漢文学の基底』武蔵野書院、二〇〇六年。初出は二〇〇一年）では徴事について考察を加え、これが対策に課せられる小問であることを明らかにしている。

（3）『本朝文粋』、『本朝続文粋』では策問・対策文を収める巻三の末尾にそのパロディーが置かれている。『本朝文粋』は「辨散楽（散楽を辨ず）」、『本朝続文粋』は「詳和歌（和歌を詳らかにす）」である。ここには実際の策問に問われるのは中国古典の知識であって、日本の故事が問われることはないという大前提が存在する。だからこそ、このような日本独自の文芸・芸能を題目とした策問・対策文がパロディー（似て非なるもの）として成立するのである。

（4）資光の対策文を次に掲げる。

対。竊以、気象肇啓、未辨清濁之名、形質既萌、漸定玄黄之位。自爾郡縣村邑之区分、馬歯取喩、林藪原湿之各異、龍鱗著文。一万二千家、街衢綿聯、五万四千里、山川綺錯。莫不施風教於華夷、識土俗於郷国者也。軒轅膺籙之時、鶏犬之音相聞、営丘割封之後、魚塩之利自通。禹貢所輸、州民差賦斂之籧筐、周礼攸制、地官掌戸口之図籍。養郷養国之恵、君命惟厳、杖国杖郷之儀、臣節無撓。燕昭王之築隗臺也、四方之賢俊子来、漢高祖之帰沛郡也、一座之父老酣悦。献酬頻催、若下之霞蕩酔、曲調高和、郢中之雪唱歌。至如彼旧里退身、遐陬持節、疎大傅之出東都矣、陳祖席於門閭、張博望之入西域焉、転仙査於河漢。秦呉境遥、□子行千里之月、劉阮跡僻、遺孫隔七世之塵。復有老子往兮古廟長留、九井之春花片々、范蠡去兮扁舟何在、五湖之暁波茫々。会稽太守之錦傲装、寧非思故郷哉、延陵季子之劔未解、猶為使上国也。胡地秋深、馬嘶柳塞之風、遼城日暮、鶴驚華表之露。固知、緈光常篇、義標奇紀而已。（第一段）

我后一六合以称尊、四三皇以居大。逾沙軼漠之貢賦、府無虚月、異畝同穎之嘉瑞、国屢豊年。又賢才充朝、皆元凱其行、隠逸出野、誰箕穎其心者乎。（第二段）

夫以、①明主之建孝義、恵沢仁厚、②善舞之辞広延、游波体軽。③訪蹇塞於荊州、陽縣境勝、④検来遊於漢日、東方地幽。⑤文賓之業、孜々不遑、⑥景公之詞、堂々猶美。⑦千秋之会、就友道以可知、⑧一日之行、指寿域以易悟。謹対。（第三段）

（5）藤原有信に対する藤原明衡の策問と、有信の対策文に対する評定文とを次に掲げる。『朝野群載』の本文は東山御文庫蔵本に拠った。

〔策問〕

明城市

正五位下行式部少輔兼文章博士藤原朝臣明衡問。

問。神農馭俗、建市廛以利蒼生、大禹臨邦、築城郭以安赤縣。前聖後聖、率由宏規、莫不致□□□静謐、通天下之有無者也。①釣池上而売魚矣、波月未明其人、②来河南而類雉焉、嶺霧猶歛其処。③雲閣之霞高聳、出誰家之篇章、④月氏香久薫、表幾時之酷烈。⑤洛陽蓄廛之金、在南歟在北歟、⑥山下夾門之石、為二丈為三丈。⑦用布貿糸、可詳古典、⑧撃鼓唱節、欲聞前王。子稟芳種於儒林、養高材於翰苑。須振鳳凰之文彩、以慣鸚鵡之言詞。

辨輿輦

問。高天難測、覆庶類而輪環、厚地無疆、載群品而安静。君子得輿、周易之象不爽、王者乗輦、漢史之儀爰存。倩窺古典、永為彝倫。未審、①臨軒以降詔、升宮殿之賓仕何代、②装□□□、別上下之文見詎書。③魏太祖之恩沢、可甄名将之先、④漢武帝之寵光、欲知佳姫之数。⑤金銀為飾、殷秦之制同異未詳、⑥羽葆呈功、龍鳳之形方円相混。⑦因物成智、賢人仁者之神□□□深、⑧好猟安躬、君上臣下之嘉謨紛糅難決。宜課炙輠之才、莫秘鳴鐘之響。

〔評定文〕

式部省

評定文章得業生正六位上丹波大掾藤原朝臣有信対策文事

合二条

明城市

辨輿輦

正五位下行少輔兼文章博士藤原朝臣明衡問

今評件策、応対之旨、多違問意。徒餝煙霞之詞、不陳羅縷之義。博学之人、豈如斯乎。但病累雖痊、難忘越人鍼之術、文章可観、頗慣蜀女織錦之功。徴事十六、已通半分。准之甲令、可為丁科。

康平六年十一月八日（下略）

（6）『菅家文草』巻九に「請秀才課試新立法例状」と題する奏状が収められている。道真はその中で、策問の徴事の数が不定である現状を指摘し、一定にすべきことを説いている。

（7）『通憲入道蔵書目録』第二十四櫃に「公治長辨百鳥語　一巻」の書名が見える。

（8）新日本古典文学大系27『本朝文粋』（岩波書店、一九九二年五月）の校訂本文に「子長芝」を「子長遷」に改めるのは誤り。

別表　『本朝文粋』『本朝続文粋』所収　策問・対策文一覧

	策問題目	二題中の序列	問頭博士	対策者	対策年時	天皇	徴事	備考
本朝文粋								
69／70	神仙	第一問	春澄善縄	都言道(良香)	貞観十一年(八六九)六月十九日	清和	6	
71／72	漏剋	第二問	春澄善縄	都言道(良香)	同右	清和	6	
73／74	立神祠	第一問	三善清行	藤原春海	仁和二年(八八六)	光孝	8	注1
75／76	鳥獣言語	第二問	三統理平	菅原淳茂	延喜八年(九〇八)八月十四日	醍醐	6	
77／78	論運命	第二問	藤原博文	大江朝綱	延喜二十二年(九二二)	醍醐	6	
79／80	辨山水	第二問？	橘直幹	大江澄明	天暦三年(九四九)十一月二十日	村上	8	注2
81／82	寿考	第一問	菅原文時	大江匡衡	天元二年(九七九)五月二十六日	円融	6	
83／84	陳徳行	第一問	橘淑信	田口(紀)斉名	永延年間(九八七―九八九)	一条	6	
85／86	詳春秋	第一問	藤原惟貞	弓削(大江)以言	永延年間(九八七―九八九)	一条	10	
87／88	松竹	第一問	弓削(大江)以言	藤原広業	長徳四年(九九八)十二月二十六日及第	一条	8	
89／90	耆儒	第一問	菅原輔正	大江挙周	長保三年(一〇〇一)十二月二十五日	一条	8	
91／92	詳循吏	第二問	菅原輔正	大江挙周	同右	一条	8	
本朝続文粋								
19／20	辨賢佐	第二問	藤原国成	藤原明衡	長元五年(一〇三二)十二月	後一条	8	
21／22	辨関塞	第一問	藤原明衡	藤原正家	永承四年(一〇四九)二月或いは三月	後冷泉	8	
23／24	辨牛馬	第一問	藤原実範	菅原清房		後冷泉	8	
25／26	詳琴酒	第二問	藤原実範	菅原清房		後冷泉	8	
27／28	江湖勝趣	第一問	藤原明衡	菅原是綱	天喜五年(一〇五七)十一月	後冷泉	8	
29／30	辨論漁猟	第二問	藤原敦基	藤原広綱	承暦三年(一〇七九)十二月二十五日	白河	8	
31／32	野沢佳趣	第二問	菅原在良	藤原友実	寛治四年(一〇九〇)正月十六日	堀河	8	
33／34	述行旅	第二問	菅原在良	大江匡時	康和五年(一一〇三)六月三日	堀河	8	
35／36	郷国土俗	第一問	藤原敦光	藤原資光	永久二年(一一一四)正月十二日及第	鳥羽	8	
37／38	通書信	第一問	藤原敦光	菅原宣忠	大治五年(一一三〇)正月二十六日方略宣旨	崇徳	8	
39／40	得宝珠	第二問	藤原敦光	菅原宣忠	同右	崇徳	8	
文粋93／94	辨散楽		村上天皇	秦氏安	応和三年(九六三)六月	村上	6	
続文粋41／42	詳和歌		紀貫成	花園赤恒			6	注3

注1　対策文に当代の賛辞がない。
注2　策問に対策者に対する賛辞があり、且つ対策文に対策者の謙辞がある。対策文に当代の賛辞がない。
注3　『朝野群載』は策問を大江匡房の作とする。『本朝小序集』は策問を源明賢の作、対策文を大江広房（実は匡房）の作とする。

15　慶滋保胤伝の再検討

はじめに

平安中期を代表する知識人の一人である慶滋保胤の事績については、これまで国文学・日本史学・仏教学などの諸分野にわたって多角的に論じられてきた。中でもその伝記に関しては増田繁夫氏による論文「慶滋保胤伝攷」(『国語国文』第三十三巻第五号、一九六四年五月)と、平林盛得氏の著書『慶滋保胤と浄土思想』(吉川弘文館、二〇〇一年八月)に収めるその関連論文とによって殆ど述べ尽くされた観がある。ただ増田氏、平林氏がともに保胤の生年を承平三年(九三三)と推定している点には、再検討の余地が残されているように思われる。本章はその点について考察を加えるものである。

一、「垂五旬」の解釈

増田氏が保胤の生年を承平三年であると同定した根拠は、保胤が天元五年(九八二)十月に執筆した「池亭記」

（『本朝文粋』巻十二）に、

予行年漸垂五旬、適有少宅。

（予れ行年漸くに五旬に垂《なんな》むとして、適たま少宅を有《たも》てり。）

とある記述である。これ以外に保胤の生年を推測できる資料は今のところ存在しない。増田氏はここに見える「五旬」を五十歳と解し、天元五年五十歳から逆算して保胤の生年を導き出したのである。後述するように、たしかに「幾旬」を幾十歳の意味に用いる例は存在する。しかし、本来「幾旬」は、例えば「五旬」ならば四十一歳から五十歳までというように、十年という時間的幅を持たせて用いられる語である。次に「幾旬」の用例の幾つかをAからCに分類して掲げることにしよう。[1]

A、「幾旬」が幾十歳までの十年間の（ある時点の）年齢を表す例

①〔本朝続文粋巻一、西府作、大江匡房〕白首六旬儒、蒼波万里途。

（白首六旬の儒、蒼波万里の途。）

↓承徳二年（一〇九八）、大江匡房、五十八歳。

②〔擲金抄巻中、仏名経、117聴仏名経詩、藤原資長〕竹形挑燭夜参半、蓬鬢梳霜年六旬。

（竹形燭を挑く夜参半、蓬鬢霜を梳る年六旬。）

↓承安二年（一一七二）、藤原資長、五十四歳。

B、「幾旬」が幾十歳を表す例

③〔白氏文集、3474山下留別仏光和尚〕我已七旬師九十、当知後会在他生。

（我れ已に七旬 師は九十、当に知るべし後会は他生に在りと。）

↓会昌元年（八四一）、白居易、七十歳。

④〔古今著聞集 巻五、前大宮大進清輔 和歌の尚歯会を行ふ事〕

李部侍郎永範

いとひこし老いこそ今日はうれしけれいつかはかかる春にあふべき

予為三代之侍読、迫七旬之頽齢。位昇三品、今列七叟。故有此句矣。

（予れ三代の侍読為《た》り、七旬の頽齢に迫る。位三品に昇り、今七叟に列す。故に此の句有り。）

↓承安二年（一一七二）、藤原永範、七十歳。

C、「幾旬」がAの期間以前の年齢を表す例

⑤〔本朝無題詩 巻六、385秋日林亭即事、中原広俊〕九月光陰秋欲暮、五旬鬢髪雪空梳。

（九月 光陰 秋暮れなむとす、五旬 鬢髪 雪空しく梳る。）

↓康和元年（一〇九九）、中原広俊、三十八歳。

Aとして掲げた二例は、「幾旬」が幾十歳までの十年間の年齢を表す例であり、これが「旬」の字義の原則である。①の「西府作」は、大江匡房が太宰権帥となって承徳二年（一〇九八）九月任国に下向した直後に賦した

と思われる詩で、そこに「白首六旬」と見える。このとき匡房は五十八歳であった。②は『擲金抄』に見える「仏名経を聴く詩」と題する、藤原隆季以下七名による詩群中の一首である。これは承安二年（一一七二）閏十二月十七日に皇嘉門院藤原聖子邸で催された仏名会後の詩会で作られたものであると推測される。『玉葉』同日条に「今夜女院御仏名也。（中略）御仏名了、隆季卿已下卒爾有聞仏名即事之作。四韻、〈探韻云々〉（今夜、女院御仏名なり。（中略）御仏名了りて、隆季卿已下、卒爾として仏名を聞く即事の作有り。四韻、〈探韻と云々〉）」とある。詩中に自らの年齢を「六旬」と表現した資長はこのとき五十四歳であった。これらの例からも明らかなように、「幾旬」とは、〔（幾－1）×10＋1〕歳を起点として、〔幾×10〕歳に至るまでの十年間のある時点（十年間の前半の場合もあれば、後半の場合もある）を表すものと定義することができる。

次にBは、「幾旬」がそのまま幾十歳を表す例である（Aの表す期間に含まれる）。③は白居易による会昌元年（八四一）の作で、自らの年齢を「已七旬」とする。このとき作者はちょうど七十歳であった。因みに「師九十」と記される「師」は仏光寺僧の如満であり、このとき九十歳。④は承安二年（一一七二）三月十九日藤原清輔が宝荘厳院で和歌尚歯会を開催したとき、七叟の一人として招かれた藤原永範の和歌であり、その自注に「七旬之頽齢」の語が見える。永範は『中右記』永久二年（一一一四）十二月三十日条に、この日わずか十二歳で学問料を支給されることになったとあることから、康和五年（一一〇三）の生まれである。したがって承安二年にはちょうど七十歳である。(2)

Cは、「幾旬」がAの期間以前の年齢を表すという特殊な例である。⑤の作者、中原広俊は天承元年（一一三一）三月二十二日藤原宗忠が白河山荘に催した尚歯会に七叟の一人として招かれた人物で、このとき七十歳であったことから逆算すれば、その生年は康平五年（一〇六二）である。また⑤詩の第二句に「季商加閏（季商閏を加ふ)」とあることから、この詩は九月に閏月のある康和元年(一〇九九)の作であることが分かる。このとし広俊は三十八歳だが、それを詩では「五旬」と表現している。「五旬」の期間の上限である四十一歳にさえなっていないのに「五旬」と称するのは、年若い者がわざと年寄りぶるという、詩歌によく見られる表現方法の一種と見なすことができる。このように「幾旬」が原則に当てはまらない用例も詩には間々見受けられるのである。

また「幾旬」の語はD「及(〜におよぶ)」、E「満(〜にみつ)」、F「過(〜をすぐ)」、G「餘(〜にあまる)」、「迫(〜にせまる)」などの動詞と結びついて用いられることがある。これらについても用例を掲げ、説明を加えておこう。

D、「及幾旬」の例

⑥〔本朝文粋 巻六、152申従三位状、菅原文時〕筋力尽於五代之朝、年齢及於八旬之暮。
(筋力五代の朝に尽くし、年齢八旬の暮れに及ぶ。)

これは天延二年(九七四)十一月十一日付、菅原文時の奏状の一節である。このとき文時七十六歳であるから、「幾旬に及ぶ」はAと同じ期間の年齢を表すものと見られる。

E、「満幾旬」の例

⑦〔白氏文集、3574達哉楽天行〕七旬纔満冠已挂、半禄未及車先懸。
(七旬纔かに満ちて冠已に挂《か》く、半禄未だ及ばずして車先づ懸く。)

⑧〔江都督納言願文集巻二、六十御賀〈擬作〉〕遁塵之後蘊萬善、帰真之間満六旬。
（塵を遁るるの後 萬善を蘊《つ》む、真に帰するの間 六旬に満つ。）

⑦は会昌二年（八四二）白居易七十一歳の作で、詩中にも「吾今已年七十一」とある。⑧は大江匡房が白河法皇のために擬作したもので、その「六旬」が六十歳を指すことは言うまでもない。「幾旬に満つ」は幾十歳ちょうどか、或いはそれを少し出た年齢を表すものと考えられる。

F、「過幾旬」の例

⑨〔白氏文集、3261残春詠懐、贈楊慕巣侍郎〕位逾三品日〈太子少傅位三品〉、年過六旬時〈予今年六十五〉。
（位三品を逾ゆる日〈太子少傅位三品〉、年六旬を過ぐる時〈予今年六十五〉。）

開成元年（八三六）の作。自注にも記すように、このとき白居易六十五歳。「六旬」の語を用いているが、実際には次の七旬に入っている年齢である。「幾旬を過ぐ」は、幾十一歳以降の年齢を表すものと定義することができよう。

G、「餘幾旬」の例

⑩〔本朝文粋 巻四、115為入道前太政大臣辞職並封戸准三宮第三表、大江匡衡〕臣之餘六旬者、可謂家老。
（臣の六旬に餘るは、家老と謂ふ可し。）

永祚二年（九九〇）四月二十一日付、摂政太政大臣藤原兼家の辞表の一節である。このとき兼家六十二歳。したがって「幾旬に餘る」は幾十歳を少し出た年齢を表すものと見られる。

H、「迫幾旬」の例

⑪〔朝野群載 巻二十、成尋請巡礼五臺山等状〕爰齢迫六旬、餘喘不幾。

（爰に齢 六旬に迫り、餘喘幾《いくば》くもあらず。）

⑫〔朝野群載 巻九、請拝任大学頭闕状、菅原是綱〕是綱業伝七代、齢迫八旬。

（是綱、業 七代を伝へ、齢 八旬に迫る。）

⑪は延久二年（一〇七〇）正月十一日付、成尋阿闍梨が渡宋を請うた申文の一節で、このとき成尋六十歳である。この場合の「幾旬」は④の例と同じく、Bの幾十歳と同義に用いられている。一方、⑫は康和二年（一一〇七）七月二十三日付、菅原是綱が大学頭の闕に補せられんことを請うた申文の一節である。このとき是綱七十一歳。この場合の「幾旬」はAに示した期間（幾十歳までの十年間）を示し、「幾旬に迫る」は、その期間に入ったばかりの年齢を指すものと思われる。

「幾旬」という語が以上のように用いられることを確認した上で、話題を「池亭記」に戻すと、文中の「五旬に垂むとす」は二通りの解釈が可能である。一つは「五旬」を五十歳ちょうどの意味に取る増田氏の解釈である。いま一つは「五旬」を四十一歳から五十歳までの期間という本来の意味に取り、その年代に「垂むとす」（届きそうだ）というのであるから、この年保胤四十歳とする解釈である。後者を採って天元五年四十歳とすれば、その生年は天慶六年（九四三）となる。この解釈によれば保胤の生年は通説よりも十年引き下げられることになる。かなり大胆な説と言うべきだが、私はこの説をここで提出したいと思う。

そこで次節以下に、この推定の当否を検討することにしたい。その方法としては、保胤と何らかの接点を持ち、しかも生没年の明かな人物を取り上げ、その人物と保胤との年齢差を探ることによってこの問題を考えるのがよかろう。ここでは保胤の漢学の師である菅原文時と、同じく文時を師とした同門の藤原有国とを取り上げることにする。

二、慶滋保胤と藤原有国

保胤が文時を漢学の師匠としたことは大江匡房の『続本朝往生伝』の保胤伝に、

慶保胤者、賀茂忠行之第二子也。雖出累葉陰陽之家、独企大成。富才工文、当時絶倫。師事菅三品、門弟之中已為貫首。

（慶保胤は、賀茂忠行の第二子なり。累葉陰陽の家より出づと雖も、独り大成を企つ。才に富み文に工みなること、当時倫《ともがら》に絶《すぐ》れたり。菅三品に師事し、門弟の中に已に貫首為《た》り。）

とあることによって知られる。また『古事談』巻六、第三十六話には、

文時の弟子、二つの座に分かれて座列するの時、文章の座には保胤一の座為《た》り。

とあり、保胤が文時門下で詩人として最も優れていたことを伝えている。

一方、藤原有国は藤原氏北家内麿流、正五位下周防守輔道の男で、母は近江守源守俊の女。出自はそれほど高くないが、大学寮紀伝道で培った実務能力を発揮し、従二位参議勘解由長官に至った人物である。[3] また、有国は二人の息男、広業・資業がそれぞれ儒者となり、一家を成したことから日野流の儒家の祖として仰がれてもいる。その有国もまた文時の門弟であったことは、『粟田左府尚歯会詩』所収の有国詩によって知られる。安和二年（九六九）三月十三日、大納言藤原在衡はその別業である粟田山荘で尚歯会を催し、菅原文時ほかの七叟を招いた。そのとき七叟とは別に、会に陪席した者も詩を作り、『粟田左府尚歯会詩』には十七名の作が残されている。その中に有国の詩もあり、その自注に、

師匠吏部員外侍郎預七叟座。在国猶相従、偶逢此会。
（師匠吏部員外侍郎、七叟の座に預かる。在国猶ほ相ひ従ひ、偶たま此の会に逢へり。）

と記している。「吏部員外侍郎」は式部権大輔、文時を指す。これによって有国が文時を師匠としていたことが分かる。

保胤と有国とはともに文時門下というだけでなく、同じ時期に大学寮紀伝道で学んだ間柄でもあった。[4]『本朝麗藻』巻下、懐旧部所収、有国の「初冬感李部橘侍郎見過懐旧命飲詩序（初冬、李部橘侍郎の過《よ》きらるるに感じて、旧を懐ひ飲を命ずる詩序）」を次に掲げよう。これは天元五年（九八二）、石見守の秩満ちて帰京した有国の許を、式部少輔の橘淑信が訪れた時に賦した詩に冠した序文である。文中の「文友廿有餘輩」とは定員二十名の文章生

を暗示した表現で、「左少丞菅祭酒」以下、康保年間に文章生として有国と勉学を共にした文友を列挙した中に「慶内史」（少内記慶滋保胤）の名が見える。

予天元五載、石州秩罷、秋初帰洛。自秋暨冬、閑居宣風坊宅矣。橘李部過于家門、蓋懐旧之義也。時也、宅荒主貧、交芳志切。眷恋留連、日将及昏。于嗟康保年中、文友廿有餘輩、或昇青雲之上、交談遠隔、或帰黄壌之中、存没共離。其餘多執臺省之繁務、亦割刺史之遠符。居止接近、日不暇給。所謂左少丞菅祭酒、兵部藤侍郎、太子学士藤尚書、肥州平刺史、美州源別駕、前藤総州、李部源夕郎、慶内史、高外史、是也。如彼前日州橘大守、柱下菅大夫、工部橘郎中、三著作、命先朝露、恨深夜臺矣。便知君我之相逢、誠是平生之楽事也。推得忘年之友、偶令閑日之談、云爾。

（予れ天元五載、石州の秩罷み、秋の初めに帰洛す。秋より冬に暨ぶまで、宣風坊の宅《いへ》に閑居す。橘李部、家門を過《よ》ぎる、蓋し懐旧の義なり。時や、宅は荒れ主《あるじ》は貧し、交りは芳しく志は切なり。眷恋留連して、日は将に昏れに及ばむとす。于嗟《ああ》康保年中、文友二十有餘輩、或いは青雲の上に昇り、交談遠く隔つ、或いは黄壌の中に帰し、存没共に離る。其の餘は多く臺省の繁務を執り、亦た刺史の遠符を割《さ》く。居止接近すれども、日に暇給せず。所謂る左少丞菅祭酒、兵部藤侍郎、太子学士藤尚書、肥州平刺史、美州源別駕、前藤総州、李部源夕郎、慶内史、高外史、是れなり。彼の前日州橘大守、柱下菅大夫、工部橘郎中、三著作の如きは、命朝露に先んじ、恨み夜臺に深し。便ち知りぬ、君我の相ひ逢ふ、誠に是れ平生の楽事なりと。推して忘年の友を得て、偶たま閑日の談を令すと爾か云ふ。）

康保年間は勧学会が創始された時期でもあり、近年発見された康保元年九月十五日の勧学会の記録である藤原忠通筆『勧学会記』にも、結衆中に保胤・有国の名を見ることができる。(5) また同じく『本朝麗藻』巻下、懐旧部に収める有国の「秋日会宣風坊亭、與翰林善学士吏部橘侍郎御史江中丞能州前刺史参州前員外源刺史藤茂才連貢士懐旧命飲(秋日、宣風坊の亭に会し、翰林善学士、吏部橘侍郎、御史江中丞、能州前刺史、参州前員外源刺史、藤茂才、連貢士と旧を懐ひ飲を命ず)」と題する詩に、

藤尚書恨蔵山月、慶内史悲遁俗塵。
(藤尚書 山月に蔵るることを恨む、慶内史 俗塵を遁るることを悲しむ。)

の一聯があり、その自注に、

藤尚書、慶内史、共是旧日詩友。落飾入道、両別詩酒。余以有恨。故云。
(藤尚書、慶内史は、共に是れ旧日の詩友なり。落飾入道し、両つながら詩酒に別る。余れ以つて恨み有り。故に云ふ。)

とある。「藤尚書」は藤原惟成で、寛和二年(九八六)六月出家。「慶内史」保胤は同年四月出家。有国は二人を「旧日の詩友」と言い、彼らと共に詩を作ったり酒を飲んだりすることのできなくなった現状を「余れ以つて恨み有り」と注している。ここからは、有国が保胤らに懐いていた親近感、青春時代の苦楽を共にした仲間意識の

ようなものを読み取ることができる。

さらに平安後期の説話集の中には、有国が保胤に対して熾烈な競争意識を抱いていたことを伝えるものがある。『江談抄』（醍醐寺蔵本 第四十七話、尊経閣蔵本 第七話、類聚本巻五・61）を次に掲げる。

勘解相公、常に保胤を誹謗すと云々。庚申を守る序に云ふ、「夫れ庚申は、古人之れを守り、今人之れを守る」と。勘解相公之れを嘲りて云ふ、「古への人守り、今人守ると読む可し」と云々。又た書籍の不審の事を以つて保胤に問ふに、保胤常に「有り有り」と称す。仍りて勘解相公、保胤を試みむが為めに、虚りの本文を作りて之れを問ふに、又た「有り有り」と称す。仍りて嘲りて「有り有りの主」と号《なづ》く。保胤之れを伝へ聞きて、長句を作りて云ふ、「蔵人所の粥　唇を焼く、平雑色の恨み忘れ難し。金吾殿の杖　骨を砕く、藤勾当の恩　報い難し」と云々。此の事、皆な由緒有り。彼の人の瑕瑾なりと云々。古人皆な以つて此くの如し。保胤、仁人の性と雖も、軽慢せらるるに於いては、其の憤り堪へざる者かと云々。

これは有国が、保胤の作った「庚申を守る詩序」の表現の欠点を非難したり、保胤に渾名を付けて、その知ったかぶりをする性格を嘲笑したりと、散々陰口をきいていたが、さすがに温厚な保胤も堪りかねて、落書を作って反撃した、という説話である。(6)後の『古事談』では、これを取り上げて有国と保胤とが「常に不和」であったと解しているが、むしろ有国が保胤の文才を羨んで、競争心を燃やしていたことを説話化したものであるように思われる。

このような一連の有国と保胤との関係を伝える資料を見る限り、二人の年齢差にはさほど隔たりがないという印象を強く受ける。因みに、安和二年の尚歯会で垣下に陪席して詩を作った十七名の作は身分の高下に従って配列されていて、保胤の詩は有国の詩の次に置かれている。これによれば、二人の序列は同格か、或いは有国がやや上位ということになる。

有国の没年については、『公卿補任』や『小右記』が、寛弘八年（一〇一一）七月十一日、六十九歳で薨じたことを伝えている。これから逆算すると、その生年は天慶六年（九四三）である。これは先に私が天元五年保胤四十歳から逆算して得た保胤の生年と同年である。一方、通説である増田氏説に従えば、保胤は有国よりも十歳年長ということになる。同年輩と想定される二人の年齢に十歳の開きが生じるのは、通説が誤りであることを示しているように思われる。

三、慶滋保胤と菅原文時

次に保胤と菅原文時との年齢差を探ってみたい。保胤が大学寮で文時を師匠としたことは、先に述べたとおりである。ここで問題としたいのは保胤が文時に入門した時期、すなわち大学寮に入学した時期である。『続本朝往生伝』の保胤伝には、

師事菅三品、門弟之中已為貫首。天暦之末、候内御書所。

（菅三品に師事し、門弟の中に已に貫首為り。天暦の末に、内御書所に候す。）

とあるだけで、入学年時は記されていない。「天暦之末」に学生の身分で内御書所に祇候したというのであるから、入学は天暦年間であろう。学令の規定によれば、大学寮入学の年齢は十三歳から十六歳までの間であり、入学時に入門する師匠を決めることになっている。紀伝道の場合、師匠となるのはその時の文章博士であるが、適当な文章博士がいない場合は相応の儒者を師匠とする。

菅原文時は大学頭菅原高視の男。祖父道真の左遷により出世が遅れ、対策に及第したのは天慶五年（九四二）四十四歳の時だった。少内記から大内記に転じ、天暦八年（九五四）右少弁となり、天暦十一年（天徳元年、九五七）六月文章博士に任じられた。その後、右中弁、大学頭を経て康保元年（九六四）式部権大輔、天元元年（九七八）式部大輔に転じ、同四年正月従三位に昇った。(7) 文時は門弟の多かったことで名高いが、それは天暦十一年から、没する前年の天元三年まで二十年以上にわたって文章博士の職にあったという理由に因る。

この経歴に照らせば、保胤の入学は文時が文章博士となった天暦十一年以降ということになる。しかし『続本朝往生伝』に「天暦之末」に内御書所に祇候したとあることからすれば、その何年か前に入学していたのであるから、天暦十一年以降の入学ということは考えにくい。ここでは文時が右少弁となって儒者としての地位を固めた天暦八年か、或いはその翌年に入学したものと考えておきたい。入学時の年齢は、当時の慣例から推して十三歳前後であったと思われる。但し、入学年齢は大同元年（八〇六）六月に、その上限が十三歳から十歳に引き下げられており、実際には十歳未満の年齢で入学した例も見られるから、保胤が十三歳以前に大学寮に入学した可能性もないとは言えない。

ここで、本論に関わる事項を載せた慶滋保胤の略年譜を掲げておこう。年齢は新説に従い、増田氏説による年齢はその下の欄に通説として示した。本年譜では、保胤の大学寮入学を天暦九年、十三歳とした。

慶滋保胤略年譜

和暦	西暦	年齢(新)	通説	事蹟
承平三	九三三		1	
天慶五	九四二			菅原文時（44歳）対策及第。この後、少内記に任ず。
天慶六	九四三	1	11	この年、誕生か。
天暦三	九四九	7	17	菅原文時すでに大内記。
天暦八	九五四	12	22	十月、菅原文時、右少弁に任ず。
天暦九	九五五	13	23	この頃、大学寮入学か。菅原文時を師とする。
天徳元	九五七	15	25	六月、菅原文時、文章博士に任ず。天元三年（九八〇）まで。
天徳・応和				高丘相如とともに才子の聞こえ有り。
応和三	九六三	21	31	善秀才宅詩合。高丘相如・藤原在国（有国）らとともに賦詩。
康保元	九六四	22	32	勧学会創始。
安和二	九六九	27	37	三月十三日、粟田殿尚歯会。文時門下として垣下に参ず。文章生。
貞元・天元				近江掾から方略宣旨を蒙って対策及第。
天元四	九八一			正月二十九日、高丘相如、権少外記に任ず。元文章生。 九月八日、従三位式部大輔菅原文時（83歳）没す。
天元五	九八二	40	50	十月、「池亭記」執筆。六位少内記。
永観頃				『日本往生極楽記』を著す。従五位下大内記。
寛和二	九八六	44	54	四月二十二日、出家。
長徳三	九九七	55	65	東山如意輪寺に没す（『続本朝往生伝』による）。
長保四	一〇〇二	60	70	十月、没す（『本朝文粋』巻十四による）。

ここで再び通説（増田氏説）の当否を検討しておきたい。保胤が承平三年生まれであるとすると、その入学年時の十三歳は天慶八年（九四五）となる。この年は文時が対策及第してから三年後に当たり、少内記の官に就いている。恐らく位階は叙爵前の六位であろう。このような低い身分では門弟を取ることは不可能である。文時が辛うじて門弟を取ることが可能となる時期は大内記に任官して以降のことであろう。しかし、文時の対策及第が遅かったことにも顕れているように、当時の菅原氏は紀伝道内でも勢力を失っていたから、文時が大内記転任後すぐに門弟を取ることができたとは思われない。しかし仮に文時が大内記となっていた天暦三年に入門できたとすると、このとき保胤は十七歳（通説による年齢）であり、すでに学令に定められた入学年齢を過ぎている。以上の検討から明らかなように、保胤の生年が承平三年であるという説は、師匠の文時との関係から見ても、受け入れ難いのである。

本章の冒頭で、保胤の作品中、その生年を推測できる記述があるのは「池亭記」だけであることを述べたが、これとは別に、年齢考証に有効と思われる資料が存在する。それは『粟田左府尚歯会詩』に収める保胤の詩である。安和二年三月十三日、大納言藤原在衡が粟田山荘で尚歯会を催したことは先に述べた。保胤は垣下の一人として尚歯会に陪席し、詩を賦している。その詩の尾聯に、

移自白家今到此、少年初過第三年。
（白家より移りて今此《ここ》に到る、少年初めて過《よ》きる第三の年。）

とあり、この一聯に対して保胤は

此会始自唐家伝於吾朝惣三箇度。故献此句。
（此の会、唐家より始まり吾が朝に伝はりて惣べて三箇度。故に此の句を献ず。）

と自注を付している。

詩に「第三の年」と言い、また自注に「三箇度」とあるのは、尚歯会が唐の会昌五年（八四五）三月二十一日、刑部尚書白居易が自邸に催したのを最初として、我が国では貞観十九年（八七七）三月、大納言南淵年名が白居易の先蹤を模して行ない、安和二年の尚歯会が白居易から数えて三度目となることを踏まえてのことである。したがって、この末尾の一聯は、年若い身ながらその三度目の尚歯会に陪席できた喜びを述べたものと解することができよう。ここで注目すべきは、下句に自らを「少年」と称している点である。「少年」は当時の用法では、十代、二十代を指す言葉である。安和二年当時の保胤の年齢は、天慶六年生まれとすれば、二十七歳で全く問題はないが、通説の承平三年生まれとすれば、三十七歳となり、「少年」の語義から大きく外れるのである。やはり保胤の生年は天慶六年とするのが妥当であるように思われる。

結語

これまで述べたことを要約すれば、次のとおりである。

1、天元五年（九八二）の「池亭記」は保胤四十歳の著作であると考えられること。

2、保胤は藤原有国とほぼ同年齢であると考えられ、有国の生年は天慶六年（九四三）であること。
3、保胤が菅原文時に入門した時期は、天暦八、九年（九五四、九五五）十三歳頃であると考えられること。

以上の三点を根拠として、保胤の生年は天慶六年とすべきであると思われる。(8)

さて、保胤の生年を右のように改めると、彼の伝記はどのように書き換えられることになるのだろうか。ここでは三点ほど指摘しておきたい。まず何よりも、起家の出身であるが故に紀伝道社会で長年不遇を強いられ、遅咲きのイメージのある保胤像を修正しなければなるまい。彼が勧学会を創始した時の年齢は二十代初めと若く、他の結衆よりも年長であったわけではないのだから、当時はむしろ早熟の人物として周囲から受け入れられていたのではなかろうか。

第二に、保胤は『日本往生極楽記』の序文に「予自少日念弥陀仏、行年四十以降、其志弥劇。（予れ、少き日より弥陀仏を念じ、行年四十より以降、其の志弥いよ劇し。）」と述べて、仏教信仰を深化させた画期を四十歳のこととしている。先行研究では、この信仰生活の変化と天元五年の池亭取得とを十年の時を隔てた別個の事件として扱っているが、生年を十年早めるならば、別個に扱う必要はなくなる。池亭の取得こそが保胤の信仰を深める契機となったと見ることができよう。

第三に、保胤は「池亭記」の冒頭で「予二十餘年以来、歴見東西二京、西京人家漸稀、殆幾幽墟矣。（予れ二十餘年より以来《このかた》、東西二京を歴見《へみ》るに、西京の人家漸く稀にして、殆ど幽墟に幾《ちか》し。）」と述べて、都の住宅事情に関心を抱いた最初を二十餘年前のこととしている。先行研究では、この時期を官人としての生活を始めた頃、(9)或いは上東門の辺りに仮住まいを始めた頃(10)として、そこに自覚的な思索の始発点を見出そうとしているようである。しかし生年を十年早めるならば、その時期は元服を終えたばかりの十代後半のこととなる。「二十餘年以来」は、成人して世情に通じるようになってから、物心がついてから、といった程度の意味合いで用いたに過ぎないのではなかろうか。

注

（1）ここに挙げた「幾旬」の用例は、全て自分の年齢をそのように述べたものに限られる。誰某の正確な年齢を赤の他人が知っているという保証はないからである。例えば、『中右記』天仁元年（一一〇八）十月十四日条に、除目で丹波守に任じられた藤原敦宗について、「敦宗者殿上人、年已餘六旬。為侍読之上、又以旧吏也。被抽賞尤道理也。（敦宗は殿上人、年已に六旬に餘る。侍読為るの上、又た以つて旧吏なり。抽賞せらるること尤も道理なり。）」と記す。宗忠は敦宗の年齢を「六旬に餘る」とするが、実際には敦宗（一〇四二－一一一一）はこの時六十七歳であった。宗忠が敦宗の正確な年齢を知っていたとは思われない。

尚、「幾旬」の用例を集めて検討を加えた先行研究に、高田信敬「年齢表記法について――「旬・ぢ」の場合――（一）～（四）」（『鶴見大学国語教育研究』第五十七号～第六十号、二〇〇八年七月・二〇〇九年三月・二〇一〇年一月・二〇一〇年十月）がある。併せて参照されたい。

（2）仁木夏実「藤原永範考」（『大谷大学研究年報』第五十七集、二〇〇五年三月）は永範の生年を康和四年とする。これに従えば、承安二年に永範は七十一歳で八旬に入ることになり、「七旬の頽齢に迫る」の表現と齟齬する。

（3）今井源衛「勘解由相公藤原有国伝」（『王朝の物語と漢詩文』笠間書院、一九九〇年。初出は一九七四年）を参照されたい。

（4）大曾根章介「康保の青春群像」（『大曾根章介 日本漢文学論集』第一巻、汲古書院、一九九八年。初出は一九八六年）を参照されたい。

（5）後藤昭雄「『勧学会記』について」（『平安朝漢文文献の研究』吉川弘文館、一九九三年。初出は一九八六年）、同

「慶滋保胤＝寂心　出家した文人（二）」（『天台仏教と平安朝文人』吉川弘文館、二〇〇二年）を参照されたい。

（6）本説話については、拙稿「『古事談』と『江談抄』」（『三河鳳来寺旧蔵暦応二年書写 和漢朗詠集 影印と研究』勉誠出版、二〇一四年。初出は二〇〇八年）で論じたことがある。併せて参照されたい。

（7）真壁俊信「菅原文時伝」（『天神信仰史の研究』続群書類従完成会、一九九四年）を参照されたい。

（8）小原仁『慶滋保胤』（吉川弘文館、二〇一六年）は最も新しい保胤の伝記研究である。小原氏は本章の説を採って、保胤の生年を天慶六年とされている。

（9）大曾根章介「「池亭記」論」（『王朝漢文学論攷』岩波書店、一九九四年。初出は一九七四年）。

（10）平林盛徳「保胤の住居」（『慶滋保胤と浄土思想』吉川弘文館、二〇〇一年）。

16 内宴を見る

はじめに

天皇主催の宮廷行事の一つに、正月二十一日前後に仁寿殿《じじゅうでん》で行なわれる内宴がある。行事の中心は詩を賦することにあり、儒者文人はこれに召されることを名誉とした。嵯峨天皇の弘仁四年（八一三）に始まり（『類聚国史』はその起源を平城天皇の大同四年（八〇九）に置く）、後一条天皇の長元七年（一〇三四）まで存続したが、以後長らく途絶え、後白河天皇の保元二年（一一五七）十月大内裏の新たに成ったのを機に翌三年復興されたが、二条天皇の保元四年を最後に行なわれなくなった。内宴とは一体どのような行事であったのか。幸いなことに、これに関する資料は少なからず現存している。中でも『年中行事絵巻』の現存部分に内宴の図が見られることは、行事の具体的内容を知る上で極めて有効である。

この『年中行事絵巻』は平安末期、後白河天皇の下命によって作成されたもので、当時の年中行事を網羅的に絵画化したものと言われている。[1] 原本は江戸時代前期、万治四年（一六六一）正月の京都大火によって焼失したが、幸い土佐広通（住吉如慶）による模写本が部分的ではあるが残っている。『日本絵巻大成第八巻 年中行事絵巻』（一九七七年、中央公論社）に収める田中家蔵本十六巻がそれに当たる。また、国立国会図書館所蔵の江戸後期〔谷文晁〕模写本（宝暦十三年住吉広守写本を底本とする）は国会図書館のホームページで閲覧することができる。ただ残念なことに、模写本には本来存したと思われる詞書が欠けている。そこで『年中行事絵巻』を正しく読み解くには、周辺の文献資料を援用する必要がある。内宴の巻の場合、参考資料として、内宴の式次第を記した『西宮記』『北山抄』『撰集秘記』などの故実書を挙げることができる。しかしそれらにも増して有益なのは、『年中行事絵巻』成立の直前に行なわれた二度の内宴の記録、すなわち『内宴記』と『山槐記』（保元四年正月二十一日条）であろう。

前者は保元三年正月二十二日の内宴を詳細に記録した書である。作者名は記されていないが、内宴の復興を建議した信西の可能性がある。(2) 当日作られた詩序及び詩群の本文を全て収めている点でも貴重な資料である。国文学研究資料館所蔵（田安徳川家旧蔵）で長禄三年（一四五九）の本奥書を持つ宝暦十一年（一七六一）藤原公麗書写本が唯一の伝本である。(3) 後者は保元四年の内宴に出居少将（でゐのせうしやう）として奉仕した中山忠親の日記で、その保元四年正月二十一日条は当日の詳細な記録である。

本章では、主として右の二資料を用いて『年中行事絵巻』の内宴の巻を読み解くことにしたい。その作業を通して、稿者は少なくとも次の二つのことを明らかにできるように思う。一つは（絵巻の読解から派生的に導かれることではあるが）、当時の一般的な詩宴の形式がどのようなものであったかということである。平安時代を通じて貴族たちは洛中の自邸や洛外の遊覧の地などに於いて、大小さまざまな詩宴を頻繁に催した。詩宴は一種の社交の場であり、貴族同士の人間関係を円滑にする重要な役割を担っていた。それらの詩宴の儀式的規範となったのが、天皇主催の詩宴であったことは言うまでもない。それは、貴族たちの間で主客を設定して行なう通常の形式の詩宴が、天皇と臣下との君臣唱和の形式を模したものであることに端的に表れている。内宴は詩を賦することに重点を置いた宴席であるから、詩宴の典型を示すものと言える。つまり内宴の儀式次第を知ることは、取りも直さず当時の一般的な詩宴の形式を把握することに他ならないのである。

もう一つは『年中行事絵巻』の成立に関わることで、絵巻の作者が内宴を描くに当たって依拠したのは何時の内宴かという問題である。これについてはこれまでも研究者の間で議論されることがあったが、結論は出ていないようである。(4) 絵巻の依拠した内宴は、内宴復興と絵巻作成とが時間的に接近していることから、①保元三年、②保元四年、③どちらの年でもない（故意に両年を避ける）、の三者の何れかに想定できるものと思われる。この問題を明らかにするためには、少なくとも保元三年及び同四年の内宴の記録を検討する必要がある。しかし保元三年の『内宴記』が学界に紹介されたのが近年のことであるため、先行研究ではこれを用いることがなかった。(5) そこで本章ではその『内宴記』を既存の資料とともに用い、あらためてこの問題を考えてみたいと思う。

一、内宴の呼称と儀式次第

『年中行事絵巻』に描かれた内宴を考察する前に、幾つかのことを確認しておきたい。まず内宴という呼称の由来である。これについて詳論しようとすれば、内宴の起源にまで立ち入らなければならないが、今それには触れず、(6)『本朝文粋』に収める内宴の詩序の記述から、「内宴」の呼称に籠められた意味を捉えるにとどめたい。

①巻十一、甑鶯花詩序、小野篁、年時未詳。

夫上月之中、有内宴者、先来之旧貫也。則大内之深秘、路寝之宴安。威厳咫尺、顧眄密邇。是以雖元老執卿、預侍其事者、僅十以還也。時有製詔、及才人者、知文之人一二、得上其雲漢焉。蓋明王之所以慎密其内、豈可屯其脂膏者乎。

（夫れ上月の中に、内宴有るは、先来の旧貫なり。則ち大内の深秘、路寝の宴安なり。威厳咫尺にして、顧眄密邇なり。是を以つて元老執卿と雖も、其の事に預かり侍る者、僅かに十より以還《しもつかた》なり。時に製詔有りて、才人に及ぼせば、文を知るの人一二、其の雲漢に上ることを得。蓋し明王の其の内に慎密なる所以なり、豈に其の脂膏を屯《あつ》む可き者ならむや。）

②巻九、聖化万年春詩序、大江朝綱、承平二年正月二十二日。

臣謹検故事、三春之初、九重之内、設密宴於燕寝、賜近臣以鸞觴。蓋本朝之前蹤、早春之内宴者也。

（臣謹んで故事を検《かんが》ふるに、三春の初め、九重の内、密宴を燕寝に設け、近臣に賜ふに鸞觴を以つてす。蓋し本朝の前蹤、早春の内宴なる者なり。）

③巻十一、鳥声韻管絃詩序、菅原文時、康保三年二月二十一日。

夫内宴者、本是上陽之秘遊也。……糸綸有禁、座席非寛。従事者露人雖多、応詔者風客不幾。即是初月之古風、抑亦千載之一遇也。

（夫れ内宴は、本と是れ上陽の秘遊なり。……糸綸禁有り、座席寛きに非ず。事に従ふ者露人多しと雖も、詔に応ずる者風客幾くならず。即ち是れ初月の古風、抑も亦た千載の一遇なり。）

「内宴」を①で「大内之深秘、路寝之宴安」と敷衍して表現していることからすれば、内宴の「内」は「大内」（内裏）を表すものと見てよかろう。したがって内宴とは内裏の正殿（路寝）で行なわれる天皇主催の宴席の意となる。[7] ②で内宴を「九重之内」の「密宴」としているのも、この解釈を補強する。しかし内裏の宴席ならば、内宴の他にも曲水・七夕・重陽などの節会がある。内宴が他と決定的に異なる要素は、①に「深秘」、②に「密宴」、③に「秘遊」と述べるように、その限定性、閉鎖性であろう。その点を具体的に①では「雖元老執卿、預侍其事者、僅十以還也。時有製詔、及才人者、知文之人一二、得上其雲漢焉」（内宴に召される者は、公卿であっても十人以下であり、臨時に昇殿を許される文人は一人か二人に過ぎない）、③では「糸綸有禁、座席非寛。従事者露人雖多、応詔者風客不幾」（綸言による人数の制限がある上に宴席の場が狭く、行事に奉仕する殿上人は多いけれども、召される文人は幾人もいない）と述べている。このように内宴は出席者（とくに文人）を厳しく制限するという性質を持った宴席なのである。

この点を史料に照らしてみると、例えば『類聚国史』内宴に「天長九年（八三二）正月乙卯（二十一日）、皇帝於清涼殿内宴。献詩者十三人。有御製。（天長九年正月乙卯、皇帝、清涼殿に於て内宴す。詩を献ずる者十三人。御製有り）」、『続日本後紀』承和元年（八三四）正月辛未（二十日）条に「主上内宴於仁寿殿。……殊喚五位已上詞客両三人幷内史等、同賦早春花月之題（主上、仁寿殿に内宴す。……殊に五位已上の詞客両三人幷びに内史等を喚び、同じく早春花月の題を賦す）」、『文徳実録』仁寿二年（八五二）正月己丑（二十二日）条に「帝觴于近臣、命楽賦詩。其預席者、不過数人。此復弘仁遺美、所謂内宴者也。（帝、近臣に觴し、楽を命じ詩を賦せしむ。其の席に預かる者、数人に過ぎず。此れ復た弘仁の遺美、所謂る内宴なる者なり）」、『三代実録』貞観二年（八六〇）正月二十一日条に「天皇内宴近臣、如常儀。凡毎年正月廿一日、天子内宴於近臣、喚文人賦詩。預席者、不過四五人。（天皇、近臣に内宴すること、常の儀の如し。凡そ毎年正月二十一日、天子、近臣に内宴し、文人を喚びて詩を賦せしむ。席に預かる者、四五人に過ぎず）」、同書仁和三年（八八七）正月二十日条に「内宴於仁寿殿。文人被喚預席者十人賦詩。（仁寿殿に内宴す。文人の喚ばれて席に預かる者十人、詩を賦す）」などとあり、たしかに出席者を公卿・文人併せて十名前後に絞っていたことが窺われるのである。[8]

次に内宴の儀式次第を『山槐記』保元四年正月二十一日条にしたがって見ておきたい。

1女蔵人、紫宸殿北廂の座に着く。2主上、仁寿殿に出御。3采女、御臺盤の覆いを撤る。4主上、御倚子に着く。5陪膳の典侍（先例では更衣）、円座に着く。6公卿等を召す。7公卿等、庭中に列立。8内大臣（行事上卿。保元三年時は左大臣藤原伊通）、空盞を受け、謝酒。9公卿等、昇殿着座。10女蔵人等、主上に御膳（索餅・御飯）を供ず。11公卿等、索餅・御飯を賜る。12一献を供ず。13公卿等に賜う。行酒。14二献の後（先例では三献の後）、文人を召す。15内教坊別当、舞妓の奏を主上に奉る。16音楽を作す。17舞妓・楽人、綾綺殿の軟障の南頭より出て草墩に着く。この後、舞楽を奏す。18文人、着座（保元三年時は着座せず）。19公卿・文人、紙筆を賜る。20内大臣、座を起ち、献題のことを奏上す。21勅許を得て、座に復す。22題者を召す。23題者、称唯して内大臣の後に立つ。24内大臣、献題を命ず。25題者、詩題を書いて内大臣に授く。26内大臣、詩題を奏上す。27主上、詩題を御覧じ、これを内大臣に返す。28題者、詩題を清書し、内大臣、これを主上に奉る。29題者、侍臣の料として詩題を書く。回覧。（『山槐記』にこれに該当する記事無し。『内宴記』による。）30晩に入り、出居の次将、弓箭を帯ぶ。31杯酌・舞楽終了。文人・公卿、詩を文臺の筥に入れる。32出居の次将、文臺の筥を御前に置く。33陪膳の典侍、退出す。34公卿・文人、座を起ち、御前に候ず。35内大臣、講師を召す。36披講。読師は内大臣。37公卿・文人、下殿して禄を賜る（保元三年時は賜禄無し）。38御遊。

儀式次第を細分化して示したが、大雑把な流れを示せば、①天皇出御、②公卿謝酒、③公卿着座、④供膳・杯酌、⑤舞楽、⑥文人着座、⑦献題、⑧杯酌・舞楽終了、⑨公卿・文人による献詩、⑩披講、⑪下殿、⑫御遊となる。但しこれは内宴復興後の次第であり、摂関期のそれとは若干異なる。(9) 公卿の謝酒・着座の前に、皇太子の謝酒・着座の有ることが著しい相違点であるが、いずれにしても内宴は、初めに出席者が酒食をともにし、歌舞音曲を楽しむ中で詩を賦し、宴の最後にそれを披講するという形式で行なわれていたのであり、当時の他の詩宴の形式もこれと同様であった。

さて、内宴の儀式次第を右のように確認して絵巻を見ると、描かれた五つの場面が正しく並んでいないことに気づく。巻子装は料紙の糊付けが剝がれやすく、錯簡の生じることがある。『年中行事絵巻』はまさにその好例である。五場面を時系列に正しく並べ替えてみると、公卿が仁寿殿の東庭に列立する場面が第一図、公卿が仁寿殿に昇殿して着座する場面が第二図、妓女が舞台で舞う場面が第三図、詩の披講の場面が第四図、天皇と臣下とがともに管絃の遊びをする御遊の場面が第五図、という順序になる。それが現状では、誤って一、四、二、五、三の順になっているのである。

以上のことを念頭に置いた上で、『年中行事絵巻』の内宴の巻を見ることにしたい。先に述べたように、詞書が欠けている点は『内宴記』『山槐記』などで補うこととする。図版に用いたのは前述の国立国会図書館蔵本（請求番号　貴箱-9）である。尚、『年中行事絵巻』の内宴の巻を読み解く試みは、すでに鈴木敬三氏によって為されている。「年中行事絵巻「内宴」について」（『日本歴史』第一三四号、一九五九年八月）がそれである。極めて詳細な論であり、本論もこれに導かれるところが多かった。

二、第一図――公卿が仁寿殿東庭に列立する場面

内宴は、行事当日の未刻、天皇の出御によって始まる（『山槐記』）。内宴が復興された保元三年の時には、公卿たちも要領が分からなかったのか、刻限になってもなかなか人が集まらず、遅れて始まったと『内宴記』には記されている。天皇が仁寿殿に出御すると、公卿たちは東庭に列立して謝酒の儀を執り行なう。謝酒とは、宮中の宴会に先だって、群臣が天皇から杯を受けて再拝する儀礼である。絵巻の第一図はこれを描いている。屋根と天井とを一部取り払い、柱と梁とをむき出しに描いて、室内の様子を明らかにしている。

画面は上が北である。天皇（保元三年時は後白河、四年時は二条）は仁寿殿南廂の北面に沿って立てられた屏風を背にして、椅子に座っている。束帯姿の下半身しか見えない。その前には陪膳の典侍が控えている。その手前の渡殿の東寄りに臺盤が設えられ、臺盤の左右に草墩（腰掛け）を向かい合わせに置いて、公卿の座としている。公卿たちは束帯姿で仁寿殿東庭に、南北一列に並んでいる。北側から空盞《こうざん》を捧げ持って、公卿の方に歩いてくるのが、出居少将の一人である。公卿の首席の者に空盞を手渡して謝酒の儀を行なうところである。首席の者が行事の上卿で、保元三年時は左大臣藤原伊通、四年時は内大臣藤原公教であった。ここに列立している公卿の数は十二名。公卿の列の手前の後に二人の人物が並んでいる。これは、もう一名の出居少将と大内記。実際には大内記の後に六位の内記がいるはずだが、画面には描かれていない。尚、公卿の列の中には、関白はいない。関白は公卿たちが昇殿する時に列に加わることになっている（後述）。

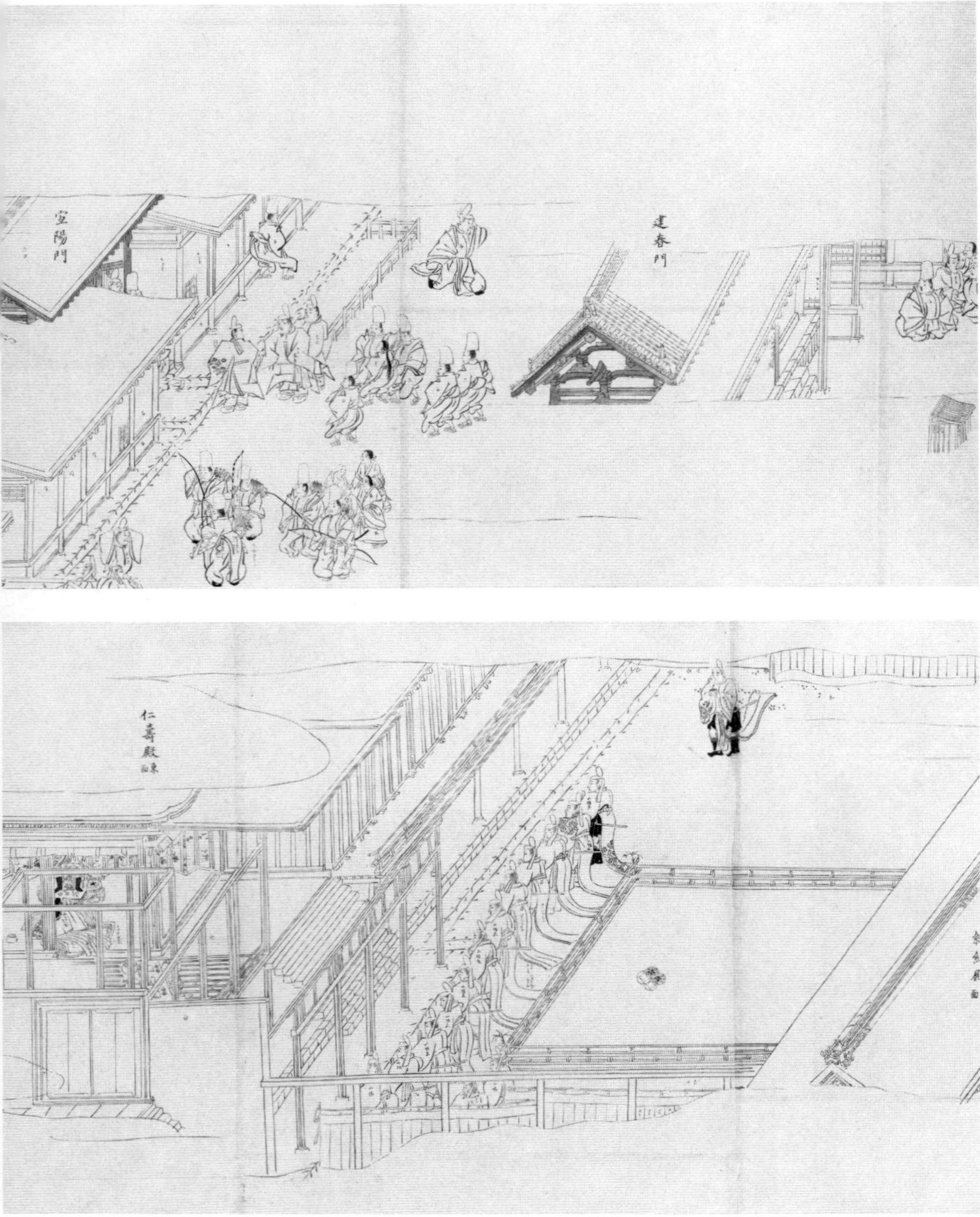

第一図

16　内宴を見る

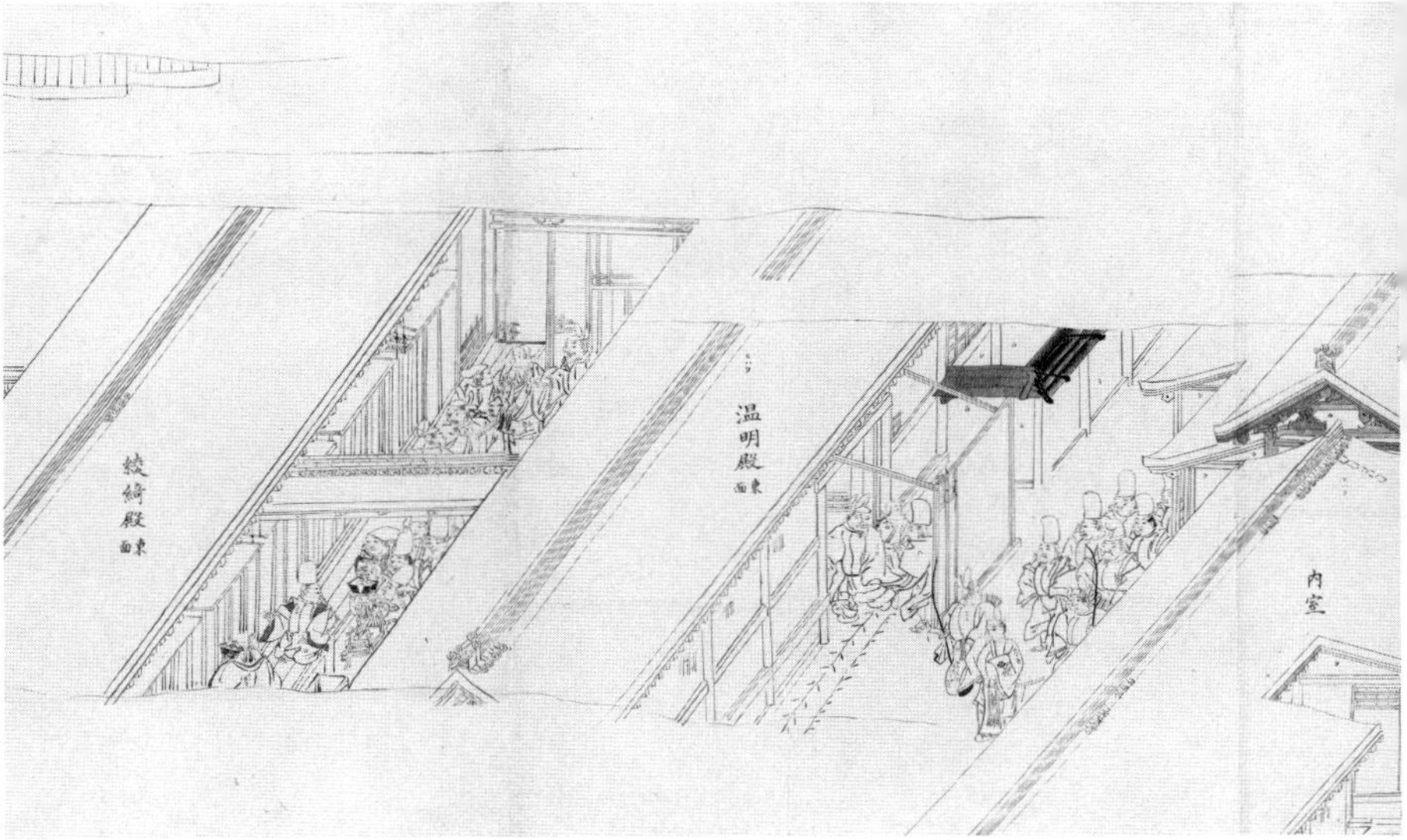

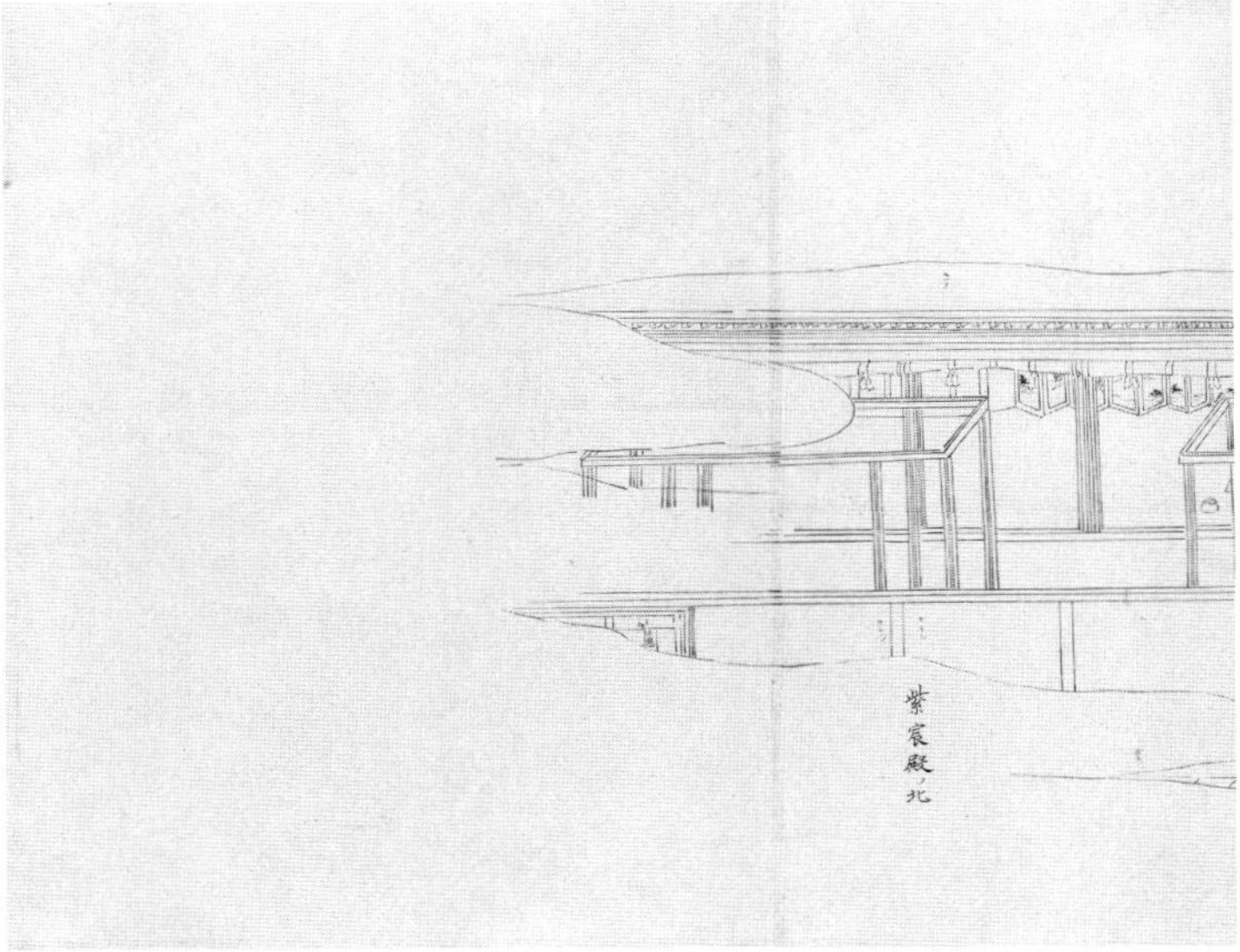

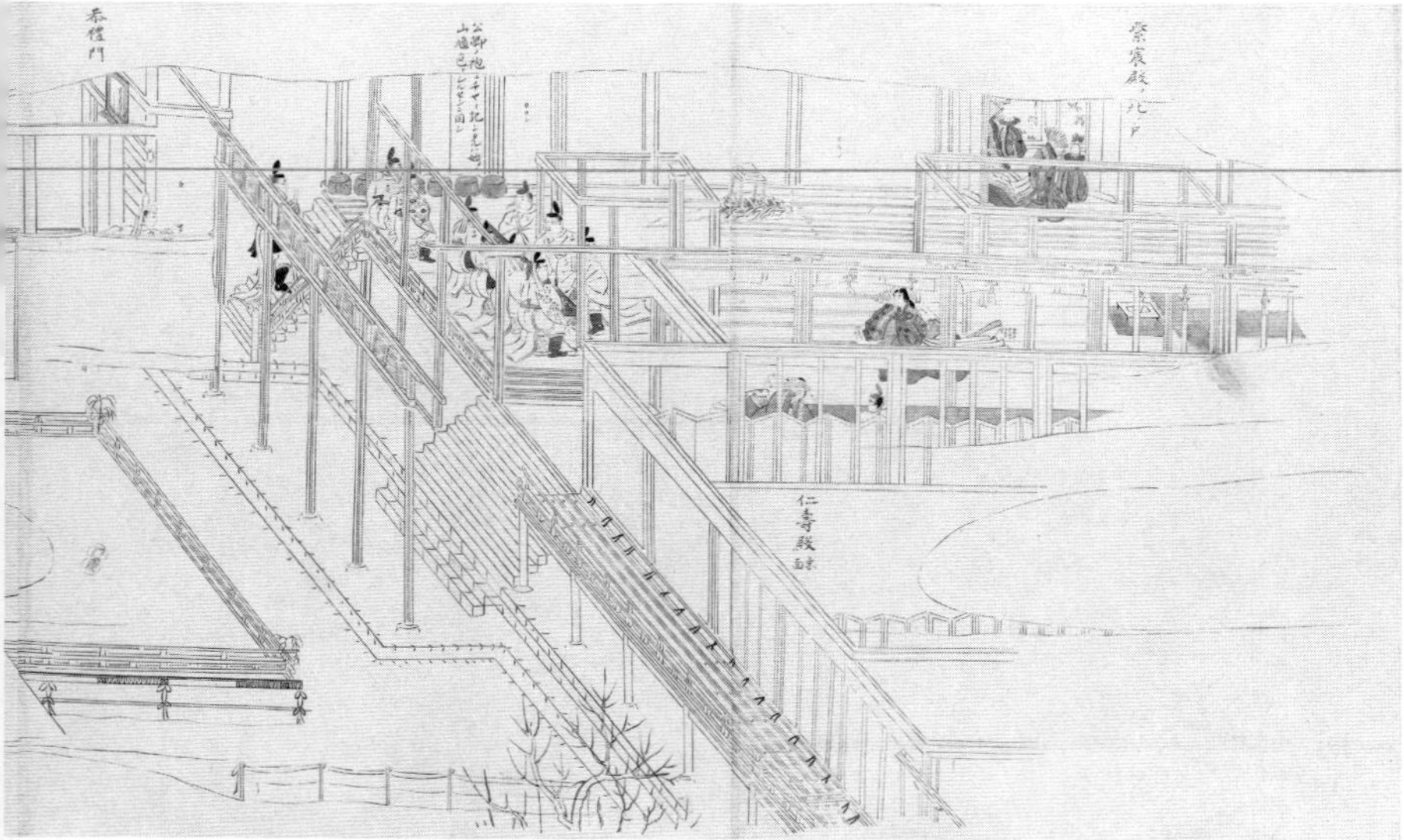

第二図

三、第二図
——公卿が仁寿殿に昇殿着座する場面

第二図に移ることにしよう。この図から南北が上下逆になる。上が南で、手前の北側から仁寿殿と東庭を見下ろすように描かれている。公卿が仁寿殿に昇殿し、着座する図である。

天皇は仁寿殿南庇で屏風を背にして椅子に腰掛けている。絵巻では後ろ向きで頭だけが見えている。天皇の左にいるのは陪膳の典侍。『内宴記』に、

暫之上御仁寿殿。両頭中将候剣璽。次供膳女蔵人十人着紫宸殿北廂座。釆女撤御臺盤帊。陪膳典侍就円座。先是御南廂御椅子。

(暫くありて、上、仁寿殿に御す。両頭中将、剣璽に候ず。次いで供膳の女蔵人十人、紫宸殿の北廂の座に着く。釆女、御臺盤の帊《おほひ》を撤《さ》る。陪膳の典侍、円座に就く。是れより先、南廂の御倚子に御す。)

とあるとおりである。

公卿は紫宸殿東北の階段を昇り、東渡殿東辺に設えられた臺盤を囲んで草墩に腰掛ける。臺盤の東側に四名、西側に三名、階段を昇っている者が二名。第一図で東庭に列立していた公卿は十二名であったが、ここでは人数が減っている。また第五図でも公卿の腰掛ける草墩が十枚しか見えていないが、これはとくに不審なことではない。『内宴記』に、

昇殿着座。相続関白加就東座。右府、納言起座降自片階。両三卿相、出居、内記等動座。
（昇殿して座に着く。相ひ続きて関白加はりて東の座に就く。右府、納言、座を起ちて片階より降る。両三の卿相、出居、内記等、動座す。）

とあり、列立の公卿と臺盤に着座する公卿とでは若干の出入りのあるのが慣例である。関白藤原忠通は東庭の列立の中には居ず、昇殿着座から公卿に加わっている。

公卿が臺盤に着座すると、紫宸殿の北庇中戸から女蔵人が出て供御の膳を運んで来る。『内宴記』によれば、公卿の陪膳には五位の殿上人がこれに当たったとある。

階段を登りつめた簀子の北側、渡殿の欄干近くに、出居の座として草墩二枚が置かれ、出居次将二名が腰掛け

第三図

ている。

紫宸殿北簀子の東妻戸の前に置かれている草墩六枚は文人（紀伝道出身者で四位・五位の者）の座である。『山槐記』に、

舞妓楽人出自綾綺殿軟障南頭、殿内三匝着草墩。次文人着座。

（舞妓楽人、綾綺殿軟障南頭より出でて、殿内を三匝《みめぐり》して草墩に着く。次いで文人、座に着く。）

とあるように、文人の着座は、舞妓・楽人が綾綺殿から出て草墩に着してからのことである（式次第18）。保元三年時は着座しなかった。

紫宸殿北簀子の東第三間に文臺が置かれ、その上に文箱が載せられ、文臺の敷物には虎皮が用いられている。これは『内宴記』に「文臺鋪物、今日用虎皮。（文臺の鋪き物、今日、虎皮を用ふ）」とあるとおりである。

四、第三図――妓女の舞楽の場面

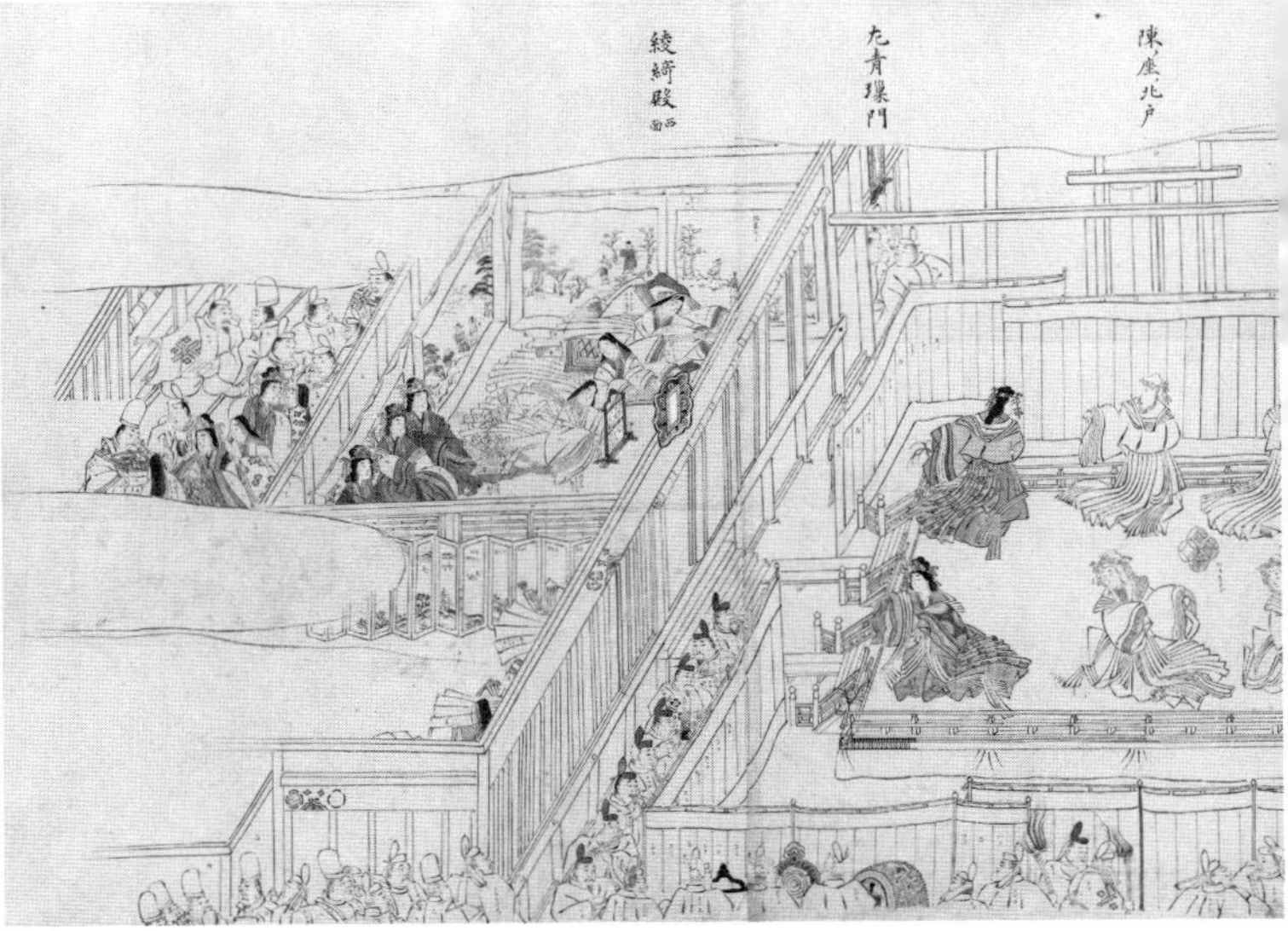

第三図に進むことにしよう。第三図は、宴会の最中、舞楽が奏されている場面。舞台の右が仁寿殿、左が綾綺殿である。

行酒《こうしゅ》の儀が始まり、二献あるいは三献の後、文人を召し、その直後、内教坊の別当の合図で舞楽が始まる。始め、妓女（舞姫）と女の楽人とは綾綺殿南室（母屋を遣り戸で仕切って南北に分けた南側の部屋）の東の廂の間に待機しており、そこから南室に張りめぐらしてある軟障《ぜじょう》の隙間を通って、南室に入り、三巡りして草墩に着く。第三図では、妓女は舞台に六名、綾綺殿南室の東壁際に三名、南室東の廂間（装束所）に二名を見ることができる。全部で十一名だが、実際には、保元三年の内宴では舞人は十人であったと記されている。女の楽人は綾綺殿南室に三名いて、琵琶・箏・方磬を演奏している。男の楽人は、舞台を囲むようにして張られた斑幔の外側、綾綺殿西階北側から矩折《かねおり》に並んで楽器を演奏している。舞楽が始まる場面を

『内宴記』によって示せば次の如くである。

重通持空杖逡巡左廻到本処返杖。参上之次、於綾綺殿壇上目楽人令発楽。々人豫入自化徳門、候綾綺殿西砌斑幔外所鋪座也。先吹調子、次発参入。音声最涼州也。于時舞妓女楽人出従綾綺殿母屋軟障南間周旋。三度匝歟。着草墩。持箏琵琶等之者在前。舞妓十人在後也。其後奏舞五曲。則春鶯囀、玉樹後庭花、桃李花、喜春楽、萬歳楽等也。下自西階、上舞台上舞之。

（重通（内教坊別当で権大納言）、空杖を持ちて逡巡し、左に廻りて本処に到り、杖を返す。参上の次いでに綾綺殿の壇上に於《し》て楽人に目くばせて楽を発せしむ。楽人、豫め化徳門より入りて、綾綺殿西の砌の斑幔の外に鋪く所の座に候ずるなり。先づ調子を吹き、次いで発して参入す。音声、「最涼州」なり。時に舞妓女楽人、綾綺殿の母屋の軟障の南間より出でて周旋す。三度匝《めぐ》るか。草墩に着く。箏琵琶等を持つの者、前に在り。舞妓十人、後に在るなり。其の後、舞五曲を奏す。則ち「春鶯囀」、「玉樹後庭花」、「桃李花」、「喜春楽」、「萬歳楽」等なり。西の階より下り、舞台の上に上りて之れを舞ふ。）

これに関連して『今鏡』巻三（内宴）は保元三年時のこととして興味深い事実を記している。

舞姫十人、綾綺殿に袖ふる気色、漢女を見る心地なりけり。今年はにはかにて、まことの女かなはねば、童をぞ仁和寺の法親王奉り給ひける。……尺八といひて、吹き絶えたる笛始めてこのたび吹き出だしたると承りしこそ、いと珍しき事なれ。

内宴を行なうことが急に決まったので舞姫を揃えることが出来ず、仁和寺の覚性法親王が稚児を献上して童舞に代えた、とあり、また、永らく演奏法の忘れられていた尺八がこの時復活したというのである。尺八については、絵巻に描かれた男の楽人の中にそれらしき楽器を吹いている者のいることが報告されている。[10]

舞台で妓女たちが舞っているのは何という曲であろうか。保元三年時は「春鶯囀」「玉樹後庭花」「桃李花」「喜春楽」「萬歳楽」の五曲が、保元四年時は「春鶯囀」「喜春楽」「三臺急」の三曲が演奏された。この中、妓女六人で舞う曲は『教訓抄』『体源抄』によれば「喜春楽」である。

仁寿殿に目を移すと、文人四名と出居次将二名が舞台を見下ろしている。公卿は臺盤の東側に腰掛けている五名の裾だけが見えている。すでに日は没して、三本の松明が点され、出居次将は弓箭を帯びている。『内宴記』には「近衛次将起座、帯弓箭参上。依日暮也。（近衛次将、座を起ち、弓箭を帯びて参上す。日の暮るるに依りてなり）」とある。

ところで、この第三図には、少しばかり不可解なものが描かれている。天皇の御座の後、仁寿殿の母屋には御簾が掛け廻らされ、その内側には几帳が立てられている。そこに東に向いた御簾の隙間を押し開けるようにして、舞台を覗いている人の顔が描かれているのである。この人物は一体誰なのか。保元四年の『山槐記』にはこの場所に誰がいたかは記されていないが、保元三年の『内宴記』には「仁和寺法親王、通憲法師、於御座柱簾中同見之云々。（仁和寺法親王、通憲法師、御座柱の簾中に於《し》て同《とも》に之れを見ると云々）」と内宴の復興に尽力した信西入道藤原通憲その人が、仁和寺の覚性法親王とともにその場所で内宴を見物していたと記されている。『年中行事絵巻』の詞書には、透き見する人物について一体どのようなことが書かれていたのだろうか。原本の焼失が惜しまれるところである。

第三図拡大図　透き見をする人物

尚、『古今著聞集』巻三には、保元三年の内宴でのこととして、面白い事実を伝えている。

法性寺殿、関白にておはしましけるをはじめて、人々おほくまゐりあひたりけるに、前太政大臣は、かならず詩をたてまつるべき人にておはしけり。太政大臣は管絃の座に必ず候ふべき人にておはしけるに、座敷うちなかりければ、いかがあるべきと、かねてさたありけるに、太政大臣、下につくべきよし、すすみ申されけれども、殿下ゆるし給はざりけり。つひに前太政大臣まづまゐりて、詩をたてまつる。披講はてて出で給ひて後、太政大臣かはりて座につき給ひけり。ありがたかりける事なり。

詩に巧みな前太政大臣藤原実行と管絃に勝れた太政大臣藤原宗輔の二人がともに宴席に侍るに当たって、太政大臣が前太政大臣の下位に座するという措置を関白忠通が許さなかったので、最初は前太政大臣が着座し、詩の披講の後の御遊には、これに代わって太政大臣が参加したというのである。『内宴記』には実行が行酒の最中に遅参し、詩宴に出席したことが見える。その席上に宗輔の姿は見えず、宗輔が初めて記中に登場するのはたしかに御遊の時である。

五、第四図――詩の披講の場面

第四図は行事の中心である詩の披講の場面である。出席者たちは舞楽と杯酌とが終わろうとする時分に、自ら詩を懐紙に認め、文臺の上の文箱の中に置く。それらの懐紙を読み上げて披露することを披講と言う。『内宴記』によって披講の手順を見ることにしよう。

杯酌終頃、文人置詩於文臺筥。文章生（文章生は文章博士の誤りか）等、雖不着座、参上置之。各就案下称官姓名、搢笏入箱中、取笏退帰也。先下﨟就之。次左府召出居重俊通（重俊通は重憲頼定の誤りか）、令置文臺箱。（中略）次関白以下近参候。大臣候東第一間。中納言已下候簀子幷露臺。次読師左大臣取文臺筥、開蓋覆置御座東南。又召東宮学士兼範（兼範は範兼の誤りか）朝臣。進侍文臺東辺。其面西先披序於蓋上、以文下方為御所方也。自下次第講之。其間出居二人取脂燭、候文臺左右照之。読了人々起座。

（杯酌の終はる頃、文人、詩を文臺の筥に置く。文章博士等、着座せずと雖も、参り上りて之れを置く。各おの案下に就いて官姓名を称し、笏を搢《さしはさ》みて箱の中に入れ、笏を取りて退き帰るなり。先づ下﨟より之れに就く。次いで左府、出居の重憲頼定を召して文臺の箱を置かしむ。（中略）次いで関白以下、近く参候す。大臣、東の第一間に候ず。中納言已下、簀子幷びに露臺に候ず。次いで読師左大臣、文臺の筥を取り、蓋覆を開きて御座の東南に置く。又た東宮学士範兼朝臣を召す。進みて文臺の東辺に侍る。其の西に面して、先づ序を蓋の上に披き、文の下方を以て御所の方と為すなり。下より次第に之れを講ず。其の間、出居の二人、脂燭を取り、文臺の左右に候じて之れを照らす。読み了りて、人々座を起つ。）

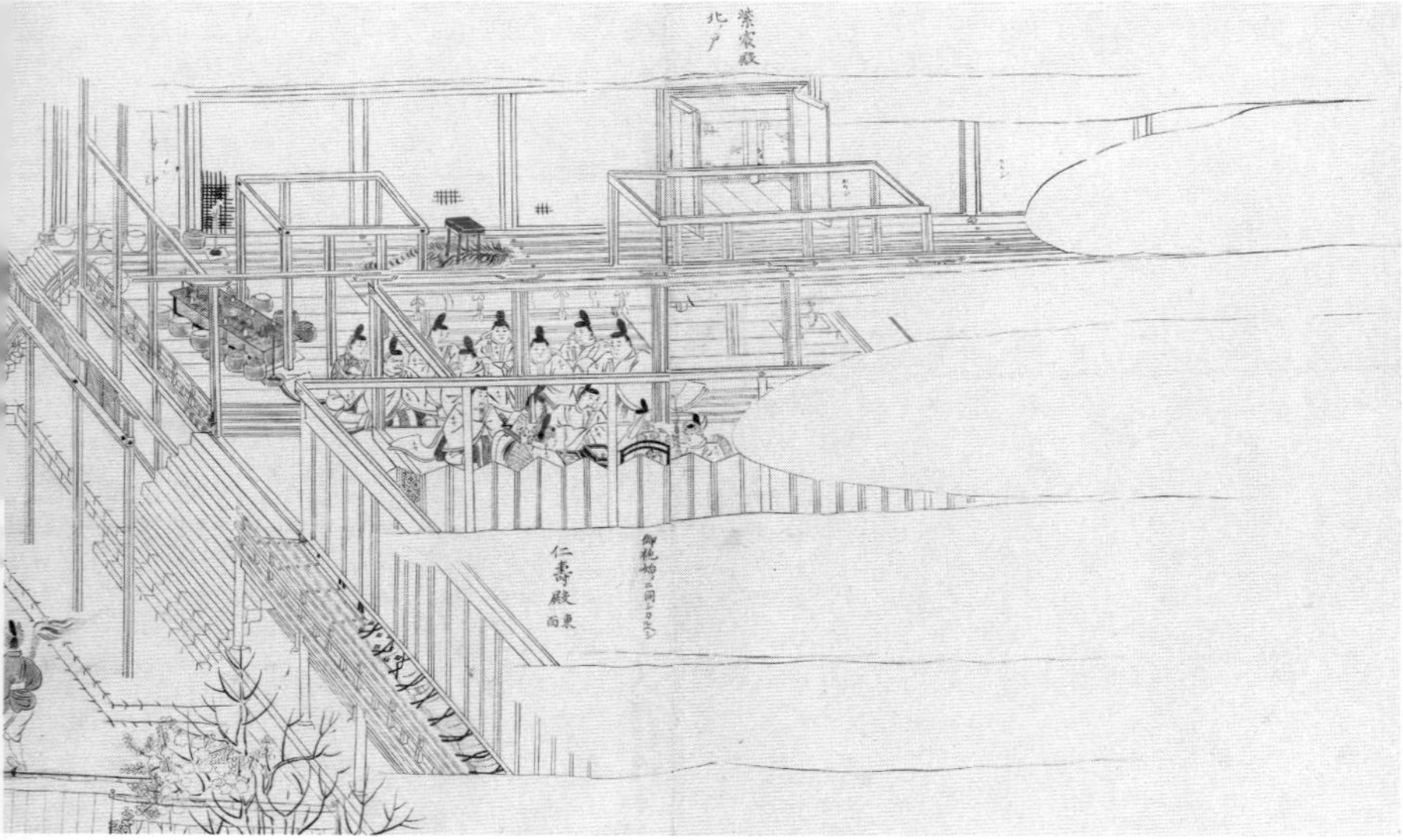

第四図

　詩宴では前もって出席者の中から題者、序者、講師、読師が選ばれる。題者とは詩題を出す役目の者を言う。内宴に限らず、平安時代の詩宴では即興的に詩を作ることはせず、前もって詩題が設定されることを常とした。序者とは詩序（詩群に冠する序文）を執筆する役目の者を言う。序者は居並ぶ出席者の中からたった一人が選ばれるだけに、これに抜擢されるのはたいへん名誉なこととされた。講師とは懐紙に認められた詩を読み上げる役目の者である。講師は白文で書かれた詩を即座に訓読しなければならないから、通常儒者がその任に当たることになっていた。読師とは講師の輔佐役で、懐紙の序列を正し、また講師の読み上げた詩に節を付けて復唱する役目を担った。保元三年は、詩題が「春生聖化中（春は聖化の中に生る）」で、題者が式部大輔藤原永範、序者が左少弁東宮学士藤原俊憲、講師が大学頭東宮学士藤原範兼、読師が左大臣藤原伊通で、公卿・文人合わせて十八名が詩を献じた。保元四年は、詩題

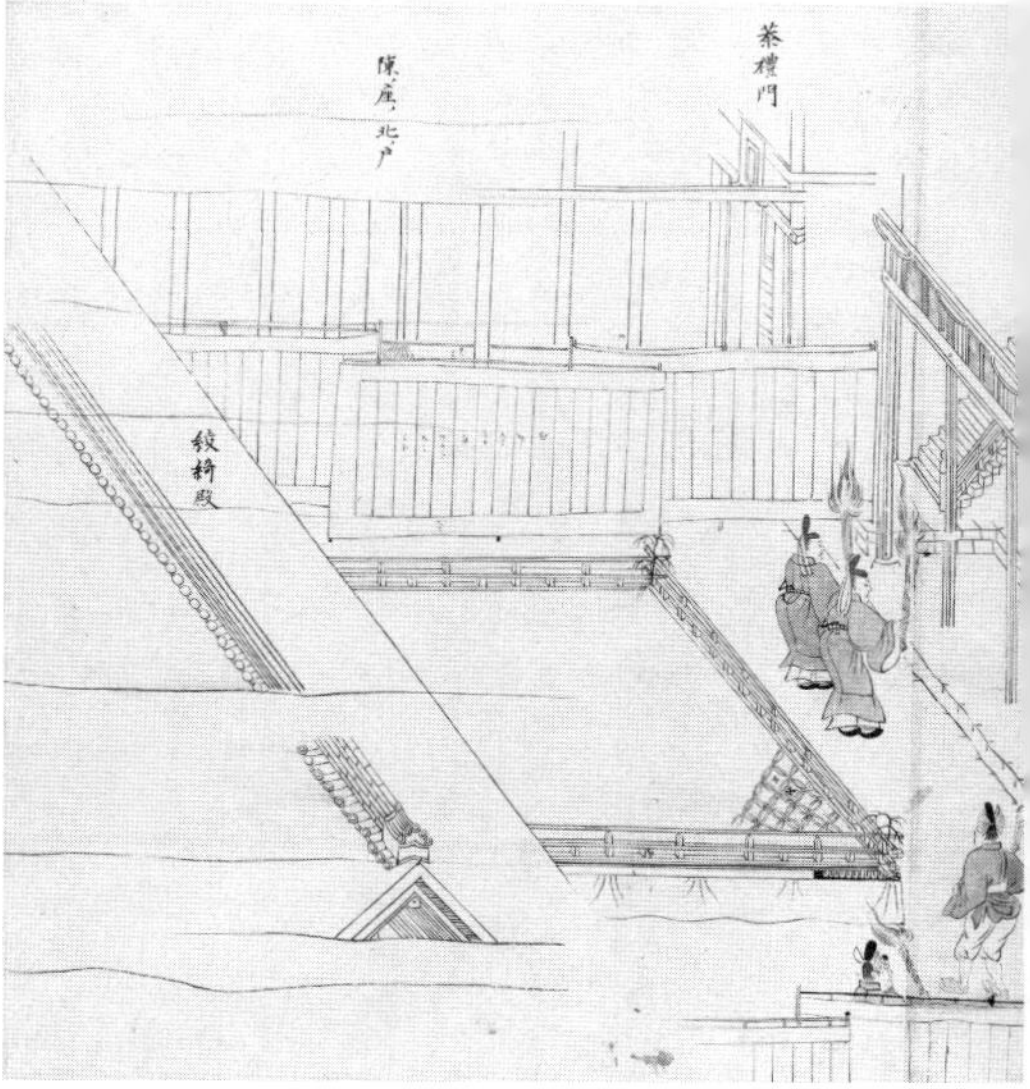

が「花下催歌舞（花の下に歌舞を催す）」、題者・序者が式部大輔藤原永範、講師が式部少輔藤原成光、読師が内大臣藤原公教で、公卿・文人合わせて十九名が詩を献じた。披講では、序者の懐紙（詩序と詩とが認められている）が最初に読み上げられる。それゆえ序者を「唱首」と呼ぶことがある。続いて下位の者から順に読み上げてゆくのが慣例である。

絵巻では、屏風を背にして後ろ向きの天皇の前に文臺があり、その上に詩懐紙の入った文箱が置かれている。この文箱は、第二図で虎皮の敷かれた文臺の上に置かれていたものである。公卿・文人が自ら認めた懐紙を文箱に置いた後、その文箱を天皇の御前に移動させるのは、『内宴記』に記されるように、出居少将の役目である。講師は文臺の東辺に坐し、西に向いて詩懐紙を読み上げる。このとき懐紙は天皇が読めるように、天皇の方に向けられている。読師は天皇の正面に坐し、講師の読んだ詩をもう一度、節を付けて読み上げる。天皇の御前の文臺を両脇から脂燭で照らしているのは出居次将である。保元四年の『山槐記』には、披講の最中のこととして面白い記述が見られる。

講師講時、頌者読師勤之。然而内府不堪其事、顧被命公卿座。朝隆卿召頭権左中弁俊憲朝臣、俊憲進長押下、頌之退帰。

（講師講ずる時、頌する者は読師之れを勤む。然れども内府其の事に堪へず、顧みて公卿の座に命ぜらる。朝隆卿、頭権左中弁俊憲朝臣を召し、俊憲、長押の下に進み、之れを頌して退帰す。）

このとき読師は内大臣藤原公教であったが、詩を謡うのが苦手なので、公卿の座を振り返って助けを求め、結局、文人の座にいた藤原俊憲が代わりに頌したとある。

詩の披講は言うなれば内宴のハイライトであるから、当時の説話に話題を提供するのもこの場面に関わるものが多い。例えば『古今著聞集』巻三では、保元三年の時のこととして、

抑も大監物周光はちか頃の侍学生の中にきこえある者にて、参りたりけるが、歳八十ばかりにて階をのぼる事かなはざりけるを、大蔵卿長成朝臣、春宮大進朝方、弟子にてありければ、前後にあひしたがひて扶持したりけり。ゆゆしき面目とぞ世の人申しける。周光もことに自讃しけり。このたびぞかし、俊憲宰相、蔵人左少弁右衛門権佐東宮学士にて、書き響かして侍りけることは。

と、藤原周光（『本朝無題詩』に最多入集）が高齢のため弟子二人に支えられて献詩したこと、藤原俊憲が作品の出来映えによって名声を博したことを伝えている。俊憲が「書き響かし」たのは恐らく詩序を指すものと思われる。『古事談』巻六には、そのことを裏付けるかのように、このとき俊憲の作った詩序を披講の直前に父通憲が目を通し、その出来の素晴らしさに涕泣したことが語られている。

六、第五図――御遊の場面

詩の披講が終わると、人々は座を起って下殿し、禄を賜って退出する。内宴はこれで終了となるが、その後、時として勅によって管絃の遊びとなることがあった。『撰集秘記』所引の故実書『清涼記』には「読詩畢後、下殿賜禄退出。或有勅殿上王卿及侍臣令奏管絃、兼又給禄。（詩を読み畢りて後、殿を下り禄を賜り退出す。或いは勅有り、殿上の王卿及び侍臣をして管絃を奏せしめ、兼ねて又た禄を給ふ）」とある。保元年間の二度の内宴に於いては、披講後、御座近くに円座が敷かれ、管絃に堪能な公卿だけが召されての御遊となった。最後の第五図にはその御遊のさまが描かれている。天皇は仁寿殿の母屋と南廂との間に立てられた屏風を背にし、後ろ向きで頭部のみを見せている。公卿は七名が天皇からやや隔たった所で向かい合って楽器を奏でている。この画面からは、天皇が公卿とともに管絃の遊びに興じているという印象はあまり感じられない。保元四年の『山槐記』には「侍臣取琵琶、於南殿北廂中戸授内大臣。内大臣取之、入御座西間、被置御前机。（侍臣、琵琶を取り、南殿北廂の中戸に於て内大臣に授く。内大臣、之れを取り、御座の西の間に入り、御前の机に置かる）」とあり、二条天皇が琵琶を手にして公卿の管絃に加わり、その腕前は「神妙と謂ふ可」きものであったと記されている。[11] 一方、保元三年の『内宴記』には御遊に関する詳しい記述はなく、わずかに『古今著聞集』巻三に「主上、御付歌ありけり」とあることから、後白河天皇が公卿の管絃に合わせて歌を歌ったことが知られるに過ぎない。御遊で天皇が楽器を弾いたか否かという相違点から判断するならば、第五図に描かれた天皇は後白河であるように思われる。

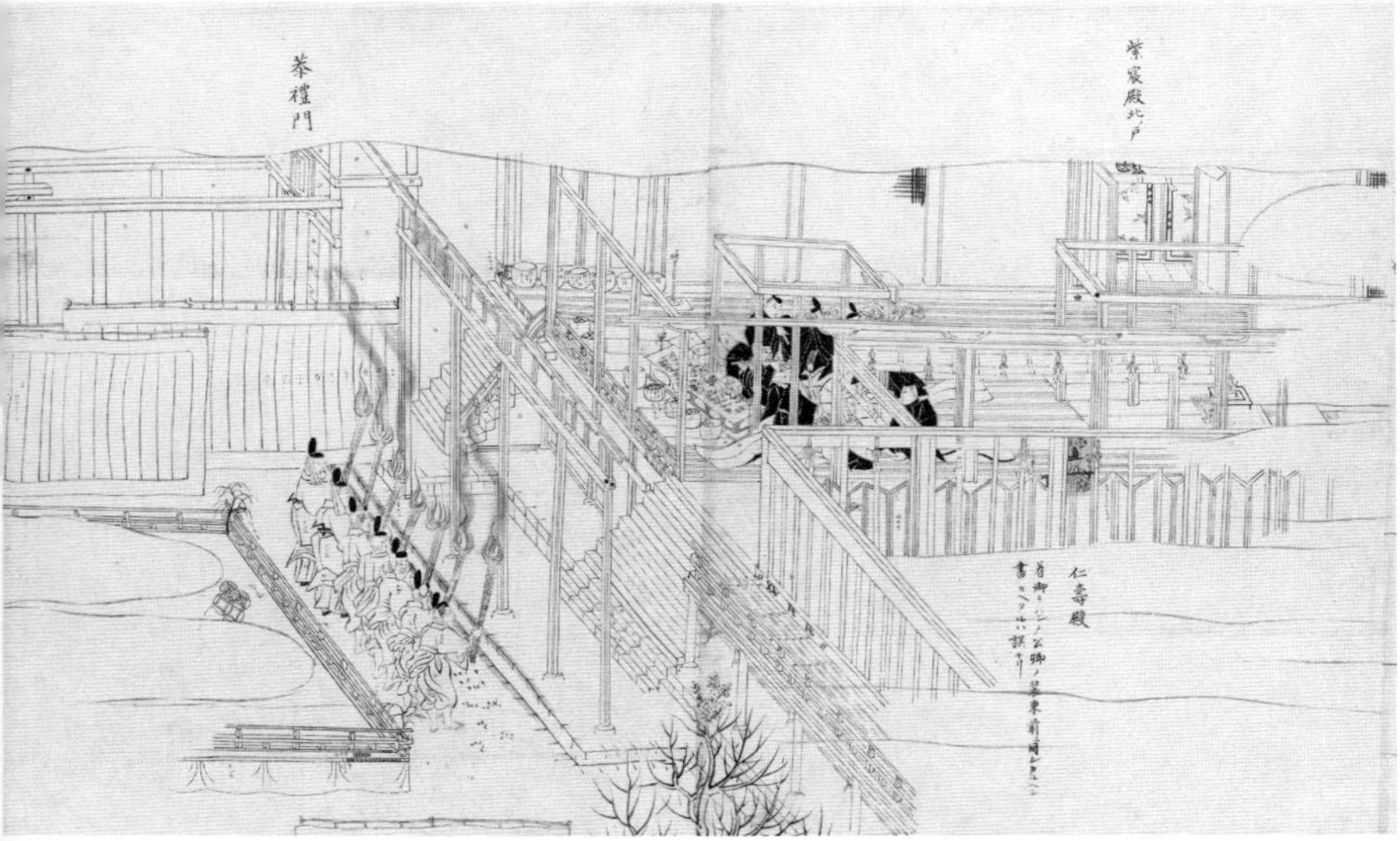

第五図

七、絵巻が依拠したのは保元三年の内宴か、それとも四年の内宴か

以上、一通り『年中行事絵巻』の内宴の巻の各場面をながめた。文字資料からだけでは理解できない、内宴という行事の全体像を把握できる点で、この絵巻は大きな価値を持っていると言えよう。これによって、我々は平安時代の詩宴がどのようなものであったかを想像することができるのである。また、この内宴の巻が実際の内宴を間近に見た上で描かれたものであることも確かであるように思われる。研究者の間で、この『年中行事絵巻』の内宴の図が保元三年か四年か、そのどちらかの内宴を描いたものである可能性があると考えられていることは先に述べたとおりである。最後に、この点について私見を述べておきたい。

結論から言えば、この内宴の巻は保元三年、四年に行なわれた内宴のどちらかを再現したものではなく、両度の内宴を振り返り、内宴の本来あるべき理

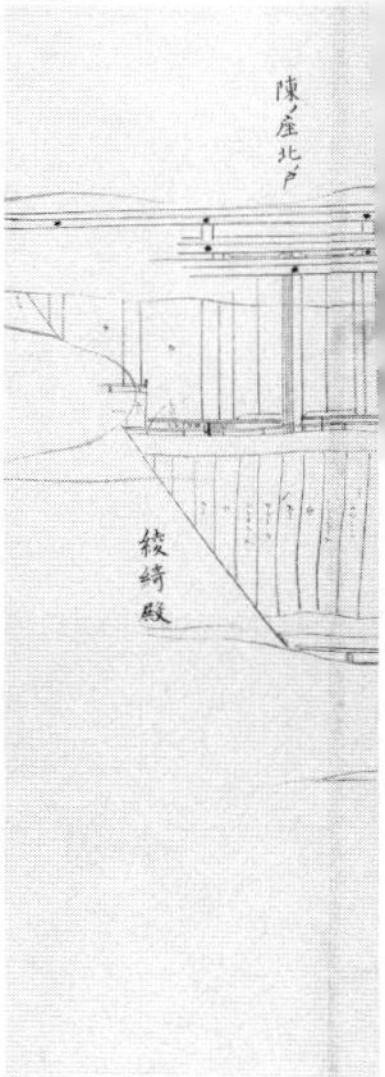

想像を描いたものではないかと思われる。たしかに画面の中には二度行われた内のどちらかを描いたのではないかと思わせるような部分が存在する。第三図で舞を披露しているのが童ではなく妓女である点、第三図・第四図で文人が着座している点などに着目すれば、絵巻は保元四年の内宴を再現したと見るのが妥当であろう。一方、内宴後の御遊で天皇が楽器を携えていない（ように見える）点から判断すれば、第五図に描かれた天皇は後白河であり、絵巻は保元三年の内宴を再現したと見なすべきであろう。しかし、稿者には右に示した根拠がそれぞれの説（保元三年か四年か）を主張する上で決定打になっているとは思われない。保元三年に妓女の舞を童舞に代えて行なったことは事実としても、これは已むを得ない措置だったのであり、内宴を絵画化して後世に伝えようとする場合、舞台には童子ではなく妓女を描くのが当然であろう。文人が着座しなかったことも行事の慣例から外れる措置であるから、これを以て依拠の年時を確定することはできない。また天皇を後白河と見なすのも、どちらかと言えばそのように推測されるのであって、断定するには根拠が確実であるとは言い難い。このように『年中行事絵巻』が依拠した内宴を保元年間に行なわれたどちらかに特定することは極めて難しいのである。ただ、保元三年時よりも四年時の方が内宴の本来あるべき姿に近づいたことは確実であり、それが内宴の絵図の精密度を向上させたことは否定できない。

　これに対して、稿者が保元年間のどちらの年でもないと判断する根拠として挙げたいのは、内宴に召された公卿・文人の数を絵巻では実際よりも少なく描いている点である。絵巻では公卿・文人が十一名。実際には保元三年が十八名、保元四年が十九名である。初期の内宴に限定性、閉鎖性のあったことは第一節で述べたとおりである。①の小野篁の詩序には、内宴に招かれるのは公卿でも十人以内、文人はわずかに一人か二人であると記されていた。このように出席者を極度に制限することにこそ内宴の本質はあったのであり、その点、保元三年・四年の二十に近い人数は異例のことであったと言えよう。絵巻に描かれている十一人こそが内宴に相応しい人数なのである。

『日本紀略』天慶十年（九四七）正月二十三日条には、この日の内宴に親王、公卿のほか、文人十二名が出席したとあり、すでに十世紀半ばの時点で、召される公卿・文人の人数が時として大幅に増加していたことが知られる。さらに下って平安末期ともなれば、公卿の数は勿論のこと、儒者を含めた文人の数も平安前期とは比較にならないほど増加していたのであるから、(12) 公卿・文人の数を平安前期と同じ十名程度に抑えることは現実には不可能であったと思われる。その増加した人数をそのまま絵巻に描くことを避けたのは、やはり内宴の本来的なあり方を示そうとしたからではなかろうか。

注

（1）『年中行事絵巻』研究の現時点に於ける到達点については、藤原重雄「院政期の行事絵と〈仮名別記〉・試論」（『文学　隔月刊』第十巻第五号、岩波書店、二〇〇九年九月）が参考になる。

（2）本書第11章を参照されたい。

（3）『日本漢学研究』第四号（慶應義塾大学文学部佐藤道生研究室、二〇〇四年三月）に影印を収める。

（4）例えば鈴木敬三「年中行事絵巻「内宴」について」（『日本歴史』第一三四号、一九五九年八月）は「年中行事絵巻の画面は、盛大な行事を記念ではあるが、一面に於いて、範を後世に伝えるための意図が窺われる故、必ずしも日記などに見られるような或る一時期の行事そのままの描写というよりも、完備した行事の範を示す故実書としての江家次第のような典型的な表現に意を注いだものと見られ」るとし、五味文彦「王権と庶民――『年中行事絵巻』

――（ちくま新書『絵巻で読む中世』筑摩書房、一九九四年）は種々根拠を示して「この内宴の図は、大規模に行われた保元三年の内宴を描いたものであって、その際に欠けていた妓女の舞いの図を保元四年の時の図で補ったものと考えられる」とする。

（5）田安家蔵『内宴記』が初めて公開されたのは、二〇〇二年二月、国文学研究資料館特別展示「田安徳川家伝来古典籍」に於いてであった。鈴木敬三氏論文（前掲注4）は『内宴記』を一箇所引用するが、何如なる本文に拠ったのか明らかではない。

（6）倉林正次「内宴」（『饗宴の研究』桜楓社、一九六五年）、波戸岡旭「内宴詩考」（『宮廷詩人菅原道真――『菅家文草』『菅家後集』の世界――』笠間書院、二〇〇五年。初出は一九九四年）、滝川幸司「内宴」（『天皇と文壇――平安前期の公的文学――』和泉書院、二〇〇七年。初出は一九九五年）を参照されたい。

（7）倉林、波戸岡両氏は『公事根源』の説にしたがって「内々の宴」の意に取る。

（8）この他、出席者の人数を記してある主要なものを次に掲げる。『続日本後紀』承和二年正月丙寅（二十日）条「天皇内宴於仁寿殿。公卿近習以外、内記及直校書殿文章生一両人、殊蒙恩昇、共賦春色半暄寒之題」。同書承和六年正月癸酉（二十日）条「天皇内宴于仁寿殿。公卿及知文者三四人得昇殿、同賦雪裏梅之題」。同書承和十一年正月庚子（十七日）条「天皇内宴於仁寿殿。公卿及知文士五六人陪焉、同賦上春詞之題」。同書承和十二年正月丁卯（二十日）条「天皇内宴於仁寿殿。公卿之外、文人恩昇者、不過五六人。同賦香出衣之題」。同書承和十三年正月壬戌（二十日）条「天皇内宴於仁寿殿。公卿及詞客預宴者五六人、同賦百花酒之題」。『三代実録』仁和元年（八八五）正月二十一日条に「於仁寿殿、内宴近臣。……近臣之外、文人預席者五六人賦詩」。

（9）滝川幸司「内宴」（『天皇と文壇――平安前期の公的文学――』和泉書院、二〇〇七年）の「内宴儀式次第略注」（『撰集秘記』所引『清涼記』にしたがって注釈を加えたもの）を参照されたい。

（10）スティーヴン・G・ネルソン「描かれた楽――日本伝統音楽の歴史的研究における音楽図像学の有用性をめぐって――」（『第二十五回国際研究集会報告書　日本の楽器――新しい楽器学へ向けて――』東京文化財研究所、二〇〇三年三月）を参照されたい。尚、男の楽人は南から北に向かって、笏拍子、琵琶、箏、笙、尺八、篳篥（髭の男）、横笛と並び、西に折れて、打楽器担当の楽人が並んでいる。

（11）『古今著聞集』巻三にも「主上、玄象ひかせおはしましけり。上下耳をおどろかさずといふ事なし」とある。

（12）儒者・文人を出す大学寮の紀伝道では平安前期、大江・菅原両氏が中心であったのに対して、平安中期の一条朝・後一条朝以降、これに藤原氏の北家日野流・南家・式家が新興勢力として加わったため、必然的にその出身者は増加した。対策制度を見ても、平安前期には文章得業生となってから七年以上の研鑽を積むことが定められていたが、この原則は次第に守られなくなり、天治元年（一一二四）以降は三年ごとに二名の対策及第者を出すまでになった。こうした儒者濫造の風を受けて保元年間には、内宴に召される文人（儒者を含む）の数も増えたのである。因みに保元三年時の儒者・文人の顔ぶれは次のとおりである。儒者＝藤原永範（南家）・藤原長光（式家）・藤原範兼（南家）・藤原成光（式家）・藤原俊憲（南家）・藤原信重（北家日野流）・藤原敦周（式家）。文人＝藤原周光（式家）・藤原惟俊（南家）・藤原守光（北家）。

17　柳市・三乗
――本邦漢語考

平安時代の漢語文献を読んでいて、意味のよく分からない言葉に出くわすことがある。辞書に載っていない言葉もあれば、辞書の示す語義と食い違う言葉もある。本章では、その中から「柳市」「三乗」の二語を取り上げ、語義や由来をあれこれ考えてみることにしたい。

一、柳市

平安後期の詩序を集めた総集『詩序集』所収、惟宗孝貞の「葉飛水上紅詩序」に次のような隔句対が見られる。

孝貞趨柳市而才独譾、謬列三千徒之末塵、望李門而眼方疲、遙如隔百万里之激波。

（孝貞、柳市に趨《わし》りて才独り譾《あさ》し、謬りて三千徒の末塵に列なる、李門を望みて眼方《まさ》に疲れたり、遙かに百万里の激波を隔つるが如し。）

ここに見える「柳市」という言葉はどのような意味に用いられているのだろうか。この語を日本国語大辞典（第二版、小学館）で引くと、「（中国、長安の西南にあった町の名から）にぎやかな町」と語義を示し、菅原道真と藤原敦光の用例を挙げている。

池縮松江秋水満、人招柳市古風存。

（池は松江を縮めて秋水満てり、人は柳市より招きて古風存せり。）

（『菅家文草』巻二、「仁和元年八月十五日、行二幸神泉苑一。有レ詔二侍臣一、命献二一篇一」）

暫辞柳市列槐門、夏景初来志足言。

（暫く柳市を辞して槐門に列なる、夏景初めて来りて志言ふに足る。）

（『本朝無題詩』巻四、「早夏言志」）

辞書に「にぎやかな町」と記すのは、『漢書』萬章伝に「長安熾盛、街閭各有豪俠。章在城西柳市。（長安熾盛なるときに、街閭に各おの豪俠有り。章は城西の柳市に在り）」とあり、顔師古注に「漢宮闕疏云、細柳倉有柳市。（漢宮闕疏に云ふ、細柳倉に柳市有り）」とあるに拠っている。道真と敦光の例では、たしかに「柳市」を繁華街、市井の意味に取っても解釈できそうである。(1) しかし最初に挙げた惟宗孝貞の例ではどうだろうか。

平安時代の詩序では、序者はその末尾に自らの不遇・不満を訴えることが許されている。孝貞の隔句対はその部分に当たる。隔句対の前半部に見える「三千徒」とは孔子の門弟を言い、本邦では転じて大学寮に学ぶ学生を指す。後半部に見える「李門」とは李膺の門の意で、『後漢書』李膺伝に見える故事をふまえる。

膺独持風裁、以声名自高。士有被其容接者、名為登龍門。
（膺、独り風裁を持し、声名を以つて自ら高し。士の其の容接を被ること有る者をば、名づけて登龍門と為す。）

とあり、李賢注には、

以魚為喩也。龍門、河水所下之口。在今絳州龍門県。辛氏三秦記曰、河津、一名龍門。水険不通。魚鼈之属、莫能上。江海大魚薄集龍門下数千、不得上。上則為龍也。
（魚を以つて喩へと為すなり。龍門は、河水の下る所の口なり。今の絳州龍門県に在り。辛氏三秦記に曰はく、河津、一名龍門。水険しくして通ぜず。魚鼈の属《たぐひ》、上ること能はず。江海の大魚、龍門の下に薄《せま》り集ふもの数千、上ることを得ず。上れば則ち龍と為るなり。）

と記されている。「李門」とは所謂「登龍門」のことで、その地点を首尾よく登り切ることができれば出世が約束される関門の謂いである。平安時代には対策（文章得業生に課せられた最終試験）、或いは省試（文章生を選抜する試験）の意味に用いられることが多かった。孝貞は文章得業生に補せられていないから、彼の言う「李門」は恐らく省試を指すのだろう。したがって、孝貞の隔句対は「私は「柳市」に奔走しているけれども学問の才能はなく、いたずらに孔子の門弟（大学寮の学生）の末席を汚すばかりだ。それでも省試に及第して文章生になることを望んで、学問に励んできたけれども、そこまでの道のりは険しく遙かで、ほとほと疲れ果ててしまった」の意であろう。とすれば、文脈から判断して「柳市」は孝貞が学問に励んだ場所、すなわち大学寮を指すものと見るのが妥当ではなかろうか。

「柳市」の語を『本朝文粋』に探ってみると、次の二例が見出される。[2]

子養材柳市、振響楊庭。　（巻三、69神仙策問、春澄善縄）
（子は材を柳市に養ひ、響きを楊庭に振るふ。）

悲哉柳市老無価、早晩此身欲奉公。　（巻十二、389秋夜書懐呈諸文友兼南隣源処士、藤原衆海）
（悲しいかな柳市に老いて価《あたひ》無し、早晩《いつ》か此の身公に奉《つかうまつ》らむと欲《す》る。）

前者は、対策の問頭博士である春澄善縄が策問の末尾で、対策者である文章得業生の都言道（良香）に対して、激励の意を籠めて呼びかけた句である。ここでは言道が文才を磨いた場所として「柳市」が提示されている。後者は老学生による落書の末尾である。自分は「柳市」に老いさらばえて、何の価値もない人間だと悲観してはいるが、一日も早く任官したいと訴えている。これらの用例から考えても、「柳市」は繁華街の意ではなく、大学寮を指すものであろう。

もう一つ、ダメ押しとも言える例を挙げよう。『文鳳抄』巻五、「官学」の項に、

遙憶松江、久遊柳市。

（遙かに松江を憶ふ、久しく柳市に遊ぶ。）

の対語が見える。『文鳳抄』は菅原為長撰、鎌倉初期成立。当時流行していた句題詩（漢字五文字から成る句題を詩題とした七言律詩）の対句語彙集である。部門の「官学」とは、「官」と「学」の意。このような上の成分と下の成分とが並列関係を成す二字熟語を当時、双貫語と呼んだ。句題には時として双貫語が含まれることがあり、その場合、頷聯・頸聯では双貫語を形成する二つの事物を一聯の上下に詠み分けることが求められた(3)。したがって「遙憶松江、久遊柳市」の対語は、一方が「官」を表し、他方が「学」を表していることになる。「遙憶松江」は晉の張翰が出仕していた洛陽で、秋風の起こるのを見て故郷の呉（松江）の産物を懐かしみ、帰郷した故事をふまえる。任官している時に洛陽から遙かに松江を思いやったのであるから、この語は「官」を表している。とすれば、必然的に「久遊柳市」は「学」を表していることになる。「柳市」が学ぶ場である大学寮を意味することは確実であろう。

日本国語大辞典に用例として挙げられている二首についても、あらためて考えてみよう。道真の詩は仁和元年（八八五）八月十五日、光孝天皇が神泉苑に行幸した時の作である。『三代実録』の当日条には次のようにある。

行幸神泉苑。先御釣臺、観魚下網、所獲数百。後御馬埒殿、閲覧信濃国貢駒。喚文人賦詩。預席者三十三人。木工寮左右京職各献物。日暮鸞輿還宮。

（神泉苑に行幸す。先づ釣臺に御し、魚を観て網を下し、獲る所は数百なり。後に馬埒殿に御し、信濃国の貢駒を閲覧す。文人を喚びて詩を賦せしむ。席に預かる者三十三人。木工寮、左右京職各おの物を献ず。日暮れ、鸞輿 宮に還る。）

道真の上句は神泉苑の釣殿の景色であり、右の記事で言えば、天皇が「釣臺に御し、魚を観て網を下し」ている場面を賦したものである。一方、下句はその後の詩宴のさまであり、記事の「文人を喚びて詩を賦せしむ。席に預かる者三十三人」に当たっている。このとき招かれた三十三人の文人がどのような顔ぶれであったのか、道真以外は不明だが、大学寮紀伝道の出身者・在籍者と見なすのが穏当であろう。「柳市」はここでも大学寮の意に取るべきものと思われる。

『本朝無題詩』所収の敦光の詩にしても、「柳市」を市井と捉えるより大学寮とする方が妥当であるように思う。というのは、敦光は永久から元永にかけての時期に大学頭であったからであり、[4] この詩はその当時の作と見るべきではなかろうか。

以上、「柳市」が平安時代の用例では、にぎやかな町の意ではなく、大学寮を指すものであることを述べた。但し、中国の詩文には、本邦の意と同様に用いられた例が見当たらない。日本で生成された漢語とも思われないから、本国では失われ、日本に残存した漢語ということになるのかもしれない。この点については博雅の士の御教示を俟つことにしたい。

さて、「柳市」は何ゆえに大学寮を指すようになったのだろうか。その由来についても不明と言わざるを得ない。しかし、それを考える手懸かりになりそうな用例が『本朝続文粋』巻十一、惟宗孝言の「高文讃」に見える。

之子、編柳条於柳市、期桂枝於桂林。

（之の子、柳条を柳市に編み、桂枝を桂林に期す。）

「高文」は学生の字《あざな》である。大学寮では入学した学生に字を付ける時に、命名の由来を内容とする讃を儒者が作る慣例があったようだ。この讃には、学生が「柳の条《えだ》」を編む場所として「柳市」が示されている。「編柳条」は書籍を書写する意。これは『文選』巻三十八、任昉の「為蕭揚州薦士表（蕭揚州の為めに士を薦むる表）」に、王僧孺が苦学したさまを表現して、

集螢映雪、編蒲緝柳。

（螢を集め雪に映じ、蒲を編み柳を緝《あつ》む。）

とあることをふまえている。注目すべきは、李善が「緝柳」の典故を、

楚国先賢伝曰、孫敬到洛、在太学左右一小屋、安止母。然後入学、編楊柳簡以為経。

（楚国先賢伝に曰はく、孫敬、洛に到り、太学の左右の一小屋に在りて、母を安止す。然る後に入学し、

楊柳の簡を編みて以つて経と為す。）

と指摘していることである。孫敬が太学に入学し、編んだ楊柳を木簡の代わりにして経典を書写し、勉学に励んだという故事の存在は、大学と柳とが容易に結びつく必然性のあったことを示唆している。「柳市」は孫敬の故事を起点として、「たくさんの学生が柳を編みながら（書籍を書写しながら）勉学に励んでいる場所」という意味を内包して成立した語なのではなかろうか。

二、三乗

藤原宗忠の日記『中右記』の嘉承二年（一一〇七）閏十月九日条によれば、この日、関白藤原忠実の召しによって集められた公卿・弁官たちの間で、鳥羽天皇の即位の日取りのことが議定された。そこで問題となったのが即位当日、前斎院令子内親王が幼帝と同輿することが許されるか否かということであった。前斎院を母后に準じて立后させれば問題はないというのが大勢であったが、関白がこの件を大江匡房に問い合わせると、前斎院のままでも同輿して一向に構わないとの答えが返ってきた。『中右記』には「江帥匡房申云、前斎院同輿何事之有哉。（江帥匡房申して云ふ、前斎院の同輿、何事か之れ有らむ、と）」とあるだけだが、九条兼実の日記『玉葉』治承五年（一一八一）二月十一日条によれば、このとき匡房は中国の例を挙げて、自説を補強したらしい。

漢家之礼、不限必后位。霍光同輿宣□之由、匡房卿嘉承之度所申也。

（漢家の礼、必ずしも后位に限らず。霍光、宣□に同輿するの由、匡房卿、嘉承の度に申す所なり。）＝中国では、同輿するのは必ずしも后の位にある者とは限らず、漢の霍光が宣帝と同輿した例があることを、匡房卿が嘉承二年の時に申し上げた。

立后していない者が同輿できるかという下問に対して、武官が同輿した例を挙げるところが匡房らしいが、兼実はこれに続けて、

凡非霍光人、漢朝惣有三乗之礼歟。
（凡そ霍光の人に非ずとも、漢朝には総じて三乗の礼有るか。）＝霍光の場合でなくとも、中国には「三乗之礼」があるものだ。

と述べている。ここに見える「三乗之礼」は辞書などには見当たらない言葉である。一体どのような意味なのだろうか。

これを説き明かす鍵は『漢書』霍光伝にある。霍光は大司馬・大将軍を授けられ、昭帝・宣帝を輔佐したことで名高い人物だが、伝の末尾に次のような記事が見出される。

宣帝始立、謁見高廟、大将軍光従驂乗。上内厳憚之、若有芒刺在背。後車騎将軍張安世代光驂乗。天子従容肆体、甚安近焉。及光身死而宗族竟誅、故俗伝之曰、威震主者不畜、霍氏之禍萌於驂乗。

(宣帝始めて立ちて、高廟に謁見するとき、大将軍光従ひて驂乗す。上、内に之れを厳憚すること、芒刺有りて背に在るが若し。後に車騎将軍張安世、光に代はりて驂乗す。天子従容として体を肆《ほしいまま》にし、甚だ安んじて焉《こ》れを近づく。光が身の死するに及びて宗族竟《あまね》く誅せらる。故に俗之れを伝へて曰はく、威、主に震ふ者は畜《やしな》はれず、霍氏の禍は驂乗より萌す、と。)=宣帝は即位の始め、高祖の廟に詣でた時、大将軍霍光が添え乗りした。主上は内心、霍光を恐れて、背中にとげが刺さっているかのような心持ちだった。後に車騎将軍の張安世が光に代わって添え乗りするようになると、天子はくつろぎ、心安らいで安世を近づけた。光が死に、一族がことごとく誅殺されると、世間ではそのことを「主上に対して威を振るう者は生き残れない。霍氏の禍いは添え乗りした時から萌していたのだ」と言い伝えた。

長々と引用したが、「三乗之礼」の意をつきとめるのであれば、傍線部の理解だけで事足りる。「三乗」は「驂乗」の宛字である。兼実は匡房に衒学的な一面のあったことを見抜いていて、「霍光の例を出さずとも、中国には(天子の車には護衛の武官が乗るという)添え乗りの儀礼があるものだ」と匡房の虚飾を突いたのである。しかし、『漢書』の例はたしかに天子即位の直後のことであり、全く的外れの指摘でもない。

因みに、「驂乗」は「参乗」と表記されることがある。例えば『史記』項羽本紀、「鴻門の会」の場面で、樊噲が沛公の絶体絶命の危機を救おうと宴席に割って入った時、項羽に問われて「沛公之参乗樊噲者也。(沛公の参乗、樊噲なる者なり。)」と名乗る台詞に見られる。「三乗」が「参乗」の宛字であれば、我々にはとても分かりやすい。「参議」に「三木」の文字を宛てることに馴染みがあるからである。

注

（1）川口久雄『菅家文草 菅家後集』（日本古典文学大系72、岩波書店、一九六六年）では「柳市」を『漢書』萬章伝に拠る語として、「市井の文人一般をもさす」とする。本間洋一『本朝無題詩全注釈一』（新典社、一九九二年）では同語を「にぎやかな町。市井」と説明し、当該句を「巷《ちまた》を辞して大臣邸の宴に列席した」と現代語訳する。

（2）後藤昭雄『本朝文粋抄　二』（勉誠出版、二〇〇九年）一〇〇頁「柳市」の語釈を併せて参照されたい。

（3）句題詩の構成方法については、本書第1章「句題詩概説」などを参照されたい。

（4）大曾根章介「院政期の一鴻儒――藤原敦光の生涯――」（『大曾根章介日本漢文学論集』第二巻、汲古書院、一九九八年。初出は一九七七年）を参照されたい。

18 「文章」と「才学」
――平安後期の用例からその特質を探る

はじめに

「文」という語にはさまざまな意味があるが、平安時代には、詩の意味に限定して用いることがあった。例えば「作文」と言えば、詩を作ることであり、また「文筆」と言えば、「文」が詩を表し、「筆」が散文・駢文を表し、両者を並列した「文筆」の語は現代で言う「詩文」を意味した。

「文」は同義の「章」と結合して「文章」と表記されることがある。この「文章」の語は平安後期から鎌倉期にかけてのさまざまな文献に、人物（特に漢学の素養のある人物）の能力を評価する指標の語として頻りに見出される。果たしてこの語は「文」と同義なのだろうか。本章では、人物評価に用いられる「文章」の語と、それと一対にして用いられることの多い「才智」「才学」の語とを取り上げ、その特質について考察を加えたい。

一、『中右記』に見える「文章」と「才智」

この問題を考えるに当たって最適と思われる資料は、公家日記である。というのは、貴族の日記には公事の記録に交じって、人物評が記されることがあるからである。中でも藤原宗忠（一〇六二―一一四一）の『中右記』、藤原兼実（一一四九―一二〇七）の『玉葉』には「文章」の語義を考える上で有益な記事が含まれている。

まず『中右記』の記事を見ることにしよう。『中右記』には、貴族の死没を伝える記事が間々見られる。そこには没した人物の出自、官歴、人となりが簡潔に記される。これは六国史以来の伝統に沿った、薨伝・卒伝の形式に従ったものである。宗忠は漢学の素養のある人物については卒伝を詳しく記す傾向があり、そこに「文章」の語を見ることができる。

①天永二年（一一一一）十一月五日条

戌刻大蔵卿大江匡房卿薨〈年七十一〉。匡房者、故成衡朝臣男。後冷泉院御時給学問料。後三条院為弁廷尉佐五位蔵人、次任美作守、後加権左中弁。堀川院御時、任参議中納言、又再任太宰帥、辞中納言。任大蔵卿、遂昇正二位。但後為帥之間、不赴任過五箇年也。為三代侍読。才智過人、文章勝他。誠是天下明鏡也。

②天永三年二月十八日条

聞、前美乃守知房朝臣巳時許卒去〈年六十七〉。昨日出家。件人、故良宗之男也。後冷泉院御時、少将幷民部輔、後任淡路因幡美乃守。心性甚直、頗有文章。受病之後、纔経六箇日也。

③元永二年（一一一九）六月二十四日条

下人語、去朔日、在常陸国流人季仲入道薨〈年七十四〉。季仲卿、故経季中納言二男、母邦恒女也。院御時、経少納言任右少弁、次第昇進転左中弁。堀川院御時、補蔵人頭、任参議左大弁、遂任権中納言、昇正二位。康和五年兼太宰権帥、長治二年在宰府間、依日吉神□訴、配流常陸国之後出家、今年卒去也。有才智有文章、可惜可哀。（下略）

④元永二年十一月二十四日条

暁、三宮〈名輔仁〉依労二禁、被出家云々〈御年卌七〉。三宮、後三条院第三皇子、母女御源基子、侍従宰相基平女也。年来有飲水病之上、近日二禁発背、遂以出家。才智甚高、能有文章。天之棄良人、誠惜哉。

①は大江匡房の薨去を伝える記事である。匡房は言わずと知れた平安後期を代表する儒者である。その匡房を宗忠は「文章、他に勝る」と評している。当時匡房が詩人として名を馳せたことは、その詩が後に『本朝無題詩』に多く入集したことからも窺われる。しかし彼には詩だけでなく、詩序や願文などの優れた駢文作品も多く残されている。したがって、ここ見える「文章」の語は、詩に限定されるものではなく、駢文を含むものと見なすべきなのかもしれない。それでは②③④に見られる「文章」の語はどうだろうか。

②では藤原知房を「頗る文章有り」と評している。知房は醍醐源氏、従四位上越中守良宗の男で、従一位太政大臣藤原信長の猶子となった人物である。『本朝無題詩』に入集し、『新撰朗詠集』にも摘句二首が採られていることから優れた詩人であったようだが、紀伝道の出身者ではないので駢文作品は一首も残していない。したがっ

て、彼について述べた「文章」の語は詩のみを指していると考えられる。

③で「文章有り」と評された藤原季仲は北家藤原氏実頼流、正二位中納言経季の男である。『新撰朗詠集』に摘句二首が採られ、詩才のあったことは確かであるが、知房と同様儒者ではないので、騈文を作る機会はそれほどなかったと思われる。実際『本朝続文粋』に詩序一首、和歌序一首を残す程度である。この「文章」も詩の意味に用いられていると見てよかろう。

④の輔仁親王は後三条天皇の第三皇子であり、隠棲した仁和寺花園で詩歌会を頻繁に主催し、詩人歌人の庇護者として活躍したことで名高い。自身も詩歌に巧みであり、『新撰朗詠集』『本朝無題詩』の作者として名を連ねるが、詩序や和歌序といった騈文作品に手を染めることは全くなかった。したがって、評語の「能く文章有り」の「文章」が詩を指すことは言うまでもなかろう。

このように『中右記』には「文章」を詩の意味に限定する用例が見出されるのである。ところで、①③④では文中に「才智」の語が見られる。「文章」と並んで「才智」が人物評価の語として用いられていることは注意されてよい。この語は何らかの分野の専門知識を意味する。①の匡房であれば儒者としての学問体系・知識体系を、③の季仲であれば（弁官を長く勤めたことから）実務官僚としての専門知識を、④の輔仁であれば詩歌管絃全般に関する文化的知識を念頭に置いた言葉である。

『中右記』では「才智」の語が単独で用いられることもある。その場合、多くは紀伝道出身の儒者の職掌に関わる能力を示す語として用いられている。

⑤承徳元年（一〇九七）十一月二十八日条

聞、夜半許勘解由次官藤友実卒去。是季綱朝臣長男。依為大業人、経当時蔵人、叙爵之後、為上皇殿上人。才智之聞、頗勝傍輩。惜哉〈年卅六云々〉。

⑥天永二年九月十八日条

或人来告云、一昨日夜、丹波守敦宗朝臣卒去。年七十。敦宗者、故実政大貳長男也。後三条院御時蔵人、并大業五位間、経少弁廷尉佐、為当時師読、兼式部権大輔大学頭丹波守。材智頗勝傍輩。可謂名儒歟。

⑦天永二年十月十二日条

或人云、式部大輔藤正家朝臣卒去。年八十六。正家者、故家経朝臣長男。後冷泉院御時、永承之間蔵人。叙爵之後、任右少弁。院御時、任右大弁。応徳元年棄右大弁、任若狭守。堀川院御時、為侍読、至式部大輔、已為儒宗。此人有才智。(下略)

⑧天永三年四月三日条

下人来云、去夜夜半、一﨟蔵人藤実兼頓滅〈年廿八〉。実兼者、是故越前守季綱朝臣二男也。従東宮時昇殿、践祚之後、補蔵人。本為文章生。依申方略、至一﨟年、不給官也。件人、頗有才智、一見一聞之事不忘却。仍才藝超年歯。(下略)

⑤は南家の儒者、藤原友実が三十八歳の若さで没した時の記事で、「才智の聞こえ、頗る傍輩《ほうばい》に勝る」とある。

⑥は日野流の儒者、藤原敦宗に対して、「材智頗る傍輩に勝る。明儒と謂ふ可きか」と言っている。⑦は同じく日野流の儒者、藤原正家を評して、「已に儒宗為《た》り。此の人、才智有り」とする。

これらの記事からは、「才智」が優れた儒者の条件であったことが窺われる。⑧の実兼は対策及第以前に没したので儒者とは言えないが、『江談抄』の筆録者として名高い人物であり、⑤の友実の末弟に当たる。「頗る才智有り、一見一聞の事、忘却せず」という評語からは「才智」が博覧強記、先例に通暁していることを示す語であることが導かれよう。

ところで、これらの記事に「文章」の評語が見られないことはどのように解すればよいのであろうか。儒者に詩を作る能力が求められなかったはずはない。一般の貴族が作る詩に添削を加えてやることは、儒者の重要な職務であった。ただ儒者の中にも詩才の豊かでない者は存在したであろう。右の四条に「文章」の評語が見えないのは、話題としている儒者に取り立てて言うほど詩才がなかったことを暗示しているように思われる。しかし、儒者に詩才が乏しいことは、やはり非難の対象となったようである。次の記事（これだけは卒伝ではない）はそのことを示している。

⑨承徳二年二月三日条

進士宗光弁文章得業生大江有元二人同時献策云々。式部大輔正家参省行之。但以宗光為上臈也。是雖進士、去年十二月晦日蒙方略宣旨。至有元者、此正月宣下也。依宣旨次第歟。可尋先例也。宗光者、左少弁有信二男、勤学之由、其聞高者也。有元者、陸奥守源有宗朝臣長男、江中納言養為子者也。仍勤学之聞、先年雖給学問料、至文章者、不知其道云々。

これは文章生藤原宗光と文章得業生大江有元とが同時に対策に臨んだことを伝えた記事である。ここで宗忠は有元を評して「有元は陸奥守源有宗朝臣の長男。江中納言、養ひて子と為す者なり。仍りて勤学の聞こえ、先年、学問料を給すと雖も、文章に至りては、其の道を知らずと云々」、学問が優秀であるとの評判があるゆえに学問料を支給されたけれども、詩を作ることには通じていない、と述べている。これは、有元が将来儒者になる人物として「才智」に優れていることを評価する一方で、「文章」の才能に乏しいことを非難しているのである。儒者に求められたのは学才とともに詩才であった。

以上、『中右記』の記事から、平安後期には「文章」が詩に限定して用いられることがあったこと、儒者に対しては「才智」と「文章」との両方の能力が求められたこと等を明らかにできたかと思う。

二、『玉葉』に見える「文章」と「才学」

さて、『中右記』の記事から得た知見は、九条兼実の『玉葉』を見ることによって、いっそう明瞭となる。『玉葉』には紀伝道・明経道出身の儒者が多く登場する。したがって儒者に対する批評の記事もまた多く見出される。次に掲げるのは養和元年（一一八二）十一月十二日条である。兼実はこの年、三十三歳で従一位右大臣の地位にあった。

蔵人権佐光長来。召廉前談雑事。給料季光〈成光子〉方略、文章生宗業〈凡卑者也。但有才名聞。〉給学問料云々。共以天下之所不許也。但宗業者才学文章相兼、名誉被天下。仍被抽賞。文学之道可然云々。

（蔵人権佐光長来たる。廉前に召して雑事を談ず。給料季光〈成光の子〉方略、文章生宗業〈凡卑の者なり。但し才名の聞こえ有り。〉学問料を給すと云々。共に以つて天下の許さざる所なり。但し宗業は才学文章相ひ兼ね、名誉、天下を被ふ。仍りて抽賞せらる。文学の道、然る可しと云々。）

この日、蔵人藤原光長が兼実邸にやって来て、給料学生の藤原季光に方略宣旨が下り、文章生藤原宗業に季光の替えとして学問料が支給されることになったことを兼実に報告した。「共に以つて天下の許さざる所なり」とあるのは、方略宣旨を蒙るのは文章得業生に補せられてから数年後に（あるいは文章生から一旦任官して）申請するのが慣例であるにも拘わらず、季光が給料学生の身分で宣旨を蒙ったこと、また学問料を支給されることになった宗業が儒者の子弟でないこと（父は北家日野流、従五位下阿波守藤原経尹）に対して一部の儒者から反撥があったものと推測される。ここで問題としたいのは宗業に対する評価の文言に「才学文章相ひ兼ね、名誉天下を被ふ。仍りて抽賞せらる。文学の道然る可しと云々」（傍線部）とあることである。「云々」とあるので、これは兼実の下した評価ではないが、宗業が学問料を支給されることになったのは「才学」と「文章」との双方を兼ね備えているからであろう、と兼実は推測しているのである。ここでは「才智」ではなく、「才学」とあるが、これが学問・知識を意味することは言うまでもない。また「文章」の語も『中右記』の記事と同じく詩を意味し、宗業は詩を作ることにも巧みであったと言っているように思われる。「文章」と「才学」とを合わせて「文学」と呼び慣わしているのも面白い。ただ、この記事に見える「文章」の語が詩の意味に限定して解釈できるかは、判断の難しいところである。そこで次に文治三年（一一八七）二月二十七日条を見ることにしたい。

この日、後鳥羽天皇の代になって初めての内御書所の詩会が行われた。兼実はこの年、従一位摂政で三十九歳。

当日は兼実も嫡男の良通も物忌みだったので、二男の良経がこっそりと詩会の様子を窺ったと日記には記されている。召された文人は殿上人十三名（内三名不参）、儒者七名（内一名不参）、文章生一名、学生（御書所衆）数名であった。文人の人選には兼実も関与したのであろう、日記にはところどころ出席者に対する評価が書き入れられている。儒者について記した中では、山城守藤原通業を抜擢した理由がやや具体的に述べられている。通業は北家藤原氏内麿流（日野流）、従四位下皇太后宮大進藤原盛業の男である。

通業、雖無才漢之聞、詩体勝等倫。又高倉院御時、数座侍公宴、頗有文章之名誉。仍為励傍輩召之。

（通業、才漢の聞こえ無しと雖も、詩体等倫に勝る。又た高倉院御時、数しば公宴に座侍し、頗る文章の名誉有り。仍りて傍輩を励まさむが為めに之れを召す。）

ここでは通業の評価を記すに当たって、「才漢」「文章」の語が用いられている。「才漢」は「才幹」の表記が正しく、「才学」とほぼ同じ意味に用いられる。通業は学問の聞こえ（評判）はないけれども、詩に優れているので召されたと述べているのである。「頗る文章の名誉有り」とは、その直前の「詩体等倫に勝る」ことと「数しば公宴に座侍」（公宴は天皇主催の詩宴）したこととによるのであるから、ここに見える「文章」の語が詩を意味することは明らかである。藤原宗忠と同様、藤原兼実も「文章」の語を詩の意味に用いていたのである。

結語

国語辞典を繙くと、「文章」の語は、漢文体の韻文・駢文・散文の全てを含むものであると定義されている。たしかに紀伝道の儒者の職掌には、詩を賦することのほかに、詩序や願文を執筆したり、学生や上級層貴族のために上表文を書いたりと駢文を作成することが含まれていた。彼らの書く「文章」は詩だけに限るものではなかった。したがって、儒者を評して「文章有り」と言う場合、その「文章」は詩と駢文、即ち「文筆」の意に解釈すべきであろう。しかしこれまで『中右記』『玉葉』の記事に検討を加えた限りでは、そこに見られる「文章」の語は、文脈から推して、明らかに詩を意味していた。つまり「文章」の語は、韻文・駢文・散文といった各種の「文章」の中で韻文（詩）の意味に偏って用いられる傾向が顕著なのである。

それは一体何故か。恐らく当時作られる漢文体の「文章」の中で、詩が人々に最も愛好されるものであったからだろう。例えば『和漢朗詠集』の御物粘葉本には八〇二首の詩歌が収められているが、その内訳は長句（駢文からの摘句）一四三首、詩句三四三首、和歌二一六首である。長句を圧倒するような詩句の数値は、詩が詩序・願文といった駢文を斥け、ひとり「文章」の名を独占する必然性のあることを示しているように思われる。当時の貴族社会では、それこそ毎日のように都の何処かで詩会が開催されていて、詩が和歌以上に社交の道具としての機能を果たしていた。「文章」と言えば、詩を指すものと見て何等差し支えないほどの共通認識が貴族たちの間には浸透していたのである。儒者はともかくとして（彼らは駢文・散文を含めて「文章」と称していたに相違ない）、一般の貴族が「文章」を詩の意味に用いていた理由を、稿者はひとまず右のように考えておきたい。

付・説話に見える「文章」と「才学」

さて、「文章」と「才学」とが儒者を評価する重要な基準であったことを念頭に置けば、儒者を話題とする、一見難解な説話の意味するところも容易に理解できるように思われる。次に掲げるのは『古事談』巻六第三十六話である。

文時之弟子、分二座テ座列之時、文章座ニハ保胤為一座、才学座ニハ称文為一座。而只藤秀才最貞企参上致諍論云々。文時被問由緒、最貞云、切韻文字ノ本文、無不知之云々。文時ハ又史書全経専堪之者也。仍尚以称文為一座云々。

（文時の弟子、二座に分かれて座に列するの時、文章の座には保胤を一の座と為し、才学の座には称文を一の座と為す。而るに只だ藤秀才最貞、参上を企てて諍論を致すと云々。文時、由緒を問はるるに、最貞云ふ、「切韻文字の本文、之れを知らざること無し」と云々。文時は又た史書全経専ら之れに堪へたる者なり。仍りて尚ほ称文を以て一の座と為すと云々。）

菅原文時の許に門弟たちが集うた時のことである。門弟たちはその資質によって「文章」すなわち詩を得意とするグループと、「才学」すなわち学問を得意とするグループとに分かれ、「文章ノ座」の最上席には慶滋保胤が、「才学ノ座」の最上席には称文が坐した。そこに藤原最貞が現れ、「切韻文字ノ本文」を全て暗記している自分こそが「才学ノ座」の最上席に坐するに相応しいと主張したが、師の文時に斥けられた、という起承転結のはっきりした話柄である。

菅原文時は大学頭高視の男で、道真の孫に当たる。道真の左遷のために出世が遅れたが、五十九歳の天徳元年（九五七）から没する前年の天元三年（九八〇）に至るまでの長きに亙って文章博士の任にあったことから、門下に多くの弟子を擁した。この説話の書き出しからは、文時が多くの門弟たちに囲まれ、一堂に所狭しと会した様が想像される。文時は大内記・文章博士・式部大輔などの要職を務めた経歴からして学問に秀でた儒者であった。その学問をこの説話では「史書全経」としている。「史書」は紀伝道の教科であり、「全経」は明経道の教科である。[1] また彼は『和漢朗詠集』の入集数が四十三首と邦人中第一位であることからも窺われるように詩人としても優れていた。文時はまさに「文章」と「才学」とを兼ね備えた儒者であった。

その文時の詩人としての面を受け継いだのが慶滋保胤である。保胤は賀茂忠行の男。家職の陰陽道を継がず、紀伝道に学んだ。彼が文時の弟子であったことは『続本朝往生伝』の保胤伝に記されている。保胤に詩才のあったことは『和漢朗詠集』に十九首（詩句十四首、長句五首）の、『新撰朗詠集』に十七首（詩句十五首、長句二首）の入集が見られることから明らかである。また『江談抄』巻五「本朝詩可習文時之体事（本朝の詩は文時の体を習ふ可き事）」では、大江匡房によって文時・保胤の詩人としての位置づけが為されている。

> 本朝の集の中には、詩に於いては、文時の体を習ふ可きなりと云々。文時も「文章を好まむ者は我が草を見る可し」と云々。この草以往、賢才、風情を廻らすと雖も、尚以て荒強なりと云々。又た六条宮、保胤に「詩はいかが作る可き」とありけるも、「『文芥集』を保胤に問はしめ給へ」とぞ云ひける。筆に於いては然らざるか。　（原漢文）

匡房は（恐らく手本とすべき本邦詩人は誰かと問われたのであろう）本邦の詩人の中では文時の詩体を学ぶのがよいとして、当の文時も「文章を愛好する者は、私の作品を見るがよい」と文才を誇っていたという伝承を挙げ、文時以前の詩は情感の優れたものであっても、「荒強」であったと結ぶ。さらに補足して、具平親王に詩の作り方を問われた保胤が「文時の別集『文芥集』を学び、不明な点があれば保胤に尋ねられよ」と答えたという伝承を挙げ、保胤も文時の詩体を理想としていたことを述べ、最後に「筆に於いては然らざるか」と文時の文章で手本とすべきは詩に限ってのことであり、騈文・散文の作品は評価できないと難じている。

この説話からは、当時保胤がまさしく詩人文時の後継者であると認められていたことが窺われよう。文時門下で「文章ノ座」の最上席に坐するのは、たしかに保胤を措いて他にはいなかったのである。

「才学ノ座」の最上席に坐した「称文」とは、恐らく林相門（後に紀氏に改姓）のことであろう。安和二年（九六九）三月十三日、文時は大納言藤原在衡が粟田山荘で催した尚歯会に七叟の一人として招かれた。『粟田左府尚歯会詩』にはその尚歯会に陪席した文人たちの詩が収められているが、その中に学生林相門の作を見ることができる。その自注に「予れ初め北堂に舫《つらな》り、今明経に趣く。年三十有餘にして、未だ一名を成すこと有らず」（原漢文）と記している。初め紀伝道に学び、後に明経道に移ったというのであるから、相門は紀伝・明経両方の学問に通じていたのであり、この学問的志向は文時が「史書全経専ら之れに堪へたる者」であったことに符合する。相門は文時の学問を継承するに最も相応しい人物であった。ただ相門の学問的事績を具体的に示す資料は現存せず、また、その経歴も『外記補任』によって纔かに知られるに過ぎない。(2)

相門に取って代わろうとした藤原最貞は式家藤原氏、阿波守文行の男で、佐世の孫に当たる。この家系は文章院の西曹に所属するので、最貞も文時の門弟の一人であろう。『扶桑集』『類聚句題抄』『新撰朗詠集』作者であることから、詩人としてかなり評価されていたことが窺われるが、最貞が誇ったのは「切韻文字の本文」を全て暗記していることであった。「切韻文字」とは切韻系韻書である唐の孫愐撰『唐韻』あたりを指すものと思われる。その書の本文を全て諳んじているというのは驚くべき知識量であり、「才学」有りと評価すべきことであるに相違ない。しかし、文時は最貞の主張を斥け、文時の学問を継承する相門をそのまま「才学ノ座」の最上席に据えたのである。

以上、『古事談』の説話にやや詳しく説明を加えた。儒者には「文章」と「才学」とが求められたこと、「文章」が詩を意味すること、「才学」が学問・専門知識を意味すること等がこの説話を読む上で前提となっていることが確認できたかと思う。

注

（1）「全経」とは具体的には、周易・尚書・毛詩・周礼・儀礼・礼記・春秋左氏伝・春秋公羊伝・春秋穀梁伝・論語・孝経・老子・荘子を指すものと思われる。後藤昭雄「『全経大意』」（『全経大意』と藤原頼長の学問」（『本朝漢詩文資料論』勉誠出版、二〇一二年。初出は二〇一〇年）を参照されたい。

（2）林相門の経歴は次のとおり。天元三年（九八〇）任右京少属、永延元年（九八七）九月任式部少録、永祚二年（九九〇）八月三十日任民部少録、正暦六年（九九五）正月任権少外記、長徳二年（九九六）正月転任少外記、同年十二月改姓紀、同四年七月没、正六位上。『粟田左府尚歯会詩』所収詩に「二毛年幸逢斯会」の句があり、これを潘岳「秋興賦序」（『文選』巻十三）の「余春秋三十有二、始見二毛」を踏まえたものと見れば、安和二年（九六九）三十二歳（自注の「年三十有餘」に適う）、生年は天慶元年（九三八）となる。享年は六十一歳。大曾根章介「康保の青春群像」（『大曾根章介日本漢文学論集』第一巻、汲古書院、一九九八年。初出は一九八六年）を参照されたい。

初出一覧

1　句題詩概説

『句題詩研究』（慶應義塾大学出版会、二〇〇七年）に執筆した。

2　平安時代に於ける句題詩の流行

『ACTA ASIATICA』一〇七号（東方学会、二〇一四年）に執筆し、英語訳を掲載した。

3　句題詩の展開——王朝詩史の試み

『日本文学史　古代・中世編』（ミネルヴァ書房、二〇一三年）に「漢詩文・漢文学」と題して執筆した。

4　秀句の方法

『日本「文」学史第一冊　「文」の環境——「文学」以前』（勉誠出版、二〇一五年）に執筆した。

5　平安時代の詩序に関する覚書

『平安文学史論考』（武蔵野書院、二〇〇九年）に執筆した。

6　省試詩と句題詩

二〇〇八年九月二十八日、和漢比較文学会大会（於東北大学）で口頭発表し、『日語学習与研究』第一四一号（中国日語教学研究会、二〇〇九年四月）に執筆した。

7
『百二十詠』と句題詩
『藝文研究』第百九号第一分冊（慶應義塾大学藝文学会、二〇一五年十二月）に執筆した。

8
平安後期の題詠と句題詩――その構成方法に関する比較考察
二〇〇五年五月二十一日、和歌文学会例会（於学習院大学）で口頭発表し、『和歌文学研究』第九十一号（和歌文学会、二〇〇五年十二月）に執筆した。その後、修正を施して『句題詩研究』（慶應義塾大学出版会、二〇〇七年）に掲載した。

9
説話の中の句題詩
『藝文研究』第九十五号（慶應義塾大学藝文学会、二〇〇八年十二月）に執筆した。

10
故事の発掘、故事の開拓
『文学』隔月刊第十巻第三号（岩波書店、二〇〇九年五月）に執筆した。

11
保元三年『内宴記』の発見
二〇〇三年五月二十五日、中世文学会大会（於聖徳大学）で口頭発表し、『中世文学』第四十九号（中世文学会、二〇〇四年六月）に執筆した。

12
文人貴族の知識体系
『世界を読み解く一冊の本』（慶應義塾大学出版会、二〇一四年）に「『江談抄』――平安時代の知識体系を垣間見る」と題して執筆した。

13
四韻と絶句――『源氏物語』乙女巻補注
『むらさき』第五十一輯（紫式部学会、二〇一四年十二月）に執筆した。

14　平安時代の策問と対策文

二〇〇三年九月二十一日、和漢比較文学会大会（於法政大学）で「策問の史的展開」と題して口頭発表し、『Minds of the Past』（慶應義塾大学出版会、二〇〇五年三月）に執筆した。

15　慶滋保胤伝の再検討

二〇一二年十月七日、説話文学会例会（於青山学院大学青山キャンパス）で口頭発表し、『説話文学研究』第四十八号（二〇一三年七月、説話文学会）に執筆した。

16　内宴を見る

二〇一一年八月二十一日、奈良絵本・絵巻国際会議（於岡山）で「絵巻の錯簡――『年中行事絵巻』巻五の場合」と題して口頭発表し、『中世の物語と絵画』（竹林舎、二〇一三年）に執筆した。

17　柳市・三乗

『藝文研究』第一〇一号第一分冊（慶應義塾大学藝文学会、二〇一一年十二月）に執筆した。

18　「文章」と「才学」――平安後期の用例からその特質を探る

二〇一二年七月二十一日、早稲田大学日本古典籍研究所ワークショップ「日本における「文」の世界・伝統と将来」（於早稲田大学戸山キャンパス）で「平安時代に於ける「文」の概念」と題して口頭発表し、『日本における「文」と「ブンガク《bungaku》」』（アジア遊学162、勉誠出版、二〇一三年三月）に執筆した。

索引

【あ行】

【さ行】

【な行】

【ま行】

【や行】

【ら行】

著者略歴

佐藤道生（さとう・みちお）

1955年生まれ。慶應義塾大学文学部教授。専門は古代・中世日本漢学。

著書に『平安後期日本漢文学の研究』（笠間書院、2003年）、『和漢朗詠集・新撰朗詠集』（柳澤良一氏と共著、和歌文学大系47、明治書院、2011年）、『三河鳳来寺旧蔵暦応二年書写 和漢朗詠集 影印と研究』（勉誠出版、2014年）などがある。

句《く》題《だい》詩《し》論《ろん》考《こう》

——王朝漢詩とは何ぞや

著者　佐藤道生
発行者　池嶋洋次
発行所　勉誠出版(株)
〒101-0051 東京都千代田区神田神保町三―一〇―二
電話　〇三―五二一五―九〇二一(代)

二〇一六年十一月七日　初版発行

印刷　太平印刷社
製本　若林製本工場

ISBN978-4-585-29132-9　C3095

本朝漢詩文資料論

伝存する数多の漢文資料に我々はどのように対峙すべきであろうか。新出資料や佚文の博捜、既存資料の再検討など、漢詩文資料の精緻な読み解きの方法を提示する。

後藤昭雄 著・本体九八〇〇円（＋税）

平安朝漢文学史論考

漢詩から和歌へと宮廷文事の中心が移りゆく平安中期以降、漢詩文は和歌文化にどのように作用したのか。政治的・社会的側面における詩作・詩人のあり方を捉える。

後藤昭雄 著・本体七〇〇〇円（＋税）

平安朝漢文学論考 補訂版

漢詩・漢文を詳細に考察、それらの制作に参加した詩人、文人を掘り起こし、平安朝漢詩文の世界を再構築する。平安朝文学史を語るうえで必携の書。

後藤昭雄 著・本体五六〇〇円（＋税）

本朝文粋抄 一―四

日本漢文の粋を集め、平安期の時代思潮や美意識を知る上でも貴重な史料『本朝文粋』。各詩文の書かれた背景や、文体・文書の形式まで克明に解説。現代語訳も併記。

後藤昭雄 著・本体各二八〇〇円（＋税）